La rubia de hormigón

Michael Connelly

La rubia de hormigón

Traducido del inglés por Javier Guerrero Gimeno

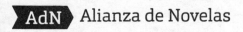 Alianza de Novelas

Título original: *The Concrete Blonde*

Esta edición ha sido publicada por acuerdo a través de International
Editors & Yañez' Co.

Diseño de cubierta: Estudio Pep Carrió

PAPEL DE FIBRA
CERTIFICADA

Copyright © 1994 by Hieronymus, Inc.
© de la traducción: Javier Guerrero Gimeno, 2004, 2023
© AdN Alianza de Novelas (Alianza Editorial, S. A.) Madrid, 2023
    Calle Juan Ignacio Luca de Tena, 15
    28027 Madrid
    www.adnovelas.com
    ISBN: 978-84-1148-117-5
    Depósito legal: M. 26.323-2022
    Printed in Spain

SI QUIERE RECIBIR INFORMACIÓN PERIÓDICA SOBRE LAS NOVEDADES DE
ALIANZA DE NOVELAS, ENVÍE UN CORREO ELECTRÓNICO A LA DIRECCIÓN:

adn@adnovelas.com

Dedicado a Susan, Paul y Jamie,
Bob y Marlen, Ellen, Jane y Damian.

La casa de Silverlake estaba a oscuras, las ventanas tan vacías como los ojos de un cadáver. Era una construcción antigua, de estilo California Craftsman, con un porche que se extendía por toda la fachada y dos buhardillas en la larga pendiente del tejado. No se veía ninguna luz encendida tras el cristal ni tampoco encima del dintel. La casa proyectaba una oscuridad ominosa que ni siquiera el resplandor de la farola de la calle lograba penetrar. Si había un hombre aguardando en el porche, Bosch probablemente no podría verlo.

–¿Está segura de que es aquí? –le preguntó a la mujer.

–No es en la casa –dijo ella–. Es detrás, en el garaje. Si avanza, lo verá al final del camino.

Bosch pisó el acelerador del Caprice y pasó de largo junto al sendero de entrada.

–Allí –dijo ella.

Bosch detuvo el vehículo. Había un garaje detrás de la casa y encima un apartamento con una luz sobre la puerta y una escalera de madera en un costado. Dos ventanas, luz en el interior.

–Vale –dijo Bosch.

Ambos se quedaron mirando el garaje durante unos segundos. Bosch no sabía qué esperaba ver. Tal vez nada. El perfume de la prostituta llenaba el coche y el detective bajó la ventanilla. No sabía si debía fiarse de ella o no. Lo único que sabía era que no podía pedir refuerzos. No se había llevado radio y el coche carecía de teléfono.

—¿Qué va a…? ¡Ahí viene! —dijo ella con apremio.

Bosch lo había visto: la sombra de una figura cruzando por detrás de la ventanita. El baño, supuso.

—Está en el baño —dijo ella—. Allí es donde lo vi todo.

Bosch apartó la mirada de la ventana y observó a la joven.

—¿Qué vio?

—Yo, eh…, revisé el botiquín. Bueno, cuando estaba allí, solo para ver qué tenía. Una chica tiene que ser cuidadosa. Y vi todo aquello. Maquillaje: rímel, pintalabios, polvos y potingues. Por eso supuse que era él. Usa todo eso para pintarlas cuando ha terminado, bueno, cuando las ha matado.

—¿Por qué no me lo dijo por teléfono?

—No me lo preguntó.

Bosch vio que la silueta pasaba por detrás de las cortinas de la otra ventana. El cerebro se le había disparado y el corazón se le aceleraba a plena potencia.

—¿Cuánto hace que salió de ahí?

—Joder, no lo sé. Tuve que caminar hasta Franklin antes de encontrar a alguien que me llevara al bulevar. Estuve en el coche unos diez minutos, así que no lo sé.

—Inténtelo. Es importante.

—No lo sé, ha pasado más de una hora.

«Mierda —pensó Bosch. La mujer se había hecho un cliente antes de llamar a la poli. Eso mostraba un alto grado de preocupación—. Ahora podría haber refuerzos arriba y estoy aquí mirando.»

Aceleró hacia la calle y encontró un espacio junto a una boca de incendios. Apagó el motor, pero dejó las llaves en el contacto. Después de bajar, volvió a asomar la cabeza por la ventanilla abierta.

–Escuche, voy a subir. Quédese aquí. Si oye disparos o no vuelvo dentro de diez minutos, trate de que le abra algún vecino y llame a la policía, diga que un agente necesita ayuda. Hay un reloj en el salpicadero. Diez minutos.

–Diez minutos, cariño. Ahora, vaya a hacerse el héroe, pero yo me llevaré esa recompensa.

Bosch sacó la pistola mientras corría por el sendero. La escalera del costado del garaje era vieja y los peldaños estaban combados. Los subió de tres en tres haciendo el menor ruido posible. Aun así, tenía la sensación de que estaba anunciando a gritos su llegada. Al llegar a lo alto, levantó el brazo y con la culata del arma rompió la bombilla desnuda que había sobre el dintel. Retrocedió en la oscuridad hasta la barandilla. Levantó la pierna izquierda, cargó todo su peso e impulso en el talón y asestó una patada seca justo encima del pomo.

La puerta se abrió dando un fuerte crujido y Bosch traspasó el umbral agachado en la posición de combate clásica. Enseguida lo vio al fondo de la habitación, de pie al otro lado de una cama. El hombre estaba desnudo y no solo era calvo, sino que no tenía ni un pelo en el cuerpo. Bosch se concentró en los ojos del tipo y vio que el terror los invadía.

–¡Policía! –gritó Bosch con la voz tensa–. ¡No se mueva!

El hombre se quedó paralizado un instante, pero enseguida empezó a agacharse y estiró el brazo izquierdo hacia la almohada. Dudó una fracción de segundo y continuó el movimiento. Bosch no podía creerlo. ¿Qué coño estaba haciendo? El tiempo se detuvo. La adrenalina que fluía por su organismo le daba a Bosch la claridad de una película a cámara lenta. Sabía que el hombre buscaba la almohada para tener algo con lo que cubrirse, o bien estaba...

El hombre metió la mano debajo de la almohada.

—¡No lo haga!

La mano del sospechoso, que en ningún momento había apartado los ojos de Bosch, se estaba cerrando en torno a algo. Entonces Bosch se dio cuenta de que no era terror lo que expresaban sus pupilas. Era otra cosa. ¿Furia? ¿Odio? Estaba sacando la mano de debajo de la almohada.

—¡No!

Bosch disparó una vez y el retroceso levantó la pistola que sostenía con ambas manos. El impacto de la bala propulsó hacia arriba y hacia atrás al hombre desnudo, que rebotó en la pared de paneles de madera y cayó sobre la cama, retorciéndose y vomitando sangre. Bosch avanzó con rapidez y saltó a la cama.

La mano izquierda del hombre volvía a estirarse hacia la almohada. Bosch levantó la pierna izquierda y se arrodilló en la espalda del hombre para inmovilizarlo. Sacó las esposas del cinturón, le cogió la mano izquierda y luego la derecha y lo esposó con las manos a la espalda. El hombre estaba jadeando y gimiendo.

—No puedo, no puedo... —dijo, pero su frase se perdió en un acceso de tos sanguinolenta.

—No podía hacer lo que le he dicho. Le he dicho que no se moviera.

«Muérete, tío —pensó Bosch, pero no lo dijo—. Será más fácil para todos».

Rodeó la cama hasta llegar a la almohada. La levantó, miró lo que había debajo un par de segundos y la dejó caer. Cerró los ojos un momento.

–¡Mierda! –dijo en la nuca del hombre desnudo–. ¿Qué estaba haciendo? Joder, tengo una pistola y… ¡Le dije que no se moviera!

Volvió a rodear la cama a fin de ver el rostro del hombre. De la boca le seguía cayendo sangre, que manchaba la deslucida sábana blanca. Bosch sabía que le había dado en los pulmones. El hombre se estaba muriendo.

–No tenía que morir –le dijo Bosch.

El hombre expiró.

Bosch miró por la habitación. No había nadie más. Ninguna sustituta de la prostituta que había huido. Se había equivocado con esa suposición. Se metió en el cuarto de baño y abrió el botiquín de debajo del lavabo. Reconoció algunas de las marcas: Max Factor, L'Oréal, Cover Girl, Revlon. Todo parecía encajar.

Miró a través de la puerta del baño al cadáver que estaba en la cama. El aire todavía olía a pólvora. Encendió un cigarrillo y había tal silencio que pudo oír el crujido del tabaco al quemarse a medida que él inhalaba el humo tranquilizador.

No había teléfono en el apartamento. Se sentó en la cocina americana y aguardó. Al mirar a través de la habitación hacia el cadáver, se dio cuenta de que su corazón seguía latiendo con rapidez y de que se había mareado. También reparó en que no sentía nada –ni compasión ni culpa ni pena– por el hombre que yacía en la cama. Nada en absoluto.

Trató de concentrarse en el sonido de la sirena que empezaba a acercarse. Al cabo de un momento logró discernir que no era una sirena, sino varias.

1

En los pasillos del juzgado federal del distrito, en el centro de Los Ángeles, no hay bancos. No hay donde sentarse. Al que se le ocurre apoyarse en la pared y dejar resbalar la espalda para posar el trasero en el frío suelo de mármol se le echa encima el primer alguacil que pasa. Y los alguaciles siempre andan por los pasillos, controlando.

La falta de hospitalidad se debe a que el Gobierno federal no quiere que su tribunal dé la impresión de que la justicia puede ser lenta o inexistente. No quiere gente sentada en los pasillos, ni en los bancos ni en el suelo, no quiere gente esperando con los ojos cansados a que se abran las puertas de las salas y comiencen las vistas de sus casos o de los casos de sus seres queridos que han sido encarcelados. Bastante hay con lo que ocurre al otro lado de Spring Street, en el edificio del tribunal penal del condado. Día tras día, los bancos de todas las plantas están abarrotados de personas que esperan. Sobre todo, mujeres y niños cuyos maridos o padres o novios están en prisión preventiva. La gran mayoría son negros o hispanos. Los bancos recuerdan a botes salvavidas llenos de gente que es arrojada a la deriva, las mujeres y los niños primero. Y esperando, siempre esperando ser encontrados. «Refugiados del mar», los llaman los listillos del juzgado.

Harry Bosch rumiaba sobre estas diferencias mientras se fumaba un cigarrillo de pie en los escalones de la entrada principal del Tribunal Federal. Porque eso era lo otro: no se podía fumar en los pasillos. Así que tenía que bajar por la escalera mecánica y salir a la calle durante los recesos del juicio. En el exterior, detrás de la base de hormigón de la estatua de la mujer con los ojos vendados que sostiene la balanza de la justicia, había un cenicero lleno de arena. Bosch miró la estatua; nunca conseguía recordar su nombre. La señora de la justicia. Algún nombre griego, pensó, pero no estaba seguro. Volvió a desdoblar el diario y releyó el artículo.

Desde hacía algún tiempo, por la mañana solo leía la sección de deportes, concentrando toda su atención en las páginas finales, donde se publicaban los resultados y las estadísticas actualizadas. Por algún motivo, las columnas de cifras y porcentajes le resultaban tranquilizadoras. Eran claras y concisas, una expresión de orden absoluto en un mundo caótico. Enterarse de quién había anotado más *home runs* para los Dodgers le hacía sentir que de algún modo seguía conectado con la ciudad y con su propia vida.

Pero ese día había dejado la sección de deportes en el maletín, que estaba bajo la silla en la sala de vistas. Lo que tenía en sus manos era la sección metropolitana del *Los Angeles Times*. Había doblado cuidadosamente la sección en cuatro, de la forma en que lo hacen los conductores para poder leer mientras conducen. El artículo sobre el caso ocupaba una de las esquinas inferiores de la primera página de la sección. Lo leyó una vez más y una vez más sintió que se ponía colorado al leer sobre sí mismo.

EMPIEZA EL JUICIO SOBRE EL «DISPARO DEL PELUQUÍN»
por Joel Bremmer, de la redacción del *Times*

Hoy comienza un inusual caso de derechos civiles en el que un detective de policía de Los Ángeles está acusado de hacer un uso excesivo de la fuerza cuando, hace cuatro años, disparó y mató a un presunto asesino en serie al creer que este estaba sacando una pistola. En realidad, el supuesto asesino estaba buscando su peluquín.

El detective de policía Harry Bosch (43 años) será juzgado en el Tribunal Federal del distrito por la demanda que interpuso la viuda de Norman Church, un trabajador de la industria aeroespacial a quien Bosch causó la muerte de un disparo en el clímax de la investigación de los asesinatos del llamado «Fabricante de Muñecas».

La policía llevaba entonces casi un año buscando a un asesino en serie bautizado así por los medios de comunicación porque utilizaba maquillaje para pintar la cara de sus once víctimas. La muy publicitada persecución del sospechoso estuvo marcada por el envío de poemas y notas al detective Bosch y al *Times*.

Tras la muerte de Church, la policía anunció que disponía de pruebas incuestionables de que el ingeniero mecánico era el asesino.

Bosch fue suspendido y posteriormente trasladado de la unidad especial de Robos y Homicidios del Departamento de Policía de Los Ángeles a la brigada de Homicidios de la División de Hollywood. Al comentar la degradación, la policía argumentó que Bosch fue sancionado por errores de procedimiento, como el hecho de que no solicitara refuerzos en el apartamento de Silverlake, donde se produjo el disparo fatal.

Los administradores de la policía sostuvieron que la muerte de Church no se debió a un disparo ilícito.

Puesto que el fallecimiento de Church impidió la celebración de un juicio, gran parte de las pruebas recopiladas por la policía no se han hecho públicas bajo juramento. El juicio federal probablemente cambiará este hecho. Se espera que hoy finalice el proceso de selección del jurado, que se ha prolongado una semana, y que se abra el juicio con las exposiciones iniciales de los letrados.

Bosch tuvo que volver a doblar el diario para continuar leyendo el artículo en una página interior. Ver su foto lo distrajo por un momento. Era una vieja instantánea, la misma que figuraba en la tarjeta de identificación del departamento, no demasiado diferente a las del archivo policial. A Bosch le molestó más la foto que el artículo, pues consideraba que publicarla era una invasión de su intimidad. Trató de concentrarse en el texto.

A Bosch lo defenderá la fiscalía municipal porque el disparo se produjo mientras se hallaba en acto de servicio. Si la demandante gana el juicio, serán los ciudadanos quienes pagarán y no Bosch.

La mujer de Church, Deborah, está representada por la abogada de derechos civiles Honey Chandler, especializada en casos de abusos policiales. En una entrevista concedida la semana pasada, Chandler aseguró que tratará de demostrar al jurado que Bosch actuó de manera tan imprudente que el disparo fatal que acabó con la vida de Church fue inevitable.

«El detective Bosch se estaba haciendo el héroe y un hombre resultó muerto —dijo Chandler—. No sé si simplemente fue temerario o bien se trata de algo más siniestro, pero lo descubriremos en el juicio.»

Esa era la frase que Bosch había leído y releído seis veces desde que había comprado el periódico durante el primer receso. «Siniestro.» ¿Qué quería decir con eso? Había tratado de no permitir que le afectara, consciente de que Chandler sería incapaz de usar una entrevista en la prensa para crear presión psicológica, pero, de todos modos, lo sintió como un aviso de lo que se avecinaba.

Chandler asegura que también se propone cuestionar las pruebas policiales que señalaban a Church como el Fabricante de Muñecas. La abogada sostiene que Church, padre de dos hijas, no era el asesino en serie que la policía buscaba y que lo etiquetaron así para cubrir el crimen de Bosch.

«El detective Bosch mató a un hombre inocente a sangre fría –dijo Chandler–. Lo que vamos a hacer en este juicio de derechos civiles es lo que el Departamento de Policía y la oficina del fiscal rechazaron hacer: anunciar la verdad y hacer justicia con la familia de Norman Church.»

Bosch y el ayudante del fiscal municipal Rodney Belk, que actúa de abogado defensor, declinaron hacer declaraciones para este artículo. El caso durará una o dos semanas y se espera que con Bosch testifiquen en este caso...

–¿Una moneda, amigo?

Bosch levantó la cabeza del diario y vio el rostro mugriento pero familiar del indigente que había hecho de la puerta del tribunal su territorio. Lo había visto allí todos los días durante la semana del proceso de selección del jurado, haciendo sus rondas en busca de monedas y cigarrillos. El hombre llevaba pantalones de pana y una chaqueta de mezclilla raída encima de dos jerséis. Cargaba sus pertenencias en una bolsa de plástico y agitaba un vaso grande delante de la gente al tiempo que solicitaba una moneda. También llevaba siempre un bloc amarillo lleno de anotaciones.

Bosch se palpó los bolsillos instintivamente y se encogió de hombros. No tenía cambio.

–Si no tiene cambio, deme un dólar.

–No tengo un dólar suelto.

El indigente se olvidó de Bosch y miró en el cenicero, donde crecían colillas amarillas como en un cultivo de cáncer. Se puso el bloc debajo del brazo y buscó entre las colillas aquellas en las que quedara al menos medio centímetro de tabaco. Ocasionalmente encontraba un cigarrillo casi entero y chascaba la lengua para manifestar su satisfacción. Guardó la cosecha del cenicero en el vaso de plástico.

El hombre, satisfecho con sus hallazgos, retrocedió desde el cenicero y miró la estatua. Observó a Bosch y le guiñó un ojo antes de empezar a mover las caderas en una lasciva imitación del acto sexual.

—¿Qué te parece mi chica? —dijo.

El hombre se besó la mano y se estiró para darle una palmadita a la estatua.

Antes de que a Bosch se le ocurriera qué decir, sonó el busca que llevaba en la cintura. El indigente retrocedió otros dos pasos y levantó la mano que tenía libre, como si quisiera avisar de algún peligro desconocido. Bosch captó la expresión de pánico, la mirada desquiciada de un hombre cuyas hendiduras sinápticas cerebrales estaban demasiado separadas, lo cual entorpecía las conexiones. El hombre se volvió y se escabulló hacia Spring Street con su vaso de cigarrillos a medio fumar.

Bosch observó hasta que el tipo desapareció y después se sacó el busca del cinturón. Reconoció el número de la pantallita: era la línea directa del teniente Harvey Pounds, de la comisaría de Hollywood. Aplastó lo que le quedaba del cigarrillo en la arena y volvió a meterse en el juzgado. Había una fila de teléfonos públicos cerca de las salas de vistas de la segunda planta, a la que se accedía mediante una escalera mecánica.

—Harry, ¿qué está pasando ahí?

–Lo habitual. Esperando. Ya tenemos jurado, así que los letrados están dentro con el juez hablando de los preliminares. Belk dijo que no hacía falta que me quedara, así que he ido a dar una vuelta. –Miró el reloj. Eran las doce menos diez–. Pronto harán una pausa para comer.

–Bien. Te necesito.

Bosch no protestó. Pounds le había prometido que lo dejaría fuera de la rotación de casos hasta la finalización del juicio. Una semana más, a lo sumo dos. Era una promesa a la que Pounds estaba obligado, puesto que Bosch no podía asumir la investigación de un asesinato mientras se hallaba en el Tribunal Federal cuatro días a la semana.

–¿Qué pasa? Pensaba que estaba fuera de rueda.

–Estás fuera de rueda. Pero puede que tengamos un problema. Y te afecta a ti.

Bosch dudó un momento. El trato con Pounds era siempre así. Harry se fiaría antes de un confidente que de Pounds. Siempre tenía un motivo manifiesto y otro oculto. Al parecer, el teniente se disponía a realizar otro de sus bailes característicos, hablando con frases elípticas, tratando de que Bosch mordiera el anzuelo.

–¿Un problema? –preguntó Bosch por fin. Una respuesta adecuada, no comprometida.

–Bueno, supondré que has leído el periódico de hoy, el artículo del *Times* sobre el caso.

–Sí, acabo de leerlo.

–Bueno, pues tenemos otra nota.

–¿Una nota? ¿De qué está hablando?

–Estoy hablando de que alguien ha dejado una nota en el mostrador de la calle. Dirigida a ti. Y que me parta un rayo si no suena como una de esas notas del Fabricante de Muñecas.

Bosch sabía que Pounds estaba disfrutando de alargar la tensión.

—Si estaba dirigida a mí, ¿cómo sabe lo que dice?

—No la han enviado por correo. Iba sin sobre. Era solo una página doblada con tu nombre en la parte de arriba. La dejaron en la recepción. Alguien la leyó y ya puedes imaginarte el resto.

—¿Qué dice la nota?

—Pues no te va a gustar, Harry, el momento es espantoso, pero básicamente la nota dice que te equivocaste de tipo. Que el Fabricante de Muñecas sigue suelto. El autor presume de que es el verdadero Fabricante de Muñecas y que la cuenta de víctimas continúa. Dice que mataste a otro tipo.

—Es mentira. Las cartas del Fabricante de Muñecas se publicaron en el diario y en el libro de Bremmer sobre el caso. Cualquiera puede haber captado el estilo y escrito la nota. No…

—¿Me tomas por imbécil, Bosch? Ya sé que cualquiera podría haber escrito esto, pero también lo sabe el autor. Por eso ha incluido un pequeño mapa del tesoro. Supongo que puede llamarse así. Pistas hacia el cadáver de otra víctima.

La línea se llenó de un largo silencio mientras Bosch pensaba y Pounds esperaba.

—¿Y? —dijo Bosch al fin.

—Y he enviado a Edgar allí esta mañana. ¿Te acuerdas del Bing's, en Western?

—¿Bing's? Sí, al sur del bulevar. Una sala de billar. ¿No lo destrozaron en los disturbios del año pasado?

—Sí —dijo Pounds—. Se quemó por completo. Lo saquearon y le prendieron fuego. Solo quedaron los cimientos de hormigón y tres paredes. Hay una orden municipal de demolición, pero todavía no la han ejecutado. Da igual, el caso es que es ese sitio, según la nota que recibimos. La nota dice que la chica estaba enterrada bajo la losa del suelo. Edgar acudió con una brigada municipal, un martillo neumático, de todo...

Pounds se estaba alargando. «Menudo capullo», pensó Bosch. Esta vez aguardó un poco más y, cuando el silencio se hizo exasperante, Pounds habló finalmente.

—Encontró un cadáver. Donde decía la nota, debajo del hormigón. Es...

—¿Cuánto hace que la mataron?

—Todavía no lo sabemos, pero es viejo. Por eso te llamaba. Necesito que vayas allí durante la pausa para comer y veas qué puedes averiguar. Quiero que me digas si es una víctima del Fabricante de Muñecas o si tenemos a otro zumbado tocándonos los cojones. Tú eres el experto. Sal cuando el juez ordene la pausa para comer. Nos reuniremos allí. Y volverás a tiempo para las exposiciones iniciales.

Bosch se sintió entumecido. Ya necesitaba otro cigarrillo. Trató de situar todo lo que Pounds acababa de decirle y darle cierto orden. El Fabricante de Muñecas, Norman Church, llevaba cuatro años muerto. No hubo ningún error. Bosch lo supo esa noche. Todavía lo sabía instintivamente. Church era el Fabricante de Muñecas.

—Entonces, ¿esa nota acaba de aparecer en el mostrador?

—El sargento de guardia la encontró en el mostrador de información hace cuatro horas. Nadie vio quién la dejó. Entra y sale mucha gente por las mañanas. Además, tenemos cambio de turno. Le pedí a Meehan que subiera y hablara con los uniformados de la entrada. Nadie recuerda nada de la nota hasta que la vieron.

—Mierda. Léamela.

—No puedo. La tienen los de investigaciones científicas. No creo que haya ninguna huella, pero hay que cumplir con el protocolo. Conseguiré una copia y la llevaré al lugar de los hechos, ¿de acuerdo?

Bosch no contestó.

–Ya sé qué estás pensando –dijo Pounds–. Pero vamos a calmarnos hasta que veamos de qué se trata. Todavía no hay razón para preocuparse. Puede ser alguna maniobra de esa abogada, Chandler. Haría cualquier cosa para arrancar otra cabellera de un poli del departamento. Le encanta salir en los periódicos.

–¿Y los medios? ¿Ya se han enterado?

–Hemos recibido algunas llamadas preguntando por el descubrimiento de un cadáver. Deben de haberse enterado por algún capullo del forense. No deberíamos hablar por radio. Bueno, nadie sabe nada de la nota ni del vínculo con el Fabricante de Muñecas. Solo saben que hay un cadáver. Supongo que el hecho de que lo hayan encontrado debajo del suelo de un edificio destruido en los disturbios tiene morbo.

–De todos modos, hemos de mantener oculta la parte del Fabricante de Muñecas por el momento. A no ser, claro, que quien la escribiera también haya mandado copias a la prensa. Si lo hizo, lo sabremos antes de que acabe el día.

–¿Cómo pudo enterrarla bajo el suelo de una sala de billar?

–No todo el edificio eran salas de billar. Había cuartos de almacenaje en la parte trasera. Antes de ser Bing's era el almacén donde guardaban el atrezo de un estudio. Cuando Bing's se quedó con la parte delantera, alquilaron secciones de la parte de atrás para almacenes. Todo es información de Edgar. Ha hablado con el dueño. El asesino debía de tener uno de los cuartos, rompió el suelo y enterró el cadáver de la chica. El caso es que en los disturbios se quemó todo, pero el fuego no afectó al suelo. Esta pobre chica ha estado allí abajo durante todo eso. Edgar dice que parece una momia.

Bosch vio que la puerta de la sala 4 se abría y que los miembros de la familia Church salían seguidos por su abogada. Se iban a comer. Ni Deborah Church ni sus dos hijas adolescentes lo miraron; en cambio, Honey Chandler, a quien muchos polis y personal de los juzgados conocían como «Money» Chandler, lo miró con ojos asesinos al pasar. Eran tan oscuros como la caoba quemada y resaltaban en su cara bronceada y de mentón decidido. Era una mujer atractiva, con el pelo dorado y suave. Su figura quedaba oculta en las líneas almidonadas de su traje de chaqueta azul. Bosch sintió que la animadversión del grupo lo envolvía como una ola.

—¿Sigues ahí, Bosch? —preguntó Pounds.

—Sí, parece que acaban de hacer la pausa para comer.

—Bien. Entonces vete para el Bing's y nos reuniremos allí. No puedo creer que esté diciendo esto, pero espero que sea otro chiflado. Sería mejor para ti.

—Sí.

Cuando Bosch ya estaba colgando, oyó la voz de Pounds y volvió a ponerse el auricular en la oreja.

—Una cosa más. Si los medios se presentan allí, déjamelos a mí. Salga como salga esto, no puedes estar formalmente implicado en este nuevo caso por el litigio del otro. Solo estarás allí como testigo experto, por decirlo de alguna manera.

—Bien.

—Nos vemos allí.

2

Bosch tomó Wilshire desde el centro y cortó a la Tercera después de recorrer lo que quedaba del parque MacArthur. Al doblar hacia el norte por Western distinguió a la izquierda varios coches patrulla, vehículos de detectives y las furgonetas del escenario del crimen y del forense. El cartel de Hollywood lucía al norte en la distancia, con las letras apenas legibles por la contaminación.

De lo que había sido Bing's solo quedaban tres paredes ennegrecidas que cuidaban de una pila de chatarra calcinada. No había techo, pero los uniformados habían extendido una lona por encima de la pared de atrás y la habían atado a la alambrada que recorría la parte anterior de la propiedad. Bosch sabía que no lo habían hecho para que los investigadores trabajaran a la sombra. Se inclinó y miró hacia arriba a través del parabrisas. Allí estaban, volando en círculos, las aves carroñeras de la ciudad, los helicópteros de los medios de comunicación.

Bosch aparcó y vio a una pareja de empleados municipales de pie al lado de un camión de equipamiento. Estaban pálidos y aspiraban con fuerza los cigarrillos. Sus martillos neumáticos estaban en el suelo, junto a la parte trasera del camión. Estaban esperando, rezando por que su trabajo allí hubiera concluido ya.

Pounds estaba de pie al otro lado del camión, junto a la furgoneta azul del forense. Parecía como si estuviera recomponiéndose, y Bosch vio en su rostro la misma expresión enferma que en los civiles. A pesar de que Pounds era el jefe de detectives de Hollywood, incluida la brigada de Homicidios, nunca había trabajado en Homicidios. Como muchos otros capitostes del departamento, su escalada se había basado en lamer culos, no en la experiencia. A Bosch siempre le satisfacía ver que alguien como Pounds recibía una dosis de realidad de aquello con lo que los polis de verdad se enfrentaban a diario.

Bosch miró el reloj antes de bajar del Caprice. Disponía de una hora; después tendría que volver al tribunal para las exposiciones iniciales.

–Harry –dijo Pounds al echar a andar–. Me alegro de que hayas podido venir.

–Siempre estoy encantado de examinar otro cadáver, teniente.

Después de quitarse la americana y dejarla en el asiento del coche, Bosch sacó del maletero un mono azul, que se puso encima de la ropa. Iba a pasar calor, pero no quería volver al tribunal cubierto de barro y suciedad.

–Buena idea –dijo Pounds–. Ojalá hubiera traído el mío.

Por supuesto, Bosch sabía que Pounds no tenía mono. El teniente solo se aventuraba a ir al escenario de un crimen cuando había una buena oportunidad de que apareciera la tele. Y solo estaba interesado en la televisión, no en los medios impresos. Con un redactor de periódico era preciso hilvanar más de dos frases seguidas con sentido y después tus palabras quedaban en el papel y continuaban allí al día siguiente y posiblemente te acecharían para siempre. No formaba parte de la política departamental hablar con los medios escritos. La televisión era una emoción más fugaz y menos peligrosa.

Bosch se encaminó hacia la lona azul bajo la que se habían reunido los investigadores. Estaban de pie junto a una pila de hormigón roto y a lo largo del borde de una zanja cavada en el suelo que había constituido los cimientos del edificio. Bosch alzó la mirada cuando uno de los helicópteros de la tele efectuaba una pasada a baja altura. No conseguirían gran cosa con la lona que tapaba el lugar de los hechos. Probablemente ya estarían enviando equipos de tierra.

Todavía había un montón de escombros en el armazón del edificio. Vigas del techo carbonizadas, maderas, bloques de hormigón rotos y otros restos. Pounds se puso a la altura de Bosch y ambos empezaron a avanzar cuidadosamente hacia la gente congregada bajo la lona.

–Lo derribarán y harán otro aparcamiento –comentó Pounds–. Eso es lo que los disturbios le han dado a la ciudad, mil aparcamientos nuevos. Hoy en día ya no hay ningún problema para aparcar en South Central. Ahora, como quieras una gaseosa o echar gasolina, entonces sí que tienes un problema. Lo quemaron todo. ¿Pasaste por el South Side antes de las fiestas? Había árboles de Navidad en todas las manzanas. Todavía no entiendo por qué esa gente quemó sus propios barrios.

Bosch sabía que el hecho de que personas como Pounds no entendieran por qué «esa gente» hizo lo que hizo era una de las razones de que lo hubiera hecho y de que algún día tuviera que volver a hacerlo. Bosch lo veía como un ciclo. Cada veinticinco años, más o menos, la ciudad acababa con el alma incendiada por el fuego de la realidad. Pero luego seguía adelante, deprisa, sin mirar atrás, como un conductor que se da a la fuga.

De repente, Pounds cayó tras resbalar con los escombros. Detuvo la caída con las manos y se incorporó rápidamente, avergonzado.

–¡Mierda! –exclamó, y luego, aunque Bosch no se lo había preguntado, agregó–: Estoy bien, estoy bien.

Se apresuró a peinarse hacia atrás el pelo que se le había despegado del cráneo, cada vez más pelado. No se dio cuenta de que al hacerlo se estaba tiznando la frente con la mano y Bosch tampoco se lo dijo.

Finalmente, llegaron al lugar donde se hallaban los investigadores. Bosch caminó hacia su antiguo compañero, Jerry Edgar, que estaba acompañado de dos detectives a los que Harry conocía y dos mujeres a las que no conocía. Las mujeres iban ataviadas con sendos monos verdes, el uniforme de los miembros del equipo del forense encargados de trasladar cadáveres. Cobraban lo mínimo y los enviaban de lugar en lugar de los hechos en la furgoneta azul para recoger cadáveres y llevarlos a la nevera.

–¿Qué pasa, Harry? –dijo Edgar.

–Ya ves.

Edgar acababa de asistir al festival de *blues* de Nueva Orleans y había vuelto con el saludo. Lo decía con tanta frecuencia que resultaba molesto. El propio Edgar era el único detective de la brigada que no se había percatado de ello.

Edgar destacaba en medio del grupo. No llevaba un mono como el de Bosch –de hecho, nunca se lo ponía porque le arrugaba sus trajes de Nordstrom–, y lo misterioso era que había conseguido abrirse paso hasta el lugar de los hechos sin llevarse ni una mota de polvo en los dobladillos del pantalón de su traje cruzado. El mercado inmobiliario –el antiguo y lucrativo pluriempleo de Edgar– llevaba tres años en crisis, pero Edgar seguía siendo el mejor vestido de la división. Bosch se fijó en la corbata azul claro de su compañero, apretada con fuerza al cuello del detective negro, y supuso que le habría costado más que su corbata y camisa juntas.

Bosch saludó a Art Donovan, el técnico de la policía científica, pero no dijo nada a ningún otro. Estaba siguiendo el protocolo. Como en cualquier lugar de los hechos, imperaba un sistema de castas cuidadosamente establecido. Los detectives básicamente hablaban entre ellos o con los técnicos de investigaciones científicas. Los uniformados no hablaban a no ser que les preguntaran. Los que trasladaban los cadáveres, que ocupaban el peldaño más bajo del escalafón, no hablaban con nadie, salvo con el técnico del forense. Este cruzaba contadas palabras con los polis. Los despreciaba porque para él eran unos pedigüeños que lo querían todo para ayer: la autopsia, las pruebas toxicológicas…

Bosch examinó la zanja junto a la que se hallaban. La cuadrilla del martillo neumático había perforado el suelo y practicado un agujero de unos dos metros y medio de largo por uno veinte de profundidad. A continuación, habían excavado en lateral hacia un gran bloque de hormigón que se extendía noventa centímetros bajo la superficie del suelo. Había un hueco en la piedra. Bosch se agachó para mirar más de cerca y vio que el hueco tenía la silueta del cuerpo de una mujer. Era como un molde para hacer un maniquí de escayola. Pero estaba vacío por dentro.

–¿Dónde está el cadáver? –preguntó Bosch.

–Ya se han llevado lo que quedaba de él –dijo Edgar–. Está en una bolsa, en la furgoneta. Estamos pensando en una forma de llevarnos de aquí esta pieza del suelo sin que se rompa.

Bosch miró en silencio al agujero durante unos segundos antes de levantarse de nuevo y abrirse camino para salir del amparo de la lona. Larry Sakai, el investigador forense, lo siguió a la furgoneta azul y abrió el portón. El calor era sofocante en el interior del vehículo y el olor del aliento de Sakai era más fuerte que el del desinfectante industrial.

—Supuse que te llamarían —dijo Sakai.

—Ah, ¿sí? ¿Cómo es eso?

—Porque parece del puto Fabricante de Muñecas.

Bosch no dijo nada para no dar a Sakai ninguna indicación de confirmación. Sakai había trabajado en varios de los casos del Fabricante de Muñecas cuatro años antes. Bosch sospechaba que era el responsable del nombre que los medios de comunicación le habían puesto al asesino en serie. Alguien había filtrado los detalles del uso repetido de maquillaje en los cadáveres a uno de los presentadores del Canal 4. El presentador bautizó al asesino como el Fabricante de Muñecas. Después de eso, todo el mundo empezó a llamarlo así, incluso los polis.

Pero Bosch siempre había detestado ese nombre. No solo decía algo del asesino, sino también de las víctimas. Las despersonalizaba, y con ello facilitaba que las historias del Fabricante de Muñecas, o el Maquillador, como también lo llamaron, que se transmitían por todas las cadenas fueran un producto de entretenimiento en lugar de algo espantoso.

Bosch miró por la furgoneta. Había dos camillas y dos cadáveres. Uno llenaba por completo la bolsa: o bien se trataba de alguien pesado y corpulento, o bien el cadáver se había hinchado. Se volvió hacia la otra bolsa. Los restos que contenía apenas abultaban. Sabía que esa era la de la víctima que habían sacado del hormigón.

—Sí, esta —dijo Sakai—. Al otro lo apuñalaron en Lankershim. Se ocupan los de North Hollywood. Ya estábamos llegando al depósito cuando recibimos este aviso.

Eso explicaba por qué los medios se habían enterado tan pronto. Los avisos del forense se emitían en una frecuencia que estaba sintonizada en todas las salas de redacción de la ciudad.

Bosch examinó la pequeña bolsa de plástico grueso un momento y, sin esperar a que lo hiciera Sakai, abrió la cremallera. Al hacerlo se desató un olor penetrante y mohoso que no era tan pútrido como podría haber sido si hubieran encontrado el cadáver antes. Sakai abrió la bolsa y Bosch observó los restos humanos. La piel era oscura y se ajustaba con tirantez a los huesos. El detective no sintió asco porque estaba acostumbrado y había aprendido a desapegarse de tales escenas. A veces pensaba que mirar cadáveres era el trabajo de su vida. Había ido al depósito para identificar a su madre cuando todavía no había cumplido doce años, había visto infinidad de muertos en Vietnam y había perdido la cuenta de los cadáveres que había visto en casi veinte años en la policía. Todo ello hacía que viera los cadáveres con la frialdad de una cámara. Era tan desapegado como un psicópata y lo sabía.

La mujer de la bolsa era pequeña, pero el deterioro de los tejidos y el encogimiento hacían que el cuerpo pareciera aún más pequeño que en vida. Lo que quedaba del pelo llegaba hasta los hombros y daba la impresión de que había sido rubio decolorado. Bosch distinguió restos de maquillaje en la piel del rostro. Los pechos de la mujer pronto atrajeron su mirada, pues eran sorprendentemente grandes en comparación con el resto del cuerpo encogido. Estaban bien formados y la piel estaba tensa. En cierto modo, constituían el rasgo más grotesco del cadáver, porque no eran como deberían haber sido.

–Son implantes –dijo Sakai–. No se descomponen. Podríamos sacarlos y vendérselos a la próxima tía estúpida que los quisiera. No estaría mal poner en marcha un programa de reciclaje.

Bosch no dijo nada. Se sintió súbitamente deprimido al pensar en la mujer –quienquiera que fuese– que se había operado para resultar más atractiva y había acabado de ese modo. Se preguntó si solo habría tenido éxito en resultar más atractiva para su asesino.

Sakai interrumpió sus pensamientos.

–Si lo hizo el Fabricante de Muñecas, significa que lleva en el hormigón al menos cuatro años, ¿no? En ese caso, la descomposición no es muy grande. Todavía tiene pelo, ojos, algunos tejidos internos. Podremos trabajar con eso. La semana pasada me cayó un trabajo, un excursionista que encontraron en el cañón de Soledad. Creían que era un tipo que desapareció el verano pasado. Ya no era más que huesos. Claro que al aire libre hay animales. ¿Sabes que entran por el culo? Es la entrada más suave y los animales…

–Ya lo sé, Sakai. Ciñámonos a este.

–En fin, con esta mujer, al parecer, el hormigón ha enlentecido el proceso. No lo ha detenido, pero lo ha frenado. Debe de haber sido como una tumba hermética.

–¿Vais a poder determinar cuánto tiempo lleva muerta?

–Probablemente a partir del cadáver no. La identificaremos y después vosotros descubriréis cuándo desapareció. Esa será la manera.

Bosch miró los dedos de la víctima. Eran palillos oscuros, casi tan delgados como un lápiz.

–¿Y las huellas?

–Las conseguiremos, pero no de los dedos.

Bosch vio que Sakai sonreía.

–¿Qué? ¿Las dejó en el hormigón?

La sonrisa de Sakai quedó aplastada como una mosca. Bosch le había arruinado la sorpresa.

–Sí, exacto. Podríamos decir que dejó una impresión. Vamos a obtener huellas, puede que incluso un molde de su rostro, si podemos sacar el trozo de hormigón. Quien preparó el material puso demasiada agua. Es muy fino. Es una suerte, tendremos las huellas.

Bosch se inclinó sobre la camilla para examinar la nudosa tira de cuero enrollada en el cuello del cadáver. Era un cuero negro fino y distinguió las marcas de la costura en los bordes. Otra tira cortada de un bolso. Como todas las demás. Se acercó más y el olor del cadáver le embotó la nariz y la boca. La circunferencia de la tira de cuero en torno al cuello era pequeña, tal vez del tamaño de una botella de vino. Lo suficientemente pequeña para ser fatal. Vio dónde había cortado la piel ennegrecida para arrancarle la vida a la víctima. Se fijó en el nudo. Un nudo corredizo apretado en el lado derecho con la mano izquierda. Como todos los demás. Church era zurdo.

Faltaba comprobar algo más. Lo llamaban «la firma».

–¿No había ropa? ¿Zapatos?

–Nada, como los demás, ¿recuerdas?

–Abre la bolsa del todo, quiero ver el resto.

Sakai abrió la cremallera hasta los pies. Bosch no estaba seguro de si Sakai sabía cuál era la firma, pero él no pensaba decírselo. Se inclinó sobre el cadáver y lo examinó como si estuviera interesado en todo, cuando en realidad solo le importaban las uñas de los pies. Los dedos estaban arrugados, negros y quebradizos. Las uñas también estaban quebradas y en algunos dedos habían desaparecido por completo. Sin embargo, Bosch vio que la pintura en los dedos gordos estaba intacta. Rosa intenso, apagado por los fluidos de descomposición, el polvo y la edad. Y en el dedo gordo del pie derecho vio la firma. O lo que quedaba de ella. Una minúscula cruz blanca pintada cuidadosamente en la uña. La firma del Fabricante de Muñecas. No faltaba en ninguno de los cadáveres.

Bosch notó que el corazón le latía con fuerza. Miró el interior de la furgoneta y empezó a sentir claustrofobia. La primera sensación de paranoia empezaba a asomar en su cerebro. Su mente hervía con las posibilidades. Si el cadáver cumplía con todas las características conocidas de un asesinato del Fabricante de Muñecas, entonces Church era el asesino. Si Church era el asesino de esa mujer y estaba muerto, entonces ¿quién había dejado la nota en la comisaría de Hollywood?

Se irguió y miró a la víctima en su conjunto por primera vez. Desnuda y encogida, olvidada. Se preguntó si habría más cadáveres en el hormigón esperando a ser descubiertos.

—Ciérralo —le dijo a Sakai.

—Es él, ¿no? El Fabricante de Muñecas.

Bosch no contestó. Saltó de la furgoneta y se bajó un poco la cremallera del mono.

—Eh, Bosch —lo llamó Sakai desde dentro de la furgoneta—. Es solo curiosidad. ¿Cómo lo habéis encontrado? Si el Fabricante de Muñecas está muerto, ¿quién os ha dicho dónde mirar?

Bosch tampoco contestó a esta pregunta. Caminó lentamente de nuevo bajo la lona. Parecía que todavía no se les había ocurrido la forma de sacar el trozo de hormigón donde habían descubierto el cuerpo. Edgar estaba por ahí, tratando de no ensuciarse. Bosch hizo una señal a su antiguo compañero y a Pounds y los tres se reunieron a la izquierda de la zanja, en un lugar donde podían hablar sin que nadie los oyera.

—¿Y bien? —preguntó Pounds—. ¿Qué tenemos?

—Parece un trabajo de Church —dijo Bosch.

—Mierda —exclamó Edgar.

—¿Cómo puedes estar seguro? —preguntó Pounds.

—Por lo que he visto, coincide en todos los detalles con el Fabricante de Muñecas. Incluida la firma.

—¿La firma? –preguntó Edgar.

—La cruz blanca en el dedo gordo del pie. Nos lo reservamos durante la investigación, pactamos con todos los periodistas no hacerlo público.

—¿Y un imitador? –propuso Edgar, esperanzado.

—Podría ser. Nunca se mencionó la cruz blanca hasta que el caso se cerró. Después, Bremmer, del *Times*, escribió un libro sobre el caso. Lo mencionaba.

—Así que tenemos un imitador –sentenció Pounds.

—Todo depende de cuándo murió –dijo Bosch–. El libro se publicó un año después de la muerte de Church. Si murió después de esa fecha, probablemente tenemos un imitador. Si la metieron en el hormigón antes, entonces no lo sé…

—Mierda –dijo Edgar.

Bosch pensó un momento antes de volver a hablar.

—Podemos estar tratando con un montón de cosas diferentes. Está el imitador. O quizá Church tenía un compañero al que nunca vimos. O quizá… maté a quien no debía. Quizá quien escribió la nota que encontramos esté diciendo la verdad.

La idea quedó flotando en el silencio, como una cagada de perro en la acera: todo el mundo la rodea con cuidado sin mirarla de cerca.

—¿Dónde está la nota? –preguntó por fin Bosch a Pounds.

—En mi coche. Iré a buscarla. ¿Qué quieres decir con que podría tener un compañero?

—Me refiero a que si Church hizo esto, ¿de dónde salió la nota si estaba muerto? Tuvo que ser alguien que sabía lo que había hecho y dónde había escondido el cadáver. Si es así, ¿quién es la segunda persona? ¿Un cómplice? ¿Church tenía un cómplice del que nunca supimos nada?

–¿Recuerdas al Estrangulador de la Colina? –preguntó Edgar–. Resultó que había estranguladores. En plural. Dos primos con el mismo gusto de matar mujeres jóvenes.

Pounds dio un paso atrás y negó con la cabeza como para conjurar la idea de un caso que potencialmente podía amenazar su carrera.

–¿Y Chandler, la abogada? –sugirió Pounds–. Supongamos que la mujer de Church sepa dónde enterró los cuerpos. Se lo dice a Chandler y ella trama este montaje. Escribe una nota como si fuera el Fabricante de Muñecas y la deja en comisaría. Así te jode toda tu defensa.

Bosch pensó en esa posibilidad. A primera vista funcionaba, pero enseguida vio diversos inconvenientes.

–Pero ¿por qué iba Church a sepultar unos cadáveres y no otros? El psiquiatra que asesoró al equipo de investigación de entonces dijo que era un exhibicionista, que le gustaba exponer a sus víctimas. Hacia el final, después de la séptima víctima, empezó a dejarnos notas a nosotros y al periódico. No tiene sentido que dejara algunos cadáveres para que los encontrásemos y otros sepultados en hormigón.

–Cierto –dijo Pounds.

–Me gusta la idea del imitador –dijo Edgar.

–Pero ¿por qué copiar el perfil completo de alguien, firma incluida, y luego sepultar el cadáver? –preguntó Bosch.

En realidad, no se lo estaba preguntando a ellos. Era una pregunta que tendría que responderse a sí mismo. Los tres se quedaron en silencio durante un rato, todos pensando que la posibilidad más plausible era que el Fabricante de Muñecas siguiera vivo.

–Quienquiera que haya sido, ¿por qué la nota? –dijo Pounds. Parecía muy agitado–. ¿Por qué iba a dejarnos la nota? Se había escapado.

–Porque busca atención –dijo Bosch–. Como la que tenía el Fabricante de Muñecas. Como la que va a generar este juicio.

El silencio volvió a instalarse durante unos segundos.

–La clave –dijo Bosch por fin– es identificar a la víctima, descubrir cuánto tiempo ha estado en el hormigón. Entonces sabremos lo que tenemos.

–¿Qué hacemos entonces? –dijo Edgar.

–Yo diré lo que vamos a hacer –intervino Pounds–. No vamos a decir ni una palabra de esto a nadie. Todavía no. Hasta que sepamos a ciencia cierta de qué se trata. Esperaremos a tener la autopsia y la identificación. Averiguaremos cuánto tiempo hace que murió esta chica y qué estaba haciendo cuando desapareció. Después decidiremos, decidiré, qué camino seguir.

»Mientras tanto, ni una palabra. Si esto se malinterpreta, puede causar un grave daño al departamento. He visto que algunos medios ya están aquí, así que me ocuparé de ellos. Nadie más debe hablar, ¿está claro?

Bosch y Edgar asintieron y Pounds salió, avanzando lentamente entre los escombros hacia una nube de periodistas y cámaras que se agolpaban detrás de la cinta amarilla instalada por los policías de uniforme.

Bosch y Edgar se quedaron de pie, en silencio unos momentos, viendo cómo su jefe se alejaba.

–Espero que sepa qué diablos está diciendo –comentó Edgar.

–Inspira mucha confianza, ¿no? –replicó Bosch.

–Sí, desde luego.

Bosch se acercó a la zanja y Edgar lo siguió.

–¿Qué vais a hacer con la impresión que dejó en el hormigón?

–Los de los martillos neumáticos no creen que se pueda trasladar. Dicen que el que mezcló el hormigón no siguió las instrucciones demasiado bien. Usó demasiada agua y arena fina. Es como yeso. Si tratamos de sacarlo de una pieza, se desmenuzará por su propio peso.

–¿Y entonces?

–Donovan va a hacer un molde de la cara. Solo tenemos la mano derecha, el lado izquierdo se derrumbó cuando cavaron. Donovan va a intentarlo con silicona plástica. Dice que es la mejor forma de obtener un molde con las huellas.

Bosch asintió. Por un instante se fijó en Pounds, que estaba hablando con los periodistas, y vio la primera cosa del día por la que valía la pena sonreír. Pounds estaba en cámara, pero aparentemente ninguno de los periodistas lo había avisado de la mancha en la frente. Bosch encendió un cigarrillo y centró su atención en Edgar.

–¿Así que esta zona de aquí eran almacenes de alquiler? –preguntó.

–Exacto. El dueño de la propiedad ha estado aquí hace un rato. Dijo que toda esta zona eran almacenes compartimentados. Salas individuales. El Fabricante (eh, el asesino, quien coño sea) pudo alquilar una de las salas y actuar con tranquilidad. El único problema sería el ruido que haría al levantar el suelo original. Pero pudo hacerlo por la noche. El dueño dice que la mayoría de la gente no venía por la noche. Los que alquilaban salas tenían la llave de una puerta que daba al callejón. El autor del crimen pudo entrar y hacer todo el trabajo en una noche.

La siguiente pregunta era obvia, así que Edgar no esperó a que Bosch la formulara.

–El dueño no nos puede dar el nombre del que la alquiló. Al menos, no con seguridad. Los registros se perdieron en el incendio. Su compañía de seguros llegó a un acuerdo con la mayoría de las personas que presentaron una reclamación y conseguiremos esos nombres. Pero dice que algunos no presentaron ninguna reclamación después de los disturbios. Simplemente no volvió a saber nada más de ellos. No recuerda todos los nombres, pero, si entre estos estaba nuestro hombre, probablemente usó un nombre falso. Al menos yo, si tuviera que alquilar un cuarto y excavar en el suelo para enterrar un cadáver, no daría mi nombre real.

Bosch asintió y miró su reloj. Tenía que irse pronto. Se dio cuenta de que tenía hambre, pero probablemente no tendría ocasión de comer. Miró la excavación y se fijó en la diferencia de color entre el hormigón viejo y el nuevo. La vieja losa estaba casi blanca. El cemento en el que había sido encajada la mujer era gris oscuro. Se fijó en un pedazo de papel rojo que sobresalía de un trozo gris en la parte inferior de la zanja. Se agachó y cogió el papel. Era del tamaño de una pelota de *softball*. Lo golpeó en la losa vieja hasta que se rompió. El papel era un fragmento de un paquete blando de Marlboro vacío. Edgar sacó una bolsa para pruebas del bolsillo del traje y la abrió para que Bosch guardara su hallazgo.

–Debieron de ponerlo con el cadáver –dijo–. Buena prueba.

Bosch salió de la zanja y miró de nuevo su reloj. Hora de irse.

–Avísame si la identificáis –le dijo a Edgar.

Volvió a dejar el mono de trabajo en el maletero y encendió otro cigarrillo. Se quedó de pie junto a su Caprice y observó a Pounds, que estaba terminando con su hábilmente planeada conferencia de prensa improvisada. Por las cámaras y los trajes caros, Bosch supo que la mayoría de los periodistas eran de la tele. Vio a Bremmer, el periodista del *Times,* de pie en un lado del grupo. Bosch llevaba un tiempo sin verlo y se fijó en que había engordado y se había dejado barba. Sabía que Bremmer estaba en la periferia del círculo esperando que los periodistas de la tele terminaran sus preguntas para poder golpear a Pounds con algo sólido que requiriera pensar antes de responder.

Bosch fumó y esperó cinco minutos hasta que Pounds terminó. Se arriesgaba a llegar tarde al juicio, pero quería ver la nota. Cuando Pounds terminó por fin con los reporteros, le indicó a Bosch que lo siguiera a su coche. Bosch se sentó en el asiento de la derecha y Pounds le tendió una fotocopia.

Harry estudió la nota un buen rato. Estaba escrita con una caligrafía reconocible. Los analistas de Documentos Sospechosos la habían llamado «la escritura Filadelfia» y habían concluido que esa inclinación de derecha a izquierda era el resultado del trabajo de una mano no entrenada; posiblemente, un zurdo que escribía con la derecha.

El diario dice que el juicio ya ha empezado
y volverá la caza del Fabricante de Muñecas
una bala de Bosch directa y sin muecas
pero que sepan las muñecas que no he acabado.

En Western está el sitio donde mi corazón canta
debajo de Bing's mi muñequita espanta
lástima, gran Bosch, una bala mal dirigida
han pasado los años y sigo en la partida.

Bosch sabía que el estilo podía copiarse, pero había algo en el poema que lo convenció. Era como los demás.

Las mismas rimas malas de colegial, el mismo intento se-
mianalfabeto de un lenguaje rimbombante. Sintió con-
fusión y un tirón en el pecho.

«Es él –pensó–. Es él.»

3

—Damas y caballeros —recitó el juez del distrito Alva Keyes mientras miraba al jurado—, iniciamos el juicio con lo que llamamos «exposiciones iniciales de los letrados». Tengan en cuenta que lo que ellos digan no son pruebas, sino más bien borradores, mapas de carretera si lo prefieren, de la ruta que cada abogado quiere tomar en su caso. Repito, no los consideren pruebas. Puede que los letrados hagan declaraciones rimbombantes, pero solo porque ellos lo digan no significa que sea cierto. Al fin y al cabo, son abogados.

Este comentario suscitó una educada risa del jurado y el resto de los presentes en la sala 4. El acento sureño del juez contribuyó al regocijo. Incluso Money Chandler sonrió. Bosch miró a su alrededor desde la mesa de la defensa y vio que la mitad de los asientos reservados para el público en la inmensa sala con paneles de madera y techo de seis metros estaban ocupados. En la primera fila de la parte de los demandantes había ocho personas que eran miembros de la familia de Norman Church o amigos de este, sin contar a la viuda, que estaba sentada con Chandler a la mesa de la demandante.

Había asimismo media docena de habituales de los juzgados, viejos sin nada mejor que hacer que observar los dramas de vidas ajenas. Además, Bosch vio un surtido de funcionarios de justicia y estudiantes que probablemente deseaban ver la actuación de la gran Honey

Chandler, y un grupo de periodistas con el bolígrafo preparado sobre el bloc. Las exposiciones iniciales siempre daban para un buen artículo, porque, como había dicho el juez, los abogados podían decir lo que quisieran. Bosch sabía que después, aunque los periodistas se irían pasando de vez en cuando, probablemente no habría muchos artículos más hasta el momento de las conclusiones y el veredicto.

A no ser que sucediera un imprevisto.

Bosch se volvió. No había nadie en los bancos que tenía detrás. Sabía que Sylvia Moore no iba a asistir porque él no quería que presenciara el juicio y así habían quedado antes. Le había dicho que era una formalidad, que ser juzgado por hacer su trabajo era uno de los inconvenientes del hecho de ser policía. La verdadera razón por la que no deseaba que ella lo viera era que no estaría en condiciones de controlar la situación. Tendría que permanecer sentado a la mesa de la defensa y dejar que le dispararan a placer. Podría surgir cualquier cosa y no quería que ella lo viera.

Se preguntó si los miembros del jurado verían los bancos vacíos a su espalda en la galería del público y pensarían que tal vez era culpable porque nadie se había presentado para mostrarle apoyo.

Cuando se acallaron las risas, Bosch observó de nuevo al magistrado. El juez Keyes aparecía impresionante en su silla. Era un hombre mayor a quien la toga le sentaba bien, y los anchos antebrazos cruzados sobre el pecho fornido le daban una sensación de prudente poderío. Su cabeza calva y colorada por el sol era grande y perfectamente redondeada. El pelo corto gris a ambos lados sugería un organizado almacén de conocimientos y perspectiva legales. El magistrado era un sureño afincado en California que se había especializado en casos de derechos civiles como abogado y que se había labrado un nombre demandando al Departamento de Policía de Los Ángeles por el desproporcionado número de ciudadanos de raza negra que habían muerto estrangulados por los agentes en la maniobra de inmovilización del sospechoso. El presidente Jimmy Carter lo había designado para el Tribunal Federal justo antes de que las urnas lo enviaran de nuevo a su Georgia natal. El juez Keyes había dirigido la sala 4 desde entonces.

El abogado de Bosch, el ayudante del fiscal Rod Belk, había luchado a brazo partido en la fase previa del juicio para descalificar al juez por razones de procedimiento y lograr que se asignara el caso a otro, a ser posible un juez sin antecedentes como custodio de los derechos civiles. Pero había fracasado.

No obstante, Bosch no estaba tan ofendido por este hecho como Belk. Se daba cuenta de que el juez Keyes estaba cortado por el mismo patrón legal que la abogada de la demandante, Honey Chandler –receloso de la policía, por la que a veces mostraba su odio abiertamente–, pero Bosch sentía que en última instancia era un hombre justo. Y Bosch creía que no le hacía falta nada más para salir en libertad. Una oportunidad justa con el sistema. Después de todo, estaba convencido de que había actuado correctamente en Silverlake. Había hecho lo que tenía que hacer.

–Dependerá de ustedes –estaba explicando el juez al jurado– decidir si lo que dicen los letrados queda demostrado durante el juicio. Recuérdenlo. Ahora, señora Chandler, es su turno.

Honey Chandler saludó al magistrado con la cabeza y se levantó para acercarse al estrado, que estaba situado entre las mesas de la acusación y la defensa. El juez Keyes había establecido estrictamente las directrices con anterioridad. En su sala no había paseítos, ningún letrado se aproximaba al estrado de los testigos ni al banco del jurado. Cualquier cosa que los abogados quisieran decir en voz alta tenían que decirla desde el estrado instalado entre las mesas. Chandler, consciente de la estricta exigencia de las normas de Keyes, incluso solicitó permiso antes de girar el pesado atril de caoba para hablar ante el jurado. El juez asintió, aunque con cara de pocos amigos.

–Buenas tardes –empezó Chandler–. El juez tiene razón cuando dice que esta exposición es solo un mapa de carreteras.

«Buena estrategia –pensó Bosch desde la reserva de cinismo con que contemplaba el caso en su conjunto–, consentir los caprichos del juez con la primera frase.» Observó a Chandler mientras ella consultaba el bloc amarillo que había dejado en el estrado. Reparó en que sobre el botón superior de su blusa había un alfiler con una piedra de ónice engarzada. Era plana y tan apagada como el ojo de un tiburón. Chandler se había peinado hacia atrás y se había recogido el cabello en una trenza de aspecto cuidadosamente descuidado. Un mechón de pelo suelto contribuía a dar la imagen de una mujer despreocupada por su aspecto y plenamente centrada en la ley, en el caso, en la abyecta injusticia perpetrada por el demandado. Bosch pensaba que se había dejado suelto el mechón a propósito.

Al oír las primeras palabras de Chandler, Bosch recordó el mazazo que había sentido en el pecho cuando se enteró de que ella sería la abogada de la viuda de Church. Para él había sido mucho más preocupante que el hecho de que asignaran el caso al juez Keyes. Chandler era muy buena. Por eso la llamaban Money.

–Me gustaría acompañarlos un poco por la carretera –dijo Chandler, y Bosch se preguntó si estaba empezando a hablar con acento del sur–. Solo voy a destacar de qué trata nuestro caso y lo que creemos que quedará demostrado por las pruebas. Es un caso de derechos civiles relacionado con el disparo fatal sobre un hombre llamado Norman Church por parte de la policía.

Hizo una pausa, y no para consultar su bloc, sino para concentrar toda la atención en lo que iba a decir a continuación. Bosch miró al jurado: cinco mujeres y siete hombres. Tres personas negras, tres latinas, una asiática y cinco blancas. Los doce estaban mirando a Chandler embelesados.

–Este caso –dijo Chandler– trata de un agente de policía que no estaba satisfecho con su trabajo ni con los vastos poderes que este le proporcionaba. Este agente también ambicionaba el trabajo que les corresponde a ustedes. Y el trabajo del juez Keyes. Y quería el trabajo de la Administración del Estado de hacer cumplir los veredictos y las sentencias dictadas por los jueces. Lo quería todo. El caso trata del detective Harry Bosch, al que ustedes ven sentado a la mesa de los demandados.

Chandler señaló a Bosch mientras pronunciaba muy lentamente la palabra «demandados». Belk se levantó para protestar como impulsado por un resorte.

–No es necesario que la señora Chandler señale a mi cliente al jurado ni que haga extrañas vocalizaciones. Sí, estamos en la mesa de los demandados. Y eso es porque se trata de un juicio civil y en este país cualquiera puede demandar a cualquiera, incluso la familia de un...

–Protesto, señoría –gritó Chandler–. Está utilizando su protesta para destruir la reputación del señor Church, que nunca fue condenado por crimen alguno porque...

–¡Basta! –bramó el juez Keyes–. Se admite la protesta. Señora Chandler, no es preciso señalar. Todos sabemos quiénes somos. Tampoco es preciso poner un acento inflamatorio en ninguna palabra. Las palabras son hermosas o desagradables de por sí. Dejemos que se las apañen solas. Y, por lo que respecta a usted, señor Belk, me resulta francamente molesto que una parte interrumpa las exposiciones iniciales o de cierre. Tendrá usted su turno, letrado. Le aconsejo que no proteste durante la exposición de la señora Chandler a no ser que se cometa una atroz injusticia contra su cliente. No considero que el hecho de que lo señale merezca ninguna protesta.

—Gracias, señoría —dijeron al unísono Belk y Chandler.

—Prosiga, señora Chandler. Como les he dicho en privado esta mañana, quiero que concluyamos hoy con las exposiciones iniciales. Tengo otro asunto a las cuatro.

—Gracias, señoría —repitió la abogada. Después, se volvió hacia el jurado—. Damas y caballeros, todos necesitamos a nuestra policía. Todos admiramos a nuestra policía. La mayoría de sus integrantes, la inmensa mayoría, hace un trabajo ingrato y lo hace bien. El Departamento de Policía es una parte indispensable de nuestra sociedad. ¿Qué haríamos si no pudiéramos contar con nuestros agentes de policía para servirnos y protegernos? Sin embargo, no es eso lo que se discute en este proceso. Quiero que lo recuerden a medida que el juicio progrese. Se trata de qué debemos hacer si uno de los miembros de las fuerzas de seguridad rompe las normas y el reglamento, la política que gobierna ese cuerpo policial. De lo que estamos hablando es de lo que se conoce como un poli que va por libre, de un hombre que una noche, hace ahora cuatro años, decidió ser juez, jurado y verdugo. Disparó a un hombre del que creía que era un asesino, un atroz asesino en serie, sí, pero en el momento en que el demandado eligió disparar al señor Norman Church, no había ninguna prueba legal de ello.

»Ahora van a oír de la defensa todo tipo de supuestas pruebas que, según la opinión de la policía, relacionan al señor Church con esos asesinatos, pero recuerden durante el juicio de dónde salieron esas pruebas, de los mismos policías, y cuándo se encontraron, después de que el señor Church fuera ejecutado. Creo que demostraremos que estas supuestas pruebas son como mínimo cuestionables. Como mínimo, manipuladas. Y, de hecho, tendrán que decidir si el señor Church, un hombre casado y con dos hijas y un empleo bien remunerado en una empresa aeronáutica, era en realidad ese asesino, el llamado Fabricante de Muñecas, o si simplemente fue convertido en cabeza de turco, en chivo expiatorio, por parte de un Departamento de Policía que necesitaba tapar el pecado de uno de los suyos: la brutal, injustificada e innecesaria ejecución de un hombre desarmado.

Chandler continuó, hablando largo y tendido del código de silencio que existía en el departamento, del largo historial de brutalidad, del apaleamiento de Rodney King y de los disturbios. De alguna manera, según Honey Chandler, todo ello eran flores negras crecidas de una planta cuya semilla era el asesinato de Norman Church por parte de Harry Bosch. Bosch oyó que seguía, pero ya no la escuchaba. Mantenía los ojos abiertos y a veces establecía contacto visual con algún componente del jurado, pero estaba pensando en lo suyo. Esa era su propia defensa. Los abogados, los miembros del jurado y el juez iban a tardar una semana, quizá más, en diseccionar lo que él había pensado y llevado a cabo en menos de cinco segundos. Para permanecer sentado en la sala de vistas necesitaba evadirse mentalmente de vez en cuando.

En su ensueño particular pensó en el rostro de Church. Al final, en el apartamento que había encima del garaje de Hyperion Street. Sus miradas habían conectado. Los ojos que Bosch había visto eran los de un asesino, tan oscuros como la piedra que Chandler lucía en el cuello.

–... aunque estuviera buscando una pistola, ¿importaría eso? –decía Chandler–. Un hombre había echado la puerta abajo de una patada. Un hombre armado. ¿Quién podría culpar a alguien por buscar, según la policía, un arma de defensa? El hecho de que estuviera buscando algo tan aparentemente risible como un peluquín convierte este episodio en algo todavía más repugnante. Lo mataron a sangre fría. Nuestra sociedad no puede aceptarlo.

Bosch se desconectó de nuevo y pensó en la nueva víctima, sepultada, probablemente durante años, en un suelo de hormigón. Se preguntó si alguna vez se había redactado un informe de personas desaparecidas, si alguna madre o padre o marido o hijo había estado preguntándose por ella durante todo ese tiempo. Al volver del lugar de los hechos, Bosch había empezado a contarle su descubrimiento a Belk. Le había pedido al abogado que solicitara al juez Keyes un aplazamiento, que retrasara el juicio hasta que se esclareciera la nueva muerte. Pero Belk lo había cortado diciéndole que cuanto menos supiera, mejor. El ayudante del fiscal parecía tan aterrorizado por las implicaciones del nuevo descubrimiento que determinó que la mejor táctica consistía en hacer lo contrario de lo que Bosch proponía, es decir, acelerar el juicio antes de que se hiciera público el descubrimiento y su posible conexión con el Fabricante de Muñecas.

Chandler casi había agotado su hora y media disponible para la exposición de apertura. Se había extendido sobre la política de uso de armas de fuego del Departamento de Policía y Bosch pensó que podría haber perdido parte de la atención del jurado. Durante un momento incluso perdió la de Belk, que estaba sentado al lado de Bosch pasando las hojas de su bloc amarillo y repasando mentalmente su declaración.

Belk era un hombre corpulento –con más de treinta kilos de sobrepeso– y tendencia a sudar incluso en la sala, refrigerada en exceso. Durante la fase de selección del jurado, Bosch se había preguntado con frecuencia si la transpiración se debía a su peso corporal o al peso de hacerse cargo de un caso contra Chandler y ante el juez Keyes. Belk no tendría más de treinta años, calculó Bosch. Como mucho haría cinco años que había salido de una facultad de Derecho de tipo medio y sobre su cabeza pendía la responsabilidad de enfrentarse a Chandler.

La palabra «justicia» captó de nuevo la atención de Bosch. Sabía que Chandler había dado otra vuelta de tuerca y enfilaba la recta final cuando empezaba a usar esa palabra en casi todas las frases. En un juicio civil, «justicia» y «dinero» eran intercambiables porque significaban lo mismo.

–La justicia para Norman Church fue efímera. Solo duró unos segundos. Justicia fue el tiempo que el detective Bosch tardó en abrir la puerta de una patada, apuntar con su Smith & Wesson satinada de nueve milímetros y apretar el gatillo. La justicia fue un solo disparo. La bala que el detective Bosch eligió para ejecutar al señor Church se llama XTP y es una bala que en el momento del impacto se expande un cincuenta por ciento y arranca grandes porciones de tejido y órganos a su paso. El proyectil arrancó el corazón al señor Church. Eso fue justicia.

Bosch se fijó en que muchos miembros del jurado no estaban mirando a Chandler, sino a la mesa de los demandantes. Al inclinarse ligeramente hacia delante vio que, más allá del estrado, la viuda, Deborah Church, se secaba las lágrimas con un pañuelo de papel. Era una mujer en forma de campana, con el pelo oscuro y corto y ojos pequeños de color celeste. Había sido el paradigma de un ama de casa y madre aburguesada hasta la mañana en que Bosch mató a su marido y la policía se presentó en su domicilio con una orden de registro y los periodistas con sus preguntas. Bosch incluso había sentido pena por ella y la había contado entre las víctimas, al menos hasta que contrató a Money Chandler y empezó a llamarlo «asesino».

–Las pruebas demostrarán, damas y caballeros, que el detective Bosch es un producto de su departamento –dijo Chandler–, una máquina insensible y arrogante que dispensaba justicia según él la veía. Se les pide que se pregunten si eso es lo que queremos de nuestro Departamento de Policía. Se les pide que enmienden un error para proporcionar justicia a una familia cuyo padre y marido les fue arrebatado.

»Para terminar, me gustaría citar a un filósofo alemán llamado Friedrich Nietzsche, que hace más o menos un siglo escribió algo que creo que guarda relación con lo que estamos haciendo hoy aquí. Nietzsche dijo: "Si luchas contra monstruos, tú serás uno de ellos. Si miras al abismo, el abismo te devolverá la mirada...".

»Damas y caballeros, de eso trata este caso. El detective Harry Bosch no solo miró al abismo, sino que la noche en que Norman Church fue asesinado, el abismo le devolvió la mirada. La oscuridad lo envolvió y el detective Bosch cayó en ella. Se convirtió en aquello que combatía. Un monstruo. Creo que descubrirán que las pruebas no llevan a ninguna otra conclusión. Gracias.

Chandler se sentó y golpeó el antebrazo de Deborah Church a modo de gesto tranquilizador. Bosch, por supuesto, sabía que lo hacía para el jurado y no por la viuda.

El juez levantó la mirada hacia las manecillas de latón del reloj incrustado en el panel de caoba que había sobre la puerta de la sala y decretó un descanso de quince minutos antes de que Belk se colocara en el estrado. Al levantarse, Bosch vio que una de las hijas de Church lo miraba desde la primera fila de la sección del público. Supuso que tendría unos trece años. La mayor, Nancy. Enseguida apartó la mirada y al hacerlo se sintió culpable. Se preguntó si algún miembro del jurado se habría fijado.

Belk dijo que necesitaba estar solo durante el receso para preparar su exposición ante el jurado. Bosch tenía ganas de ir al bar de la sexta planta porque todavía no había comido, pero era probable que fueran allí algunos miembros del jurado o, peor aún, miembros de la familia Church. Decidió bajar por la escalera mecánica hasta el vestíbulo y salir del edificio. Encendió un cigarrillo y se recostó en la base de la estatua. Se dio cuenta de que estaba pegajoso de sudor. La hora de la exposición de Chandler se le había hecho eterna, una eternidad con los ojos del mundo clavados en él. Sabía que el traje no le aguantaría toda la semana y tenía que asegurarse de tener el otro limpio. Pensar en esos detalles menores terminó por relajarlo.

Ya había enterrado una colilla en la arena y estaba fumándose el segundo pitillo cuando se abrió la puerta de acero y cristal del tribunal. Honey Chandler la había empujado con la espalda y por eso no había visto a Bosch. Fue girando con la puerta, con la cabeza agachada, mientras encendía un cigarrillo con un mechero de oro. Al levantar la cabeza y exhalar el humo vio a Bosch. Caminó hacia el cenicero, dispuesta a apagar el cigarrillo recién encendido.

–No pasa nada –dijo Bosch–. Es el único que hay por aquí, que yo sepa.

–Así es, pero no creo que nos haga ningún bien vernos las caras fuera del tribunal.

El detective se encogió de hombros y no dijo nada. Había sido ella quien se había acercado, podía irse si quería. Chandler dio otra calada.

–Solo medio. Tengo que volver a entrar.

Bosch asintió y miró hacia Spring Street. Enfrente del tribunal del condado vio una fila de gente esperando para pasar por los detectores de metales. «Más refugiados del mar», pensó. Vio que se acercaba el indigente para hacer su comprobación de la tarde del cenicero. El hombre se volvió de repente y se alejó por Spring. Miró una vez por encima del hombro, incómodo, mientras se iba.

–Me conoce.

Bosch se volvió hacia Chandler.

–¿La conoce?

–Era abogado. Lo conocía. Tom no sé cuántos. No me acuerdo de… Faraday, eso es, Tom Faraday. Supongo que no quiere que lo vea así. Pero aquí todo el mundo lo conoce. Es un recordatorio de lo que puede suceder cuando las cosas se tuercen del todo.

–¿Qué le pasó?

–Es una larga historia. Tal vez su abogado se la cuente. ¿Puedo preguntarle algo?

Bosch no respondió.

–¿Por qué el ayuntamiento no llegó a un acuerdo en este caso? Rodney King, los disturbios. Es el peor momento para llevar a un policía a juicio. No creo que Bulk (yo lo llamo así porque sé que él me llama Money), no creo que él sepa lo que se trae entre manos. Y usted será el cabeza de turco.

Bosch lo pensó un momento antes de responder.

—Es *off the record*, detective Bosch —dijo ella—, solo estoy charlando.

—Le pedí que no llegara a un acuerdo. Le dije que si quería llegar a un acuerdo, me buscaría a un abogado y lo pagaría yo mismo.

—Está muy seguro de sí mismo, ¿eh? —Chandler hizo una pausa para dar una calada—. Bueno, supongo que ya lo veremos.

—Supongo.

—Sabe que no es nada personal.

Estaba seguro de que la abogada terminaría por decir eso, la mentira más grande del juego.

—Tal vez no lo sea para usted.

—¿Para usted lo es? Disparó a un hombre desarmado y luego se lo toma como algo personal cuando su mujer le pone una demanda.

—El marido de su cliente cortaba las tiras de los bolsos de sus víctimas y con ellas hacía un nudo corredizo en torno al cuello y luego, despacio pero sin detenerse, las estrangulaba mientras las violaba. Prefería las tiras de piel. En cuanto a las mujeres, no tenía preferencias.

Chandler ni siquiera pestañeó. Bosch tampoco esperaba que lo hiciera.

—No es el marido de mi cliente, es el difunto marido de mi cliente. Y lo único que está claro en este caso, lo único demostrable, es que usted lo mató.

—Sí, y volvería a hacerlo.

—Ya lo sé, detective Bosch. Por eso estamos aquí.

Chandler frunció la boca en un beso congelado que marcó la línea de su mentón. Su pelo capturó el brillo del sol de la tarde. Aplastó el cigarrillo en la arena y volvió a entrar. Abrió la puerta como si esta estuviera hecha de madera de balsa.

4

Bosch estacionó en el aparcamiento de la parte de atrás de la comisaría de Hollywood, en Wilcox, poco antes de las cuatro. Belk solo había utilizado diez minutos de la hora asignada para su exposición de apertura y el juez Keyes había suspendido la sesión temprano argumentando que quería empezar con los testimonios al día siguiente para que el jurado no confundiera los testimonios probatorios con las consideraciones de los letrados. Bosch se había sentido incómodo con el breve discurso de Belk ante el jurado, pero el abogado le había dicho que no había de qué preocuparse.

Bosch entró por la puerta de atrás, la que quedaba al lado del calabozo, y recorrió el pasillo hasta el despacho de detectives. A las cuatro, la brigada solía estar desierta. Y así lo estaba cuando entró Harry, salvo por Jerry Edgar, que se había instalado ante una de las IBM para cumplimentar un formulario que Bosch reconoció como un 51: un Registro Cronológico del Agente Investigador. Levantó la mirada y vio que Bosch se aproximaba.

–¿Qué pasa, Harry?

–Aquí estoy.

–Veo que has terminado deprisa. No me lo digas, veredicto directo. El juez le pegó una patada en el culo a Money Chandler.

–Ojalá.

–Sí, ya sé.

–¿Qué tenéis hasta ahora?

Edgar explicó que todavía no habían identificado a la víctima. Bosch se sentó ante su escritorio y se aflojó el nudo de la corbata. El despacho de Pounds estaba a oscuras, de modo que no había peligro por encender un cigarrillo. Su mente vagó al juicio y a Money Chandler. La abogada de la demandante había captado la atención del jurado durante la mayor parte de su exposición. De hecho, en un claro golpe bajo emocional, había llamado «asesino» a Bosch. Belk había respondido con una disertación acerca de la ley y del derecho de un agente de policía a disparar a matar en caso de peligro. Aunque después se comprobara que no existía ningún peligro, ningún arma bajo la almohada, dijo Belk, las acciones de Church crearon el clima de peligro que autorizaba a Bosch a actuar de la manera en que lo hizo.

Para terminar, Belk había respondido a la cita de Nietzsche a la que había recurrido Chandler con otra de *El arte de la guerra,* de Sunzi. Belk aseguró que Bosch había entrado en «terreno letal» cuando derribó de una patada la puerta del apartamento de Church. En ese punto tenía que luchar o perecer, disparar o recibir un disparo. Cuestionarse sus acciones *a posteriori* era injusto.

Sentado frente a Edgar, Bosch reconoció que el argumento no había funcionado. Belk había resultado aburrido, mientras que Chandler había sido interesante y convincente. Empezaban muy mal. Harry reparó en que Edgar se había callado y él no había registrado nada de lo que había dicho.

–¿Y las huellas? –preguntó.

–Harry, ¿me estás escuchando? Acabo de decirte que hemos terminado con la silicona plástica hace una hora. Donovan consiguió huellas de la mano. Dice que pintan bien, que han quedado muy claras. Esta noche empezará a buscar en el ordenador del Departamento de Justicia y seguramente por la mañana tendremos las similares. Probablemente le ocupará el resto de la mañana revisarlas todas. Pero al menos Pounds le ha dado prioridad a este caso.

–Bien, avísame cuando surja algo. Supongo que estaré entrando y saliendo toda la semana.

–Harry, no te preocupes. Te mantendré al corriente. Pero trata de estar tranquilo. Mataste al asesino, ¿no? ¿Tienes alguna duda?

–Hasta hoy, ninguna.

–Entonces no te preocupes. Money Chandler puede darle al juez y a todo el jurado, pero no va a cambiar eso.

Bosch pensó en lo que Edgar acababa de decir de Chandler. Era interesante ver con qué frecuencia los polis reducían la amenaza de una mujer, incluso de una mujer profesional, a una amenaza sexual. Estaba convencido de que la mayoría de los polis eran como Edgar, que pensaban que algo de la sexualidad de Chandler le confería una ventaja. No admitirían que era excelente en su trabajo, mientras que el fiscal municipal gordo que defendía a Bosch no lo era.

Bosch se levantó y volvió a los archivadores. Abrió uno de los cajones cerrados con llave y buscó en el fondo para sacar dos carpetas azules que formaban parte del expediente de un caso de asesinato. Ambas eran pesadas, de ocho centímetros de grosor. En el lomo de una ponía BIOS, y en el de la otra, DOCS. Ambas eran del caso del Fabricante de Muñecas.

–¿Quién testifica mañana? –preguntó Edgar desde el otro lado de la sala de la brigada.

–No conozco el orden. El juez no le ha exigido a Chandler que lo concrete. Pero yo estoy citado, y Lloyd e Irving también. Ha citado a Amado, el coordinador del forense, e incluso a Bremmer. Todos tienen que presentarse y entonces ella decidirá a quién llama mañana y a quién después.

—El *Times* no va a dejar que Bremmer declare. Siempre se oponen.

—Sí, pero no lo han citado como periodista del *Times*, sino porque escribió un libro sobre el caso. El juez ya ha dictado que no le amparan los mismos derechos de confidencialidad que a un periodista. Puede que los abogados del *Times* se presenten a protestar, pero Keyes ya lo ha decidido. Bremmer testifica.

—¿Ves a qué me refiero? Probablemente la tía ya ha estado a puerta cerrada con ese viejo. Bueno, no importa, Bremmer no puede hacerte daño. En el libro, tú eras un héroe.

—Supongo.

—Harry, ven y echa un vistazo a esto.

Edgar se levantó y se acercó a los archivadores. Con mucho cuidado, bajó una caja de cartón que había encima del armario y la puso sobre la mesa de Homicidios. Era del tamaño de una sombrerera.

—Hay que tener cuidado, Donovan dice que debería devolverse esta noche.

Edgar levantó la tapa de la caja y descubrió el rostro en escayola de una mujer. La cara estaba ligeramente girada de manera que el lado derecho quedaba completamente esculpido en la escayola. Faltaba casi toda la parte inferior izquierda, el maxilar. Los ojos estaban cerrados; la boca, entreabierta. El nacimiento del pelo era casi imperceptible. La cara parecía hinchada junto al ojo derecho. Era como un friso clásico que Bosch había visto en un cementerio o en algún museo. Aunque carente de belleza. Era una máscara mortuoria.

—Parece que el tipo le dio en el ojo y se le hinchó.

Bosch asintió, pero no dijo nada. Había algo desconcertante en el hecho de mirar el rostro de la caja, algo más turbador incluso que la visión de un cadáver. No sabía por qué. Edgar tapó la caja y volvió a dejarla con cuidado encima del archivador.

—¿Qué vas a hacer con ella?

—No estoy seguro. Si no conseguimos nada de las huellas, podría ser la única forma de establecer una identificación. El forense tiene contacto con un antropólogo de la Universidad de California en Northridge que hace recreaciones faciales. Normalmente trabaja a partir de un cráneo, una calavera. Le llevaré esto y le preguntaré si puede acabar la cara, ponerle una peluca rubia o algo. También puede pintar la escayola, darle color a la piel. No sé, supongo que es como buscar una aguja en un pajar, pero vale la pena intentarlo.

Edgar volvió a situarse ante la máquina de escribir y Bosch se sentó delante del expediente. Abrió el archivador de las BIOS, pero se quedó sentado allí, observando a Edgar durante un momento. No sabía si debía admirar el ajetreo de Edgar con el caso o no. Habían sido compañeros y, a pesar de que Bosch había pasado un año enseñándole a ser investigador de homicidios, no estaba seguro de cuánto había logrado transmitirle. Edgar siempre se iba a mirar propiedades inmobiliarias y se tomaba dos horas para comer cuando tenía que asistir a la firma de una venta. Nunca había entendido que la brigada de Homicidios no era un empleo. Era una misión. Con la misma seguridad con que el asesinato era un arte para quienes se consagraban a él, la investigación de homicidios era un arte para quienes estaban en la misión. Y era la misión la que te escogía a ti, no al revés.

Con eso en mente, a Bosch le costaba aceptar que Edgar se dejaba la piel en el caso por la razón adecuada.

–¿Qué estás mirando? –preguntó Edgar sin levantar la mirada de la IBM ni dejar de escribir.

–Nada, estaba pensando en algunas cosas.

–Harry, no te preocupes, se va a solucionar.

Bosch aplastó la colilla de su cigarrillo en un vaso de plástico de café y encendió otro.

–¿La prioridad que Pounds le ha dado al caso ha abierto el grifo de las horas extra?

–Y tanto –dijo Edgar sonriendo–. Estás mirando a un hombre que tiene la cabeza metida debajo de ese grifo.

«Al menos era honesto en eso», pensó Bosch. Satisfecho de que su percepción original de Edgar continuara intacta, volvió al expediente del caso y pasó los dedos por el borde de la gruesa pila de informes. En la carpeta de tres anillas había once separadores, cada uno de ellos marcado con el nombre de una de las víctimas del Fabricante de Muñecas. Empezó a pasar de sección a sección examinando las fotografías de las escenas de los crímenes y los datos biográficos de las víctimas.

Las víctimas eran de extracción similar: prostitutas callejeras, acompañantes de alto nivel, *strippers*, actrices porno que además vendían sus servicios mediante anuncios. El Fabricante de Muñecas se había movido a sus anchas por la cara oculta de la ciudad. Había encontrado a sus víctimas con la misma facilidad con la que ellas se habían metido en la oscuridad con él. Bosch recordaba que el psicólogo del equipo de investigación había dicho que había un patrón de conducta en ello.

Sin embargo, al mirar los rostros congelados de la muerte en las fotografías, Bosch recordó que el equipo de investigación nunca había encontrado nada en común en el aspecto físico de las víctimas. Había rubias y morenas. Mujeres corpulentas y frágiles adictas a las drogas. Seis mujeres eran blancas; dos, latinas; dos, asiáticas, y una, negra. Ningún patrón. El Fabricante de Muñecas había sido indiscriminado en ese aspecto, la única pauta identificable había sido que siempre buscaba mujeres en la cornisa; ese lugar donde las opciones eran limitadas y las víctimas se iban fácilmente con un extraño. El psicólogo había dicho que cada una de las mujeres era como un pez herido que enviaba una señal invisible que inevitablemente atraía al tiburón.

—Era blanca, ¿verdad? —le preguntó a Edgar.

Edgar dejó de escribir.

—Sí, eso dijo el forense.

—¿Ya la han abierto? ¿Quién?

—No, la autopsia es mañana o pasado, pero Corazón echó un vistazo cuando lo trajimos. Supuso que el cadáver era de una mujer blanca. ¿Por qué?

—Por nada. ¿Rubia?

—Sí, al menos cuando murió. Teñida. Si vas a preguntarme si he comprobado el registro de personas desaparecidas en busca de una blanca rubia que desapareció hace cuatro años, vete a la mierda, Harry. Me conviene hacer horas extra, pero esa descripción no estrecharía el margen más que a trescientas o cuatrocientas. No voy a meterme en eso cuando probablemente mañana tendremos el nombre por las huellas, es una pérdida de tiempo.

—Sí, ya lo sé. Solo quería…

—Solo querías algunas respuestas. Como todos, pero las cosas requieren su tiempo, tío.

Edgar empezó a escribir de nuevo. Harry miró en la carpeta, pero no pudo evitar pensar en el rostro de la caja. Ningún nombre, ninguna ocupación. No sabía nada de ella. Pero algo en el molde de escayola le decía que de algún modo encajaba en el modelo del Fabricante de Muñecas. Había una dureza en él que no tenía nada que ver con la escayola. La mujer venía del límite.

−¿Encontrasteis algo más en el hormigón después de que yo me marchara?

Edgar dejó de escribir, exhaló sonoramente y negó con la cabeza.

−¿A qué te refieres? ¿A algo como el paquete de cigarrillos?

−Con los otros, el Fabricante de Muñecas dejaba los bolsos. Cortaba las tiras para estrangularlas, pero cuando abandonaba los cadáveres siempre encontrábamos el bolso y la ropa cerca. Lo único que faltaba era el maquillaje. Siempre se quedaba con el maquillaje.

−Esta vez no, al menos en el hormigón. Pounds dejó a un uniformado allí mientras terminaban de levantarlo todo. No encontraron nada más. Debió de esconderlo en la sala de almacenamiento y luego se incendió o se lo llevaron. Harry, ¿estás pensando en un imitador?

−Supongo.

−Sí, yo también.

Bosch asintió con la cabeza y le dijo a Edgar que lamentaba interrumpirlo tanto. Volvió a estudiar los informes. Al cabo de unos minutos, Edgar sacó el formulario de la máquina de escribir y lo llevó a la mesa de Homicidios. Lo guardó en una nueva carpeta con la fina pila de documentos acumulados durante el día y la metió en un archivador que estaba detrás de su silla. Después pasó por su ritual diario de llamar a su mujer mientras enderezaba el cartapacio y ordenaba la mesa. Le dijo que tenía que hacer una rápida parada de camino a casa. Escuchar la conversación hizo que Bosch pensara en Sylvia Moore y en algunos de los rituales domésticos que se habían engranado entre ellos.

−Me voy, Harry −dijo Edgar después de colgar.

Bosch asintió.

−¿Cómo es que te has pasado?

—No lo sé. Estoy leyendo esto para saber qué decir cuando tenga que testificar.

Eso era mentira. No necesitaba el expediente del caso para refrescar la memoria, recordaba perfectamente al Fabricante de Muñecas.

—Espero que acabes con Money Chandler.

—Probablemente me hará trizas. Es buena.

—Oye, he de irme. Nos vemos.

—Eh, recuerda: si consigues un nombre mañana, dame un toque al busca.

Después de que Edgar se hubo marchado, Bosch miró su reloj —eran las cinco— y encendió la tele que había encima del armario archivador, junto a la caja que contenía el rostro de escayola. Mientras esperaba la noticia sobre el hallazgo del cadáver, cogió el teléfono y llamó a casa de Sylvia.

—No voy a llegar hoy.

—Harry, ¿qué pasa? ¿Cómo ha ido la apertura?

—No es por el juicio. Es otro caso. Hoy han encontrado un cadáver que se parece mucho a los del Fabricante de Muñecas. Nos enviaron una nota a comisaría. Básicamente decía que maté al tipo equivocado. Que el verdadero Fabricante de Muñecas sigue vivo.

—¿Puede ser cierto?

—No lo sé. No había tenido ninguna duda hasta hoy.

—¿Cómo puede…?

—Espera un momento. Sale en las noticias. Canal Dos.

—Voy a ponerlo.

Ambos miraron en distintos televisores, pero conectados por teléfono mientras relataban la noticia en el primer informativo. El presentador no mencionó al Fabricante de Muñecas. Hubo una toma aérea de la escena y luego un fragmento con sonido en el que Pounds explicaba que se sabía muy poco, que un aviso anónimo había conducido a la policía hasta el cadáver. Tanto Harry como Sylvia rieron al ver la frente tiznada de Pounds. A Bosch le sentó bien la risa. Después del reportaje, Sylvia se puso seria.

—Así que no se lo ha contado a los medios.

—Bueno, tenemos que asegurarnos. Hemos de averiguar qué fue antes. O bien fue él o un imitador..., o tal vez tenía un cómplice del que no sabíamos nada.

—¿Cuándo sabréis qué dirección tomar?

Era una forma bonita de preguntarle cuándo sabría si había matado a un hombre inocente.

—No lo sé, probablemente mañana. La autopsia nos aclarará algunas cosas. Pero la identificación nos dirá cuándo murió.

—Harry, no fue el Fabricante de Muñecas, no te preocupes.

—Gracias, Sylvia.

Bosch pensó que la lealtad inequívoca de Sylvia era hermosa. De inmediato se sintió culpable, porque él nunca había sido completamente franco con las cuestiones que concernían a ambos. Era él quien se reservaba cosas.

—Todavía no has dicho cómo te ha ido hoy en el juicio ni por qué no vas a venir, como dijiste que harías.

—Es por este nuevo caso que han descubierto hoy. Estoy implicado... y quiero pensar en él.

—Puedes pensar en cualquier parte, Harry.

—Ya sabes a qué me refiero.

—Sí. ¿Y en el tribunal?

—Creo que ha ido bien. Solo estamos en las exposiciones. Los testimonios empiezan mañana. Pero este nuevo caso... de algún modo planea por encima de todo.

Bosch fue cambiando de canal mientras hablaba, pero se había perdido reportajes sobre el nuevo descubrimiento del cadáver en otras cadenas.

–Bueno, ¿qué ha dicho tu abogado?

–Nada, no quiere saber nada del caso.

–Vaya mierda.

–Solo quiere terminar con el caso pronto, con la esperanza de que si el Fabricante de Muñecas o algún cómplice sigue suelto no se confirme hasta que el juicio haya concluido.

–Pero, Harry, eso no es ético. Aunque sean pruebas a favor de la demandante, ¿no tiene que presentarlas?

–Sí, si las conoce. Por eso no quiere conocerlas. Eso lo pone a salvo.

–¿Cuándo será tu turno para testificar? Quiero estar allí. Puedo pedirme un día de asuntos propios.

–No, no te preocupes. Es solo una formalidad. No quiero que sepas nada más de esta historia de lo que ya sabes.

–¿Por qué? Es tu historia.

–No, no lo es. Es la suya.

Bosch colgó después de decirle que la llamaría al día siguiente. Se quedó un buen rato mirando el teléfono que estaba en la mesa, delante de él. Harry y Sylvia Moore pasaban tres o cuatro noches de la semana juntos desde hacía casi un año. Aunque Sylvia había hablado de cambiar su relación e incluso había puesto su casa en venta, Bosch nunca había querido tocar la cuestión por miedo de que afectara el frágil equilibrio y comodidad que sentía con ella.

Se preguntó si estaría haciendo precisamente eso, alterar el equilibrio. Le había mentido. Estaba implicado en el nuevo caso hasta cierto punto, pero había concluido con su día y se iba a casa. Le había mentido porque sentía la necesidad de estar solo con sus pensamientos. A solas con el Fabricante de Muñecas.

Pasó las hojas de la segunda carpeta hasta el final, donde había bolsas de plástico para introducir pruebas. En ellas se guardaban las copias de las cartas anteriores del Fabricante de Muñecas. Había tres. El asesino había empezado a enviarlas después de que los medios de comunicación lo hubieran bautizado como el Fabricante de Muñecas. Una había sido dirigida a Bosch, antes del undécimo asesinato, el último. Las otras dos las había recibido Bremmer, en el *Times,* después del séptimo y el undécimo crimen. Harry examinó la fotocopia del sobre que estaba dirigido a él con letras mayúsculas. Después miró el poema y dobló la página. También había sido escrito con la misma caligrafía inclinada. Leyó las palabras que ya se sabía de memoria.

A advertir y prevenir obligado me veo,
esta noche salgo a comer algo, saciaré mi deseo.
Otra muñeca para el estante cuento.
Respira por última vez, cuando yo me vierto.

Tarde llorarán papá y mamá,
una bonita señorita bajo mi campanario.
Mientras aprieto la tira del bolso oigo esa tos.
Su último jadeo. Suena como Bosch.

Bosch cerró las carpetas y las puso en su maletín. Apagó la tele y se dirigió hacia el aparcamiento. Sostuvo la puerta de la comisaría a dos policías de uniforme que estaban arrastrando a un borracho esposado. El borracho le lanzó una patada, pero él se apartó.

Dirigió su Caprice hacia el norte y tomó Outpost Road hasta Mulholland y luego esa avenida hasta Woodrow Wilson. Después de aparcar en la cochera se quedó un buen rato con las manos en el volante. Pensó

en las cartas y en la firma que el Fabricante de Muñecas había dejado en el cuerpo de todas sus víctimas,
una cruz pintada en una uña del pie. Después de la
muerte de Church, habían imaginado el significado.
La cruz había sido el campanario, el campanario de una
iglesia.

5

Por la mañana, Bosch se sentó en la terraza trasera de su casa y observó el sol que se elevaba por encima del paso de Cahuenga. El astro disipó la niebla de la mañana y bañó las flores silvestres de la ladera que el invierno había quemado. Se quedó allí observando, fumando y tomando café hasta que el sonido del tráfico de la autovía de Hollywood se convirtió en un silbido ininterrumpido que subía desde el desfiladero.

Se puso una camisa blanca y su traje azul oscuro. Mientras se ajustaba la corbata granate con cascos de gladiador ante el espejo de la habitación, se preguntó cómo debería comparecer ante el jurado. El día anterior se había fijado en que, cuando establecía contacto visual con alguno de los doce, ellos eran siempre los primeros en apartar la mirada. ¿Qué significaba eso? Le habría gustado preguntárselo a Belk, pero no le caía bien y sabía que se sentiría incómodo pidiéndole su opinión sobre cualquier cosa.

Utilizando un agujero existente, aseguró la corbata con su alfiler de plata en el que ponía 187, el código penal del asesinato en California. Se peinó el pelo castaño y gris, todavía húmedo después de la ducha, con un peine de plástico y a continuación se atusó el bigote. Se puso unas gotas de colirio en los ojos y luego se inclinó hacia el espejo para observarse. Tenía los ojos enrojecidos por la falta de sueño y los iris tan oscuros como el hielo sobre el asfalto. Volvió a preguntarse por qué los miembros del jurado rehuían su mirada. Pensó en cómo lo había descrito Chandler el día anterior y obtuvo su respuesta.

Se estaba dirigiendo a la puerta, maletín en mano, cuando esta se abrió antes de que llegara. Sylvia entró mientras retiraba la llave de la cerradura.

—Hola —dijo al verlo—. Suerte que aún te pillo.

Sylvia sonrió. Llevaba unos pantalones color caqui y una blusa rosa con cuello abotonado. Bosch sabía que no se ponía vestido los martes y los jueves porque eran los días en que trabajaba en los patios escolares. Algunas veces tenía que correr detrás de los estudiantes. Otra tenía que separar peleas. El sol que atravesaba la puerta del porche tornaba dorado su pelo rubio oscuro.

—¿Pillarme?

Sylvia se acercó a él sonriendo todavía y se besaron.

—Ya sé que te estoy retrasando. Yo también llego tarde. Pero quería pasar para desearte buena suerte. Aunque no la necesites.

Bosch se quedó abrazado a ella, oliéndole el pelo. Hacía casi un año que se conocían, pero todavía la abrazaba con el temor de que en cualquier momento pudiera darse la vuelta y marcharse declarando que la atracción que sentía por él era un error. Quizá él seguía siendo un sustituto del marido que había perdido, un policía como Harry, un detective de narcóticos cuyo aparente suicidio Bosch había investigado.

La relación entre ambos había progresado hasta un punto de comodidad absoluta, pero en las últimas semanas Bosch había empezado a notar cierta sensación de inercia. Sylvia también había sentido lo mismo e incluso lo habían hablado. Ella decía que el problema era que él no podía bajar la guardia por completo y Harry sabía que tenía razón. Había pasado mucho tiempo solo, pero no necesariamente aislado. Tenía secretos, muchos de ellos enterrados demasiado hondo para compartirlos con ella. Era demasiado pronto.

–Gracias por venir –dijo Harry, retirándose y bajando la mirada para ver el rostro todavía iluminado de Sylvia. Tenía una mota de pintalabios en una de las paletas–. Ten cuidado en el patio, ¿vale?

–Sí. –Puso cara seria–. Ya sé lo que has dicho, pero quiero ir al juicio, al menos un día. Quiero estar ahí contigo, Harry.

–No hace falta que estés allí para estar. ¿Entiendes?

Sylvia asintió, pero Bosch sabía que su respuesta no la había dejado satisfecha. Aparcaron el tema y charlaron de otras cosas durante unos minutos, haciendo planes para cenar juntos. Se besaron de nuevo y salieron: él al tribunal y ella al instituto, dos lugares muy peligrosos.

Siempre experimentaba una sensación de taquicardia absoluta al empezar la sesión del día, cuando el tribunal se sumía en el silencio y esperaban a que el juez abriera la puerta y se sentara en su silla. Eran las nueve y diez y todavía no había señal del juez, lo cual era extraño porque había insistido mucho en la puntualidad durante la semana de selección del jurado. Bosch miró en torno y vio a varios periodistas, quizá más que el día anterior. Le pareció extraño, porque las exposiciones iniciales siempre tenían más gancho.

Belk se inclinó hacia Bosch y le susurró:

–Seguramente Keyes esté dentro, leyendo el artículo del *Times*. ¿Lo ha visto?

Al llegar tarde por culpa de la visita de Sylvia, Bosch no había tenido tiempo de leer el periódico. Lo había dejado en la alfombrilla de la puerta.

–¿Qué dice?

La puerta de paneles se abrió y el juez apareció antes de que Belk tuviera ocasión de responder.

–Que no entre el jurado, señora Rivera –dijo el juez a su secretaria. Posó su voluminoso contorno en la silla acolchada, examinó la sala de vistas con la mirada y dijo–: Abogados, ¿alguna cosa que discutir antes de que entre el jurado? ¿Señora Chandler?

–Sí, señoría –dijo Chandler mientras se acercaba al estrado.

Ese día se había puesto el traje de chaqueta gris. Había estado alternando tres trajes desde que se había iniciado la selección del jurado. Belk le había indicado a Bosch que lo hacía porque no quería transmitir la impresión de que era una mujer rica. Decía que las abogadas podían perder el favor de los componentes femeninos del jurado por cuestiones así.

–Señoría, la demandante solicita sanciones contra el detective Bosch y el señor Belk.

La abogada sostuvo en alto la sección metropolitana del *Times*. Bosch vio que el artículo había merecido la esquina inferior derecha, la misma que el día anterior. El titular decía: «La rubia de hormigón, relacionada con el Fabricante de Muñecas». Belk se levantó, pero no dijo nada, observando por una vez el estricto decoro de no interrupción del juez.

–¿Sanciones por qué, señora Chandler? –preguntó el juez.

–Señoría, el descubrimiento de este cadáver en el día de ayer tiene un tremendo impacto probatorio en este caso. Como oficial del tribunal, al señor Belk le correspondía presentar esta información. Según la ley 11 de divulgación de pruebas, el abogado del demandado debe...

–Señoría –interrumpió Belk–, no fui informado de este suceso hasta anoche. Mi intención era presentar el asunto esta mañana. Está...

–Un momento, señor Belk. De uno en uno en mi tribunal. Parece ser que necesita usted un recordatorio diario de esto. Señora Chandler, he leído el artículo al que se refiere usted y, aunque se menciona al detective Bosch en relación con este caso, no se le cita. Y el señor Belk ha señalado de forma bastante grosera que no supo nada del caso hasta después de finalizada la sesión de ayer. Francamente, no veo aquí ninguna falta sancionable. A no ser que tenga usted una carta en la manga.

La tenía.

–Señoría, el detective Bosch estaba al corriente de este suceso, tanto si se le cita como si no. Estuvo en el lugar de los hechos ayer, durante la pausa para comer.

–¿Señoría? –probó Belk con timidez.

El juez Keyes se volvió, pero no miró a Belk, sino a Bosch.

–Detective Bosch, ¿es cierto lo que dice la letrada?

Bosch miró un instante a Belk y seguidamente al juez. «Capullo de Belk», pensó. Su mentira lo había dejado en pelotas.

–Estuve allí, señoría. Cuando volví para la sesión de la tarde, no tuve tiempo de contarle el hallazgo al señor Belk. Se lo dije ayer tarde, después de finalizada la sesión. No he visto el periódico de esta mañana todavía y no sé lo que dice, pero no se ha confirmado nada que relacione este cadáver con el Fabricante de Muñecas u otra persona. Ni siquiera se ha hecho una identificación todavía.

–Señoría –dijo Chandler–, el detective Bosch ha olvidado oportunamente que dispusimos de un descanso de quince minutos durante la sesión vespertina. Diría que es un amplio margen para que el detective informara a su abogado de una revelación tan importante.

El juez miró a Bosch.

–Quise contárselo durante el descanso, pero el señor Belk dijo que necesitaba ese tiempo para preparar su exposición de apertura.

El juez lo observó en silencio durante unos segundos. Bosch se dio cuenta de que el magistrado sabía que estaba bordeando los límites de la verdad y estaba tomando una decisión.

–Bueno, señora Chandler –dijo por fin–. Yo no veo la conspiración que usted está denunciando aquí. Voy a dejarlo pasar, pero no sin advertir a ambas partes que ocultar información es el delito más abyecto que puede cometerse en mi tribunal. Si lo hacen y yo me entero, van a desear no haber estudiado nunca Derecho. Veamos, ¿queremos hablar de este nuevo suceso?

–Señoría –dijo Belk con celeridad. Se colocó en el estrado–. A la luz de este descubrimiento hace menos de veinticuatro horas, solicito un aplazamiento para que esta situación pueda ser investigada a conciencia, de modo que se determine con claridad su significado en este caso.

«A buena hora», pensó Bosch. Sabía que ya no tenía ninguna oportunidad de conseguir un aplazamiento.

–Ajá –dijo el juez Keyes–. ¿Qué opina de eso, señora Chandler?

–Nada de aplazamientos, señoría. Esta familia ha esperado cuatro años a que se celebre el juicio. Considero que cualquier aplazamiento supondría perpetuar el crimen. Además, ¿quién propone el señor Belk que investigue este asunto? ¿El detective Bosch?

–Estoy seguro de que el abogado de la defensa estaría satisfecho con que el Departamento de Policía de Los Ángeles se ocupe de la investigación –dijo el juez.

–Pero yo no.

–Ya lo sé, señora Chandler, pero no es asunto suyo. Dijo usted ayer que la vasta mayoría de los policías de esta ciudad son buenos y competentes. Va a tener que asumir sus palabras… Pero voy a denegar la solicitud de un aplazamiento. Hemos empezado un juicio y no vamos a demorarnos. La policía puede investigar y es su deber hacerlo y mantener a este tribunal informado, pero no pienso detenerme. Este caso continuará hasta que este asunto vuelva a merecer nuestra atención. ¿Algo más? Tengo al jurado esperando.

–¿Qué hay del artículo del diario? –preguntó Belk.

–¿A qué se refiere?

–Señoría, quiero que se interrogue al jurado para ver si alguno de sus miembros lo ha leído. Además, habría que recordarles que no deben leer los periódicos ni ver las noticias de la televisión esta noche. Casi todos los canales van a seguir al *Times*.

–Ayer di instrucciones a los componentes del jurado para que no leyeran el periódico ni vieran la televisión, pero de todos modos voy a preguntarles específicamente sobre este artículo. Veremos qué dicen y entonces, dependiendo de lo que escuchemos, podemos destituirlos como jurado y, si quiere, hablar de un juicio nulo.

–Yo no quiero un juicio nulo –dijo Chandler–. Eso es lo que busca el demandado. Eso solo conseguiría retrasarlo otros dos meses. Esta familia ya ha esperado cuatro años que se haga justicia y…

–Bueno, veamos qué dice el jurado. Lamento interrumpir, señora Chandler.

–Señoría, ¿puedo hablar de las sanciones? –dijo Belk.

–No creo que sea necesario, señor Belk. He denegado la solicitud de la abogada. ¿Qué más hay que decir?

–Eso ya lo sé, señoría. Yo quiero solicitar sanciones contra la señora Chandler. Ella me ha difamado al alegar que he ocultado pruebas y...

–Señor Belk, siéntese. Se lo voy a decir muy claro a los dos: dejen de litigar fuera de la sala porque no los va a llevar a ninguna parte conmigo. No hay sanciones para ninguna de las partes. Por última vez, ¿alguna otra cuestión?

–Sí, señoría –dijo Chandler.

La abogada tenía otra carta escondida. Sacó de debajo de su bloc un documento y se lo tendió a la secretaria del tribunal, que a su vez se lo entregó al juez. Chandler volvió entonces al estrado.

–Señoría, esto es una citación que he preparado para el Departamento de Policía y que me gustaría que quedara reflejada en el acta. Solicito que se me entregue una copia de la nota a la que se hace referencia en el artículo del *Times*, la nota escrita por el Fabricante de Muñecas y recibida ayer.

Belk se levantó de un salto.

–Quieto, señor Belk –lo amonestó el juez–. Déjela terminar.

–Señoría, es una prueba para este caso. Debería ser entregada inmediatamente.

El juez Keyes dio la palabra a Belk y el ayudante del fiscal municipal avanzó pesadamente hasta el estrado, no sin que antes Chandler tuviera que bajar para dejarle sitio.

–Señoría, esta nota no constituye de ningún modo una prueba en este caso. No se ha verificado su autoría. Sin embargo, es una prueba en un caso de asesinato que no guarda relación con este proceso. Y el Departamento de Policía de Los Ángeles no tiene costumbre de exhibir sus pruebas en un juicio público mientras anda suelto un sospechoso. Solicito que rechace esta propuesta.

El juez Keyes entrelazó las manos y pensó un momento.

–Le diré lo que vamos a hacer, señor Belk. Consiga una copia y tráigala. La examinaré y decidiré si hay que aceptarla como prueba o no. Eso es todo. Señora Rivera, haga entrar al jurado, por favor, estamos perdiendo la mañana.

Una vez que el jurado ocupó su tribuna y todo el mundo se hubo sentado, el juez Keyes preguntó quién había visto alguna noticia relacionada con el caso. Nadie levantó la mano. Bosch sabía que si alguno había visto el artículo, tampoco lo admitiría. Hacerlo supondría volver a la sala de deliberaciones, donde los minutos parecían horas.

–Bien –dijo el juez–. Llame a su primer testigo, señora Chandler.

Terry Lloyd subió al estrado de los testigos como un hombre que parecía tan familiarizado con él como con la mecedora en la que se emborrachaba todas las noches delante del televisor. Incluso ajustó el micrófono sin requerir ayuda alguna del funcionario. Lloyd tenía nariz de borracho y un pelo inusualmente castaño oscuro para un hombre de su edad, que se acercaba a los sesenta. Y eso era así porque era obvio para todos los que lo miraban, salvo tal vez para él mismo, que llevaba peluquín. Chandler formuló algunas preguntas preliminares, estableciendo que había sido teniente en la elitista División de Robos y Homicidios del Departamento de Policía de Los Ángeles.

–¿Durante un periodo que se inició hace cuatro años y medio estuvo usted al mando de un equipo de detectives encargado de identificar a un asesino en serie?

–Sí, así es.

–¿Puede decirle al jurado cómo se formó y cómo funcionaba ese equipo de investigación?

–Se formó cuando se identificó que el mismo asesino había perpetrado cinco crímenes. De manera no oficial se nos conocía como «el equipo de investigación del estrangulador del Westside». Cuando los medios se enteraron del caso, el asesino empezó a conocerse como el Fabricante de Muñecas, porque usaba el maquillaje de las víctimas para pintarles la cara como muñecas. Tuve dieciocho detectives asignados al equipo. Los dividimos en dos brigadas, la A y la B. La brigada A trabajaba en el turno de día y la B en el de noche. Investigamos los asesinatos a medida que ocurrieron y seguimos la pista de llamadas telefónicas. Después de que el caso saliera en la prensa recibíamos un centenar de llamadas por semana de gente que decía que tal o cual persona era el Fabricante de Muñecas. Teníamos que verificarlas todas.

–El equipo, al margen de cómo se lo llamara, no tuvo éxito, ¿es así?

–No, señora, no es así. Tuvimos éxito. Encontramos al asesino.

–¿Y quién era el asesino?

–Norman Church era el asesino.

–¿Fue identificado como tal antes o después de su muerte?

–Después. Era bueno en todos los casos.

–Y también era bueno para el departamento, ¿no?

–No la entiendo.

–Era bueno para el departamento que ustedes pudieran relacionarlo con los asesinatos. En caso contrario, ustedes...

–Formule usted la pregunta, señora Chandler –la interrumpió el juez.

–Disculpe, señoría. Teniente Lloyd, el hombre que usted dice que es el asesino, Norman Church, no resultó muerto hasta haberse producido al menos otros seis asesinatos después del establecimiento del equipo de investigación, ¿es así?

–Correcto.

–Permitiendo que al menos otras seis mujeres fueran estranguladas. ¿Cómo es que el departamento considera que eso es un éxito?

–Nosotros no permitimos nada. Hicimos todo lo que pudimos para encontrar al culpable. Al final lo logramos. Eso es un éxito. En mi opinión, es un gran éxito.

–En su opinión. Dígame, teniente Lloyd, ¿el nombre de Norman Church surgió en algún momento de la investigación antes de la noche en que el detective Bosch le causara la muerte de un disparo cuando estaba desarmado? ¿Hubo alguna referencia?

–No, pero lo relacionamos con...

–Limítese a responder la pregunta que le he hecho, teniente. Gracias.

Chandler consultó el bloc que tenía en el estrado. Bosch se fijó en que Belk alternativamente tomaba notas en un cuaderno que tenía delante y escribía preguntas en otro.

–Bien, teniente –dijo Chandler–, no se consiguió hallar al culpable, como lo llamó usted, hasta después de que se produjeran otras seis muertes desde la formación del equipo de investigación. ¿Sería acertado decir que usted y sus detectives estaban sometidos a una gran presión para capturarlo, para cerrar el caso?

–Estábamos bajo presión, sí.

–¿De quién? ¿Quién les presionaba, teniente Lloyd?

–Pues estaba la prensa, la televisión. Tenía al departamento encima.

–¿Cómo es eso? Me refiero al departamento. ¿Tenía usted reuniones con sus superiores?

–Tenía reuniones diarias con el capitán del Departamento de Robos y Homicidios y semanales (todos los lunes) con el jefe de policía.

–¿Qué le decían respecto a solucionar el caso?

–Decían que lo resolviera. Estaba muriendo gente. No hacía falta que me lo dijeran, pero me lo dijeron de todas formas.

–¿Y usted comunicó eso al equipo de detectives?

–Por supuesto. Pero a ellos tampoco hacía falta que se lo dijeran. Examinaban los cadáveres cada vez que aparecía uno. Era duro. Le tenían ganas a ese tío. No hacía falta que leyeran los periódicos ni que escucharan lo que tenía que decirles el jefe de policía o yo mismo.

Lloyd daba la sensación de que estaba divagando sobre la idea del policía como cazador solitario. Bosch se dio cuenta de que había caído en la trampa de Chandler. Al final del juicio, ella iba a alegar que Bosch y los agentes estaban bajo tal presión por encontrar a un asesino que Bosch mató a Church y luego fabricaron los lazos con los asesinatos. La teoría del chivo expiatorio. Harry lamentó no poder pedir un tiempo muerto y decirle a Lloyd que cerrara la boca.

–Así que todo el mundo del equipo de investigación estaba bajo la presión de encontrar a un asesino.

–A un asesino no. Al asesino. Sí, había presión. Forma parte de este trabajo.

–¿Cuál era el puesto del detective Bosch en el equipo de investigación?

–Era el jefe de mi brigada B. Trabajaba en el turno de noche. Era un detective de grado tres, de modo que dirigía las cosas cuando yo no estaba presente, que era a menudo. Yo dirigía las dos brigadas, pero fundamentalmente trabajaba en el turno de mañana, con la brigada A.

–¿Recuerda haberle dicho al detective Bosch: «Hemos de coger a este tío» o algo por el estilo?

–No específicamente. Pero decía frases similares en las reuniones de brigada. Él estaba allí. Pero ese era nuestro objetivo, no hay nada de malo en ello. Teníamos que cazar a ese tipo. En la misma situación, volvería a decirlo.

Bosch empezaba a sentir que Lloyd se estaba vengando por haberle robado protagonismo, por haber cerrado el caso sin él. Sus respuestas ya no parecían fruto de estupidez congénita, sino cargadas de mala intención. Bosch se inclinó hacia Belk y le susurró al oído: «Me está jodiendo porque no tuvo ocasión de matar a Church él mismo».

Belk se llevó el dedo a los labios para indicarle que se mantuviera en silencio. A continuación, se puso a escribir en una de sus libretas.

–¿Ha oído hablar alguna vez de la División de Ciencias del Comportamiento del FBI? –preguntó Chandler.

–Sí.

–¿Cuál es su función?

–Estudian asesinos en serie, entre otras cosas. Elaboran perfiles psicológicos, perfiles de las víctimas, dan consejos, ese tipo de cosas.

–Ustedes se enfrentaban a once asesinatos. ¿Qué consejos les dio la División de Ciencias del Comportamiento?

–Ninguno.

–¿Cómo es eso? ¿No tenían ninguna respuesta?

–No, no los llamamos.

–Ah, ¿y por qué no los llamaron?

–Bueno, señora, creíamos que teníamos el asunto controlado. Habíamos elaborado perfiles nosotros mismos y no creíamos que el FBI pudiera ayudarnos mucho. El psicólogo forense que colaboraba con nosotros, el doctor Locke, de la Universidad del Sur de California, había sido asesor del FBI en delitos sexuales. Contábamos con su experiencia y con la ayuda del equipo de psicólogos del departamento. Creímos que estábamos bien preparados en el departamento.

—¿El FBI ofreció ayuda?

Lloyd vaciló un instante. Dio la sensación de que por fin había entendido hacia dónde lo estaban llevando.

—Ah, sí, alguien llamó después de que el caso empezara a salir mucho en la prensa. Querían participar. Les dije que no necesitábamos ayuda.

—¿Lamenta ahora esa decisión?

—No. No creo que el FBI pudiera haberlo hecho mejor que nosotros. Normalmente se involucra en casos que llevan departamentos de policía pequeños o en casos con gran repercusión en los medios.

—Y usted no considera que eso sea justo, ¿verdad?

—¿Qué?

—«Arrasar», creo que lo llaman así. No quería que llegara el FBI y asumiera el caso, ¿verdad?

—No. Como le he dicho, estábamos bien preparados sin ellos.

—¿No es cierto que el FBI y el Departamento de Policía de Los Ángeles tienen una larga historia de envidias y competitividad que ha resultado en que ambas agencias apenas se comuniquen y colaboren?

—No, eso no me lo trago.

No importaba que se lo tragara o no. Bosch sabía que Chandler se estaba anotando puntos con el jurado. Lo único que importaba era que ellos se lo tragaran.

—Su equipo de investigación elaboró un perfil del sospechoso, ¿es cierto?

—Sí, creo que acabo de mencionarlo.

Chandler solicitó al juez Keyes permiso para aproximarse al testigo con un documento del que dijo que era la prueba 1A de la acusación. Se la pasó a la alguacil, quien a su vez se la entregó a Lloyd.

–¿Qué es eso, teniente?

–Es un retrato robot y el perfil psicológico que obtuvimos después del creo que séptimo asesinato.

–¿Cómo elaboraron el retrato robot del sospechoso?

–Entre la séptima y la octava víctima hubo una mujer que sobrevivió. Logró huir del tipo y llamar a la policía. Trabajando con esta superviviente confeccionamos el retrato robot.

–Muy bien. ¿Conoce usted la apariencia facial de Norman Church?

–No demasiado. Lo vi cuando ya estaba muerto.

Chandler solicitó aproximarse de nuevo y presentó la prueba 2A de la acusación: una serie de fotografías de Church enganchadas a una cartulina. Concedió a Lloyd un momento para que las examinara.

–¿Ve usted alguna similitud entre el retrato robot y las fotografías del señor Church?

Lloyd vaciló y luego dijo:

–Sabíamos que a nuestro asesino le gustaba disfrazarse y que nuestra testigo (la víctima que logró huir) era adicta a las drogas. Era una actriz porno. No era fiable.

–Señoría, ¿puede pedirle al testigo que conteste las preguntas que se le plantean?

El juez así lo hizo.

–No –dijo Lloyd, cabizbajo después de la reprimenda del magistrado–. Ningún parecido.

–De acuerdo –dijo Chandler–, volviendo al perfil que tiene ahí. ¿De dónde salió?

–Básicamente del doctor Locke, de la Universidad del Sur de California, y del doctor Shafter, un psiquiatra del Departamento de Policía. Creo que consultaron con otros profesionales antes de redactar el perfil.

–¿Puede leer en voz alta el primer párrafo?

–Sí, dice: «Se cree que el sujeto es un varón blanco de entre veinticinco y treinta y cinco años con una educación secundaria mínima. Es un hombre físicamente fuerte, aunque puede que no tenga apariencia corpulenta. Vive solo, alienado de su familia y amigos. Está reaccionando a un odio a las mujeres profundamente enraizado que apunta a una madre o tutora abusiva. El hecho de que pinte el rostro de sus víctimas con maquillaje constituye un intento de reconstruir a las mujeres con un aspecto que lo satisfaga, quiere que le sonrían. Cuando las convierte en muñecas dejan de ser una amenaza». ¿Quiere que lea la parte que subraya los rasgos repetitivos de los asesinatos?

–No, no es necesario. Usted participó en la investigación del señor Church después de que el señor Bosch lo matara, ¿no es cierto?

–Así es.

–Enumere para el jurado todos los rasgos del perfil del sospechoso que según su equipo de investigación coincidían con el señor Church.

Lloyd miró la hoja que tenía en la mano durante un buen rato sin decir nada.

–Voy a ayudarlo un poco, teniente –dijo Chandler–. Era un varón de raza blanca, ¿verdad?

–Sí.

–¿Qué más hay similar? ¿Vivía solo?

–No.

–De hecho, tenía mujer y dos hijas, ¿cierto?

–Sí.

–¿Tenía entre veinticinco y treinta y cinco años de edad?

—No.

—De hecho, tenía treinta nueve años, ¿no?

—Sí.

—¿Tenía una educación mínima?

—No.

—En realidad, tenía un posgrado en ingeniería mecánica, ¿no es así?

—¿Entonces qué estaba haciendo en esa habitación? —preguntó Lloyd enfadado—. ¿Por qué estaba allí el maquillaje de las víctimas? ¿Por qué...?

—Responda a la pregunta que le han hecho, teniente —interrumpió el juez Keyes—. No haga preguntas. Ese no es su trabajo en esta sala.

—Lo siento, señoría —dijo Lloyd—. Sí, tenía un posgrado. No recuerdo exactamente en qué.

—Acaba de mencionar usted el maquillaje en su respuesta elusiva —dijo Chandler—. ¿A qué se refiere?

—En el garaje del apartamento en el que murió Church se encontró maquillaje que pertenecía a nueve de las víctimas en un botiquín del lavabo. El maquillaje lo relacionaba directamente con los casos. Nueve de once, era convincente.

—¿Quién encontró el maquillaje?

—Harry Bosch.

—Cuando fue allí solo y lo mató.

—¿Es eso una pregunta?

—No, teniente, lo retiro.

Chandler hizo una pausa para dejar que el jurado recapacitara sobre su insinuación mientras pasaba páginas amarillas de su bloc.

—Teniente Lloyd, háblenos de esa noche. ¿Qué ocurrió?

Lloyd explicó la historia tal y como se había descrito decenas de veces en la tele, en los periódicos y en el libro de Bremmer. Era medianoche, la brigada B acababa su turno cuando sonó la línea directa del equipo de investigación. Bosch atendió la llamada, la última de esa noche. Una prostituta callejera llamada Dixie McQueen explicó que acababa de escapar del Fabricante de Muñecas. Bosch acudió solo porque los otros componentes de la brigada B ya se habían ido a casa y porque supuso que podía tratarse de otra pista falsa. Recogió a la mujer en Hollywood y Western y siguió sus indicaciones hasta Silverlake. En Hyperion, la mujer convenció a Bosch de que había huido del Fabricante de Muñecas y le señaló las ventanas iluminadas de un apartamento situado encima de un garaje. Bosch subió solo. Poco después, Norman Church estaba muerto.

–¿Abrió la puerta de una patada? –preguntó Chandler.

–Sí. Se temía que hubiera salido y hubiera conseguido a alguien para que ocupara el lugar de la prostituta.

–¿Gritó que era policía?

–Sí.

–¿Cómo lo sabe?

–Él lo dijo.

–¿Lo oyó algún testigo?

–No.

–¿Y la señorita McQueen, la prostituta?

–No. Bosch le pidió que esperara en el coche aparcado en la calle por si había problemas.

–Así pues, lo que está diciendo es que tenemos la palabra del detective Bosch de que temía que pudiera haber otra víctima que se identificó como policía y que el señor Church hizo un movimiento amenazador hacia la almohada.

–Sí –aceptó Lloyd a regañadientes.

–Veo, teniente Lloyd, que lleva usted peluquín.

Hubo algunas risas ahogadas al fondo de la sala. Bosch se volvió y vio que el contingente de los medios de comunicación no paraba de aumentar. Vio a Bremmer sentado en la tribuna de la prensa.

—Sí —dijo Lloyd. La cara se le había puesto tan colorada como la nariz.

—¿Alguna vez ha guardado su peluquín debajo de la almohada? ¿Es el lugar apropiado para cuidarlo?

—No.

—Nada más, señoría.

El juez Keyes miró el reloj de la pared y a continuación a Belk.

—¿Qué opina, señor Belk, hacemos ahora una pausa para comer para que no se vea usted interrumpido?

—Solo tengo una pregunta.

—Oh, entonces, hágala, por favor.

Belk se llevó su bloc al estrado y se acercó al micrófono.

—Teniente Lloyd, basándose en todo su conocimiento del caso, ¿tiene alguna duda de que Norman Church fuera el Fabricante de Muñecas?

—Ninguna. Ni una sola duda.

Después de que el jurado abandonara la sala, Bosch se inclinó hacia Belk y le susurró al oído:

—¿Esto qué es? Ella lo desmonta y usted hace solo una pregunta. ¿Y todas las otras cosas que relacionaban a Church con el caso?

Belk levantó la mano para calmar a Bosch y luego habló pausadamente.

—Usted va a testificar sobre todo eso. El caso es sobre usted, Harry. O lo ganaremos o lo perderemos con usted.

6

El Code Seven ya había cerrado el comedor cuando se estableció el receso y alguien puso una barra con ensaladas y pizzas para servir a los empleados municipales. El bar seguía abierto, pero el comedor había sido el último lugar a distancia a pie del Parker Center en el que Bosch había querido comer. Así que, durante la pausa para almorzar, sacó su coche del aparcamiento del Parker y condujo hasta el barrio de la industria de la confección para comer en Gorky's. El restaurante ruso servía desayunos todo el día y Bosch pidió huevos con beicon y un especial de patatas y se lo llevó a una mesa donde alguien había dejado un ejemplar del *Times*.

El artículo de la Rubia de Hormigón estaba firmado por Bremmer. Combinaba citas de las exposiciones iniciales del juicio con el hallazgo del cadáver y su posible relación con el caso. El artículo también explicaba que fuentes policiales habían revelado que el detective Harry Bosch había recibido una nota de alguien que aseguraba ser el verdadero Fabricante de Muñecas.

Obviamente, había un topo en la comisaría de Hollywood, pero sería imposible descubrirlo. La nota había sido hallada en el mostrador de información y un número indeterminado de agentes de uniforme podrían haber tenido conocimiento de ella y haberla filtrado a Bremmer. Al fin y al cabo, era bueno tener a Bremmer de amigo. Incluso Bosch había filtrado alguna vez información al periodista en el pasado y este le había resultado muy útil.

Citando fuentes anónimas, el artículo decía que los investigadores de la policía no habían llegado a ninguna conclusión sobre la legitimidad de la nota ni sobre si el descubrimiento del cadáver estaba relacionado con el caso del Fabricante de Muñecas que se había cerrado cuatro años antes.

El otro punto de interés para Bosch era la breve historia sobre el edificio Bing's Billiard. Había sido quemado la segunda noche de los disturbios y nunca se había detenido a nadie por ello. Los investigadores del incendio aseguraron que las separaciones entre las unidades de almacenamiento no eran paredes de contención, lo cual significaba que tratar de detener las llamas habría sido como intentar mantener el agua en una taza hecha con papel higiénico. Desde el momento de la ignición hasta que las llamas alcanzaron el último rincón solo transcurrieron dieciocho minutos. La mayoría de las unidades de almacenamiento estaban alquiladas a gente de la industria del cine y algunos objetos de atrezo valiosos fueron saqueados o bien se quemaron en el incendio. El edificio era una ruina total. Los investigadores determinaron que las llamas se iniciaron en una de las mesas de la sala de billar.

Bosch dejó el periódico a un lado y empezó a pensar en el testimonio de Lloyd. Recordó lo que Belk había dicho sobre que el caso dependía de él. Chandler también debía de saberlo. Estaría esperándolo deseosa de que, en comparación, el desenmascaramiento de Lloyd hubiera sido un simple divertimento. Aunque fuera de mala gana, tenía que admitir que respetaba la habilidad y la dureza de la abogada de la acusación. Le hizo recordar algo y se levantó para usar el teléfono público que había a la entrada del restaurante. Le sorprendió descubrir que Edgar estaba en la mesa de Homicidios y no comiendo.

–¿Ha habido suerte con la identificación? –preguntó Bosch.

–No, tío, las huellas no coinciden. No está fichada. Todavía lo estamos intentando con otras fuentes, licencias de ocio para adultos y cosas así.

–Mierda.

–Bueno, estamos preparando algo más. ¿Recuerdas a aquel profesor de Antropología del que te hablé? Pues ha estado toda la mañana aquí con un estudiante, pintando y terminando la cara de escayola. Va a venir la prensa a las tres para que se la enseñemos. Rojas ha salido a comprar una peluca rubia para que se la pongamos. Si tenemos suerte con la tele, podríamos conseguir una identificación.

–Me parece un buen plan.

–Sí. ¿Qué tal en el juicio? La mierda lo ha salpicado todo hoy en el *Times*. Bremmer tiene buenas fuentes.

–El juicio ha ido bien. Deja que te pregunte algo. Después de que tú te fueras del lugar de los hechos y volvieras a comisaría, ¿dónde estaba Pounds?

–¿Pounds? Estaba… Volvimos al mismo tiempo, ¿por qué?

–¿Cuándo se marchó?

–Al cabo de un rato. Justo antes de que tú llegaras.

–¿Habló por teléfono desde su despacho?

–Creo que hizo algunas llamadas. No estuve pendiente. ¿Qué pasa? ¿Crees que él es la fuente de Bremmer?

–Una última pregunta. ¿Cerró la puerta mientras hablaba por teléfono?

Bosch sabía que Pounds era un paranoico. Siempre dejaba la puerta de su despacho abierta y las cortinas de las mamparas de cristal subidas, de manera que podía ver y oír lo que sucedía en la sala de la brigada. Si alguna vez cerraba una o las dos, la tropa de fuera sabía que algo importante estaba pasando.

–Pues, ahora que lo dices, creo que estuvo un rato con la puerta cerrada. ¿Qué pasa?

–Bremmer no me preocupa, pero alguien estuvo hablando con Money Chandler. Esta mañana, en el tribunal, ella sabía que ayer me llamaron al lugar de los hechos. Eso no estaba en el *Times*. Alguien se lo dijo.

Edgar se quedó un momento en silencio antes de responder.

–Sí, pero ¿por qué iba a decírselo Pounds?

–No lo sé.

–Quizá fue Bremmer. Pudo decírselo a Chandler aunque no lo pusiera en el artículo.

–El artículo decía que no se pudo contactar con ella para que lo comentara. Tuvo que ser otra persona. Un topo. Probablemente la misma persona que habló con Bremmer habló con Chandler. Alguien que me quiere joder.

Edgar no dijo nada y Bosch aparcó el asunto por el momento.

–Será mejor que vuelva al tribunal.

–Eh, ¿qué tal Lloyd? He oído en la KFWB que era el primer testigo.

–Como era de esperar.

–Mierda. ¿Quién sigue?

–No lo sé. Tenía citados a Irving y a Locke, el psiquiatra. Yo apuesto por Irving. Picará donde Lloyd lo dejó.

–Vaya, buena suerte. Por cierto, si buscas algo que hacer, esta rueda de prensa que estoy preparando saldrá en las noticias de la noche. Yo estaré aquí esperando llamadas. Si quieres contestar alguna, la ayuda será bienvenida.

Bosch pensó brevemente en su plan para cenar con Sylvia. Ella lo entendería.

–Sí, allí estaré.

El testimonio de la tarde fue de escaso interés. A juicio de Bosch, la estrategia de Chandler tenía la intención de plantear al jurado una doble pregunta para su deliberación, es decir, dar a su cliente dos oportunidades para ganar. La primera era la teoría del hombre equivocado, la que sostenía que Bosch simplemente había matado a un hombre inocente. La segunda cuestión sería el uso de la fuerza. Incluso si el jurado determinaba que Norman Church, un hombre de familia, era el Fabricante de Muñecas, un asesino en serie, todavía tendrían que decidir si las acciones de Bosch habían sido apropiadas.

Chandler llamó a su cliente, Deborah Church, al estrado de los testigos justo después de comer. La viuda hizo un relato lacrimógeno de una vida maravillosa al lado de un marido maravilloso al que todo el mundo adoraba; sus hijas, su mujer, su madre y su suegra. No había ninguna aberración misógina, ningún signo de abuso infantil. La señora Church tenía una caja de pañuelos de papel en la mano mientras testificaba y cambiaba de pañuelo con cada pregunta.

Llevaba el tradicional vestido negro de luto. Bosch recordó lo atractiva que le había parecido Sylvia cuando la había visto vestida de negro en el funeral de su marido. Deborah Church parecía absolutamente aterrada. Era como si desvelara su verdadero papel, la viuda del inocente caído. La auténtica víctima. Chandler la había preparado bien.

Era una buena representación, pero era demasiado buena para ser cierta y Chandler lo sabía. En lugar de dejar que las cosas malas surgieran en el turno de réplica, decidió preguntar a Deborah Church cómo era que, siendo su matrimonio tan maravilloso, su marido estaba en el apartamento del garaje, que estaba alquilado con nombre falso, cuando Bosch abrió la puerta de una patada.

–Habíamos tenido algunas dificultades. –Hizo una pausa para secarse un ojo con el pañuelo–. Norman estaba pasando una temporada de mucho estrés, tenía mucha responsabilidad en el departamento de diseño de la compañía aeronáutica. Necesitaba liberarlo y por eso alquiló el apartamento. Él dijo que era para estar solo. Para pensar. No conocía a esa mujer que llevó allí. Probablemente era la primera vez que hacía algo así. Era un hombre ingenuo y supongo que ella se dio cuenta. La mujer cogió su dinero y luego le tendió esa trampa llamando a la policía y contando la loca historia de que él era el Fabricante de Muñecas. Había una recompensa, ya sabe.

Bosch escribió una nota en un cuaderno que tenía delante y se la tendió a Belk, quien la leyó y luego apuntó algo en su propio cuaderno.

–¿Qué me dice del maquillaje que se encontró allí, señora Church? –preguntó Chandler–. ¿Puede explicarlo?

–Lo único que sé es que, si mi marido hubiera sido ese monstruo, yo me habría dado cuenta. Lo habría sabido. Si había maquillaje es porque alguien lo puso allí. Posiblemente cuando él ya estaba muerto.

Bosch sintió las miradas de toda la sala clavadas en él cuando la viuda lo acusó de plantar pruebas después de haber asesinado a su marido.

A continuación, Chandler pasó a preguntar sobre cuestiones más seguras, como la relación de Norman Church con sus hijas, y después terminó su interrogatorio con una pregunta para hacer llorar.

–¿Amaba a sus hijas?

–Mucho –dijo la señora Church al tiempo que una nueva producción de lágrimas rodaba por sus mejillas. Esta vez no se las enjugó con un pañuelo, dejó que los componentes del jurado vieran cómo le resbalaban por el rostro hasta la papada.

Después de darle unos segundos a la testigo para que se recuperara, Belk se levantó y ocupó su lugar en el estrado.

–Una vez más, señoría. Seré breve, señora Church, quiero que esto quede muy claro para el jurado. ¿Ha dicho en su testimonio que usted sabía que su marido tenía un apartamento, pero que no sabía nada de que llevara allí a mujeres?

–Sí, es cierto.

Belk miró su libreta.

–¿No les dijo a los detectives la noche de la muerte de su marido que nunca había oído hablar de ningún apartamento? ¿No negó enfáticamente que su marido tuviera un apartamento?

Deborah Church no respondió.

–Puedo solicitar una cinta de su primer interrogatorio y reproducirlo en esta sala si eso va a ayudar a refrescarle la…

–Sí, lo dije. Mentí.

–¿Mintió? ¿Por qué mintió a la policía?

–Porque un policía acababa de matar a mi marido. No podía…, no quería tener ningún trato con ellos.

–Lo cierto es que esa noche dijo usted la verdad, ¿no es así, señora Church? Nunca supo nada de ningún apartamento.

–No, eso no es verdad. Sabía que había un apartamento.

–¿Usted y su marido habían hablado de ello?

–Sí, lo habíamos discutido.

–¿Usted lo aprobó?

–Sí…, a regañadientes. Tenía la esperanza de que se quedara en casa y solucionáramos juntos ese problema de estrés.

–De acuerdo, señora Church; entonces, si conocía el apartamento, habían discutido sobre ello y usted había dado su aprobación, a regañadientes o no, ¿por qué su marido lo alquiló con un nombre falso?

La viuda no respondió. Belk la había acorralado. Bosch creyó ver que la viuda miraba hacia Chandler. Bosch observó a la abogada, pero esta no hizo ningún movimiento, no hubo ningún cambio en su expresión facial para ayudar a su cliente.

–Supongo –dijo finalmente la viuda– que esa es una de las preguntas que podría haberle hecho a él si el señor Bosch no lo hubiera asesinado a sangre fría.

Sin necesidad de que Belk lo solicitara, el juez Keyes dijo:

–El jurado no tendrá en cuenta esta última afirmación. Señora Church, no hace falta que se lo explique.

–Lo siento, señoría.

–Nada más –dijo Belk al tiempo que se alejaba del estrado.

El juez decretó un receso de diez minutos.

Durante el receso, Bosch salió a fumar. Money Chandler no salió, pero el indigente sí apareció. Bosch le ofreció un cigarrillo entero y el hombre se lo guardó en el bolsillo de la camisa. Estaba mal afeitado otra vez y en su mirada seguía habiendo una ligera expresión de demencia.

–Se llama usted Faraday –dijo Bosch como si se dirigiera a un niño.

–Sí, y ¿qué pasa, teniente?

Bosch sonrió. Lo había calado enseguida, solo había errado el rango.

–Nada. Me acabo de enterar. También he oído que fue usted abogado.

–Todavía lo soy. Simplemente, no ejerzo.

Se volvió y vio un furgón de detenidos que pasaba por Spring en dirección al tribunal. Estaba lleno de rostros airados que miraban a través de las ventanas de rejas. Uno de ellos también caló a Bosch como policía y levantó el dedo corazón a través del alambre. Bosch le sonrió.

–Me llamaba Thomas Faraday. Pero ahora prefiero Tommy «Faraway».

–¿Qué pasó para que dejara de ejercer?

Tommy lo miró con ojos lechosos.

–Justicia es lo que ocurrió. Gracias por el cigarrillo.

Entonces se alejó, vaso de plástico en mano, y se encaminó hacia el ayuntamiento. Tal vez ese también era su terreno.

Después del receso, Chandler llamó a un analista del laboratorio de la oficina del forense llamado Victor Amado. Era un hombre muy pequeño con aspecto de ratón de biblioteca y unos ojos que alternaban del juez al jurado mientras caminaba hacia el estrado de los testigos. Se estaba quedando calvo, aunque no aparentaba más de veintiocho años. Bosch recordaba que cuatro años atrás tenía todo su pelo y que los miembros del equipo de investigación lo llamaban el Niño. Sabía que Belk pensaba llamar a Amado como testigo en el caso de que Chandler no lo hiciera.

El abogado defensor se inclinó hacia Bosch y le susurró que Chandler estaba siguiendo un patrón de chico malo/chico bueno al alternar testigos policiales con otros más simpáticos.

–Probablemente después de Amado llame a alguna de las hijas –dijo–. Como estrategia, no tiene nada de original.

Bosch no mencionó que la defensa de Belk de «confía en nosotros que somos los polis» era tan antigua como el derecho civil.

Amado testificó con meticuloso detalle cómo había recibido todos los frascos y polveras que contenían el maquillaje que se descubrió en el apartamento de Church en Hyperion y explicó que luego lo había identificado como perteneciente a víctimas específicas del Fabricante de Muñecas. Afirmó que había concluido con nueve conjuntos separados de maquillaje: rímel, colorete, lápiz de cejas, barra de labios, etcétera. Cada lote se relacionó mediante análisis químicos con muestras tomadas de los rostros de las víctimas. Esto fue posteriormente corroborado por detectives que interrogaron a parientes y amigos para determinar las marcas que utilizaban las víctimas. «Todo coincidía», dijo Amado. Y en una ocasión, añadió, una pestaña hallada en un pincel de rímel del botiquín del cuarto de baño de Church se identificó como perteneciente a la segunda víctima.

–¿Y las dos víctimas de las cuales no se encontró maquillaje? –preguntó Chandler.

–Eso es un misterio. Nunca encontramos su maquillaje.

–De hecho, con la excepción de las pestañas que presuntamente se encontraron y que coincidían con la víctima número dos, no puede estar seguro al ciento por ciento de que el maquillaje que la policía supuestamente halló en el apartamento perteneciera a las víctimas, ¿correcto?

–Son productos de fabricación industrial que se venden en todo el mundo. De manera que hay productos como esos en el mercado, pero supongo que las posibilidades de que nueve combinaciones exactas de maquillaje sean halladas por mera coincidencia son ínfimas.

–No le he pedido que haga suposiciones, señor Amado. Por favor, conteste las preguntas que le planteo.

Después de estremecerse por la reprimenda, Amado dijo:

–La respuesta es que no podemos estar seguros al ciento por ciento, es cierto.

–De acuerdo. Ahora háblele al jurado de la prueba de ADN que relacionaba a Norman Church con los once asesinatos.

–No se realizó ninguna. Había…

–Limítese a contestar la pregunta, señor Amado. ¿Qué me dice de las pruebas de serología que relacionaban al señor Church con los crímenes?

–No hubo ninguna.

–Entonces el factor decisivo, el eje que determinaba que Church era el Fabricante de Muñecas, fue la comparación de maquillajes.

–Bueno, para mí lo fue. No sé si lo fue para los detectives. Mi informe decía…

–Estoy segura de que para los detectives la clave fue la bala que lo mató.

–¡Protesto! –gritó Belk enfurecido al tiempo que se levantaba–. Señoría, la letrada no puede…

–Señora Chandler –bramó el juez Keyes–. He advertido a ambos precisamente sobre este tipo de cosas. ¿Por qué dice algo que sabe que es perjudicial y fuera de lugar?

–Pido disculpas, señoría.

–Es un poco tarde para pedir disculpas. Discutiremos este asunto cuando el jurado se haya retirado.

El juez ordenó entonces al jurado que no tuviera en cuenta el comentario. No obstante, Bosch sabía que había sido una jugada bien estudiada por Chandler. Los miembros del jurado la verían más todavía como la desamparada. Incluso el juez estaba contra ella, lo cual no era cierto. Y, además, podrían estar distraídos pensando en lo que acababa de pasar cuando Belk se levantó para confrontar el testimonio de Amado.

—No hay más preguntas, señoría —dijo Chandler.

—Señor Belk —dijo el juez.

«Que no vuelva a decir solo una pregunta», pensó Bosch mientras su abogado avanzaba hacia el estrado.

—Solo unas pocas preguntas, señor Amado —dijo Belk—. La abogada de la demandante ha mencionado las pruebas de ADN y serología y usted dijo que no se habían realizado. ¿Por qué no se realizaron?

—Bueno, porque no había nada que comprobar, nunca se recuperó semen de ninguno de los cadáveres. El asesino había usado condón. Sin muestras para comparar con el ADN o la sangre del señor Church, no tenía mucho sentido hacer pruebas. Tendríamos el de las víctimas, pero nada para comparar.

Belk tachó una de las preguntas que había escrito en su bloc.

—Si no se recuperó semen o esperma, ¿cómo se supo que esas mujeres fueron violadas o que hubo actividad sexual, aunque fuera consentida?

—Las autopsias de las once víctimas mostraban hematomas vaginales mucho mayores de lo que se considera usual o incluso posible en el sexo consentido. Dos de las víctimas incluso presentaban desgarro de la pared vaginal. En mi opinión, las víctimas fueron violadas brutalmente.

—Pero estas mujeres tenían una forma de vida en que la actividad sexual era habitual y frecuente, e incluso el «sexo duro», por decirlo así. Dos de ellas trabajaban en vídeos pornográficos. ¿Cómo puede estar seguro de que fueron asaltadas sexualmente en contra de su voluntad?

—Los hematomas tuvieron que ser muy dolorosos, sobre todo en los dos casos de desgarro de la pared vaginal. Las hemorragias eran *perimortem*, es decir, se produjeron en el momento de la muerte. Los ayudantes del forense que realizaron las autopsias concluyeron de manera unánime que estas mujeres fueron violadas.

Belk trazó otra línea en su bloc, pasó la página y planteó la siguiente pregunta. Bosch pensó que lo estaba haciendo bien con Amado, mejor que Money. Tal vez había sido un error de la abogada llamarlo como testigo.

—¿Cómo sabe que el asesino usaba preservativo? —preguntó Belk—. ¿No podrían haber sido violadas con un objeto, lo que explicaría la ausencia de semen?

—Podría haber ocurrido y podría explicar algunas de las lesiones, pero en cinco de los casos había pruebas claras de que habían mantenido una relación sexual con un hombre que llevaba preservativo.

—¿Y cuáles eran esas pruebas?

—Hicimos kits de violación. Había…

—Un segundo, señor Amado, ¿qué es un kit de violación?

—Es un protocolo para recopilar pruebas de cadáveres o personas que podrían haber sido víctimas de violación. En el caso de mujeres, tomamos muestras vaginales y anales, peinamos el vello púbico para recoger pelos púbicos, ese tipo de procedimientos. También tomamos muestras de sangre y cabello de la víctima por si llegado el caso se requiere para una comparación si se encuentra un sospechoso. Todo se reúne en un kit.

—De acuerdo. Antes de que le interrumpiera, iba usted a hablarnos de que las pruebas halladas en cinco de las víctimas indicaban que hubo sexo con un hombre que llevaba condón.

—Sí, hicimos los kits de violación de cada una de las víctimas del Fabricante de Muñecas. Y había una sustancia ajena hallada en las muestras de cinco de las víctimas. Era el mismo material en todas las mujeres.

—¿De qué se trataba, señor Amado?

—Se identificó como lubricante de condón.

—¿El material era de algún tipo que permitiera identificarlo con alguna marca o estilo de condón?

Al mirar a Belk, Bosch supo que el hombre pesado estaba mordiendo el bocado. Amado respondía con lentitud y Bosch se daba cuenta de que Belk estaba ansioso por seguir adelante con la siguiente pregunta. Belk iba lanzado.

—Sí —dijo Amado—, identificamos el producto. Era de un condón Trojan-Enz con receptáculo especial.

—¿Y era el mismo en las muestras obtenidas en cinco de los cadáveres? —preguntó Belk.

—Sí.

—Voy a plantearle una pregunta hipotética. Suponiendo que el agresor de las once mujeres utilizara la misma marca de condón lubricado, ¿cómo es que solo se encontró lubricante en las muestras vaginales de cinco víctimas?

—Creo que pueden intervenir varios factores, como la intensidad de la resistencia de la víctima. Pero fundamentalmente es una cuestión de qué cantidad de lubricante se desprende del condón y queda en la vagina.

—Cuando los agentes de policía le llevaron los distintos frascos de maquillaje del apartamento de Hyperion alquilado por Norman Church para que los analizara, ¿le entregaron algo más?

—Sí.

–¿Qué era?

–Una caja de condones Trojan-Enz lubricados con receptáculo especial.

–¿Cuántos condones contenía originalmente la caja?

–Doce condones envueltos individualmente.

–¿Cuántos quedaban en la caja cuando la policía se los entregó?

–Quedaban tres.

–No hay más preguntas.

Belk regresó a la mesa de la defensa con andar triunfante.

–Un momento, señoría –dijo Chandler.

Bosch vio que ella abría una carpeta gruesa con documentos de la policía. Pasó las páginas y extrajo una pequeña pila de documentos unidos con un clip. Leyó el de arriba con rapidez y lo sostuvo para hojear el resto. Bosch vio que el de encima era la lista del protocolo de un kit de violación. Estaba leyendo el protocolo de once de las víctimas.

Belk se inclinó sobre él y susurró:

–Va a pisar mierda. Iba a sacar esto después, durante su testimonio.

–¿Señora Chandler? –entonó el juez.

La abogada se levantó.

–Sí, señoría, estoy preparada. Tengo un breve contrainterrogatorio para el señor Amado.

Ella se llevó la pila de protocolos al estrado, leyó los dos últimos y a continuación miró al analista del forense.

–Señor Amado, ha mencionado que parte del kit de violación consistía en un peinado para encontrar vello púbico, ¿es así?

–Exacto.

–¿Puede explicarnos un poco más ese procedimiento?

–Bueno, básicamente, se pasa un peine por el vello púbico de la víctima y se recogen los pelos no arraigados. En ocasiones estos pelos no arraigados son del agresor o de otros compañeros sexuales.

–¿Cómo se queda ahí?

El rostro de Amado se puso de color carmesí.

–Bueno, eh, durante el acto sexual... supongo que se produce lo que llaman ¿fricción entre los cuerpos?

–Soy yo la que hace las preguntas, señor Amado. Usted conteste.

Hubo risas ahogadas en la galería del público. Bosch se sintió avergonzado por el testigo y pensó que tal vez también él se estaba poniendo colorado.

–Sí, bueno, hay fricción –dijo Amado–. Y esto causa alguna transferencia. El vello púbico suelto puede quedar enganchado en el del compañero.

–Ya entiendo –dijo Chandler–. Veamos, como coordinador de las pruebas del Fabricante de Muñecas de la oficina del forense, estaba familiarizado con los kits de violación de las once víctimas, ¿es así?

–Sí.

–¿En cuántas de las víctimas se encontró vello púbico ajeno?

Bosch comprendió lo que iba a ocurrir y se dio cuenta de que Belk tenía razón. Chandler caminaba hacia el abismo.

–En todas ellas –respondió Amado.

Bosch vio que Deborah Church levantaba la cabeza y miraba con gravedad a Chandler en el estrado. Entonces miró a Bosch y los ojos de ambos se encontraron. Enseguida apartó la mirada, pero Bosch se dio cuenta de que ella también sabía lo que iba a ocurrir, porque ella también había visto a su difunto marido como Bosch lo había visto esa última noche. Ella sabía qué aspecto tenía desnudo.

–Ah, de todas ellas –dijo Chandler–. Ahora, ¿puede decirle al jurado cuántos de esos vellos púbicos encontrados en esas mujeres fueron analizados e identificados como pertenecientes a Norman Church?

–Ninguno pertenecía a Norman Church.

–Gracias.

Belk ya se estaba levantando para ir hacia el estrado antes de que Chandler tuviera tiempo de recoger su bloc y los protocolos de los kits de violación. Bosch observó que ella se sentaba y que la viuda de Church empezaba a susurrarle al oído desesperadamente. Bosch vio que la mirada de Chandler se apagaba. Levantó la mano para decirle a la viuda que ya había dicho suficiente y a continuación se recostó y expulsó el aire.

–Vamos a empezar por aclarar algo –dijo Belk–. Señor Amado, ha dicho que encontraron vello púbico en las once víctimas. ¿Eran todos esos pelos del mismo hombre?

–No, encontramos una multitud de muestras. En la mayoría de los casos había pelos de dos o tres hombres.

–¿A qué atribuye este hecho?

–A su forma de vida. Sabemos que eran mujeres con múltiples compañeros sexuales.

–¿Analizó estas muestras para determinar si había pelos comunes? En otras palabras, si había pelo de un mismo hombre en cada víctima.

–No, no lo hicimos. Había una gran cantidad de pruebas recopiladas en estos casos y los recursos humanos dictaban que nos centráramos en pruebas que pudieran ayudar a identificar a un asesino. Como teníamos tantas muestras diferentes, se decidió que eran pruebas que se conservarían a fin de ser utilizadas para relacionar a un sospechoso claro una vez que el sospechoso estuviera detenido.

–Ya veo. Bueno, entonces cuando Norman Church murió y fue identificado como el Fabricante de Muñecas, ¿relacionaron algunos de los pelos de las víctimas con él?

–No lo hicimos.

–¿Y por qué?

–Porque el señor Church se había afeitado el vello corporal. No había vello púbico para comparar.

–¿Por qué hizo eso?

Chandler protestó sobre la base de que Amado no podía contestar por Church y el juez aceptó la protesta. Pero Bosch sabía que no importaba. En la sala todos sabían por qué se había afcitado Church. para no dejar vello púbico como prueba.

Bosch miró al jurado y vio a dos de las mujeres apuntando en las libretas que la secretaria del tribunal les había dado para que no perdieran el hilo de testimonios importantes. Tuvo ganas de invitar a Belk –y a Amado– a una cerveza.

7

Parecía un pastel en una caja, una de esas tartas personalizadas que preparan para que se parezcan a Marilyn Monroe o algo así. El antropólogo había pintado el rostro en un tono de piel beis, con carmín rojo y ojos azules y le había añadido una peluca rubia ondulada. A Bosch, que estaba de pie en la sala de la brigada mirando la imagen de escayola y preguntándose si parecía alguien real, le parecía de azúcar escarchada.

—Faltan cinco minutos —dijo Edgar.

Estaba sentado en su silla, orientada hacia la tele que había encima de los archivadores, con el mando a distancia en la mano. Su chaqueta azul estaba pulcramente colocada en un colgador. Bosch se quitó la chaqueta y la colgó en una de las perchas. Comprobó su casilla en la mesa de los mensajes y se sentó en su sitio de la mesa de Homicidios. Había recibido una llamada de Sylvia, nada más de importancia. Marcó el número justo cuando empezaban las noticias del Canal 4. Conocía lo suficiente de las prioridades informativas de la ciudad para saber que el reportaje sobre la Rubia de Hormigón no sería el primero.

—Harry, vamos a necesitar esa línea libre en cuanto lo emitan —dijo Edgar.

—Es un minuto. Van a tardar en pasarlo, si es que lo pasan.

—Lo pasarán. He cerrado acuerdos secretos con ellos. Todos creen que van a tener la exclusiva si conseguimos una identificación. No quieren perderse la entrevista lacrimógena con los padres.

—Estás jugando con fuego, tío. Haces una promesa así y descubrirán que les has tomado el pelo...

Sylvia cogió el teléfono.

—Hola, soy yo.

—Hola, ¿dónde estás?

—En comisaría. Vamos a tener que estar un rato contestando teléfonos. Van a sacar la cara de la víctima del caso de ayer en televisión esta noche.

—¿Cómo ha ido en el juicio?

—De momento es el caso de la demandante. Pero creo que les hemos soltado un par de golpes.

—He leído el *Times* hoy a la hora de comer.

—Sí, bueno, la mitad de lo que dicen está bien.

—¿Vas a salir?

—Ahora mismo no. Tengo que ayudar a contestar al teléfono en esto y después dependerá de lo que consigamos. Si no sacamos nada en claro, saldré pronto.

Se dio cuenta de que había bajado la voz para que Edgar no oyera la conversación.

—¿Y si conseguís algo bueno?

—Ya veremos.

Una inspiración, después silencio. Harry esperó.

—Has dicho «ya veremos» muchas veces, Harry. Ya hemos hablado de eso. A veces...

—Ya lo sé.

—... creo que solo quieres que te dejen en paz. Quedarte en tu casita de la colina y que nadie se acerque. Incluida yo.

—Tú no, ya lo sabes.

—A veces, no. Ahora mismo no siento que lo sepa. Me apartas justo en el momento en que necesitas que yo (o alguien) esté cerca.

Bosch no tenía respuesta. Pensó en Sylvia al otro lado del hilo telefónico. Probablemente estaba sentada en el taburete de la cocina. Probablemente ya había empezado a preparar la cena para los dos. O tal vez ya se estaba acostumbrando a sus modos y había estado esperando la llamada.

—Mira, lo siento —dijo Bosch—. Ya sabes cómo va. ¿Qué estás haciendo para cenar?

—Nada, ni voy a hacer nada tampoco.

Edgar soltó un silbido corto y rápido. Harry levantó la mirada y vio en la tele el rostro pintado de la víctima. Estaba sintonizado el Canal 7. La cámara mostró un largo primer plano de la cara. Se veía bien por la tele, al menos no parecía tanto un pastel. La pantalla mostró los dos números públicos del despacho de detectives.

—Lo están pasando ahora —le dijo Bosch a Sylvia—. Necesito dejar esta línea libre. Te llamaré después, cuando sepa algo.

—Claro —dijo ella con voz fría y colgó.

Edgar había sintonizado el 4 y estaban mostrando la cara. Cambió al 2 y captó los últimos segundos del reportaje. Incluso habían entrevistado al antropólogo.

—Un día con pocas noticias —dijo Bosch.

—Mierda —replicó Edgar—. Vamos a toda máquina. Todo lo que…

El teléfono sonó y Edgar contestó.

—No, acaba de salir —dijo después de escuchar unos segundos—. Sí, sí, descuide. Vale.

Colgó y negó con la cabeza.

—¿Pounds? —preguntó Bosch.

—Sí, cree que vamos a tener el nombre diez segundos después de que salga la noticia. Joder, qué memo.

Las siguientes tres llamadas fueron de bromistas, todos ellos testimonios de la deslumbrante falta de originalidad y la paupérrima salud mental de los televidentes. Las tres personas que llamaron dijeron: «¡Es tu madre!» o algo por el estilo y colgaron riendo. Al cabo de veinte minutos, Edgar recibió una llamada y empezó a tomar notas. El teléfono sonó otra vez y contestó Bosch.

—Soy el detective Bosch, ¿con quién hablo?

—¿Lo está grabando?

—No. ¿Quién es?

—No importa, pero pensaba que le gustaría saber que el nombre de la chica es Maggie. Maggie no sé cuántos. Es latín. La he visto en vídeos.

—¿Qué vídeos? ¿MTV?

—No, Sherlock. Vídeos para adultos. Folla en las pelis. Era buena. Sabía poner un condón con la boca.

Colgaron. Bosch tomó un par de notas en la libreta que tenía delante. ¿Latín?

Edgar colgó y dijo que quien había llamado decía que se llamaba Becky, que había vivido en Studio City unos años atrás.

—¿Qué has conseguido tú?

—Maggie. Sin apellido. Posiblemente un nombre artístico en latín. Dice que era actriz porno.

—Eso encajaría.

El teléfono volvió a sonar. Edgar atendió y escuchó durante unos segundos antes de colgar.

—Otro que ha reconocido a mi madre.

Bosch contestó la siguiente.

—Solo quería decirles que la chica que ha salido por la tele es actriz porno —dijo la voz.

—¿Cómo lo sabe?

—Lo sé por eso que han enseñado en la tele. Alquilé un vídeo, solo una vez, y salía ella.

«Solo una vez, pero se acuerda —pensó Bosch—. Sí, claro.»

—¿Sabe su nombre?

El otro teléfono sonó y lo atendió Edgar.

–Yo no sé nombres, señor –dijo el informante de Bosch–. De todas formas, todas usan un nombre falso.

–¿Cuál era el nombre del vídeo?

–No me acuerdo. Estaba borracho cuando lo vi. Como le he dicho, es la única vez.

–Oiga, no soy un confesor. ¿Sabe algo más?

–No, listillo. No.

–¿Quién es?

–No tengo que decírselo.

–Mire, estamos tratando de encontrar a un asesino. ¿Dónde alquiló el vídeo?

–No se lo voy a decir, podría conseguir mi nombre de ellos. No importa, lo tienen en todos los sitios para adultos.

–¿Cómo lo sabe si solo alquiló una vez?

El tipo colgó.

Bosch se quedó una hora más. Al final tenían a cinco personas que aseguraban que la cara pintada pertenecía a una *starlet* del porno. Solo uno de los que habían llamado decía que su nombre era Maggie, los otros cuatro no se habían fijado en los nombres. Había alguien que decía que era Becky de Studio City y otra persona que aseguraba que era una *stripper* que había trabajado una temporada en el Booby Trap de La Brea. Uno de los hombres que llamó dijo que el rostro pertenecía a su mujer desaparecida, pero preguntando Bosch averiguó que esta había desaparecido hacía solo dos meses. La rubia de hormigón llevaba muerta demasiado tiempo. La esperanza y desesperación que se mezclaban en la voz del hombre que llamaba le parecieron reales a Bosch, quien al explicarle que no podía tratarse de su mujer no supo si le estaba dando al hombre una buena noticia o una mala, porque lo dejaba de nuevo en la incertidumbre.

Hubo otras tres llamadas que proporcionaron descripciones vagas de una mujer que creían que podría ser la Rubia de Hormigón, pero, después de unas cuantas preguntas, Bosch y Edgar identificaron a los que llamaban como gente que se emocionaba hablando con la policía.

La llamada más extraña fue la de una médium de Beverly Hills que mencionó que había puesto la mano encima de la pantalla del televisor mientras mostraba el rostro y había sentido que el espíritu de la difunta la llamaba.

–¿Qué le decía? –preguntó Bosch pacientemente.

–Alabanzas.

–¿Alabanzas?

–A Jesús nuestro señor, supongo, pero no lo sé. Es lo único que recibí. Podría recibir más si me dejara tocar el molde de escayola real de la...

–A ver, ¿este espíritu que cantaba alabanzas se identificó? Verá, eso es lo que estamos haciendo. Estamos más interesados en un nombre que en las alabanzas.

–Algún día creerá, pero entonces ya estará condenado. –La mujer colgó.

A las siete y media, Bosch le dijo a Edgar que se largaba.

–¿Y tú? ¿Vas a esperar a las noticias de las once?

–Sí, estaré por aquí, pero puedo ocuparme solo. Si recibo un montón de llamadas, sacaré a uno de esos capullos del despacho.

«Acumula horas extra», pensó Bosch.

–¿Y ahora qué? –preguntó.

–No lo sé, ¿qué opinas?

–Bueno, aparte de las llamadas que dicen que es tu madre, esto del porno parece la línea que hay que seguir.

–Deja en paz a mi bendita madre. ¿Cómo crees que podría comprobar lo del porno?

—Con el tío de Vicio Administrativo. Ray Mora trabaja en el porno. Es el mejor. También estuvo en el equipo de investigación del Fabricante de Muñecas. Llámalo y veremos si puede venir a echar un vistazo a la cara. Puede que la conociera. Cuéntale que tenemos a un tío que dice que se llama Maggie.

—Lo haré. Encaja con el Fabricante de Muñecas, ¿no? Me refiero al porno.

—Sí, encaja. —Pensó en ello un momento y añadió—: Otras dos víctimas estaban en ese negocio. Y la que escapó, también.

—La afortunada. ¿Sigue en eso?

—Que yo sepa, pero también podría haber muerto.

—Todavía no significa nada, Harry.

—¿Qué?

—El porno. Todavía no significa que fuera el Fabricante de Muñecas. El original, me refiero.

Bosch se limitó a asentir. Tenía una idea de algo que hacer. Fue al Caprice y cogió la cámara Polaroid del maletero. En la sala de la brigada sacó dos fotos de la cara que había en la caja y se las guardó en el bolsillo del abrigo después de que se revelaran.

Edgar lo observó.

—¿Qué vas a hacer? —preguntó.

—Pensaba parar en ese supermercado para adultos del valle de camino a casa de Sylvia.

—Que no te pillen en una de esas cabinas con la polla fuera.

—Gracias por el consejo. Ya me contarás lo que dice Mora.

Bosch se dirigió a la autovía de Hollywood sin coger ninguno de los túneles. Enfiló al norte y salió en Lankershim. Luego tomó esa avenida hasta North Hollywood, en el valle de San Fernando. Llevaba las cuatro ventanillas bajadas y el aire frío le golpeaba por todas partes. Se fumó un cigarrillo tirando la ceniza por la ventanilla. En la emisora de jazz KAJZ estaban poniendo *techno-funk*, así que apagó la radio y se limitó a conducir.

El valle de San Fernando era la comunidad dormitorio de la ciudad en más de un sentido. También era la sede de la industria pornográfica de la nación. Los distritos comerciales e industriales de Van Nuys, Canoga Park, Northridge y Chatsworth albergaban centenares de productoras, distribuidoras y mayoristas del porno. De las agencias de modelos de Sherman Oaks salían el noventa por ciento de los hombres y las mujeres que actuaban ante las cámaras. En consecuencia, el valle de San Fernando era también uno de los lugares con más tiendas de porno. Se producía allí y se vendía allí, a través de negocios de comercialización de vídeos por catálogo vinculados con los mayoristas en la producción de películas y lugares como X Marks the Spot en Lankershim Boulevard.

Bosch aparcó en el estacionamiento de la enorme tienda y la contempló unos momentos. Antes había sido un supermercado Pic N Pay, pero las ventanas delanteras habían sido tapiadas. Bajo el neón rojo del X Marks the Spot, la fachada estaba encalada y pintada con siluetas de mujeres desnudas con mucho pecho, como las siluetas metálicas que Bosch veía constantemente en los guardabarros de los camiones de la autovía. Los tipos que ponían eso en los camiones eran probablemente los mismos a los que ese lugar ofrecía sus servicios.

El negocio, propiedad de un testaferro de la mafia de Chicago llamado Harold Barnes, facturaba más de un millón de dólares al año y probablemente ganaba otro más en negro. Bosch conocía toda esta información por

Mora, de Vicio Administrativo, con quien había patrullado algunas noches cuando ambos formaban parte del equipo de investigación, cuatro años atrás.

Bosch observó a un hombre de unos veinticinco años que bajó de su Toyota. El tipo caminó con rapidez hacia la puerta de madera maciza y se coló como un agente secreto. Bosch lo siguió. La mitad delantera del antiguo supermercado estaba dedicada al negocio al por menor: venta y alquiler de vídeos, revistas y todo un surtido de productos para adultos, fundamentalmente fabricados en goma. La parte de atrás, a la que se accedía a través de una cortina, estaba dividida entre salas de «encuentros» y cabinas de vídeo privadas. La música *heavy metal* que salía de las salas se mezclaba con los gemidos enlatados de falsa pasión que surgían de las cabinas de vídeo.

Bosch vio a su izquierda a dos hombres tras un mostrador de cristal. Uno de ellos era un tipo corpulento cuyo cometido obvio era mantener la paz. El otro era más pequeño y mayor, el encargado de recoger el dinero. Bosch supo por la forma en que lo miraban y la tirantez de la piel en torno a los ojos que lo habían calado en cuanto había entrado. Se acercó y puso una de las fotos en el mostrador.

—Estoy tratando de identificarla. He oído que trabajaba en vídeo, ¿la reconoce?

El tipo más pequeño se inclinó y miró la foto mientras el otro permanecía inmóvil.

—Parece un pastel, tío —dijo el hombre pequeño—. No reconozco pasteles. Me los como.

Miró al tipo grandote e intercambiaron una sonrisa.

—Así que no la reconoce. ¿Y usted?

—Yo digo lo mismo que él —afirmó el tipo grande—. Yo también me como los pasteles.

Esta vez ambos rieron con estruendo y probablemente tuvieron que contenerse para no palmearse las manos como los jugadores de baloncesto después de una buena canasta. Los ojos del hombre más bajo destellaron bajo las gafas tintadas de rosa.

–Bueno –dijo Bosch–. Entonces echaré un vistazo. Gracias.

El hombre más corpulento dio un paso adelante y dijo:

–Mantén la pistola cubierta, tío. No queremos excitar a los clientes.

–No voy a excitarlos más de lo que están –dijo Bosch.

Se volvió desde el mostrador hacia las dos paredes de estantes donde se alineaban centenares de cajas de vídeos para vender o alquilar. Había una docena de hombres mirando, incluido el «agente secreto». Sopesar la escena y el número de cajas de vídeos recordó de algún modo a Bosch la vez que leyó todos los nombres en el monumento a los caídos en la guerra de Vietnam durante un caso. Había tardado varias horas.

La pared del vídeo no le ocupó tanto tiempo. Se saltó las películas para homosexuales y las protagonizadas por negros y miró todas las cajas en busca de una cara como la de la Rubia de Hormigón o del nombre de Maggie. Los vídeos estaban en orden alfabético y tardó casi una hora en llegar a la H. Un rostro de la caja de un vídeo llamado *Cuernos de la cripta* captó su atención. En la cubierta se veía a una mujer desnuda en un ataúd. Era rubia y tenía la nariz respingona como la de la máscara de escayola. Bosch giró la caja y vio otra foto de la actriz en la que aparecía a cuatro patas y con un hombre detrás de ella. Tenía la boca entreabierta y la cara vuelta hacia su compañero sexual.

Era ella, Bosch lo supo. Miró los créditos y vio que el nombre encajaba. Se llevó la caja vacía al mostrador.

–Ya era hora –dijo el hombre pequeño–. Aquí no permitimos que la gente merodee. Los polis se ponen pesados con eso.

–Quiero alquilar este.

–No puede. Ya está alquilado. ¿No lo ve?, la caja está vacía.

–¿Ella sale en algún otro que conozca?

El tipo pequeño cogió la caja y miró las fotografías.

–Magna Cum Loudly, sí. No lo sé. Estaba empezando y entonces lo dejó. Probablemente se casara con un tipo rico, muchas lo hacen.

El tipo grande se acercó para mirar la caja y su olor corporal hizo retroceder a Bosch.

–Estoy seguro de que sí –dijo–. ¿En cuál más salía?

–Bueno –dijo el tipo pequeño–, acababa de dejar las bobinas y luego, pfff, desapareció. *Cuernos* fue su primer papel protagonista. Hacía un fantástico bis en *La guarra de los Rose* y así fue como comenzó. Antes estaba solo en las bobinas.

Bosch fue a la P y encontró *La guarra de los Rose*. También estaba vacía y no había fotos de Magna Cum Loudly. Su nombre era el último en los créditos. Volvió al tipo pequeño y señaló la caja de *Cuernos de la cripta*.

–¿Y la caja? La compro.

–No podemos venderle solo la caja; si no, ¿cómo vamos a mostrar el vídeo cuando lo devuelvan? No vendemos cajas. Los tíos que quieren fotos se compran las revistas.

–¿Cuál es el precio de la cinta? La compraré. Cuando el que la ha alquilado la devuelva puede guardármela y pasaré a recogerla. ¿Cuánto?

–Bueno, *Cuernos* es popular. La vendemos a 39,95, pero a usted, agente, le haremos nuestro precio especial para las fuerzas del orden. Cincuenta pavos.

Bosch no protestó. Tenía efectivo y pagó.

–Quiero un recibo.

Una vez completada la compra, el tipo pequeño puso la caja del vídeo en una bolsa marrón de papel.

–¿Sabe? –dijo–. Magna Cum Loudly sigue en un par de bobinas. Quizá quiera verlas. –Sonrió y señaló un cartel que tenía detrás–. Por cierto, no damos cambio.

Bosch le devolvió la sonrisa.

–Lo comprobaré.

–Eh, oiga, ¿a qué nombre quiere que reservemos este vídeo cuando nos lo devuelvan?

–Carlo Pinzi.

Era el nombre del jefe de la mafia de Chicago en Los Ángeles.

–Muy gracioso, señor Pinzi. Lo haremos.

Bosch pasó la cortina y entró en las salas de la parte de atrás, donde lo recibió una mujer con tacones altos, un tanga negro y una bolsa de cambio de heladero en un cinturón. Nada más. Sus grandes y perfectos pechos de silicona estaban rematados por un pezón inusualmente pequeño. Tenía el pelo corto teñido de rubio y llevaba demasiado maquillaje en torno a los ojos castaños y vidriosos. Aparentaba diecinueve años. O treinta y cinco.

–¿Quiere un encuentro privado o cambio para las cabinas de vídeo? –preguntó.

Bosch sacó su ya fino fajo de billetes y le pidió cambio de dos dólares en monedas de veinticinco centavos.

–¿Me puedo quedar un dólar para mí? No cobro nada, solo las propinas.

Bosch le dio otro dólar y cogió las ocho monedas de un cuarto, que se llevó a las pequeñas cabinas con cortina. Las que estaban ocupadas tenían la luz encendida.

–Si necesita algo, me lo dice –le dijo a su espalda la chica del tanga.

O estaba demasiado colocada o era muy estúpida, o las dos cosas, para no haberse dado cuenta de que era poli. Bosch le dijo que no con la mano y cerró la cortina tras él. El espacio del que disponía era similar al de una cabina telefónica. Había una ventana panorámica de cristal a través de la cual veía una pantalla de vídeo que en ese momento mostraba una guía de doce películas diferentes que podía elegir. A pesar de que ya todo era vídeo, seguían llamándolos «bobinas», por las bobinas de 16 milímetros que pasaban una y otra vez en las primeras *peep machines*.

No había silla, pero sí un pequeño estante con un cenicero y una caja de pañuelos de papel. Los pañuelos usados estaban tirados por el suelo y el lugar olía como el desinfectante industrial que usaban en las furgonetas de la oficina del forense. Puso las ocho monedas en la ranura y cambió la imagen de la pantalla.

Había dos mujeres en una cama, besándose y acariciándose. Bosch solo tardó unos segundos en descartar a ambas. Ninguna de las dos era la chica de la caja del vídeo. Empezó a pulsar el botón de cambio de canal y la imagen saltó de pareja en pareja: heterosexual, homosexual, bisexual. Sus ojos solo se detenían el tiempo necesario para determinar si la mujer que buscaba estaba allí.

En la novena bobina reconoció a la chica de la caja del vídeo que había comprado. Verla en movimiento lo ayudó a convencerse de que la mujer que usaba el nombre de Magna Cum Loudly era la Rubia de Hormigón. En el vídeo, la chica yacía bocarriba en un sofá y se mordía un dedo mientras un hombre arrodillado en el suelo entre sus muslos hundía rítmicamente sus caderas en las de la joven.

El hecho de saber que esa mujer había muerto y que lo había hecho de un modo violento y estar allí observando cómo se sometía a otro tipo de violencia le afectó de un modo que no estaba seguro de comprender. Sintió una mezcla de culpa y pena mientras observaba. Como la mayoría de los polis, había pasado una temporada en Antivicio. También había visto algunas de las películas de las otras dos actrices de cine para adultos que habían sido víctimas del Fabricante de Muñecas. Sin embargo, era la primera vez que lo invadía esa desazón.

En el vídeo, la actriz se sacó el dedo de la boca y empezó a gemir sonoramente, haciendo honor a su nombre artístico. Bosch bajó el sonido. Pero seguía oyendo sus gemidos convertidos en gritos en vídeos de otras cabinas. Otros hombres estaban viendo la misma escena. A Bosch le resultó repulsivo saber que el vídeo había atraído el interés de hombres diferentes por razones diferentes.

La cortina crujió y Bosch oyó que alguien se movía detrás de él y entraba en la cabina. En ese mismo momento sintió una mano que le subía por el muslo hasta la entrepierna. Buscó la pistola en la chaqueta al tiempo que se volvía, pero entonces vio que era la cambiadora de monedas.

–¿Qué puedo hacer por ti, cariño? –le susurró ella.

Bosch la apartó.

–Para empezar, puedes salir de aquí.

–Vamos, querido, ¿para qué mirarlo por la tele cuando puedes hacerlo tú? Veinte pavos. No puedo bajar más. Tengo que repartírmelo con la dirección.

Había apretado sus pechos contra él y Bosch no sabía de quién de los dos era el aliento que olía a cigarrillo. De repente, la mujer se detuvo al notar la pistola. Ambos se sostuvieron la mirada durante unos segundos.

–Eso es –dijo Bosch–. Si no quieres ir a la jaula, sal de aquí.

–Lo que usted diga, agente –dijo ella.

Ella abrió la cortina y se fue. Justo entonces la pantalla volvió a la guía. Los dos dólares de Bosch se habían acabado.

Mientras salía oyó los falsos gritos de placer de Magna Cum Loudly procedentes de otras cabinas.

8

En el camino por la autovía hasta el siguiente valle, trató de imaginarse esa vida. Se preguntaba qué esperanza podría mantener ella, qué esperanza alentaba y protegía como una vela bajo la lluvia incluso cuando yacía bocarriba con la mirada distante vuelta hacia el extraño que tenía dentro. La esperanza tenía que ser lo último que le quedaba. Bosch sabía que la esperanza era el alimento del alma. Sin ella no había nada, solo oscuridad.

Se preguntó dónde se habían cruzado las dos vidas, la del asesino y la de la víctima. Quizá la semilla de lujuria y deseo homicida la había plantado la misma bobina que Bosch acababa de ver. Tal vez el asesino había alquilado el vídeo por el que Bosch acababa de pagar cincuenta dólares. ¿Podía haber sido Church? ¿O había alguien suelto? Bosch pensó en la caja y tomó la primera salida, Van Nuys Boulevard en Pacoima.

Aparcó y sacó la caja del vídeo de la bolsa de papel marrón que le había dado el hombre bajo. Encendió la luz del coche y rebuscó en todas las superficies del estuche, leyendo cada palabra. Pero no había fecha de *copyright* que le dijera cuándo se había grabado la cinta, si antes o después de la muerte de Church.

Volvió a la Golden State, que lo llevó al norte, al valle de Santa Clarita. Después de salir en Bouquet Canyon Road tomó un camino de curvas a través de una serie de calles residenciales, más allá de una aparentemente interminable fila de casas californianas. En Del Prado, estacionó enfrente de la vivienda que tenía el cartel de la inmobiliaria Ritenbaugh.

Sylvia llevaba más de un año tratando de vender la casa, sin suerte. Cuando pensó en ello, Bosch se sintió aliviado. Esa circunstancia lo libraba de afrontar la decisión de qué harían a continuación Sylvia y él.

Sylvia abrió la puerta antes de que él llegara.

–Hola.

–Hola.

–¿Qué llevas?

–Ah, cosas del trabajo. Tengo que hacer un par de llamadas dentro de un rato. ¿Has comido?

Bosch se inclinó para besarla y entró en la casa. Ella llevaba el vestido camisero gris que le gustaba usar para estar por casa después del trabajo. Se había soltado el pelo y los reflejos rubios captaban la luz de la sala de estar.

–Una ensalada, ¿tú?

–Todavía no. Me prepararé un sándwich o algo. Lo siento. Con el juicio y luego con este caso nuevo, es…, bueno, ya lo sabes.

–No pasa nada. Solo te echaba de menos. Lamento cómo me he comportado por teléfono.

Sylvia lo besó y lo abrazó. Bosch se sentía a gusto con ella. Eso era lo mejor, esa sensación. Nunca la había sentido antes y podía olvidarla a veces cuando estaba alejado de ella. Pero en cuanto volvía a verla, la recuperaba.

Sylvia lo llevó de la mano a la cocina y le dijo que se sentara mientras le preparaba un bocadillo. Bosch observó cómo ella ponía una sartén en el fuego y encendía el gas. A continuación, Sylvia puso cuatro lonchas de beicon en la sartén. Mientras se freía, cortó un tomate y un aguacate y extendió una hoja de lechuga. Bosch se levantó, sacó una cerveza de la nevera y la besó en el cuello. Entonces retrocedió, molesto porque el recuerdo de la mujer que le había tocado en la cabina se interpuso en el momento. ¿Por qué le había ocurrido eso?

–¿Qué pasa?

–Nada.

Ella puso dos rodajas de pan de girasol en la tostadora y sacó el beicon de la sartén. Al cabo de unos minutos, le sirvió el sándwich y se sentó.

–¿A quién tienes que llamar?

–A Jerry Edgar y tal vez a un tipo de Antivicio.

–¿Antivicio? ¿Estaba en el porno? ¿La nueva víctima?

Sylvia había estado casada con un policía y pensaba con los saltos lógicos de un policía. A Bosch le gustaba eso de ella.

–Eso creo. Tengo una pista, pero también tengo el juicio, así que quiero dársela.

Ella asintió. Bosch nunca tenía que pedirle a Sylvia que no preguntara demasiado. Ella siempre sabía cuándo tenía que parar.

–¿Cómo ha ido hoy en el instituto?

–Bien. Cómete el sándwich. Quiero que te apresures a hacer esas llamadas porque quiero que nos olvidemos del juicio y del instituto y de tu investigación. Quiero que abramos una botella de vino, que encendamos unas velas y nos metamos en la cama.

Bosch le sonrió.

Habían caído en una vida en común así de relajada. Las velas eran siempre su señal para empezar a hacer el amor. Allí sentado, Bosch se dio cuenta de que él no tenía señales. Casi siempre lo empezaba ella. Se preguntó qué decía eso de él. Le preocupaba que la suya fuera una relación basada exclusivamente en secretos y facetas ocultas. Esperaba que no fuera así.

–¿Estás seguro de que no te pasa nada? –preguntó Sylvia–. Te noto distante.

–Estoy bien. Esto está muy bueno. Gracias.

–Ha llamado Penny. Tiene a dos personas interesadas, así que va a organizar un día de visita el domingo.

Bosch asintió con la boca llena.

–Tal vez podríamos ir a pasar el día por ahí. No quiero estar aquí cuando la gente venga a ver la casa. Incluso podríamos salir el sábado y pasar la noche en algún sitio. Podrías olvidarte de todo esto. Lone Pine estaría bien.

–Suena bien, pero ya veremos qué pasa.

Después de que ella se fuera al dormitorio, Bosch llamó al despacho. Contestó Edgar. Bosch puso una voz más grave y dijo:

–Sí, saben eso que enseñaron en la tele. ¿La que no tenía nombre?

–Sí, ¿puede ayudarnos?

–Seguro.

Bosch se tapó la boca con la mano para contener la risa. Se dio cuenta de que no se había preparado una buena frase. Su mente corrió mientras trataba de decidir cuál sería.

–Bueno, señor, ¿quién es? –dijo Edgar impaciente.

–Es, es, es…

–¿Quién es?

–Es Harvey Pounds de *drag*.

Bosch se echó a reír y Edgar no tardó en reconocerlo. Era estúpido, ni siquiera gracioso, pero ambos rieron.

–Bosch, ¿qué quieres?

Le costó un poco parar de reír, pero al final dijo:

–Solo fichar. ¿Has llamado a Ray Mora?

–No, he llamado a Antivicio y me han dicho que esta noche no trabajaba. Iba a hablar con él mañana. ¿Y tú?

—Creo que tengo un nombre. Llamaré a Mora a su casa para que pueda sacar lo que tenga de ella cuanto antes.

Le dijo el nombre a Edgar y oyó que el otro detective reía.

—Bueno, al menos es original. ¿Cómo...? ¿Qué te hace pensar que es ella?

Bosch respondió en voz baja por si su voz llegaba al dormitorio.

—He visto una bobina y sale una foto suya en un estuche de vídeo que tengo aquí. Se parece a la cara de escayola. Un poco distinta en la peluca. Pero creo que es ella. Mañana te dejaré la caja en tu mesa de camino al juicio.

—Genial.

—Quizá Mora pueda darnos el primer empujón y ayudarnos a conseguir el nombre real y sus huellas para ti. Probablemente tenía una licencia de ocio para adultos. ¿Te importa que lo llame?

—No hay problema. Tú lo conoces.

Ambos colgaron. Bosch no tenía el número de la casa de Mora. Llamó al servicio de detectives y dio su nombre y número de placa. Tardaron cinco minutos en conseguirle el número y Mora contestó al cabo de tres tonos. Parecía sin aliento.

—Soy Bosch, ¿tienes un minuto?

—Bosch... Ah, Bosch. ¿Qué pasa, tío?

—¿Cómo va el negocio?

—De culo.

Se rio de lo que Bosch supuso que era una broma para iniciados.

—En realidad se hunde cada vez más a fondo, y no lo digo con segundas. El vídeo lo arruinó, Bosch. Lo ha hecho demasiado grande. La industria es cada vez más grande y la calidad más pequeña. Ya nadie se preocupa por la calidad.

Mora estaba hablando más como un entusiasta de la industria del porno que como su inspector.

–Echo de menos los días en aquellos teatros llenos de humo de Cahuenga y Highland. Entonces controlábamos mejor las cosas. Al menos, yo. Bueno, ¿cómo va el juicio? He oído que os ha caído otro que parece del Fabricante de Muñecas. ¿Qué pasa con eso? ¿Cómo podría…?

–Por eso te llamaba. Tengo un nombre y creo que es de tu lado de las vías. Me refiero a la víctima.

–¿Quién?

–Magna Cum Loudly. Tal vez también la conocieran como Maggie.

–Sí, lo he oído. Estuvo hace un tiempo y luego, tienes razón, desapareció o lo dejó.

Bosch esperó que dijera más. Pensó que había oído una voz de fondo, en persona o en la tele y Mora le dijo que esperara un momento. No había entendido lo que habían dicho ni si se trataba de un hombre o de una mujer. La interrupción llevó a Bosch a preguntarse qué estaba haciendo Mora cuando contestó. En el departamento corría el rumor de que Mora se había acercado demasiado al objeto en el que era experto. Era una enfermedad habitual de un poli. Además, sabía que Mora había rechazado con éxito todos los intentos de transferirlo de destino en los primeros años. Ahora tenía tanta experiencia que sería ridículo trasladarlo. Sería como llevarse a Orel Hershiser del equipo de *pitchers* de los Dodgers y ponerlo de receptor. Era bueno en lo que hacía. Había que dejarlo allí.

–Eh, Harry, no lo sé. Creo que estaba por aquí hace un par de años. Lo que estoy diciendo es que si es ella, entonces no puede haber sido Church. ¿Sabes a qué me refiero? No sé cómo te afecta esto.

—No te preocupes por eso, Ray. Si no lo hizo Church, alguien lo hizo. Aun así, vamos a pillarlo.

—Sí, me pondré con eso. Por cierto, ¿cómo la has identificado?

Bosch le contó su visita a X Marks the Spot.

—Sí, conozco a esos tipos. El grande es Jimmy Pinzi, el sobrino del capo Carlo. Lo llaman Jimmie Pins. Puede hacer ver que es grande y torpe, pero en realidad es el jefe del pequeño Pinkie. Controla el lugar para su tío. Al bajito lo llaman Pinkie por esas gafas que lleva. Pinkie y Pins. Todo es una actuación. Da igual, te han cobrado cuarenta pavos de más por esa cinta.

—Eso supuse. Ah, y te iba a preguntar, no hay ningún *copyright* en el estuche del vídeo. ¿Estará en el vídeo o hay alguna manera de que pueda adivinar cuándo lo hicieron?

—No suelen poner el *copyright* en la caja. Los clientes quieren carne fresca. Así que suponen que si el cliente ve un *copyright* en la caja que tiene un par de años, comprarán otra cosa. Es un negocio rápido. Bienes perecederos. Así que no hay fechas. A veces no las ponen ni siquiera en la cinta. De todos modos, en la oficina tengo catálogos desde hace doce años. Puedo encontrar la fecha sin problema.

—Gracias, Ray. Puede que no pase yo, sino un compañero de Homicidios, Jerry Edgar. Yo tengo el juicio.

—Está bien, Harry.

Bosch no tenía nada más que preguntar y estaba a punto de despedirse cuando habló Mora.

—¿Sabes? He pensado mucho en ello.

—¿En qué?

—En el equipo de investigación. Ojalá no me hubiera ido temprano esa noche y hubiera estado allí contigo. Quién sabe, tal vez habríamos pillado a ese tipo vivo.

—Sí.

–Entonces no habría juicio para ti.

Bosch se quedó en silencio mientras miraba la foto de la parte posterior de la carátula del vídeo. El rostro de la mujer vuelto hacia un lado, como la cara de escayola. Era ella. Estaba seguro.

–Ray, solo con este nombre (Magna Cum Loudly) puedes conseguir el nombre real y huellas.

–Claro. No importa lo que la gente piense de este producto, hay material legal y material ilegal. Esta chica, Maggie, parece que se ha graduado en el mundo legal. Se había apartado de las bobinas y esa mierda y estaba en el canal principal del vídeo para adultos. Eso significa que probablemente tenía un agente y una licencia. Les hace falta la licencia para demostrar que tienen dieciocho años. Así que en su licencia pondrá su verdadero nombre. Puedo repasarlas y encontrarla, llevan foto. Puede que tarde un par de horas, pero la encontraré.

–Muy bien, ¿lo harás por la mañana? Y si Edgar no se pasa, envíale las huellas a Homicidios de Hollywood.

–Jerry Edgar. Lo haré.

Ambos se mantuvieron un momento en silencio mientras pensaban en lo que estaban haciendo.

–Eh, Harry.

–¿Sí?

–El diario decía que hay una nueva nota, ¿es verdad?

–Sí.

–¿Es buena? ¿La cagamos?

–Todavía no lo sé, Ray, pero te agradezco que uses el plural. Hay mucha gente que solo quiere señalarme a mí.

–Sí, escucha, tengo que decírtelo, esa zorra de Money me ha citado hoy.

A Bosch no le sorprendió, porque Mora estaba en el equipo de investigación del caso del Fabricante de Muñecas.

–No te preocupes, probablemente ha citado a todos los que estaban en el equipo de investigación.

–Vale.

–Pero trata de no mencionar nada de esto si puedes.

–Mientras pueda.

–Ella tiene que saber qué preguntar antes de poder preguntarlo. Solo necesito un poco de tiempo para trabajar con esto y ver qué significa.

–No hay problema, colega. Tú y yo sabemos que cayó el asesino. No hay duda de eso, Harry.

Pero decirlo en voz alta hacía que surgiera la duda, Bosch lo sabía. Mora se estaba planteando las mismas preguntas que él.

–¿Necesitas que consiga el vídeo mañana para que sepas qué aspecto tenía antes de que repases los archivos?

–No, como te decía, tenemos catálogos de todo tipo. Buscaré *Cuernos de la cripta* y partiré de ahí. Si eso no funciona, iré a los catálogos de agencia.

Ambos colgaron y Bosch encendió un cigarrillo, aunque a Sylvia no le gustaba que fumara en la casa. No es que tuviera un problema con el hecho de que él fumara, pero pensaba que algún posible comprador podía echarse atrás si creía que era la casa de un fumador. Se quedó sentado varios minutos, arrancando la etiqueta de la botella vacía de cerveza y pensando en lo deprisa que podían cambiar las cosas. Creer en algo durante cuatro años para de pronto descubrir que podrías estar equivocado.

Cogió una botella de zinfandel Buehler y dos vasos y los llevó al dormitorio. Sylvia estaba en la cama con el embozo subido hasta los hombros desnudos. Tenía una lámpara encendida y estaba leyendo un libro titulado *Morir dos veces*. Bosch se acercó a su lado de la cama y se sentó junto a ella. Llenó dos vasos y ambos brindaron y tomaron un sorbo.

—Por la victoria en el juicio —dijo Sylvia.

—Eso suena bien.

Se besaron.

—¿Has estado fumando ahí?

—Lo siento.

—¿Eran malas noticias? Las llamadas.

—No, solo tonterías.

—¿Quieres hablar?

—Ahora no.

Bosch se metió en el cuarto de baño con su vaso y se dio una ducha rápida. El vino, que le había parecido excelente, tenía un gusto horrible después de lavarse los dientes. Cuando volvió a salir, la luz de lectura estaba apagada. Había velas encendidas en ambas mesitas de noche y en el escritorio. Estaban en portavelas votivos plateados con lunas crecientes y estrellas en los lados. Las luces titilantes proyectaban motivos borrosos en las paredes, en las cortinas y en el espejo, como una discordancia silenciosa.

Sylvia estaba recostada en tres almohadas, con las sábanas levantadas. Bosch se quedó de pie desnudo a los pies de la cama unos segundos y ambos se sonrieron el uno al otro. Sylvia era hermosa para Bosch con ese cuerpo bronceado y casi infantil. Era delgada, con pechos pequeños y el vientre plano. Tenía el pecho lleno de pecas de pasar demasiados días de playa en la infancia.

Bosch tenía ocho años más que ella y sabía que los aparentaba, pero no estaba avergonzado de su aspecto físico. A sus cuarenta y tres años, todavía conservaba un abdomen plano y un cuerpo musculoso; músculos que no eran producto de las máquinas del gimnasio, sino de levantar el peso de su día a día, de su misión. Su vello corporal se estaba tornando gris a un ritmo mucho más rápido que el del cabello. Sylvia se burlaba de él con frecuencia, acusándolo de haberse teñido el pelo, de poseer una vanidad que ambos sabían que no existía.

Cuando se metió en la cama junto a ella, Sylvia pasó los dedos por su tatuaje de Vietnam y por la cicatriz que una bala le había dejado en el hombro derecho hacía varios años. Ella siguió la cremallera de cirugía del modo en que siempre lo hacía cuando estaban juntos en esa situación.

—Te quiero, Harry —dijo.

Bosch rodó encima de ella y la besó profundamente, dejando que el gusto del vino tinto en la boca de Sylvia y la sensación de su piel cálida barrieran las preocupaciones y las imágenes de finales violentos. Estaba en el templo del hogar, penso, aunque no lo dijo. «Te quiero», pensó, pero no lo dijo.

9

La mañana del viernes echó por tierra todo aquello que había ido bien para Bosch el jueves. El primer desastre ocurrió en el despacho del juez Keyes, donde este convocó a los abogados y a sus clientes tras estudiar en privado durante media hora la nota del supuesto Fabricante de Muñecas y después de que Belk hubiera argumentado durante una hora contra su inclusión en el juicio.

–He leído la nota y sopesado los argumentos –dijo el juez–. No veo cómo puede ocultarse a este jurado esta carta, nota, poema o lo que sea. Es innegable que refuerza la tesis de la señora Chandler. No estoy haciendo ningún juicio sobre si es real o de algún chiflado, eso le corresponderá decidirlo al jurado. Si puede. Pero el hecho de que la investigación siga en curso no es motivo para retener esto. Yo autorizo la presentación de la prueba y, señora Chandler, puede introducirla en el momento apropiado, siempre que establezca las bases adecuadas. Señor Belk, su protesta constará en acta.

–¿Señoría? –probó Belk.

–No, no vamos a discutir más sobre el tema. Vamos a la sala del tribunal.

–¡Señoría! No sabemos quién ha escrito esto. ¿Cómo puede autorizarlo como prueba cuando no tenemos la menor idea ni de dónde surgió ni de quién lo envió?

–Sé que el fallo le supone una decepción, por eso voy a concederle cierto margen y no voy a amonestarlo por esta muestra de falta de respeto a los deseos de este tribunal. He dicho que no se discute más, señor Belk, así que no voy a volver sobre la cuestión. El hecho de que esta nota de origen desconocido condujera directamente al descubrimiento de un cadáver que tenía todas las similitudes con una víctima del Fabricante de Muñecas es en sí mismo una verificación de cierta autenticidad. No se trata de una travesura, señor Belk. No es ninguna broma. Aquí hay algo y el jurado debe verlo. Vamos. Todo el mundo fuera.

La sesión apenas había comenzado cuando se produjo la siguiente debacle. Belk, que tal vez seguía aturdido por su derrota en el despacho del juez, se metió de cabeza en la trampa que le había preparado hábilmente Chandler.

Su primer testigo del día era un hombre llamado Wieczorek, que testificó que conocía a Norman Church bastante bien y declaró que estaba seguro de que no había cometido los once crímenes que se le atribuían. Wieczorek y Church habían trabajado juntos durante doce años en el laboratorio de diseño aeronáutico. Wieczorek tenía cincuenta y tantos años y llevaba el pelo canoso tan corto que permitía que se adivinara el cuero cabelludo rosado.

–¿Por qué está tan seguro de que Norman no era un asesino? –preguntó Chandler.

–Bueno, para empezar, sé a ciencia cierta que no mató a una de esas chicas, la undécima, porque estuvo conmigo cuando a ella... Él estaba conmigo. Entonces la policía lo mató y le colgó once asesinatos. Bueno, supongo. Sé que no mató a una de las chicas, de manera que probablemente están mintiendo acerca del resto. Todo es un montaje para cubrir que mataron...

–Gracias, señor Wieczorek –dijo Chandler.

–Solo digo lo que pienso.

Belk se levantó y protestó de todos modos, acercándose al estrado y quejándose de que toda la respuesta era pura especulación. El juez admitió la protesta, pero el daño ya estaba hecho. Belk caminó con paso firme hasta su silla y Bosch vio que pasaba hojas de una gruesa trascripción de la declaración tomada a Wieczorek unos meses antes.

Chandler formuló unas pocas preguntas más sobre dónde estuvieron el testigo y Church la noche en que la undécima víctima fue asesinada, y Wieczorek respondió que estuvieron en su apartamento con otros siete hombres en una fiesta de despedida de soltero de un compañero del laboratorio.

–¿Cuánto tiempo estuvo Norman Church en su apartamento?

–Toda la fiesta. Diría que desde las nueve en punto. Terminamos pasadas las dos de la mañana. La policía dijo que la chica, la undécima víctima, fue a un hotel a la una y la mataron. Norman estaba conmigo a la una de la mañana.

–¿Podría haberse escabullido durante más o menos una hora sin que usted lo viera?

–De ningún modo. Si estás en una sala con ocho tíos, te das cuenta de si alguien desaparece misteriosamente media hora.

Chandler dio las gracias al testigo y se sentó. Belk se inclinó hacia Bosch y susurró.

–Voy a destrozar a este capullo.

Se levantó con la trascripción de la declaración en la mano y avanzó con pesadez hacia el estrado como si llevara un rifle para matar elefantes. Wieczorek, que llevaba unas gafas gruesas que magnificaban sus ojos, lo observó con recelo.

–Señor Wieczorek, ¿se acuerda de mí? ¿Recuerda la declaración que le tomé hace unos meses? –Belk sostuvo la trascripción en alto a modo de recordatorio.

–Me acuerdo de usted –dijo Wieczorek.

–Noventa y nueve páginas, señor Wieczorek. En ningún lugar de esta trascripción se menciona una despedida de soltero. ¿Cómo es eso?

–Supongo que porque no me lo preguntó.

–Pero usted no lo sacó a relucir, ¿verdad? La policía le está diciendo que su mejor amigo mató a once mujeres, usted probablemente sabe que es mentira, pero no dice una palabra, ¿es así?

–Sí, eso es.

–¿Le importa decirnos por qué?

–Por lo que a mí concierne, usted estaba implicado. Solo respondí a lo que me preguntaron. No iba a decirles voluntariamente una mie… ah, nada.

–Permítame que le pregunte, ¿alguna vez contó esto a la policía? Cuando mataron a Church y todos los titulares decían que él había asesinado a once personas, ¿alguna vez cogió el teléfono para decir que se habían equivocado de hombre?

–No, en ese momento, no lo sabía. No lo supe hasta que hace un par de años leí un libro sobre el caso y conocí detalles relativos a cuándo habían matado a esa última víctima. Entonces supe que él estuvo conmigo todo ese tiempo. Llamé a la policía y pregunté por el equipo de investigación y ellos me dijeron que se había desmantelado hacía mucho. Dejé un mensaje para ese tipo que según el libro estaba al mando, Lloyd creo que era, y él nunca me llamó.

Belk exhaló un fuerte suspiro ante el micrófono del estrado para dar a entender su hastío de tratar con aquel imbécil.

–Así que, si se me permite recapitular, está diciendo a este jurado que dos años después de los asesinatos, cuando salió este libro, usted lo leyó e inmediatamente se dio cuenta de que tenía una coartada sólida para su difunto amigo. ¿Me estoy equivocando en algo, señor Wieczorek?

–Eh, solo en la parte de darse cuenta de repente. No fue de repente.

–¿Entonces cómo fue?

–Bueno, cuando leí la fecha (el 28 de septiembre), me dio que pensar y recordé que la despedida de soltero fue el 28 de septiembre de ese año y que Norman estuvo en mi casa todo ese tiempo. Así que lo verifiqué y llamé a la mujer de Norman para decirle que él no estuvo donde decían que estuvo.

–¿Usted lo verificó? ¿Con los otros invitados?

–No, no me hacía falta.

–¿Entonces cómo lo hizo, señor Wieczorek? –preguntó Belk en tono exasperado.

–Miré el vídeo que tenía de esa noche. Tenía la fecha y la hora sobreimpresionados en la imagen.

Bosch vio que Belk palidecía. El abogado miró al juez y luego su bloc, y después de nuevo al juez. Bosch sintió que se le caía el alma a los pies. Belk había roto la misma regla fundamental que se había saltado Chandler el día anterior: había formulado una pregunta cuya respuesta desconocía.

No hacía falta ser abogado para saber que, puesto que Belk había provocado la mención del vídeo, Chandler tenía libertad para presentarlo como prueba. Había sido una trampa inteligente. Al tratarse de información de Wieczorek que no constaba en su declaración, Chandler habría tenido que informar a Belk con anterioridad si pensaba mostrar el vídeo en el interrogatorio directo. En cambio, de este modo, estaba allí de pie, indefenso, oyéndolo por primera vez al mismo tiempo que los miembros del jurado.

–Nada más –dijo Belk, y regresó a su silla cabizbajo.

Inmediatamente cogió unos de los libros de leyes que tenía en la mesa, se lo puso en el regazo y empezó a pasar páginas.

Chandler se acercó al estrado para el turno de réplica.

–Señor Wieczorek, ¿todavía conserva esa cinta de vídeo que ha mencionado?

–Claro, la he traído.

Chandler solicitó entonces que se mostrara la cinta al jurado. El juez Keyes miró a Belk, quien avanzó torpemente hasta el estrado.

–Señoría –consiguió decir Belk–, la defensa solicita un descanso de diez minutos para investigar jurisprudencia.

El juez miró el reloj.

–¿No le parece que es un poco pronto, señor Belk? Acabamos de empezar.

–Señoría –dijo Chandler–, la demandante no tiene objeciones. Necesito tiempo para preparar el equipo de vídeo.

–Muy bien –sentenció el juez–. Diez minutos para los letrados. El jurado puede tomar un descanso de quince minutos antes de volver a la sala de deliberaciones.

Cuando se levantaron mientras salía el jurado, Belk fue pasando hojas en el grueso libro de leyes. Y cuando llegó la hora de sentarse, Bosch colocó su silla más cerca de la del abogado.

–Ahora no –dijo Belk–, tengo diez minutos.

–La ha cagado.

–No, la «hemos» cagado. Somos un equipo. Recuérdelo.

Bosch dejó allí a su compañero de equipo y salió a fumarse un cigarrillo. Cuando llegó a la estatua, Chandler ya estaba allí. Encendió un pitillo de todos modos y mantuvo la distancia. Ella lo miró y le dedicó una sonrisita.

–Le ha tendido una trampa, ¿no? –preguntó.

–Le he tendido una trampa con la verdad.

–¿La verdad?

–Oh, sí.

Chandler hundió un cigarrillo a medio fumar en la arena del cenicero y dijo:

–Será mejor que entre y prepare el equipo.

Cuando Chandler le repitió la sonrisita, Bosch se preguntó si de verdad era ella tan buena o bien Belk era tan malo.

Belk no tuvo éxito con su protesta de media hora para evitar que se reprodujera la cinta. Argumentó que, puesto que no se había presentado en la declaración previa, constituía una prueba nueva que no podía presentarse tan tarde. El juez Keyes rechazó esta argumentación señalando lo que todo el mundo sabía: que había sido Belk quien había sacado a relucir la cinta.

Después de que volviera a entrar el jurado, Chandler planteó a Wieczorek varias preguntas relacionadas con la cinta y con el lugar en el que se había conservado esta en los últimos cuatro años. Después de que el juez Keyes rechazara otra protesta de Belk, Chandler colocó un aparato combinado de vídeo y televisión frente a la tribuna del jurado y puso la cinta, que Wieczorek había solicitado a un amigo sentado en la tribuna del público. Bosch y Belk tuvieron que levantarse y colocarse en asientos de la galería del público para poder ver la pantalla.

Al cambiar de lugar, Bosch vio a Bremmer, del *Times*, sentado en una de las últimas filas. Este saludó a Bosch con una ligera inclinación de cabeza y el detective se preguntó si estaba allí para cubrir el juicio o porque había sido citado.

La cinta era larga y aburrida, pero no continua. La grabación se había detenido y puesto en marcha a lo largo de la noche de la fiesta, pero la lectura digital de la esquina inferior mantenía la fecha y la hora. Si esta era correcta, era cierto que Church tenía una coartada para el último de los asesinatos que se le imputaban.

A Bosch le resultó mareante verla. Allí estaba Church, sin peluquín y calvo como un bebé, bebiendo cerveza con sus amigos. El hombre al que Bosch había matado brindaba por el matrimonio de un amigo y aparecía como el ganso americano que Bosch sabía que no era.

La cinta duraba noventa minutos y el punto culminante era la visita de una *stripper* que cantaba una canción al novio mientras le echaba en la cabeza las piezas de lencería de las que se iba desprendiendo. En el vídeo, Church parecía avergonzado de asistir a ese espectáculo y se fijaba más en el novio que en la mujer.

Bosch apartó la mirada de la cinta para observar al jurado y se dio cuenta de que la cinta era devastadora para la defensa. Desvió la mirada.

Cuando el vídeo terminó de reproducirse, Chandler dijo que tenía algunas preguntas más para Wieczorek. Eran preguntas que podría haber planteado Belk, pero ella se le estaba adelantando.

−¿Cómo se coloca la fecha y la hora en el marco del vídeo?

−Bueno, cuando lo compras se pone en hora y luego la batería lo mantiene. Nunca tuve que ajustarlo desde que lo compré.

–Pero, si quisiera, podría cambiar la fecha en cualquier momento, ¿no?

–Supongo.

–Entonces, pongamos que fuera a grabar en vídeo a un amigo para usarlo más tarde como coartada. ¿Podría poner la fecha hacia atrás, digamos un año, y luego grabar el vídeo?

–Claro.

–¿Podría poner una fecha en un vídeo ya grabado?

–No. No se puede sobreimpresionar una fecha en un vídeo existente. No funciona así.

–Así pues, en este caso, ¿cómo pudo hacerlo? ¿Cómo pudo crear una coartada falsa para Norman Church?

Belk se levantó y protestó, alegando que la respuesta de Wieczorek sería especulativa, pero el juez Keyes rechazó la protesta diciendo que el testigo tenía experiencia con su propia cámara.

–Bueno, no podría hacerlo ahora porque Norman está muerto –dijo Wieczorek.

–Así que lo que está diciendo es que para hacer una cinta falsa, tendría que haber conspirado con el señor Church para hacerla antes de que el señor Bosch lo matara, ¿es así?

–Sí, tendríamos que haber sabido que en algún momento necesitaría esta cinta y tendría que haberme dicho en qué fecha prepararla, etcétera, etcétera. Es todo bastante rocambolesco, especialmente porque puede buscar los periódicos de ese año y encontrar el anuncio de boda que decía que mi amigo se casó el treinta de septiembre. Eso demuestra que esta despedida de soltero tuvo que celebrarse el veintiocho o alrededor del veintiocho. No es falsa.

El juez Keyes aceptó la protesta de Belk de que la última frase no respondía a la pregunta y pidió al jurado que no la tuviera en cuenta. Bosch sabía que no necesitaban haberlo oído. Todos sabían que la cinta no era falsa. Él también lo sabía. Estaba sudoroso y se sentía mareado. Algo había ido mal, pero no sabía qué. Tenía ganas de levantarse y salir, pero sabía que hacerlo habría sido una admisión de culpa tan fuerte que las paredes habrían temblado como en un terremoto.

—Una última pregunta —dijo Chandler. Tenía el rostro encendido mientras conducía hacia la victoria—. ¿Alguna vez vio que Norman Church llevara un peluquín de algún tipo?

—Nunca. Lo conocí durante muchos años y nunca lo vi con peluquín ni oí hablar de nada por el estilo.

El juez Keyes le devolvió el testigo a Belk, quien se acercó pesadamente al estrado con su bloc amarillo. Parecía demasiado agitado por este giro de los acontecimientos para recordar decir «solo unas pocas preguntas». Fue directo a su pobre intento de mitigar los daños.

—Ha dicho que leyó un libro sobre el caso del Fabricante de Muñecas y que entonces descubrió que la fecha de esta cinta coincidía con uno de los asesinatos, ¿es así?

—Exacto.

—¿Buscó para encontrar coartadas para los otros diez asesinatos?

—No, no lo hice.

—Así pues, señor Wieczorek, no tiene nada que ofrecer en términos de defensa de su amigo de muchos años contra esos otros casos que un equipo de investigación formado por numerosos agentes relacionó con él.

—La cinta muestra la mentira de todos ellos. El equipo…

—No está respondiendo a la pregunta.

–Sí, lo estoy haciendo. Si muestra la falsedad en uno de los casos, cuestiona todas las pruebas halladas tras el disparo, en mi opinión.

–No le estoy preguntando su opinión, señor Wieczorek. Veamos, eh, ha dicho que nunca vio que Norman Church llevara peluquín, ¿cierto?

–Eso es lo que he dicho, sí.

–¿Sabía que tenía ese apartamento alquilado con un nombre falso?

–No, no lo sabía.

–Había muchas cosas que no sabía de su amigo, ¿verdad?

–Supongo.

–¿Supone que es posible que, del mismo modo que tenía ese apartamento sin que usted lo supiera, pudiera llevar a veces peluquín sin que usted lo supiera?

–Supongo.

–Veamos. Si el señor Church era el asesino, según lo acusa la policía, y utilizaba disfraces como dice la policía que hacía el asesino, ¿podría...?

–Protesto –dijo Chandler.

–... esperarse que hubiera algún...

–¡Protesto!

–... peluquín en el apartamento?

El juez Keyes admitió la protesta de Chandler a la pregunta de Belk, por cuanto buscaba una respuesta especulativa, y amonestó al abogado defensor por continuar con la pregunta después de que se hubiera planteado la protesta. Belk aceptó la amonestación y dijo que no tenía más preguntas. Cuando se sentó le corrían gotas de sudor desde el cuero cabelludo y le bajaban por las sienes.

–Ha hecho todo lo posible –susurró Bosch.

Belk no le hizo caso, sacó un pañuelo y se enjugó el rostro.

Después de aceptar la cinta de vídeo como prueba, el juez decretó una pausa para comer. Cuando el jurado hubo abandonado la sala se acercó a Chandler un puñado de periodistas. Bosch observó la escena y supo que representaba el veredicto de cómo iban las cosas. Los medios de comunicación siempre gravitaban en torno a los ganadores, los que se percibían como ganadores, los ganadores finales. Siempre es más fácil hacerles preguntas a ellos.

—Será mejor empezar a pensar en algo, Bosch —dijo Belk—. Podríamos haber llegado a un acuerdo hace seis meses por cincuenta mil dólares. De la manera en que han ido las cosas, eso no era nada.

Bosch se volvió para mirarlo. Estaban en la barandilla, detrás de la mesa de la defensa.

—Usted lo cree, ¿verdad? Se lo cree todo. Que maté a ese tipo y que luego le plantamos todo lo que lo relacionaba con el caso.

—No importa lo que yo crea, Bosch.

—A tomar por culo, Belk.

—Como he dicho, es mejor que empiece a pensar en algo.

Belk se dirigió a la salida. Bremmer y otro periodista se le acercaron, pero él los eludió con un gesto. Bosch también salió y también rechazó a los periodistas. Sin embargo, Bremmer mantuvo el paso tras él mientras recorría el pasillo hacia la escalera mecánica.

—Escucha, amigo, yo también me juego el cuello. Escribí un libro sobre un tipo y, si no era el asesino, quiero saberlo.

Bosch se detuvo y Bremmer estuvo a punto de chocar con él. Miró de cerca al periodista. Este tenía unos treinta y cinco años, sobrepeso, pelo castaño que empezaba a perder. Como muchos hombres, trataba de compensarlo dejándose una tupida barba que solo servía para hacerlo parecer mayor. Bosch se fijó en que el sudor del periodista le había manchado la camisa por los sobacos. Pero el problema no era su olor corporal, sino el aliento a cigarrillo.

—Mira, si crees que me equivoqué de tipo, entonces escribe otro libro y consigue otro anticipo de cien mil dólares. ¿Qué te importa si era el asesino o no?

—Tengo una reputación en esta ciudad, Harry.

—Yo también la tenía. ¿Qué vas a escribir mañana?

—Tengo que escribir lo que ha sucedido aquí hoy.

—¿Y también vas a declarar? ¿Es eso ético, Bremmer?

—No voy a testificar. Ella me liberó de la citación ayer. Solo tuve que firmar una estipulación.

—¿De qué?

—Decía que, en la medida de mis conocimientos, el libro que escribí contenía información precisa. La información fue casi por completo sacada de fuentes policiales y de la policía y registros públicos.

—Hablando de fuentes, ¿quién te habló de la nota del artículo de ayer?

—Harry, eso no puedo revelarlo. Recuerda cuántas veces he mantenido tu anonimato como fuente. Sabes que no puedo revelar mis fuentes.

—Sí, eso ya lo sé. Y también sé que alguien me está tendiendo una trampa.

Bosch puso los pies en la escalera mecánica y bajó.

10

Vicio Administrativo estaba situado en la tercera planta de la comisaría de la División Central, en el centro de Los Ángeles. Bosch llegó en diez minutos y se encontró a Ray Mora sentado al escritorio de la sala de brigada con el teléfono pegado a la oreja. En la mesa tenía una revista con fotografías en color de una pareja realizando el acto sexual. La chica de las fotos parecía muy joven. Mora estaba mirando las fotos y pasando las páginas mientras escuchaba a la persona que llamaba. Saludó a Bosch con la cabeza y le pidió que se sentara enfrente de su escritorio.

—Bueno, eso es todo lo que quería comprobar —dijo Mora al teléfono—. Solo quería echar una caña al agua. Pregunta y avísame si surge algo.

Entonces Mora se quedó escuchando. Bosch miró al poli de Antivicio. Era de la misma estatura que él, con la piel muy bronceada y los ojos castaños. Llevaba el pelo corto y no tenía vello facial. Como la mayoría de los polis de Antivicio, vestía de manera informal: tejanos y un polo negro con el cuello abierto. Bosch sabía que si pudiera ver debajo de la mesa encontraría unas botas vaqueras. Harry se fijó en el medallón de oro que Mora llevaba colgado del pecho. Era una paloma con las alas desplegadas, el símbolo del Espíritu Santo.

—¿Crees que podrás decirme el lugar de rodaje?

Silencio. Mora terminó con la revista, escribió algo en la cubierta y cogió otra, que empezó a hojear.

Bosch se fijó en el calendario del Sindicato de Actores de Películas para Adultos pegado en un lateral del archivador vertical de su escritorio. Había una foto de una estrella del porno llamada Delta Bush repantigada desnuda sobre los días de la semana. Delta había ganado fama en los últimos años porque en los diarios de cotilleo se la relacionaba sentimentalmente con una estrella de Hollywood. En el escritorio, debajo del calendario, había una estatuilla religiosa que Bosch identificó como el Niño de Praga.

Bosch lo sabía porque una de sus madres adoptivas le había dado a él una parecida cuando era niño e iban a mandarlo de nuevo a McClaren. Él no había cumplido con las expectativas de los padres adoptivos. Al darle la figura y despedirse de él, la mujer le había explicado que al niño se lo conocía como el Pequeño Rey, el santo que se ocupaba de escuchar las plegarias de los niños. Bosch se preguntó si Mora conocía la historia o si la estatuilla estaba allí por algún tipo de broma.

—Lo único que digo es que lo intentes —decía Mora al teléfono—. Consígueme el lugar y podrás pasar por caja… Sí, sí, luego.

Colgó.

—Hola, Harry. ¿Qué tal?

—Edgar ha estado aquí, ¿eh?

—Acaba de irse. ¿Ha hablado contigo?

—No.

Mora advirtió que Bosch estaba mirando la foto a doble página de la revista que tenía abierta delante de él. Eran dos mujeres arrodilladas delante de un hombre. Mora puso un pósit amarillo en la página y cerró la revista.

—Señor, tengo que mirar toda esta mierda. Me han dado el chivatazo de que el editor de la revista está usando modelos menores de edad, ¿sabes en qué me fijo?

Bosch negó con la cabeza.

—No es la cara ni las tetas. Son los tobillos, Harry.

—¿Los tobillos?

—Sí, los tobillos. Son más delicados los de las chicas jóvenes. Normalmente, puedo decir si tienen más o menos de dieciocho años por los tobillos. Después, claro, compruebo los certificados de nacimiento, carnés de conducir, etcétera. Es una locura, pero funciona.

—Muy bien. ¿Qué le has dicho a Edgar?

Sonó el teléfono. Mora contestó identificándose y escuchó unos segundos.

—Ahora no puedo hablar. Ya te llamaré más tarde, ¿dónde estás?

Mora colgó después de tomar una nota.

—Lo siento. Le di a Edgar la identificación. Magna Cum Loudly. Tengo huellas, fotos, de todo. Tengo algunas fotos de ella en acción, si quieres verlas.

Empujó la silla hacia atrás, donde había un armario archivador, pero Bosch le dijo que no se preocupara por las fotos.

—Como quieras. En cualquier caso, Edgar lo tiene todo. Creo que ha llevado las huellas al forense para confirmar la identificación. El nombre de la chica era Rebecca Kaminski. Becky Kaminski. Tendría veintitrés años si estuviera viva. Vivía en Chicago antes de escapar a la ciudad del pecado en busca de fama y fortuna. Qué desperdicio, ¿eh? Era de primera. Dios la bendiga.

Bosch se sentía incómodo con Mora. Pero eso no era nuevo. Cuando habían trabajado juntos en el equipo de investigación, Harry nunca había tenido la sensación de que los asesinatos significaran demasiado para el detective de Antivicio. No le hacían mella. Mora se limitaba a cumplir con sus horas, prestando su ayuda cuando era necesario. Sin lugar a duda, era bueno en su especialidad, pero no parecía importarle si detenían al Fabricante de Muñecas o no.

Mora tenía una forma extraña de mezclar la charla grosera con las menciones cristianas. Al principio Bosch había pensado que simplemente estaba siguiendo la estela de los renacidos que tan de moda estaban en el departamento años atrás, pero nunca estuvo seguro. Una vez vio que Mora se santiguaba y decía una oración silenciosa en una de las escenas del crimen del Fabricante de Muñecas. A causa de la desazón que Bosch sentía, había mantenido escaso contacto con Mora desde la muerte de Norman Church y la ruptura del equipo de investigación. Mora volvió a Antivicio y a Bosch lo enviaron a Hollywood. Alguna vez se habían encontrado en los juzgados o en el Seven o el Red Wind. Pero incluso en los bares solían estar en grupos distintos y sentarse aparte, turnándose en enviar botellas adelante y atrás.

—Harry, definitivamente la chica estaba entre los vivos hasta hace dos años. Esta peli que te has encontrado, *Cuernos de la cripta,* la rodaron hace dos años. Eso significa que Church definitivamente no la mató… Probablemente lo hizo el que mandó la nota. No sé si es una noticia buena o mala.

—Yo tampoco.

Church tenía una coartada a prueba de bombas para el asesinato de Kaminski: estaba muerto. Si a eso se añadía la supuesta coartada que la cinta de vídeo de Wieczorek le proporcionaba para el undécimo asesinato, la sensación de paranoia de Bosch se estaba convirtiendo en pánico. Durante cuatro años no había tenido ninguna duda sobre quién lo había hecho.

—Bueno, ¿cómo está yendo el juicio? —preguntó Mora.

—No preguntes. ¿Puedo usar tu teléfono?

Bosch marcó el número del busca de Edgar y a continuación el número de Mora. Después de colgar para esperar la llamada, no sabía qué más decir.

—El juicio es un juicio. ¿Sigues citado para testificar?

—Sí, para mañana. No sé qué quiere de mí. Ni siquiera estuve allí la noche que mataste a aquel cabrón.

—Bueno, estabas conmigo en el equipo de investigación. Eso basta para involucrarte.

—Bueno, vamos...

Sonó el teléfono y Mora lo cogió. Acto seguido se lo pasó a Bosch.

—¿Qué pasa, Harry?

—Estoy aquí con Mora. Me ha puesto al corriente. ¿Algo sobre las huellas?

—Todavía no. Se me escapó mi contacto en el SID. Debe de haber salido a comer. Así que dejé las huellas allí. Más tarde tendremos la confirmación, pero no voy a quedarme esperando.

—¿Dónde estás?

—En Personas Desaparecidas. Ahora que tenemos el nombre, trataré de averiguar si alguien denunció la desaparición.

—¿Vas a quedarte un rato?

—Acabo de empezar. Estamos buscando en papel. En el ordenador solo tienen las de hace dieciocho meses.

—Me pasaré.

—Tú tienes el juicio, tío.

—Tengo un rato.

Bosch sentía que tenía que continuar moviéndose, era la única forma de mantener a raya el horror que crecía en su mente por la posibilidad de que hubiera matado a un hombre inocente. Condujo hasta el Parker Center y bajó por la escalera hasta el primer sótano. Personas Desaparecidas era una pequeña oficina dentro de la sección de fugitivos. Edgar estaba sentado ante un escritorio, revisando una pila de informes. Bosch advirtió que los casos ni siquiera se habían investigado después de que se redactaran los informes. Estarían en archivadores si se hubiera hecho algún seguimiento.

–De momento, nada, Harry –dijo Edgar.

Edgar le presentó al detective Morgan Randolph, que estaba sentado ante un escritorio vecino. Randolph le pasó a Bosch una pila de informes y Harry pasó los siguientes quince minutos buscando entre las páginas, cada una con una historia personal del dolor de alguien con quien el departamento había hecho oídos sordos.

–Harry, en la descripción, busca un tatuaje en el culo –dijo Edgar.

–¿Cómo lo sabes?

–Mora tenía algunas fotos de Magna Cum Loudly. En acción, como dice Mora. Y hay un tatuaje de Sam Bigotes, el de los dibujos animados. Está en la nalga izquierda.

–Bueno, ¿lo visteis en el cadáver?

–No nos fijamos por la fuerte decoloración de la piel. Pero la verdad es que tampoco le miré el trasero.

–¿Qué pasa con eso? Pensaba que habías dicho que la abrirían ayer.

–Sí, eso dijeron, pero llamé y siguen con retraso por el fin de semana. Ni siquiera lo han preparado. Llamé a Sakai hace un rato y va a echar un vistazo en la nevera después de comer. Se fijará en el tatuaje.

Bosch volvió a mirar su pila. El tema recurrente era la juventud de las personas desaparecidas. Los Ángeles era una alcantarilla que recogía un flujo constante de fugados de todo el país. Pero también había mucha gente que desaparecía en Los Ángeles.

Bosch terminó con su pila sin haber visto el nombre de Rebecca Kaminski, su alias ni a nadie que concordara con su descripción. Miró su reloj y supo que tenía que volver al tribunal. De todos modos, cogió otra pila del escritorio y empezó a leer. Mientras buscaba, escuchaba la charla entre Edgar y Randolph. Estaba claro que ambos se conocían de antes del encuentro de ese día. Edgar lo llamaba Morg. Bosch supuso que se conocerían de la Asociación de Agentes Paz Negra.

No encontró nada en la segunda pila.

—Tengo que irme. Voy a llegar tarde.

—Vale, tío. Ya te diremos lo que encontramos.

—Y las huellas también, ¿vale?

—Descuida.

La sesión ya había empezado cuando Bosch llegó a la sala 4. Abrió la puerta en silencio, recorrió el pasillo y se sentó en su lugar, junto a Belk. El juez lo miró con desdén, pero no dijo nada. Bosch vio que el subdirector Irvin Irving estaba en el estrado de los testigos. Money Chandler lo estaba interrogando.

—Muy bueno —le susurró Belk—. Llega tarde a su propio juicio.

Bosch no le hizo caso y observó que Chandler empezaba a plantear a Irving preguntas generales sobre su historial y el número de años que llevaba en el cuerpo. Eran preguntas preliminares; Bosch supo que no se había perdido gran cosa.

—Mire —susurró Belk a continuación—, si a usted no le importa, al menos disimule por el bien del jurado. Ya sé que solo estamos hablando del dinero de los contribuyentes, pero actúe como si fuera su dinero el que van a decidir darle.

—Estaba ocupado, no volverá a pasar. ¿Sabe?, estoy tratando de solucionar este caso. Tal vez a usted eso no le importe porque ya ha tomado una decisión.

Se recostó en su silla para alejarse de Belk. Su estómago protestó para recordarle que no había comido. Trató de concentrarse en el testimonio.

—Como subdirector, ¿cuáles son sus funciones? —preguntó Chandler a Irving.

—Soy actualmente el jefe operativo de todos los servicios de detectives.

—En el momento de la investigación del Fabricante de Muñecas estaba usted en el rango inmediatamente inferior. Ayudante del jefe, ¿correcto?

—Sí.

—Como tal, estaba usted al frente de la División de Asuntos Internos, ¿correcto?

—Sí, Asuntos Internos y Oficina de Operaciones, lo cual básicamente significa que estaba a cargo de controlar y asignar al personal del departamento.

—¿Cuál es la misión de Asuntos Internos?

—Vigilar a los que vigilan. Investigamos todas las quejas de los ciudadanos y todas las quejas internas de conductas erradas de los policías.

—¿Investigan los disparos que efectúan los agentes?

—No de por sí. Hay un equipo de Agentes Involucrados en Tiroteos que lleva a cabo la investigación inicial. Después de eso, si hay una acusación de conducta indebida o de cualquier impropiedad, el caso pasa a Asuntos Internos.

—Sí, y ¿qué recuerda de la investigación de Asuntos Internos sobre la muerte de Norman Church por un disparo efectuado por Harry Bosch?

—Lo recuerdo todo.

—¿Por qué pasó el caso a Asuntos Internos?

—El equipo encargado de investigar los disparos determinó que el detective Bosch no había seguido el procedimiento establecido. El disparo en sí fue correcto según la normativa del departamento, pero algunas de sus acciones previas al disparo no.

—¿Puede ser más concreto?

—Sí. Básicamente, que fue al lugar solo. Acudió al apartamento de ese hombre sin refuerzos, poniéndose en peligro. Ello acabó en un disparo.

—Lo llaman «hacerse el héroe», ¿no?

—He oído esa expresión, pero yo no la utilizo.

—¿Pero es adecuada?

—No lo sé.

—No lo sabe. Inspector, ¿sabe usted si el señor Church estaría vivo hoy si el detective Bosch no hubiera creado esa situación haciéndose el...?

—¡Protesto! —gritó Belk.

Antes de que el abogado pudiera ir al estrado a argumentar, el juez Keyes aceptó la protesta y le dijo a Chandler que evitara las preguntas especulativas.

—Sí, señoría —dijo con simpatía—. Inspector, básicamente lo que ha declarado es que el detective Bosch puso en marcha una serie de acontecimientos que en última instancia acabaron con la muerte de un hombre desarmado, ¿tengo razón?

—No tiene razón. La investigación no encontró indicios sustanciales ni pruebas de que el detective Bosch pusiera en marcha ese escenario deliberadamente. Fue sin pensarlo. Estaba siguiendo una pista. Cuando creyó que era una pista buena tendría que haber pedido refuerzos. Pero no lo hizo. Entró. Se identificó a sí mismo y el señor Church hizo ese movimiento furtivo. Y aquí estamos. Eso no significa que el resultado habría sido distinto si hubiera pedido refuerzos. Quiero decir que alguien que desobedece una orden de un policía armado probablemente haría lo mismo ante dos policías armados.

Chandler consiguió que se eliminara del acta la última frase de la respuesta.

–Para llegar a la conclusión de que el detective Bosch no había puesto en marcha la situación de manera intencionada, ¿sus investigadores estudiaron todas las facetas del tiroteo?

–Sí, así es.

–¿Y estudiaron al detective Bosch?

–Sin lugar a duda. Se investigaron rigurosamente sus acciones.

–¿Y sus motivos?

–¿Sus motivos?

–Inspector, ¿sabía usted o alguno de sus investigadores que la madre del detective Bosch fue asesinada en Hollywood hace unos treinta años por un asesino al que nunca se detuvo? ¿Sabía que antes de su muerte tenía antecedentes por múltiples arrestos por rondar?

Bosch sintió que se le calentaba la piel, como si le hubieran encendido unos focos en la cara y todo el mundo de la sala lo estuviera mirando. Estaba seguro de que lo estaban mirando, pero él solo veía a Irving, que miraba silenciosamente al frente, con expresión paralizada y los capilares de ambos lados de la nariz encendidos. Como Irving no contestó, Chandler insistió.

–¿Lo sabía, inspector? La referencia consta en el archivo personal del detective Bosch. Cuando se presentó a la policía, tuvo que decir si alguna vez había sido víctima de un crimen. Escribió que perdió a su madre.

–No, no lo sabía –dijo Irving al fin.

–Creo que «rondar» era un eufemismo para referirse a la prostitución en la década de los cincuenta, cuando Los Ángeles estaba involucrado en la negación de problemas de delincuencia, como la prostitución galopante en Hollywood Boulevard, ¿es así?

–Eso no lo recuerdo.

Chandler solicitó acercarse al testigo y le tendió a Irving una fina pila de papeles. Le concedió casi un minuto para que lo leyera. Frunció el ceño mientras leía y Bosch no pudo ver sus ojos.

–¿Qué es eso, inspector Irving? –preguntó Chandler.

–Es lo que llamamos un informe de revisión de investigación relativo a un homicidio. Está fechado el 3 de noviembre de 1962.

–¿Qué es un informe de revisión de investigación?

–Todos los casos no resueltos se revisan anualmente (lo llamamos «revisión de investigación») hasta que llega el momento en que sentimos que las posibilidades de llegar a una conclusión exitosa son nulas.

–¿Cuál es el nombre de la víctima y las circunstancias de su muerte?

–Marjorie Phillips Lowe. La violaron y estrangularon el 31 de octubre de 1961. Su cadáver se encontró en un callejón, detrás de Hollywood Boulevard, entre Vista y Gower.

–¿Cuál es la conclusión del investigador, inspector Irving?

–Dice que en ese momento, que fue un año después del crimen, no hay ninguna pista que pueda conducir a una conclusión exitosa del caso.

–Gracias. Veamos, otra cosa, ¿hay una casilla en la primera página que informa del familiar más cercano?

–Sí, identifica al familiar más cercano como Hyeronimus Bosch. Al lado, entre corchetes, pone «Harry». Se ha marcado la casilla que pone «hijo».

Chandler consultó su bloc amarillo unos segundos para dejar que el jurado asimilara la información. El silencio era tal que Bosch incluso podía oír el boli de Chandler arañando el papel mientras tomaba nota.

—Bueno —dijo ella—, inspector Irving, si hubiera sabido lo que le ocurrió a la madre del detective Bosch, ¿habría examinado con mayor detenimiento el disparo que nos ocupa?

—No lo sé —dijo Irving tras un largo silencio.

—Disparó a un hombre sospechoso de haber hecho casi exactamente lo mismo que le hicieron a su madre, cuyo asesinato nunca se resolvió. ¿Me está diciendo que esta información no guarda relación con su investigación?

—Yo… ahora mismo no lo sé.

Bosch sintió deseos de apoyar la cabeza en la mesa. Se había dado cuenta de que incluso Belk había dejado de tomar notas y se limitaba a observar el interrogatorio de Irving. El detective trató de sacudirse la rabia que sentía y concentrarse en cómo Chandler había obtenido la información. Se dio cuenta de que probablemente ella había obtenido el archivo personal, pero los detalles del crimen y el historial de su madre no constaban en él. Lo más probable era que ella se hubiera procurado los informes de seguimiento del archivo general basándose en una petición de libertad de información.

Se dio cuenta de que se había perdido varias de las preguntas a Irving. Empezó a observar y escuchar otra vez. Lamentó que Money Chandler no fuera su abogada.

—Inspector, ¿usted o alguno de sus detectives de Asuntos Internos fueron al lugar del disparo?

—No, no lo hicimos.

—Así que la información que tienen sobre lo que ocurrió proviene de miembros del equipo de análisis del disparo, que a su vez obtuvo su información de quien efectuó el disparo, el detective Harry Bosch, ¿es así?

—Esencialmente, sí.

–¿Usted no tuvo conocimiento personal de las pruebas, el peluquín de debajo de la almohada, los cosméticos de debajo del lavabo en el cuarto de baño?

–Exacto. Yo no estuve allí.

–¿Cree usted que todo estaba allí, tal y como yo acabo de afirmar?

–Sí, lo creo.

–¿Por qué?

–Estaba en los informes, en informes de agentes diferentes.

–Pero todos basados en la información proporcionada por el detective Bosch, ¿correcto?

–Hasta cierto punto. Hubo un enjambre de investigadores en el lugar de los hechos y Bosch no les dijo qué debían escribir.

–Antes de que, como usted ha dicho, un enjambre de investigadores llegara al apartamento, ¿cuánto tiempo estuvo Bosch allí solo?

–No lo sé.

–¿Ese dato consta en algún informe del que usted tenga conocimiento?

–No estoy seguro.

–¿No es cierto, inspector, que usted quería despedir a Bosch y derivar este caso a la oficina del fiscal para que presentara cargos contra él?

–No, eso no es así. La fiscalía examinó el caso y lo desestimó. Es rutina. Ellos también dijeron que entraba en las normas.

«Bueno, un punto para mí», pensó Bosch. Era el primer paso en falso que Chandler daba con Irving.

–¿Qué ocurrió con la mujer que le dio el chivatazo a Bosch? Se llamaba McQueen. Creo que era prostituta.

–Murió un año después. De hepatitis.

–En el momento de su muerte, ¿ella formaba parte de una investigación del detective Bosch y su disparo?

–No que yo sepa. Entonces yo estaba al frente de la División de Asuntos Internos.

–¿Y los dos detectives de Asuntos Internos que investigaron los disparos? Lewis y Clarke, creo que eran sus nombres. ¿No continuaron ellos su investigación de Bosch mucho después de que se determinara oficialmente que el disparo fue apropiado?

Irving tardó en responder. Probablemente estaba receloso de ser llevado otra vez al matadero.

–Si llevaron a cabo esa investigación fue sin mi conocimiento ni aprobación.

–¿Dónde están ahora esos detectives?

–También han muerto. Ambos murieron en acto de servicio hace dos años.

–Como jefe de la División de Asuntos Internos, ¿no era práctica habitual para usted comenzar investigaciones secretas de agentes conflictivos a los que usted había marcado para echarlos? ¿No estaba en esa lista el detective Bosch?

–La respuesta a ambas preguntas es no. Tajantemente no.

–¿Y qué le ocurrió al detective Bosch por la violación del procedimiento al disparar al desarmado Norman Church?

–Fue suspendido durante un periodo de despliegue y trasladado a la División de Hollywood.

–Para que nos entendamos, eso significa que fue suspendido durante un mes y luego degradado de la brigada de elite de Robos y Homicidios a la División de Hollywood, ¿es así?

–Podría decirse así, sí.

Chandler pasó una hoja de su bloc.

–Inspector, si no se hubieran encontrado cosméticos en el cuarto de baño ni ninguna prueba de que Norman Church fuera otra cosa más que un hombre solitario que se había llevado a una prostituta a su apartamento, ¿Harry Bosch seguiría en el cuerpo? ¿Habría sido juzgado por matar a ese hombre?

–No estoy seguro de haber entendido la pregunta.

–Le estoy preguntando, señor, que si las supuestas pruebas que relacionaban al señor Church con los asesinatos y que supuestamente se encontraron en su apartamento salvaron al detective Bosch. Si no solo salvaron su trabajo, sino también ser juzgado penalmente.

Belk se levantó y protestó, luego se acercó al estrado.

–Otra vez le está preguntando para que especule, señoría. Él no puede decir qué habría sucedido dado un cúmulo de elaboradas circunstancias que no existen.

El juez Keyes entrelazó las manos ante sí y se recostó para pensar. Entonces, de repente, se acercó al micrófono.

–La señora Chandler está sentando las bases para demostrar que las pruebas halladas en el apartamento fueron preparadas. No estoy diciendo que ella lo esté haciendo adecuadamente o no, pero, puesto que esa es su misión, creo que el testigo puede responder la pregunta. Protesta desestimada.

Después de pensar un momento, Irving dijo finalmente:

–No puedo responder a eso. No sé qué habría ocurrido.

11

Bosch pudo fumar dos cigarrillos durante el descanso de diez minutos que siguió al final del testimonio de Irving. En el turno de réplica, Belk había formulado solo unas pocas preguntas, tratando de reconstruir una casa en ruinas con un martillo, pero sin ningún clavo. El daño ya estaba hecho.

Hasta el momento, Chandler había aprovechado el día para plantar habilidosamente las semillas de la duda tanto sobre Church como sobre Bosch. La coartada para el undécimo asesinato abría la puerta a la posible inocencia de Church. Y además Chandler había presentado un motivo para lo que había hecho Bosch: la venganza por un asesinato cometido hacía más de treinta años. Al final del juicio, las semillas estarían en plena floración.

Harry Bosch pensó en lo que Chandler había dicho de su madre. ¿Tenía razón? Nunca se lo había planteado conscientemente. La idea de venganza estaba siempre presente, titilando en alguna parte de su mente, con los recuerdos distantes de su madre. Pero nunca la había examinado. ¿Por qué había salido solo aquella noche? ¿Por qué no había llamado a nadie, a Mora o alguno de los investigadores a los que mandaba?

Bosch siempre se había dicho a sí mismo y a los demás que era porque dudaba de la historia de la prostituta. Pero ya empezaba a dudar de su propia historia.

Bosch estaba tan sumido en estos pensamientos que no se fijó en que Chandler había salido hasta que el brillo de su encendedor captó su atención. Se volvió y la miró.

—No me quedaré mucho —dijo ella—. Solo medio.

—No me importa. —Ya casi había acabado con su segundo cigarrillo—. ¿Quién es el siguiente?

—Locke.

El psicólogo de la Universidad del Sur de California. Bosch asintió, aunque inmediatamente lo vio como un salto en su modelo chico malo/chico bueno. A no ser que contara a Locke como un chico bueno.

—Bueno, lo está haciendo bien —dijo Bosch—, pero supongo que no necesita que yo se lo diga.

—No.

—Incluso podría ganar, probablemente ganará, pero en última instancia se equivoca conmigo.

—Ah, ¿sí?… ¿De verdad lo sabe?

—Sí, lo sé. Lo sé.

—Tengo que irme.

Ella aplastó el cigarrillo. Se había fumado menos de la mitad. Sería un premio Nobel para Tommy Faraway.

El doctor John Locke era un hombre calvo, con barba gris y gafas. Solo le faltaba una pipa para completar su imagen de profesor universitario e investigador de la conducta sexual. Testificó que había ofrecido su experiencia al equipo de investigación del Fabricante de Muñecas después de leer sobre los asesinatos en los periódicos. Colaboró con un psiquiatra del Departamento de Policía de Los Ángeles en la elaboración de los primeros perfiles del sospechoso.

—Hable al jurado de su experiencia —dijo Chandler.

—Bueno, soy director del Laboratorio de Investigación Psicohormonal de la Universidad del Sur de California.

Soy además el fundador de esa unidad. He dirigido amplios estudios sobre la práctica sexual, la parafilia y la dinámica psicosexual.

–¿Qué es la parafilia, doctor? En un lenguaje que todos podamos comprender, por favor.

–Bueno, en términos legos, la parafilia es lo que se conoce comúnmente como perversión sexual: conductas sexuales generalmente consideradas inaceptables por la sociedad.

–¿Como estrangular a la pareja sexual?

–Sí, sería un ejemplo de un caso extremo.

Locke sonrió. Parecía muy cómodo en el estrado de los testigos, pensó Bosch.

–¿Ha escrito usted artículos eruditos o libros sobre los asuntos mencionados?

–Sí, he contribuido con numerosos artículos en publicaciones científicas. He escrito siete libros sobre temas diversos, el desarrollo sexual de los niños, parafilia prepubescente, estudios sobre sadomasoquismo: todo el asunto del *bondage*, pornografía, prostitución. Mi último libro trata del historial del desarrollo infantil de asesinos perversos.

–Así que ha pasado por todo.

–Solo como investigador.

Locke sonrió otra vez y Bosch advirtió que se ganaba al jurado. Los veinticuatro ojos estaban fijos en el sexólogo.

–Su último libro, el que trata sobre los asesinos, ¿cómo se titula?

–*Corazones negros: rompiendo el molde erótico del asesinato*.

Chandler se tomó un momento para consultar sus notas.

–¿A qué se refiere con el molde erótico?

–Bueno, señora Chandler, si se me permite hacer un pequeño inciso, creo que podría aportar información de fondo.

Chandler asintió para dar su permiso.

–En líneas generales hay dos campos, o dos escuelas de pensamiento, en lo que se refiere al estudio de la parafilia sexual. Yo soy lo que podría llamarse un psicoanalista, y el psicoanálisis sostiene que la raíz de la parafilia en un individuo surge de hostilidades alimentadas en la infancia. En otras palabras, las perversiones sexuales (de hecho, incluso los intereses eróticos normales) se forman en la primera infancia y se manifiestan cuando el individuo alcanza la edad adulta.

»Por otra parte, los conductistas ven la parafilia como una conducta aprendida. Un ejemplo es que el abuso de un chico en el marco de su familia podría desencadenar el mismo comportamiento por su parte cuando sea adulto. Las dos escuelas, a falta de un término mejor, no son tan divergentes. De hecho, están mucho más próximas de lo que psicoanalistas y conductistas suelen estar dispuestos a admitir.

Locke asintió y juntó las manos, como si hubiera olvidado la pregunta original.

–Iba a hablarnos de los moldes eróticos –lo instó Chandler.

–Ah, sí, lo siento. He perdido el hilo. Ah, el molde erótico es la descripción que utilizo para cubrir toda la cuestión de los deseos psicosexuales que entran en la escena erótica ideal de un individuo. Verá, todo el mundo tiene una escena erótica ideal. Aquí entrarían los atributos físicos ideales de un amante, el lugar, el tipo de acto sexual, el olor, el gusto, la música, lo que sea. Todo, todos los ingredientes que participan en que ese individuo logre la escena sexual perfecta. Una autoridad en la materia, de la Universidad Johns Hopkins, lo llama un «plano amoroso», una suerte de guía de la escena definitiva.

—Usted, en su libro, lo aplica a los asesinos sexuales.

—Sí, con cinco sujetos (todos ellos convictos de asesinato relacionado con una causa o práctica sexual) he tratado de trazar el molde erótico de cada hombre. Para abrirlo y rastrear cada parte hasta el desarrollo infantil. Estos hombres tenían moldes dañados, por así decirlo. Yo quería encontrar dónde se producía ese daño.

—¿Cómo eligió a sus sujetos?

Belk se levantó para protestar y avanzó hacia el estrado.

—Señoría, por fascinante que todo esto pueda ser, no creo que tenga relación con el caso. Yo avalo la experiencia del doctor Locke en este campo. No creo que tengamos que revisar la historia de otros cinco asesinatos. Estamos aquí en un juicio acerca de un asesino que ni siquiera se menciona en el libro del doctor Locke. Yo conozco el libro y Norman Church no aparece en él.

—¿Señora Chandler? —dijo el juez Keyes.

—Señoría, el señor Belk tiene razón respecto al libro. Trata de asesinos con instintos sádicos. Norman Church no aparece en él. Pero su significación en este caso quedará clara en las siguientes preguntas. Creo que el señor Belk se da cuenta de ello y esa es la razón de su protesta.

—Bueno, señor Belk, creo que el momento de protestar fue hace diez minutos. Ahora ya estamos metidos de lleno en esta línea de interrogatorio y creo que necesitamos atravesarla. Además, tiene razón con lo de que es un tema fascinante. Adelante, señora Chandler, se deniega la protesta.

Belk se sentó en su silla y susurró a Bosch:

—Se la debe de estar tirando.

Lo dijo en voz lo suficientemente alta como para que Chandler lo pudiera oír, pero no el juez. Si la abogada lo oyó, no lo demostró en absoluto.

–Gracias, señoría –dijo ella–. Doctor Locke, el señor Belk y yo teníamos razón cuando dijimos que Norman Church no era uno de los sujetos de su estudio, ¿no es así?

–Sí, así es.

–¿Cuándo se publicó el libro?

–El año pasado.

–¿Es decir, tres años después del final del caso del Fabricante de Muñecas?

–Sí.

–Bueno, habiendo formado parte del equipo de investigación del Fabricante de Muñecas y puesto que obviamente estaba familiarizado con los crímenes, ¿por qué no incluyó a Norman Church en su estudio? Parecería una elección obvia.

–Puede que lo parezca, pero no lo era. Para empezar, Norman Church estaba muerto. Yo quería sujetos que estuvieran vivos y dispuestos a cooperar. Pero encarcelados, claro. Quería gente a la que pudiera entrevistar.

–Sin embargo, de los cinco sujetos de los que escribió solo cuatro siguen vivos. ¿Qué me dice del quinto, un hombre llamado Alan Karps, que fue ejecutado en Texas antes de que empezara la redacción de su libro? ¿Por qué no Norman Church?

–Porque, señora Chandler, Karps había pasado la mayor parte de su vida adulta en instituciones. Había voluminosos registros públicos sobre su tratamiento y examen psiquiátrico. Con Church no había nada. Nunca había tenido problemas. Era una anomalía.

Chandler miró su bloc y pasó una página, dejando que el punto que acababa de anotarse flotara en la tranquila sala de vistas como la nube de humo de un cigarrillo.

—Pero al menos hizo las preguntas preliminares sobre Church, ¿nò?

Locke dudó antes de responder.

—Sí, hice una investigación muy preliminar. Se redujo a contactar con su familia y preguntar a su esposa si me concedería una entrevista. Se negó. Puesto que el hombre estaba muerto y no había registros sobre él (salvo los detalles de los asesinatos con los cuales ya estaba familiarizado), no seguí con él. Preferí a Karps de Texas.

Bosch observó que Chandler tachaba varias preguntas de su cuaderno y luego pasaba varias páginas hasta otro surtido de preguntas. Supuso que estaba cambiando de táctica.

—Mientras trabajaba en el equipo de investigación —dijo Chandler—, elaboró un perfil psicológico del asesino, ¿correcto?

—Sí —dijo Locke con lentitud. Se acomodó en la silla, enderezándose para lo que sabía que se avecinaba.

—¿En qué estaba basado?

—En un análisis de las escenas del crimen y el método de homicidio que se filtraba de lo poco que sabíamos de la mente perversa. Reuní atributos comunes que pensé que podrían ser parte del maquillaje del sospechoso, perdón por el juego de palabras.

Nadie rio en la sala. Bosch miró en torno y vio que las filas de los espectadores se estaban llenando. Pensó que debía de ser el mejor espectáculo del edificio, tal vez de todo el centro.

—No tuvo mucho éxito, ¿verdad? Si Norman Church era el Fabricante de Muñecas, quiero decir.

—No, no tuve mucho éxito. Pero eso ocurre. Hay mucho trabajo de especulación. Más que un testimonio de mi fracaso, es el testimonio de lo poco que sabemos de la gente. La conducta de este hombre no llamó la atención de nadie (y menos aún de las mujeres que mató) hasta la noche en que le dispararon.

–Habla como si fuera un hecho que Norman Church era el asesino, el Fabricante de Muñecas. ¿Sabe usted que eso es cierto basado en hechos indiscutibles?

–Bueno, sé que es cierto porque es lo que me dijo la policía.

–Si lo hacemos a la inversa, doctor, si empieza usted con lo que sabe ahora de Norman Church y deja de lado lo que la policía le había dicho acerca de las supuestas pruebas, ¿lo habría creído capaz de aquello de lo que se le acusó?

Belk estaba a punto de levantarse para protestar, pero Bosch le puso la mano en el brazo y lo sujetó. Belk se volvió y miró airado a su cliente, pero Locke ya estaba contestando.

–No podría confirmarlo ni descartarlo como sospechoso. No sabemos lo suficiente de él. No sabemos lo suficiente de la mente humana en general. Lo único que sé es que cualquiera es capaz de cualquier cosa. Incluso usted, señora Chandler. Todos tenemos un molde erótico, y para la mayoría de nosotros es muy normal. Para algunos puede ser un poco inusual, pero simplemente pícaro. Pero para otros, los casos extremos, que consideran que solo pueden alcanzar la excitación sexual y la realización administrando dolor, incluso matando a su pareja, está profundamente enterrado.

Chandler estaba escribiendo cuando el psiquiatra finalizó. Cuando este vio que no le hacían otra pregunta, continuó hablando.

–Por desgracia, el corazón negro no está al descubierto. Las víctimas que lo ven no suelen vivir para contarlo.

–Gracias, doctor –dijo Chandler–. No hay más preguntas.

Belk entró al ataque, sin ninguna pregunta de calentamiento, con una expresión de concentración en su ancho rostro rubicundo que Bosch no había visto antes.

–Doctor, estos hombres que padecen la llamada parafilia, ¿qué aspecto tienen?

–Como cualquiera. No hay ningún rasgo que los delate.

–Sí, ¿y están siempre merodeando? Ya sabe, buscando consentir sus fantasías aberrantes llevándolas a cabo.

–No, lo cierto es que los estudios han demostrado que estos individuos saben que tienen gustos aberrantes y trabajan para mantenerlos a raya. Los que son lo bastante valientes como para afrontar su problema suelen llevar una vida completamente normal con la ayuda de terapia química y psicológica. Los que no lo hacen, periódicamente sienten el impulso de actuar y pueden atender estas urgencias y cometer un crimen.

»Los asesinos en serie con motivaciones psicosexuales con frecuencia presentan modelos que son bastante repetitivos, de manera que la policía, al seguirlos, puede casi predecir con un margen de días o de una semana cuándo volverán a actuar. Esto es así porque la construcción del estrés, la compulsión de actuar, sigue un modelo. Muchas veces se aprecian intervalos decrecientes, pero la urgencia abrumadora siempre vuelve, antes o después.

Belk se había inclinado sobre el estrado, apretando su peso en él.

–Ya veo, pero entre estos momentos de compulsión en los que se producen los actos, ¿este hombre lleva una vida normal o, no sé, está de pie en una esquina, babeando?

—No, nada de eso, al menos, hasta que los intervalos se hagan tan cortos que literalmente no existan. Entonces sí que podría haber alguien en la calle merodeando permanentemente, como dice usted. Pero entre los intervalos hay normalidad. El acto sexual aberrante (violación, estrangulación, voyerismo o lo que sea) proporciona al sujeto un recuerdo para construir su fantasía. Después puede usar ese acto para fantasear y estimularse durante la masturbación o un acto sexual normal.

—¿Quiere decir que de algún modo reproduce el asesinato en su mente para poder excitarse sexualmente y tener una relación normal, digamos, con su mujer?

Chandler protestó y Belk tuvo que reformular la pregunta para no inducir la respuesta de Locke.

—Sí, reproduce en su mente el acto sexual aberrante de manera que pueda cumplir con el acto que está socialmente aceptado.

—Al hacerlo así, una esposa, por ejemplo, podría no saber los deseos reales de su marido, ¿correcto?

—Es correcto. Ocurre con frecuencia.

—Y una persona así podría cumplir con su trabajo y estar con sus amigos sin revelar esa faceta de sí mismo, ¿correcto?

—De nuevo es correcto. Hay numerosas pruebas de ello en los historiales de sádicos sexuales que asesinan. La doble vida de Ted Bundy está bien documentada. Randy Kraft, el asesino de decenas de autostopistas aquí en el sur de California. Podría nombrar a muchos más. De hecho, es la razón de que maten a tantas víctimas antes de ser atrapados y solo porque suelen cometer un pequeño error.

—¿Como con Norman Church?

—Sí.

–Como ha testificado antes, no logró encontrar o recopilar suficiente información sobre el desarrollo temprano de Norman Church para incluirlo en su libro. ¿Ese hecho lo disuadió de creer que era el asesino que la policía aseguraba que era?

–No, en absoluto. Como he dicho, esos deseos pueden ocultarse con facilidad en la conducta normal. Esta gente sabe que sus deseos no son aceptados por la sociedad. Créame, se esfuerzan mucho por ocultarlos. El señor Church no es el único personaje que examiné para mi libro y descarté por falta de información valiosa. Hice estudios preliminares de al menos otros tres asesinos en serie que o bien estaban muertos o no querían cooperar y también los descarté por la falta de registros públicos o de historial.

–Ha mencionado antes que la raíz de estos problemas se planta en la infancia. ¿Cómo?

–Debería haber dicho que puede plantarse en la infancia. Es una ciencia difícil y no hay nada que se sepa con certeza. Volviendo a su pregunta, si tuviera una respuesta definitiva, supongo que no tendría trabajo. Pero lo que creemos los psicoanalistas es que la parafilia puede estar causada por un trauma físico, emocional o ambos. Básicamente es una síntesis de estos, algunos posibles determinantes biológicos y aprendizaje social. Es difícil de señalar, pero creemos que ocurre muy pronto, normalmente entre los cinco y ocho años. Uno de los personajes de mi libro fue acosado por un tío suyo a la edad de tres años. Mi tesis o creencia o como quiera llamarla es que este trauma lo puso en la senda de convertirse en un asesino de homosexuales. En la mayoría de estos asesinatos emasculaba a sus víctimas.

La sala había quedado tan en silencio durante el testimonio de Locke que Bosch oyó el ligero sonido de una de las puertas posteriores al abrirse. Miró hacia atrás y vio a Jerry Edgar tomando asiento en la última fila. Edgar saludó con la cabeza a Harry, que miró el reloj. Eran las cuatro y cuarto, faltaban quince minutos para que concluyera la sesión. Bosch supuso que Edgar se había pasado a su vuelta de la autopsia.

—¿El trauma infantil que se encuentra en la raíz de las actividades criminales de una persona adulta ha de ser tan manifiesto como el abuso sexual?

—No necesariamente. Puede estar arraigado en una tensión emocional más tradicional cargada sobre un niño. La tremenda presión de tener éxito a ojos de los padres, unida a otras cosas. Es difícil debatirlo en un contexto hipotético, porque la sexualidad humana tiene múltiples dimensiones.

Belk continuó con unas cuantas preguntas generales sobre los trabajos de Locke antes de terminar. Chandler planteó un par de preguntas más en la réplica, pero Bosch había perdido el interés. Sabía que Edgar no se habría pasado por la sala del tribunal a no ser que tuviera algo importante. Dos veces miró atrás al reloj que había en la pared y dos veces miró el suyo. Por último, cuando Belk dijo que no tenía más preguntas, el juez Keyes levantó la sesión.

Bosch observó a Locke cuando este bajaba del estrado y abría la verja para dirigirse a la puerta seguido por un par de periodistas. Entonces el jurado se levantó y abandonó la sala.

Belk se volvió hacia Bosch mientras miraban y dijo:

—Mejor que se prepare mañana, tengo la impresión de que va a ser su turno bajo el sol.

—¿Qué habéis descubierto, Jerry? —preguntó Bosch cuando alcanzó a Edgar en el pasillo que conducía a la escalera mecánica.

–¿Tu coche está en el Parker Center?

–Sí.

–El mío también. Vamos allá.

Subieron a la escalera mecánica, pero no dijeron nada porque estaba llena de espectadores del juicio. En la acera, cuando estuvieron solos, Edgar sacó un formulario blanco doblado del bolsillo de su americana y se lo pasó a Bosch.

–Lo hemos confirmado. Las huellas que Mora sacó de Rebecca Kaminski coincidían con el molde de la mano de la Rubia de Hormigón. También acabo de llegar de la autopsia y el tatuaje estaba allí. Sam Bigotes.

Bosch desdobló el papel. Era una fotocopia de un informe de personas desaparecidas.

–Es una copia del informe sobre Rebecca Kaminski, también conocida como Magna Cum Loudly. Desaparecida veintidós meses y tres días.

Bosch estaba mirando la denuncia.

–No parece que haya duda –dijo.

–No, ninguna. Era ella. La autopsia también confirmó que la causa de la muerte fue la estrangulación manual. El nudo se apretó fuerte en el lado izquierdo. Probablemente fue un zurdo.

Caminaron sin intercambiar palabra durante media manzana. Bosch estaba sorprendido de que hiciera calor tan tarde. Al final, Edgar habló.

–Así que, obviamente, lo hemos confirmado; esto puede parecer una de las muñecas de Church, pero no hay forma de que lo hiciera él, a no ser que volviera de entre los muertos… Así que he comprobado algunas cosas en la librería de Union Station. El libro de Bremmer *El fabricante de muñecas,* con todos los detalles que un imitador necesitaba, se publicó en tapa dura diecisiete meses después de que hicieras morder el polvo a Church. Becky

Kaminski desapareció unos cuatro meses después de la publicación del libro. Así que nuestro asesino podría haberlo comprado y después haberlo usado como una especie de manual para que pareciera una obra del Fabricante de Muñecas. –Edgar miró a Bosch y sonrió–. Estás a salvo, Harry.

Bosch asintió, pero no sonrió. Edgar no sabía nada de la cinta de vídeo.

Caminaron por Temple hasta Los Angeles Street. Bosch no se fijó en la gente que tenía al lado, en los vagabundos que agitaban su taza en las esquinas. Estaba a punto de cruzar la calle entre el tráfico cuando Edgar le puso la mano en el brazo para alertarlo. Mientras esperaban a que cambiara el semáforo, examinó otra vez el informe. Era lo básico. Rebecca Kaminski simplemente había salido a una «cita» y no había regresado. Iba a encontrarse con el hombre sin nombre en el Hyatt de Sunset. Eso era todo. Ningún seguimiento, ninguna información adicional. La denuncia la había presentado un tipo llamado Tom Cerrone, que se identificaba en el informe como compañero de piso de Kaminski en Studio City. El semáforo cambió y los dos detectives cruzaron Los Angeles Street y luego giraron a la derecha hacia el Parker Center.

–¿Vas a hablar con ese Cerrone, el compañero de piso? –le preguntó a Edgar.

–No lo sé. Probablemente. Me interesa más saber qué opinas tú de todo esto, Harry. ¿Adónde vamos desde aquí? El libro de Bremmer fue un puto superventas. Cualquiera que lo leyera es sospechoso.

Bosch no dijo nada hasta que llegaron al aparcamiento y se detuvieron en la garita de la entrada antes de separarse. Bosch miró la denuncia que tenía en la mano y después a Edgar.

–¿Puedo quedármelo? Tal vez le haga una visita a este tío.

–Faltaría más… Y otra cosa que deberías saber, Harry. –Edgar hurgó en el bolsillo interior de su americana y sacó otro trozo de papel. Este era amarillo: una citación–. Me lo entregaron en la oficina del forense. No sé cómo supo que yo estaba allí.

–¿Cuándo has de presentarte?

–Mañana a las diez. Yo no participé en el equipo de investigación del caso del Fabricante de Muñecas, así que los dos sabemos qué va a preguntar. La Rubia de Hormigón.

12

Bosch tiró el cigarrillo en la fuente que formaba parte del monumento a los agentes caídos en acto de servicio y entró por las puertas de cristal que daban acceso al Parker Center. Mostró la placa a uno de los policías que había en el mostrador de la entrada y rodeó este para ir a los ascensores. Había una línea roja pintada en el suelo de baldosas negras. A los visitantes que iban a la sala de la comisión de la policía les decían que tomaran esa ruta. También había una línea amarilla que llevaba a Asuntos Internos y una azul para los que querían presentarse a las pruebas para ser policía. Era tradición que los polis se pusieran alrededor de los ascensores sobre la línea amarilla, de manera que cualquier ciudadano que se dirigiera a Asuntos Internos –normalmente para presentar quejas– tuviera que rodearlos. Esta maniobra solía ir acompañada de la mirada torva del poli al ciudadano.

Cada vez que Bosch esperaba el ascensor se acordaba de la broma en la que había participado cuando todavía estaba en la academia. Él y otro cadete habían entrado borrachos en el Parker Center a las cuatro de la mañana y habían escondido brochas y latas de pintura negra y amarilla en sus cazadoras. En una osada y rápida operación, su compañero había utilizado la pintura negra para borrar la línea amarilla del suelo de baldosas mientras Bosch pintaba una nueva línea amarilla que pasaba junto a los ascensores, recorría el pasillo y entraba en el baño de caballeros hasta los urinarios. La broma les había valido a ambos cadetes un estatus casi legendario en su clase, incluso entre los instructores.

Bosch bajó del ascensor en el tercer piso y se dirigió a la División de Robos y Homicidios. El lugar estaba vacío. La mayoría de los polis de la división trabajaban en un turno estricto de siete a tres. De este modo, el trabajo no interfería con todos los pluriempleos que habían acumulado. Los tíos de Robos y Homicidios eran la flor y nata del departamento y se llevaban los mejores chollos. Hacer de chófer de princesas saudíes de visita, trabajo de seguridad para los jefes de los estudios, guardaespaldas de jugadores de altos vuelos de Las Vegas; el Departamento de Policía de Las Vegas no permitía que su gente hiciera horas extra fuera, así que los agentes de Los Ángeles acaparaban los mejores empleos.

Cuando ascendieron a Bosch a Robos y Homicidios, permanecían en activo algunos detectives de grado tres que habían trabajado para Howard Hughes. Habían hablado de la experiencia como si el trabajo en la división fuera eso, un medio para alcanzar un fin, una forma de conseguir empleo trabajando para algún multimillonario desquiciado que no necesitaba guardaespaldas porque nunca iba a ninguna parte.

Bosch fue al fondo de la sala y encendió uno de los ordenadores. Prendió un cigarrillo mientras el tubo del monitor se calentaba y sacó del bolsillo de la chaqueta el informe que le había dado Edgar. El informe no era nada. Nadie lo había mirado nunca, nadie lo había trabajado ni se había preocupado por él.

Se fijó en que Tom Cerrone había acudido personalmente a la comisaría de North Hollywood a fin de presentar la denuncia en el mostrador de información. Eso significaba que probablemente la denuncia la había tomado un novato en periodo de prueba o un veterano quemado al que le importaba una mierda. En cualquier caso, no lo habían reconocido como lo que era: una manera de cubrirse las espaldas.

Cerrone decía que Kaminski era su compañera de piso. Según el breve resumen, dos días antes de que se presentara la denuncia le había dicho a Cerrone que iba a ir a una cita a ciegas, a encontrarse con un hombre cuyo nombre se desconocía en el Hyatt de Sunset Strip y que esperaba que el tipo no fuera un asqueroso. Nunca volvió. Cerrone se preocupó y llamó a la poli. Se presentó la denuncia, esta pasó por los detectives de North Hollywood sin levantar ninguna sospecha y se envió a Personas Desaparecidas, en el centro, donde cuatro detectives se ocupaban de encontrar a las sesenta personas cuya desaparición se denunciaba en la ciudad todas las semanas.

En realidad, la denuncia fue puesta en un montón junto a otras similares y nadie volvió a mirarla hasta que Edgar y su compañero, Morg, la encontraron. Nada de eso preocupaba a Bosch, aunque cualquiera que pasara dos minutos leyéndola debería saber que Cerrone no era quien decía ser. De todos modos, Bosch suponía que Kaminski estaba muerta y sepultada en hormigón mucho antes de que se presentara la denuncia, de manera que nadie podía haber hecho nada.

Escribió el nombre Thomas Cerrone en el ordenador y llevó a cabo una búsqueda en la red de información del Departamento de Justicia de California. Como esperaba, obtuvo una ficha. El informe del ordenador sobre Cerrone decía que tenía cuarenta años de edad, mostraba que había sido detenido nueve veces en otros tantos años por solicitar los servicios de una prostituta y otras dos por proxenetismo.

Era un chulo, el chulo de Kaminski. Bosch se fijó en que Cerrone estaba cumpliendo una condicional de treinta y seis meses por su última condena. Sacó su agenda de teléfonos negra y rodó sobre la silla hasta un escritorio que disponía de teléfono. Marcó el número permanente del Departamento de Condicionales y le dio a la empleada que atendió el nombre de Cerrone y el número de su ficha. Ella le proporcionó la dirección actual de Cerrone. El chulo había ido a menos, de Studio City a Van Nuys, desde que Kaminski había acudido al Hyatt para no volver.

Después de colgar, pensó en llamar a Sylvia y se preguntó si debía decirle que probablemente Chandler iba a llamarlo a declarar al día siguiente. No estaba seguro de querer que ella estuviera presente para ver cómo Chandler lo acorralaba en el estrado de los testigos. Decidió no llamar.

La dirección de la casa de Cerrone correspondía a un apartamento en Sepulveda Boulevard, en una zona donde las prostitutas no eran demasiado discretas en la forma en que conseguían clientes. Todavía era de día y Bosch contó cuatro mujeres jóvenes en un trayecto de solo dos travesías. Llevaban tops y pantalones cortos minúsculos. Cuando pasaba un coche, extendían el pulgar como si fueran autostopistas. Pero estaba claro que solo estaban interesadas en dar una vuelta a la manzana hasta el aparcamiento donde podían llevar a cabo su negocio.

Bosch detuvo el Caprice al otro lado de los apartamentos Van-Aire, donde vivía Cerrone, o al menos eso era lo que les había dicho a los agentes de la condicional. Un par de los números de la dirección se habían caído de la fachada, pero todavía podía leerse porque la contaminación había dejado el resto de la pared de un color beis oscuro. El lugar necesitaba una capa de pintura, nuevas pantallas, algo de masilla para llenar las grietas de la fachada y probablemente nuevos inquilinos.

En realidad, lo que hacía falta era demolerlo, empezar de nuevo. Eso pensó Bosch mientras cruzaba la calle. El nombre de Cerrone estaba en la lista de residentes del lateral de la puerta de seguridad, pero nadie contestó al timbre en el apartamento seis. Bosch encendió un cigarrillo y decidió quedarse un rato. Contó veinticuatro unidades en la lista de residentes. Eran las seis en punto, la hora en que la gente volvía a casa para cenar. Alguien llegaría.

Se alejó de la puerta y volvió a la acera. Había pintadas en la acera, todas en color negro, con el nombre de la banda local. También había una pintada en letras mayúsculas que decía «¿SERAS TU EL PROSIMO RODDY KING?» Harry se preguntó cómo alguien podía escribir mal un nombre que se había oído y escrito tantísimas veces.

Una mujer y dos niños pequeños salieron de la puerta de rejas de aluminio del otro lado. Bosch calculó el paso para llegar a la puerta justo cuando ella la abría.

–¿Ha visto por aquí a Tommy Cerrone? –preguntó al pasar a su lado.

La mujer estaba demasiado ocupada con los niños para responder. Bosch entró al patio para orientarse y buscar una puerta con el número seis, el apartamento de Cerrone. Había grafitos en el suelo de cemento del patio con la insignia de una banda que Bosch no conocía. Encontró el número seis en la primera planta de la parte de atrás. Junto a la puerta vio una barbacoa japonesa oxidada y una bicicleta de niño con ruedecitas aparcada bajo la ventana delantera.

La bicicleta no encajaba. Bosch trató de mirar dentro, pero las cortinas estaban corridas, dejando una banda de oscuridad de tres dedos detrás de la cual no podía ver nada. Llamó a la puerta y, como de costumbre, se colocó a un lado. Abrió una mujer mexicana con lo que parecía una barriga de ocho meses bajo la bata rosa. Detrás de la mujercilla, Bosch vio a un niño sentado en la sala ante un televisor en blanco y negro que tenía sintonizado un canal en castellano.

–Hola –dijo Bosch en castellano–, ¿señor Tom Cerrone aquí?

La mujer lo miró con los ojos asustados. Pareció cerrarse en su caparazón como para empequeñecer a ojos de Bosch. Cerró los brazos, que tenía a los costados, sobre su barriga.

–No migra –dijo Bosch–. Policía. ¿Tomás Cerrone aquí?

Ella negó con la cabeza y empezó a cerrar la puerta. Bosch estiró el brazo para impedirlo. En su pobre español le preguntó si conocía a Cerrone y sabía dónde estaba. Ella dijo que solo venía una vez a la semana para recoger el correo y cobrar el alquiler. Retrocedió un paso e hizo un gesto hacia la mesa de juego donde había una pequeña pila de correo. Bosch vio una factura de American Express encima. De la tarjeta oro.

–¿Teléfono? Necesidad urgente.

Ella bajó la mirada y la vacilación le sirvió a Bosch para saber que tenía teléfono.

–Por favor.

La mujer le pidió que esperara y se alejó del umbral. Mientras ella estuvo ausente, el niño que estaba sentado a tres metros de él apartó la mirada de la pantalla –Bosch vio que estaban dando un concurso– y lo observó. Bosch se sintió incómodo y miró hacia el patio. Cuando volvió a mirar, el niño estaba sonriendo. Tenía la mano levantada y estaba apuntando a Bosch con un dedo. Imitó el sonido de un disparo y se rio. La madre reapareció con un trozo de papel. Había escrito el número de un teléfono de la ciudad, nada más.

Bosch lo copió en una libretita que llevaba y le dijo que iba a llevarse el correo. La mujer se volvió y miró la mesa de juego como si la respuesta a lo que debería hacer estuviera encima de las cartas. Bosch le dijo que no se preocupara y ella finalmente le tendió la correspondencia. Otra vez tenía expresión aterrorizada.

Bosch retrocedió y estaba a punto de irse cuando se volvió para mirar a la mujer. Le preguntó cuánto costaba el alquiler y ella le dijo que cien dólares a la semana. Bosch asintió y se alejó.

En la calle, caminó hasta un teléfono público situado enfrente del siguiente complejo de apartamentos. Llamó al centro de comunicaciones, le proporcionó a la operadora el número de teléfono que acababa de obtener y dijo que necesitaba una dirección. Mientras esperaba, pensó en la mujer embarazada y se preguntó por qué se quedaba. ¿Podían ser peores las cosas en la ciudad mexicana de la que había venido? Sabía que a muchos les costaba tanto llegar que no se planteaban volver.

Mientras revisaba el correo de Cerrone, se le acercó una de las autostopistas. Llevaba un top naranja encima de los pechos aumentados quirúrgicamente y se había recortado tanto los tejanos que asomaban los bolsillos blancos. En uno de ellos, Bosch vio la forma característica de un preservativo. La mujer tenía el aspecto cansado y descarnado de quien haría cualquier cosa en cualquier momento y lugar para comprar una dosis. Teniendo en cuenta su apariencia deteriorada, Bosch no le echaba más de veinte años. Para sorpresa de Bosch, dijo:

–Hola, cariño, ¿estás buscando una cita?

Bosch sonrió.

–Vas a tener que ser más precavida si no quieres acabar en comisaría.

–Oh, mierda –dijo ella, y se volvió para alejarse.

–Espera un momento, espera un momento. ¿No te conozco? Sí, te conozco. Eres... ¿Cómo te llamas, niña?

–Oye tío, no voy a hablar contigo ni te voy a hacer una mamada, así que me voy.

–Espera. Espera. Yo no quiero nada. Solo pensaba que nos conocemos. ¿No eres una de las chicas de Tommy Cerrone? Sí, de eso te conozco.

La mención del nombre hizo que la joven frenara el paso. Bosch dejó el teléfono colgando del cable y corrió a atraparla. La chica se detuvo.

–Oye, yo ya no estoy con Tommy, ¿vale? Tengo que ir a trabajar.

La chica se volvió y sacó el pulgar cuando empezó a llegar tráfico del sur.

–Un momento, solo dime una cosa. Dime dónde está Tommy ahora. Tengo que verlo.

–¿Para qué? No sé dónde está.

–Por una chica. ¿Te acuerdas de Becky? Hace un par de años. Rubia, le gustaba el lápiz de labios rojo, tenía un par como las tuyas. A lo mejor usaba el nombre de Maggie. Quiero encontrarla, trabajaba para Tom. ¿Te acuerdas de ella?

–Yo ni siquiera estaba aquí hace un par de años. Y no he visto a Tommy desde hace cuatro meses. Y mientes más que hablas.

La chica se alejó.

–Veinte pavos –gritó Bosch a su espalda.

Ella se detuvo y volvió.

–¿Por qué?

–Por una dirección. No miento. Quiero hablar con él.

–Bueno, dámelos.

Bosch sacó el dinero de la cartera y se lo dio. Se le pasó por la cabeza que los de Antivicio de Van Nuys podían estar cerca y preguntándose por qué le daba un billete de veinte a una puta.

–Prueba en el Grandview –dijo ella–. No sé el número ni nada, pero está en el último piso. No puedes decir que te he enviado yo. Me mataría.

La chica se alejó mientras se guardaba el billete en uno de los bolsillos colgantes. No tenía que preguntarle dónde estaba el Grandview. Vio que la chica se metía entre dos edificios y desaparecía, probablemente para conseguir una piedra. Se preguntó si le habría dicho la verdad y por qué le había dado dinero a ella y no a la mujer del apartamento seis. La operadora de la policía ya había colgado cuando Bosch llegó al teléfono público.

Bosch marcó de nuevo y preguntó por ella y la operadora le dio la dirección que correspondía al número de teléfono. Suite P-1 de los apartamentos Grandview de Sherman Oaks, en Sepulveda. Acababa de gastarse veinte dólares en cocaína. Colgó.

En el coche, Bosch terminó de mirar la correspondencia de Cerrone. La mitad era publicidad, el resto facturas de tarjeta de crédito y propaganda de los candidatos republicanos. También había una tarjeta postal de invitación al banquete de los premios del Sindicato de Actores de Películas para Adultos que iba a celebrarse en Reseda la semana siguiente.

Bosch abrió la factura de American Express. La ilegalidad de su acto no le preocupaba en lo más mínimo. Cerrone era un delincuente que estaba mintiendo a su agente de la condicional. No iba a presentar ninguna denuncia. El chulo debía 1855,05 dólares a American Express ese mes. La factura tenía dos páginas y Bosch reparó en que había comprado dos billetes de avión a Las

Vegas y en que había tres cargos de Victoria's Secret. Bosch había ojeado el catálogo de la marca en alguna ocasión en la casa de Sylvia. Cerrone había comprado por correo lencería por un importe de casi cuatrocientos dólares. El alquiler que la pobre mujer pagaba por el apartamento de Cerrone servía básicamente para financiar las facturas de lencería de las putas de Cerrone. Bosch sintió rabia, pero tuvo una idea. Los apartamentos Grandview eran el ideal último de California. El edificio, construido junto a unos grandes almacenes, permitía a sus inquilinos acceder directamente al centro comercial desde su apartamento, eliminando de este modo el que hasta ahora es el terreno propicio para toda la cultura e interacción del sur de California: el coche. Bosch aparcó en el garaje del centro comercial y accedió al vestíbulo exterior por la entrada trasera. Era todo de mármol italiano, con un gran piano en el centro que tocaba solo. Bosch reconoció la canción. Era un clásico de Cab Calloway: *Everybody Eats When They Come to my House.*

Había una lista de vecinos y un teléfono en la pared, junto a la puerta de seguridad que conducía a los ascensores. El nombre que había junto al P-1 era Kuntz. Bosch supuso que era una broma privada. Levantó el teléfono y pulsó el botón. Contestó una mujer.

–UPS. Traigo un paquete.

–Ah –dijo ella–. ¿De quién?

–Um –musitó–. No entiendo la letra. Victor Secret o algo así.

–Oh –dijo ella, y Bosch la oyó reír–. ¿Tengo que firmar?

–Sí, señora, necesito la firma.

En lugar de abrirle la puerta, la mujer dijo que bajaba. Bosch se quedó esperando junto a la puerta de cristal durante dos minutos hasta que se dio cuenta de que la trampa no iba a funcionar. Estaba allí de pie con traje y no tenía ningún paquete en la mano. Volvió la espalda al ascensor justo cuando las puertas cromadas comenzaban a separarse.

Dio un paso hacia el piano y miró abajo como si estuviera fascinado por él y no reparara en la llegada del ascensor. Oyó que la puerta de seguridad empezaba a abrirse tras él y se volvió.

–¿Es usted de UPS?

La chica era rubia y despampanante incluso con vaqueros gastados y una camisa Oxford azul pálido. Cuando sus miradas se encontraron, Bosch supo al instante que ella se había dado cuenta de la trampa. De inmediato trató de cerrar la puerta, pero Bosch llegó a tiempo y se metió en el ascensor.

–¿Qué está haciendo? Voy…

Bosch le tapó la boca porque pensó que estaba a punto de gritar. El hecho de que le cubriera la mitad de la cara incrementó la expresión de pánico de sus ojos. A Bosch ya no le parecía tan despampanante.

–No pasa nada. No voy a hacerte daño, solo quiero hablar con Tommy. Vamos a subir.

Retiró lentamente la mano y la chica no gritó.

–Tommy no está aquí –dijo ella en un susurro, como una señal de cooperación.

–Entonces lo esperaremos.

La empujó con suavidad y apretó el botón del ascensor.

La chica no había mentido, Cerrone no estaba. Pero Bosch no tuvo que esperar demasiado. Apenas tuvo tiempo de fijarse en los opulentos muebles del *loft* de dos habitaciones y dos baños con jardín privado en la terraza.

Cerrone entró por la puerta principal con la revista *Racing Forum* en la mano justo cuando Bosch se metía en la sala desde la terraza que daba a Sepulveda y a la atestada autovía de Ventura.

Cerrone primero sonrió a Bosch, pero de pronto la cara se le puso blanca. A Bosch le pasaba a menudo con los sinvergüenzas. Creía que era porque los sinvergüenzas frecuentemente pensaban que lo reconocían. Y era cierto, probablemente lo hacían. La imagen de Bosch había estado en los periódicos y en la tele varias veces en los últimos años, esa misma semana sin ir más lejos. Harry pensaba que la mayoría de los sinvergüenzas que leían los periódicos o veían la televisión miraban con atención las imágenes de los polis. Probablemente pensaban que eso les daba una ventaja adicional, alguien a quien buscar. Pero en lugar de eso creaba una sensación de familiaridad. Cerrone había sonreído como si Bosch fuera un viejo amigo y luego se había dado cuenta de que probablemente era el enemigo, un poli.

—Eso es —dijo Bosch.

—Tommy, me ha obligado —dijo la chica—. Ha llamado al...

—Cállate —espetó Cerrone. Después le dijo a Bosch—: Si tuvieras una orden, no habrías venido solo; si no tienes orden, saca el culo de aquí.

—Muy observador —dijo Bosch—. Siéntate, voy a hacerte unas preguntas.

—Vete a la mierda, tú y tus preguntas. Largo.

Bosch se sentó en un sofá de cuero negro y sacó los cigarrillos.

—Tom, si me voy, es para ir a ver a tu agente de la condicional y pedirle que te la revoque por esa trampita con la dirección. Al departamento de la condicional no les hace ninguna gracia que los convictos les digan que viven en un sitio cuando en realidad viven en otro. Especialmente cuando uno es un cuchitril y el otro es el Grandview.

Cerrone le tiró la revista a la chica.

—¿Ves? —dijo—. ¿Ves la mierda en la que me metes?

Ella sabía que no le convenía responder. Cerrone cruzó los brazos y se quedó de pie en la sala. Era un tipo corpulento que se había convertido en gordo. Demasiadas tardes en Hollywood o Del Mar, tomándose cócteles.

—¿Qué quieres?

—Quiero que me hables de Becky Kaminski.

Cerrone pareció desconcertado.

—¿Recuerdas? Magna Cum Loudly, la rubia con las tetas que probablemente tú le agrandaste. La estabas haciendo subir en el negocio de los vídeos, hacía de puta de lujo y luego desapareció.

—¿Qué pasa con ella? Eso fue hace mucho tiempo.

—Veintidós meses y tres días, me han dicho.

—¿Y qué? Ha vuelto y está tirándome mierda, no me importa. Llévalo a un fiscal, tío. Ya veremos…

Bosch saltó del sofá y le abofeteó en la cara, lo empujó y Cerrone cayó al suelo al tropezar con una silla de piel negra. La mirada del chulo buscó de inmediato a la chica, con lo cual Bosch supo que tenía control absoluto de la situación. El poder de la humillación a veces era más imponente que una pistola en la sien. Cerrone se había puesto colorado.

La bofetada le ardía. Bosch se dobló sobre el tipo.

—No ha vuelto y lo sabes. Está muerta y tú lo sabías cuando denunciaste la desaparición. Simplemente te estabas cubriendo el culo. Quiero que me cuentes cómo lo supiste.

—Oye tío, yo no tengo que…

—¿Sabías que no iba a volver? ¿Cómo?

—Era una corazonada. No volvió en un par de días.

—Los tíos como tú no vais a la poli por una corazonada. A tipos como tú les destrozan la casa y no van a la poli. Como he dicho, solo estabas salvando el culo. No querías que te acusaran porque sabías que no iba a volver.

—Vale, vale, era más que una corazonada. Era por el tipo. Nunca lo vi, pero su voz y algunas cosas que dijo me eran familiares. Joder, caí en la cuenta después, cuando no volvió. Recordé que antes le había enviado a otra chica y apareció muerta.

—¿Quién?

—Holly Lere. No me acuerdo de su nombre real.

Bosch sí. Holly Lere era el nombre que Nicole Knapp utilizaba en el mundo del porno. La séptima víctima del Fabricante de Muñecas. Se sentó otra vez en el sofá y se puso un cigarrillo en la boca.

—Tommy —dijo la chica—, está fumando.

—Cierra la puta boca —gritó el chulo.

—Bueno, dices que no se puede fumar salvo en el…

—¡Cállate de una puta vez!

—Nicole Knapp —dijo Bosch.

—Sí, eso es.

—¿Sabes que la poli dijo que la mató el Fabricante de Muñecas?

—Sí, y siempre lo creí hasta que Becky desapareció y me acordé de ese tipo y lo que dijo.

—Pero no se lo contaste a nadie. No llamaste a la poli.

—Tú lo has dicho, los tipos como yo no llaman.

Bosch asintió.

—¿Qué dijo? El que llamaba, ¿qué dijo?

—Dijo: «Esta noche tengo una necesidad especial». Las dos veces. Así. Dijo lo mismo las dos veces. Y tenía una voz extraña. Era como si estuviera hablando entre dientes.

–Y la enviaste.

–No caí en la cuenta hasta después, cuando no volvió. Oye, tío, presenté una denuncia. Le dije a la poli a qué hotel la mandé y no hicieron nada. No soy el único culpable. Mierda, los polis dijeron que habían cogido a ese tipo, que estaba muerto. Pensaba que era seguro.

–¿Seguro para ti o para las chicas que ponías en la calle?

–Mira, ¿crees que la habría mandado de haberlo sabido? Había invertido mucho en ella, tío.

–Estoy seguro.

Bosch miró a la rubia y se preguntó cuánto tiempo pasaría hasta que se pareciera a la prostituta a la que le había dado veinte dólares en la calle. Suponía que todas las chicas de Cerrone acababan levantando el dedo en la calle. O muertas. Volvió a mirar a Cerrone.

–¿Rebecca fumaba?

–¿Qué?

–Que si fumaba. Vivías con ella, deberías saberlo.

–No, no fumaba. Es un vicio asqueroso.

Cerrone miró a la rubia de manera desafiante. Bosch tiró el cigarrillo en la alfombra blanca y lo pisó al levantarse. Se dirigió hacia la puerta, pero se detuvo después de abrirla.

–Cerrone, la mujer de ese cuchitril donde recibes la correspondencia…

–¿Qué pasa con ella?

–Ya no paga alquiler.

Cerrone se levantó de un salto, recuperando parte de su orgullo.

–Estoy diciendo que no va a volver a pagarte el alquiler. Voy a ir a verla de cuando en cuando. Si te paga alquiler, tu agente de la condicional recibirá una llamada y tu fraude se va a la mierda. Te quitarán la condicional y cumplirás la condena. Es duro llevar un servicio de putas por teléfono desde la prisión del condado. Solo hay dos teléfonos en cada planta y los hermanos controlan quién lo usa y durante cuánto tiempo. Supongo que tendrías que repartirte el pastel con ellos.

Cerrone se limitó a mirarlo con las sienes latiendo de ira.

—Y será mejor que ella esté allí cuando yo pase —dijo Bosch—. Si me entero de que ha vuelto a México, te culparé y haré la llamada. Si me entero de que se ha comprado un condominio, haré la llamada. Será mejor que esté allí.

—Eso es extorsión —dijo Cerrone.

—No, capullo, eso es justicia.

Dejó la puerta abierta. En el pasillo, mientras esperaba el ascensor, oyó que Cerrone volvía a gritar.

—¡Cierra la puta boca!

13

Los últimos vestigios de la hora punta de la tarde hicieron lento el trayecto hasta la casa de Sylvia. Ella estaba sentada a la mesa del comedor con unos vaqueros azules gastados y una camiseta del Grant High, leyendo comentarios de textos cuando entró él. Uno de los cursos que daba en Literatura de undécimo grado en el valle de San Fernando se llamaba «Los Ángeles en la literatura». Le había contado a Harry que había preparado el curso para que los estudiantes conocieran mejor su ciudad. La mayoría de ellos procedían de otros lugares, de otros países. Una vez le explicó que en una de sus clases había once lenguas maternas diferentes.

Harry le puso la mano en la nuca y se inclinó para besarla. Vio que los comentarios eran del libro de Nathanael West *El día de la langosta*.

—¿Lo has leído? –preguntó ella.

—Hace mucho. Una profesora de Literatura del instituto nos lo hizo leer. Estaba loca.

Sylvia le dio un codazo en el muslo.

—Muy bien, chico listo. Trato de combinar los difíciles con los fáciles. Ahora les he dado *El sueño eterno*.

—Probablemente es el título que piensan que debería tener este.

—Pareces la alegría de la huerta. ¿Ha pasado algo bueno?

–En realidad, no. Todo se está yendo al garete. Pero aquí… es diferente.

Ella se levantó y ambos se abrazaron. Bosch le pasó la mano por la espalda de la forma en que sabía que a ella le gustaba.

–¿Qué está pasando en el caso?

–Nada. Todo. Podría estar hundiéndome en el fango. Me pregunto si conseguiré trabajo de detective privado después de esto. Como Marlowe.

Sylvia lo apartó.

–¿De qué estás hablando?

–No estoy seguro. Tengo que trabajar en eso esta noche. Me lo llevaré a la mesa de la cocina. Tú puedes quedarte aquí fuera con las langostas.

–Te toca cocinar.

–Entonces voy a recurrir al coronel.

–Mierda.

–Está muy feo que una profesora de Lengua diga eso. ¿Qué pasa con el coronel?

–Hace años que está muerto. No importa. No pasa nada.

Ella le sonrió. El ritual se repetía con frecuencia. Cuando le tocaba cocinar a Harry, normalmente la invitaba a cenar fuera. Vio que estaba defraudada ante la perspectiva de un pollo frito para llevar, pero había demasiado en juego, demasiadas cosas en las que pensar.

Sylvia le puso una cara que le infundió ganas de confesar todas las cosas malas que había hecho en la vida. Aun así, sabía que no podía. Y ella también lo sabía.

–Hoy he humillado a un hombre.

–¿Qué? ¿Por qué?

–Porque humilla a las mujeres.

–Todos los hombres hacen eso, Harry. ¿Qué le has hecho?

—Lo he tirado al suelo delante de su chica.

—Probablemente lo necesitaba.

—No quiero que vayas al juicio mañana. Seguramente me va a llamar a testificar Chandler, pero no quiero que estés allí. Va a ir mal.

Sylvia se quedó un momento en silencio.

—¿Por qué haces esto, Harry? ¿Por qué me cuentas todas estas cosas que haces y al mismo tiempo mantienes el resto en secreto? En algunas cosas tenemos mucha intimidad, pero en otras... Me hablas de un tío al que has tirado al suelo, pero no de ti. ¿Qué sé yo de ti, de tu pasado? Quiero que lleguemos a eso, Harry. Hemos de hacerlo o terminaremos humillándonos el uno al otro. Eso es lo que me pasó a mí antes.

Bosch asintió y bajó la cabeza. No sabía qué decir. Estaba demasiado preocupado con otras cavilaciones para meterse con eso.

—¿Quieres el extracrujiente? —preguntó al fin.

—Bueno.

Sylvia volvió a concentrarse en los trabajos de sus alumnos y Harry salió a buscar la cena.

Después de terminar de cenar, ella volvió a la mesa del comedor y Bosch abrió el maletín en la cocina y sacó la carpeta azul del expediente del caso. Tenía una botella de Henry Weinhard en la mesa, pero no el tabaco. No fumaba dentro de la casa, al menos mientras ella estaba despierta.

Abrió la primera carpeta y dejó sobre la mesa las secciones correspondientes a cada una de las once víctimas. Se levantó con la botella para poder mirarlas todas a la vez. Cada sección empezaba con una fotografía de los restos de la víctima tal y como se habían hallado. Tenía delante once de esas fotos. Pensó en los casos y luego entró en el dormitorio y buscó en el traje que había llevado el día anterior. La fotografía polaroid de la Rubia de Hormigón seguía en el bolsillo.

Se la llevó a la cocina y la puso en la mesa junto a las otras. La número doce. Era una horripilante galería de cuerpos rotos y maltratados, maquillados de forma estridente para mostrar una sonrisa falsa bajo unos ojos sin vida. Los cadáveres estaban desnudos, expuestos a la dura luz del fotógrafo de la policía.

Bosch vació la botella y continuó mirando. Leyó los nombres y las fechas de fallecimiento. Miró las caras. Todas las víctimas eran ángeles perdidos en la ciudad de la noche. No se fijó en que estaba entrando Sylvia hasta que fue demasiado tarde.

–Dios mío –dijo ella en un susurro cuando vio las fotos.

Dio un paso atrás. Llevaba el trabajo de uno de sus alumnos en la mano. Con la otra se había tapado la boca.

–Lo siento, Sylvia –dijo Bosch–. Debería haberte advertido para que no entraras.

–¿Esas son las mujeres?

Bosch asintió.

–¿Qué estás haciendo?

–No estoy seguro. Trato de que ocurra algo, supongo. Pensaba que si las miraba todas otra vez podría hacerme una idea, averiguar qué está ocurriendo.

–Pero ¿cómo puedes mirarlas? Estabas ahí de pie, mirando.

–Tengo que hacerlo.

Ella miró el papel que tenía en la mano.

–¿Qué es? –preguntó Harry.

–Nada. Uf, iba a leerte algo que ha escrito una de mis alumnas.

–Léelo.

Bosch retrocedió hasta la pared y apagó la luz que colgaba sobre la mesa. Las fotos y Bosch quedaron sumidos en la oscuridad. Sylvia estaba de pie a la luz que se proyectaba desde el comedor.

–Adelante.

Ella levantó el papel y dijo:

–Ha escrito: «West prefiguró el fin del momento idílico de Los Ángeles. Vio la ciudad de ángeles convirtiéndose en una ciudad de desesperación, un lugar donde las ilusiones se hacían añicos bajo el peso de una multitud demente. Su libro fue el aviso». –Levantó la mirada–. Continúa, pero esta era la parte que quería leerte. Es una estudiante de décimo grado que asiste a clases avanzadas, pero parece que ha captado algo intenso aquí.

Harry admiró su ausencia de cinismo. Lo primero que pensó era que la chica los había copiado; ¿de dónde había sacado una palabra como «idílico»? Pero Sylvia veía más allá de eso. Ella veía la belleza de las cosas, él veía la oscuridad.

–Está bien –dijo Bosch.

–Es afroamericana. Viene en autobús. Es una de las más listas que tengo y me preocupa que viaje en autobús. Dice que el trayecto es de una hora y cuarto de ida y otro tanto de vuelta y que es entonces cuando lee lo que le mando. Pero me preocupo por ella. Parece muy sensible, tal vez demasiado.

–Dale tiempo y se le hará un callo en el corazón. Le pasa a todo el mundo.

No, a todo el mundo, no, Harry. Eso es lo que me preocupa de ella.

Ella se quedó mirándolo en la oscuridad.

–Siento haberte interrumpido.

–Tú nunca me interrumpes, Sylvia. Siento haberlo traído a esta casa. Si quieres, puedo irme y llevarlo a la mía.

–No, Harry, prefiero que te quedes aquí. ¿Te preparo café?

—No, gracias.

Ella volvió a la sala de estar y Bosch encendió de nuevo la luz para observar la galería de los horrores. Aunque en la muerte parecían iguales por el maquillaje que les había aplicado el asesino, las mujeres se encuadraban en numerosas categorías físicas según la raza, la altura, el color del pelo, etcétera.

Locke le había dicho al equipo de investigación que eso significaba que el asesino era simplemente un depredador oportunista. No le preocupaba el aspecto físico, solo conseguir una víctima a la que luego pudiera situar en su programa erótico. No le importaba que fueran negras o blancas siempre que pudiera secuestrarlas sin el menor aviso. Estaba al final de la cadena trófica. Se movía en un nivel en el que las mujeres que encontraba ya eran víctimas mucho antes de que llegase a ellas. Eran mujeres que ya habían entregado su cuerpo a las manos y los ojos exentos de amor de desconocidos. Estaban esperándolo. Bosch sabía que la cuestión era si el Fabricante de Muñecas también continuaba al acecho.

Se sentó y sacó del bolsillo de la carpeta un mapa de West Los Angeles. Los pliegues crujieron y se desprendieron en algunas secciones mientras lo desdoblaba y lo colocaba encima de las fotos. Los topos negros adhesivos que representaban los lugares en los que habían sido hallados los cadáveres seguían en su sitio. El nombre de la víctima y la fecha del descubrimiento estaban escritos junto a cada punto negro. Geográficamente, el equipo de investigación no había encontrado datos significativos hasta después de la muerte de Church. Los cadáveres se habían descubierto en lugares que se extendían desde Silverlake hasta Malibú. El Fabricante de Muñecas había sembrado todo el Westside. Aun así, en su mayor parte, los cadáveres se arracimaban en Silverlake y Hollywood, con solo uno hallado en Malibú y otro en West Hollywood.

La Rubia de Hormigón había sido hallada más al sur de Hollywood que ninguno de los cadáveres anteriores. También era la única víctima que había sido sepultada. Locke había dicho que el lugar donde se abandonaba el cadáver probablemente se elegía por conveniencia. Después de la muerte de Church, la hipótesis pareció confirmarse. Cuatro de los cuerpos habían sido abandonados en un radio de poco más de un kilómetro desde su apartamento de Silverlake. Otros cuatro en el este de Hollywood, no demasiado lejos.

Las fechas no habían ayudado a la investigación. No había ningún patrón. Al principio se apreció un patrón descendente en el descubrimiento de víctimas, después empezó a variar ampliamente. El Fabricante de Muñecas había tardado cinco semanas entre acción y acción, después dos, después tres. No servía de nada; los detectives del equipo de investigación se olvidaron de ello, sin más.

Bosch continuó. Empezó a leer la información que se había recopilado de cada víctima. La mayoría eran informes breves, dos o tres páginas de su triste vida. Una de las mujeres que trabajaba en Hollywood Boulevard por la noche iba a una escuela de esteticistas de día. Otra había estado enviando dinero a Chihuahua, México, donde sus padres creían que tenía un buen empleo como guía de turismo en Disneyland. Había extrañas coincidencias entre algunas de las víctimas, pero no se sacó nada de ellas.

Tres de las putas del Boulevard iban al mismo ginecólogo para inyectarse semanalmente una medicación para la gonorrea. Miembros del equipo de investigación lo tuvieron bajo vigilancia tres semanas, pero una noche, mientras lo estaban vigilando, el verdadero Fabricante de Muñecas cogió a una prostituta en Sunset y su cadáver se encontró a la mañana siguiente en Silverlake.

Dos de las otras mujeres también compartían médico. El mismo cirujano plástico de Beverly Hills les había puesto implantes mamarios. El equipo de investigación se había concentrado en este descubrimiento, porque un cirujano plástico recrea imágenes de una forma bastante similar a la que usaba el Fabricante de Muñecas mediante el maquillaje. El Hombre de la Silicona, como lo llamaron los polis, también fue puesto bajo vigilancia. Pero nunca realizó ningún movimiento sospechoso; además, parecía la viva imagen de la felicidad doméstica con una esposa cuyas características físicas había esculpido a su gusto. Todavía lo estaban observando cuando Bosch recibió la llamada telefónica que condujo a la muerte de Norman Church.

Por lo que Bosch sabía, ninguno de los dos médicos llegó a enterarse de que había sido vigilado. En el libro que escribió Bremmer ambos aparecían identificados con seudónimo.

Bosch había revisado casi dos tercios del material cuando, al leer el expediente de Nicole Knapp, la séptima víctima, vio el patrón dentro del patrón. De algún modo antes se le había pasado. A todos. Al equipo de investigación, a Locke, a los medios. Habían puesto a todas las víctimas en el mismo lote. Una puta es una puta. Pero había diferencias. Algunas eran prostitutas de calle, otras acompañantes de lujo. Entre estos dos grupos había también bailarinas; una era una *stripper* de despedidas de soltero. Y dos se ganaban la vida en la industria de la pornografía –igual que la última víctima, Becky Kaminski– mientras hacían trabajos de prostitución cuyos servicios vendían por teléfono.

Bosch se llevó de la mesa los paquetes con las fotos de Nicole Knapp, la séptima víctima, y de Shirleen Kemp, la undécima. Eran las dos actrices porno, conocidas en vídeo como Holly Lere y Heather Cumhither, respectivamente.

Después fue hojeando una de las carpetas hasta que encontró el paquete de la única superviviente, una mujer que había huido. Ella también era una actriz porno que anunciaba su teléfono para trabajar de prostituta. Se llamaba Georgia Stern. Su nombre en el mundo del vídeo era Velvet Box. Había ido al Star Motel de Hollywood para asistir a una cita concertada a través de la prensa sexual local. Cuando llegó, su cliente le pidió que se desnudara. Ella se dio la vuelta para hacerlo, ofreciendo una muestra de recato por si eso le excitaba. Entonces vio que la cinta de cuero de su propio bolso le pasaba por encima de la cabeza y empezaba a estrangularla desde atrás. Se debatió, como probablemente habían hecho todas las víctimas, pero ella logró liberarse gracias a un codazo en las costillas del agresor que le permitió volverse y darle una patada en los genitales.

Salió corriendo de la habitación, desnuda, olvidando toda muestra de recato. Cuando la policía llegó, el agresor ya había huido. Pasaron tres días antes de que los informes sobre el incidente se filtraran al equipo de investigación. Para entonces, la habitación del hotel se había usado decenas de veces, porque el Hollywood Star ofrecía tarifas por horas, y fue inútil buscar pruebas físicas.

Al leer de nuevo los informes, Bosch comprendió por qué el retrato robot que un artista de la policía había realizado con la ayuda de Georgia Stern era tan distinto de la apariencia física de Norman Church.

Era otro hombre.

Una hora más tarde, pasó la última página de una de las carpetas en la que había anotado una lista de números de teléfono y direcciones de los principales implicados en la investigación. Se acercó al teléfono de la pared y marcó el número del domicilio particular del doctor John Locke. Esperaba que el psicólogo no hubiera cambiado de número en cuatro años.

Locke contestó después de cinco tonos.

—Lo siento, doctor Locke, ya sé que es un poco tarde. Soy Harry Bosch.

—Harry, ¿cómo está? Lamento que no hayamos podido hablar hoy. No era la mejor circunstancia para usted, estoy seguro, pero...

—Sí, doctor, escuche, ha surgido algo. Está relacionado con el Fabricante de Muñecas. Tengo algunas cosas que quiero enseñarle y comentar. ¿Es posible que vaya a verle?

Se produjo un largo silencio antes de que Locke respondiera.

—¿Sería sobre este nuevo caso del que he leído en el periódico?

—Sí, eso y algunas cosas más.

—Bueno, veamos, son casi las diez. ¿Está seguro de que no puede esperar hasta mañana por la mañana?

—Mañana por la mañana estaré en el tribunal, doctor. Todo el día. Es importante. Apreciaría de verdad su tiempo. Llegaré antes de las once y me iré antes de las doce.

Cuando Locke no dijo nada, Harry se preguntó si el doctor de habla pausada le tenía miedo o simplemente no quería que un policía homicida entrara en su casa.

—Además —dijo Bosch para romper el silencio—, creo que le resultará interesante.

—De acuerdo —dijo Locke.

Después de preguntar la dirección, Harry guardó otra vez toda la documentación en dos carpetas. Sylvia entró en la cocina después de vacilar en la puerta hasta que estuvo segura de que las fotos no estaban a la vista.

–He oído que hablabas. ¿Vas a ir a su casa esta noche?

–Sí, ahora mismo. Está en Laurel Canyon.

–¿Qué pasa?

Bosch detuvo su movimiento apresurado. Tenía las dos carpetas bajo el brazo.

–Yo…, bueno, se nos pasó algo. Al equipo de investigación. La cagamos. Creo que siempre hubo dos, pero no lo vi hasta ahora.

–¿Dos asesinos?

–Eso creo. Quiero preguntarle a Locke.

–¿Vas a volver esta noche?

–No lo sé. Será tarde. Pensaba ir a mi casa, escuchar los mensajes y cambiarme de ropa.

–Este fin de semana no tiene buena pinta, ¿no?

–¿Qué? Ah, sí, Lone Pine, ya, bueno…

–No te preocupes. Pero me gustaría ir a tu casa mientras enseñan esta.

–Claro.

Sylvia lo acompañó a la puerta y se la abrió. Le dijo que tuviera cuidado y que la llamara al día siguiente. Bosch le aseguró que lo haría. En el umbral se detuvo.

–Sabes que tenías razón –dijo.

–¿Sobre qué?

–Sobre lo que dijiste de los hombres.

14

Laurel Canyon es una vía serpenteante que conecta Studio City con Hollywood y el Sunset Strip por las montañas de Santa Mónica. En el lado sur, donde la carretera pasa por debajo de Mulholland Drive y los cuatro rápidos carriles se estrechan en dos invitando a una colisión frontal, el cañón se convierte en el Los Ángeles enrollado, donde los bungalós del Hollywood de hace cuarenta años conviven con edificios contemporáneos de cristal de varios niveles que a su vez tienen por vecinos casitas de pan de jengibre. Harry Houdini construyó allí un castillo entre las colinas empinadas; Jim Morrison vivió en una casa de madera cerca del mercadillo que todavía sirve como reducto del comercio en el cañón.

El cañón era un lugar al que iban a vivir los nuevos ricos: estrellas de rock, guionistas, actores de cine y traficantes de droga. Desafiaban los corrimientos de tierra y los embotellamientos monumentales con tal de poder decir que vivían en Laurel Canyon. Locke residía en Lookout Mountain Drive, una empinada cuesta que exigió un esfuerzo extra al Caprice del departamento que conducía Bosch. Era imposible pasarse de largo porque la dirección que buscaba destellaba en neón azul en la fachada de la casa de Locke. Harry aparcó junto al bordillo, detrás de una furgoneta Volkswagen multicolor que tendría no menos de veinte años. El tiempo se había detenido en Laurel Canyon.

Bosch salió, tiró la colilla al suelo y la pisó. Era una noche oscura y silenciosa. Oyó el motor del Caprice que se enfriaba, percibió el olor de aceite quemado que salía de los bajos. Se asomó por la ventana y cogió las dos carpetas.

Bosch había tardado más de una hora en llegar a la casa de Locke y en ese tiempo había podido refinar sus ideas sobre el descubrimiento del patrón dentro del patrón.

Locke abrió la puerta con una copa de vino tinto en la mano. Iba descalzo y llevaba unos vaqueros gastados y una camisa verde quirófano. Del cuello le colgaba una correa de cuero con un gran cristal rosa.

—Buenas noches, detective Bosch. Pase, por favor.

El doctor lo guio por el recibidor hasta un gran salón-comedor con una pared de ventanales que se abrían a un patio de ladrillos que rodeaba una piscina. Bosch se fijó en que la moqueta rosada estaba sucia y gastada, pero por lo demás la casa no estaba mal para un escritor y profesor universitario de sexología. El agua de la piscina estaba rizada, como si alguien hubiera estado nadando recientemente, y a Bosch le pareció oler un rastro de marihuana rancia.

—Bonito sitio —dijo Bosch—. Somos casi vecinos, ¿sabe? Yo vivo en el otro lado de la colina, en Woodrow Wilson.

—Ah, ¿sí? ¿Cómo es que ha tardado tanto en llegar?

—Bueno, en realidad no vengo de casa. Estaba en casa de una amiga en Bouquet Canyon.

—Una amiga, bueno, eso explica los cuarenta y cinco minutos de espera.

—Siento entretenerlo, doctor. ¿Por qué no empezamos con esto y así no le robo más tiempo del necesario?

—Sí, por favor.

Indicó a Bosch que pusiera las carpetas en la mesa del comedor, pero no le preguntó si quería una copa de vino, un cenicero o un bañador.

–Lamento irrumpir así –dijo Bosch–. Seré rápido.

–Sí, ya lo ha dicho. Yo también siento que haya surgido esto ahora. Testificar me ha retrasado un día mi calendario de investigación y escritura y estaba tratando de ponerme al día esta noche.

Bosch se fijó en que el pelo del doctor no estaba húmedo. Tal vez había estado trabajando mientras otra persona usaba la piscina.

Locke tomó asiento en la mesa del comedor y Bosch le explicó la historia de la investigación de la Rubia de Hormigón en estricto orden cronológico, aunque empezó mostrándole una copia de la nueva nota que habían dejado el lunes en comisaría.

Mientras relataba los detalles del último crimen, Bosch vio que los ojos de Locke se encendían con interés. Cuando hubo terminado, el psicólogo cruzó los brazos y cerró los ojos.

–Déjeme que piense un momento antes de que sigamos adelante –dijo.

El psicólogo estaba sentado y completamente inmóvil. Bosch no sabía cómo interpretarlo. Al cabo de veinte segundos, dijo por fin:

–Si va a pensar, yo voy a pedirle prestado el teléfono.

–Está en la cocina –explicó Locke sin abrir los ojos.

Bosch miró el número de Amado, que tenía en la carpeta, en la lista del equipo de investigación, y lo llamó. Supo que había despertado al analista del forense.

–Lamento despertarle –dijo Bosch después de identificarse–, pero están pasando cosas muy deprisa en este nuevo caso del Fabricante de Muñecas. ¿Lo ha leído en la prensa?

–Sí, pero decía que no estaba claro que fuera del Fabricante de Muñecas.

–Pues en eso estoy trabajando. Tengo una pregunta.

–Adelante.

–Ayer testificó sobre los kits de violación de cada víctima. ¿Dónde están ahora esas pruebas?

Se produjo un largo silencio antes de que Amado contestara.

–Probablemente sigan en el archivo de pruebas. La política del forense es conservar las pruebas siete años después de la resolución de un caso por si hay apelaciones o algo. Aunque, como el perpetrador está muerto, no habría motivo para conservarlas ni siquicra csc ticmpo. De todos modos, hace falta una orden del forense para vaciar un archivador de pruebas. Es probable que el forense no pensara cn cso ni lo rccordara después de que usted, eh, matara a Church. Hay mucha burocracia. Supongo que los kits siguen allí. Quien conscrva las pruebas solo requerirá una orden de eliminación después de siete años.

–Gracias –dijo Bosch con una evidente excitación en la voz–. ¿Y en qué condiciones estarán? ¿Todavía servirán como pruebas? ¿Y para el análisis?

–En principio, no debería haber ningún deterioro.

–¿Cómo va de trabajo?

–Siempre a tope, pero ya me ha enganchado. ¿Qué pasa?

–Necesito que alguien saque las pruebas de las víctimas siete y once, son Nicole Knapp y Shirleen Kemp. ¿Lo tiene? Siete y once, como el supermercado.

–Sí, siete y once. ¿Y luego qué?

–Necesito comparar los peinados púbicos. Buscar los mismos pelos extraños en ambas mujeres. ¿Cuánto tardaría?

–Tres o cuatro días. Hemos de enviarlo al laboratorio del Departamento de Justicia. Puedo meterles prisa y conseguirlo antes. ¿Puedo preguntarle algo? ¿Por qué lo hace?

–Pienso que había alguien más además de Church. Un imitador. Mató a la víctima siete, a la once y a la de esta semana. Y estoy pensando que tal vez no era tan listo como para afeitarse como Church. Si encuentra pelos similares en los peinados, creo que eso lo confirmaría.

–Bueno, ahora mismo puedo decirle algo interesante sobre esos dos casos, el siete y el once.

Bosch esperó.

–Revisé todo antes de declarar, así que lo tengo fresco. ¿Recuerda que he declarado que dos de las víctimas presentaban desgarros vaginales? Pues eran esas dos, la siete y la once.

Bosch pensó en la información un momento. Oyó que Locke lo llamaba desde el comedor.

–¿Harry?

–Ahora voy. –A Amado le dijo–: Es interesante.

–Significa que ese segundo tipo, quien sea, es más duro que Church con las víctimas. Esas dos mujeres eran las que tenían las peores lesiones.

Entonces se le ocurrió algo a Bosch. Algo que no le había cuadrado del testimonio de Amado del día anterior. De pronto estaba claro.

–Los condones –dijo.

–¿Qué pasa?

–Declaró que había una caja de doce y solo quedaban tres.

–¡Eso es! Habían usado nueve. Si restamos de la lista a las víctimas siete y once, quedan nueve víctimas. Coincide, Harry. Vale, mañana a primera hora me pondré con esto. Deme tres días como máximo.

Ambos colgaron y Bosch se preguntó si Amado iba a poder dormir esa noche.

Locke se había vuelto a servir vino, pero siguió sin preguntarle a Bosch si quería una copa cuando este volvió al comedor. Bosch se sentó al otro lado de la mesa.

—Estoy listo para continuar —dijo Locke.

—Pues adelante.

—¿Me está diciendo que el cuerpo hallado esta semana exhibía todos los detalles adscritos al Fabricante de Muñecas?

—Sí.

—Salvo que ahora tenemos un nuevo método para deshacerse del cadáver. De forma privada, en lugar del desafío público que suponían las otras. Es todo muy interesante. ¿qué más?

—Bueno, a partir del testimonio del juicio creo que podemos eliminar a Church como el autor del undécimo asesinato. Un testigo trajo una cinta que…

—¿Un testigo?

—Sí, en el juicio. Era amigo de Church. Trajo un vídeo que mostraba a Church en una fiesta en el momento en que la víctima once fue secuestrada. La cinta es convincente.

Locke asintió con la cabeza y permaneció en silencio. Al menos, esta vez no cerró los ojos, pensó Bosch. El psicólogo se acarició pensativamente los pelos grises de la barbilla, lo que provocó que Bosch imitara el gesto.

—Después está la número siete —dijo Bosch.

Le contó a Locke la importante información que había obtenido de Cerrone sobre la voz que el chulo había reconocido.

—La identificación de voz no serviría como prueba, pero démoslo por bueno por el bien de la tesis. Eso relaciona a la Rubia de Hormigón con nuestra séptima víctima. El vídeo elimina a Church en el undécimo caso. Amado, de la oficina del forense, no sé si lo recuerda, dice que las víctimas siete y once tenían lesiones similares, lesiones que destacaban si se comparaban con las del resto de las víctimas.

»Otra cosa que acabo de recordar es el maquillaje. Tras la muerte de Church encontraron el maquillaje en el apartamento de Hyperion, ¿recuerda? Coincidía con nueve de las víctimas. Las víctimas de las que no había maquillaje eran...

–La siete y la once.

–Exacto. Así que lo que tenemos son múltiples vínculos entre estos dos casos, el siete y el once. Después existe una conexión tangencial con la número doce, la víctima de esta semana, basada en el reconocimiento de la voz del cliente por parte del chulo. La conexión se fortalece si observamos el estilo de vida de las tres mujeres. Todas trabajaban en el porno y vendían sus servicios por teléfono.

–Veo el patrón en el patrón –dijo Locke.

–Aún hay más. Si ahora añadimos a la única superviviente, vemos que también se dedicaba al porno y trabajaba por teléfono.

–Y describió al agresor, que no se parecía en nada a Church.

–Exactamente. Porque creo que no era Church. Creo que las tres más la superviviente son el conjunto de víctimas de un asesino. Las otras nueve forman otro conjunto con otro asesino. Church.

Locke se levantó y empezó a pasear por un lado de la mesa del comedor. Mantenía la mano en la barbilla.

–¿Algo más?

Bosch abrió una de las carpetas y sacó el plano y un trozo de papel doblado en el que antes había escrito una serie de fechas. Cuidadosamente desenvolvió el mapa y lo extendió en la mesa. Se inclinó sobre él.

–Veamos. Llamemos a los nueve crímenes grupo A, y a los tres, grupo B. En el mapa he marcado con un círculo los lugares donde se encontraron las víctimas del grupo A. ¿Ve? Si sacamos a las víctimas del grupo B, nos concentramos en un área geográfica. Las víctimas del grupo B se hallaron en Malibú, West Hollywood, South Hollywood. Pero la lista A se concentra en el este de Hollywood y Silverlake.

Bosch trazó con el dedo un círculo en el mapa mostrando la zona que había usado Church para deshacerse de sus víctimas.

–Y aquí, casi en el centro de esta zona, está Hyperion Street, el lugar donde Church cometía sus crímenes.

Se enderezó y tiró el papel doblado sobre el plano.

–Veamos ahora una lista de las fechas de los once asesinatos atribuidos originalmente a Church. Ve que al principio hay un patrón de intervalos: treinta días, treinta y dos, veintiocho, treinta y uno, treinta y uno. Pero después el intervalo se va al infierno. ¿Recuerda cuánto nos confundió entonces?

–Lo recuerdo.

–Tenemos doce días, después dieciséis, después veintisiete, treinta y once. El patrón se desintegra en una ausencia de patrón. Pero ahora separemos las fechas del grupo A y el B.

Bosch desplegó el papel. Había dos columnas de fechas. Locke se inclinó sobre la mesa para estudiar las columnas. Bosch distinguió una línea fina, una cicatriz, encima de la coronilla calva y pecosa del psiquiatra.

–En el grupo A tenemos ahora un patrón –continuó Bosch–. Un patrón de intervalos claramente discernible. Tenemos treinta días, treinta y dos, veintiocho, treinta y uno, treinta y uno, veintiocho, veintisiete y treinta. En el grupo B tenemos ochenta y cuatro días entre los dos asesinatos.

—Un mejor control del estrés.

—¿Qué?

—Los intervalos entre la realización de estas fantasías están dictados por la acumulación de tensión. Testifiqué al respecto. Cuanto mejor lo controle el asesino, más largo es el intervalo entre asesinatos. El segundo asesino controla mejor el estrés. Al menos entonces.

Bosch observó cómo el psiquiatra paseaba por la habitación. Sacó un cigarrillo y lo encendió. Locke no protestó.

—Lo que quiero saber es si es posible —preguntó Bosch—. Me refiero a si usted conoce algún precedente.

—Por supuesto que es posible. El corazón negro no late solo. Ni siquiera tiene que buscar fuera de los límites de su propia jurisdicción para encontrar amplias pruebas de que es posible. Fíjese en los estranguladores de la colina. Incluso escribieron un libro sobre ellos llamado *Tal para cual*.

—Fíjese en las similitudes en el método de operación empleado por el Acechador Nocturno y el estrangulador de Sunset Strip a principios de los ochenta. La respuesta breve es que sí, es posible.

—Conozco los casos, pero este es distinto. Trabajé en algunos de ellos y sé que este es diferente. Los estranguladores de la colina trabajaban juntos. Eran primos. Los otros dos eran similares, pero había diferencias importantes. Aquí alguien llegó y copió al otro exactamente. Tanto que lo pasamos por alto y se escapó.

—Dos asesinos que trabajan de manera independiente pero que usan la misma metodología.

—Exacto.

–Otra vez le digo que todo es posible. Otro ejemplo: ¿recuerda que en los ochenta hubo el Asesino de la Autovía en los condados de Orange y Los Ángeles?

Bosch asintió. Nunca había trabajado en esos casos, de manera que no estaba muy informado de los detalles.

–Bueno, una vez tuvieron suerte y detuvieron a un veterano del Vietnam llamado William Bonin. Lo vincularon con un puñado de los casos y creyeron que también sería el autor del resto. Fue al corredor de la muerte, pero los asesinatos no cesaron. Continuaron hasta que un agente de autopistas paró a un tipo llamado Randy Kraft, que estaba conduciendo por la autopista con un cadáver en el maletero. Kraft y Bonin no se conocían, pero durante una temporada compartieron secretamente el alias de Asesino de la Autovía. Ambos trabajaban independientemente para el otro cometiendo asesinatos. Y los tomaron por la misma persona.

Eso sonaba similar a la teoría en la que Bosch estaba trabajando. Locke continuó hablando; ya no se mostraba molesto por la intrusión nocturna.

–¿Sabe? Conozco a un guardia del corredor de la muerte de San Quintín que está haciendo una investigación allí. Me explicó que hay cuatro asesinos en serie, incluidos Kraft y Bonin, esperando la cámara de gas. Y, bueno, los cuatro juegan a las cartas todos los días. Al bridge. Entre todos suman cincuenta y nueve condenas por asesinato. Y juegan al bridge. Bueno, el caso es que el guardia dice que Kraft y Bonin piensan de forma tan parecida que son casi invencibles como pareja de bridge.

Bosch empezó a doblar de nuevo el plano.

–¿Kraft y Bonin mataban a las víctimas de la misma manera? –preguntó sin levantar la cabeza–. ¿Exactamente de la misma manera?

–No exactamente. Mi idea es que puede haber dos. Pero en este caso el sucesor es más listo. Sabía exactamente qué tenía que hacer para que la policía fuera en la otra dirección, para cargarse a Church. Entonces, cuando Church murió y ya no pudo utilizarlo como camuflaje, el Discípulo, por llamarlo de alguna manera, se ocultó.

Bosch lo miró y de repente le vino una idea que le hizo ver todo lo que sabía desde otro punto de vista. Era como empezar una partida de billar americano, cuando golpeas con la blanca y las bolas se dispersan en todas las direcciones. Pero no dijo nada. Sabía que esta nueva idea era demasiado peligrosa para plantearla. Se limitó a hacer otra pregunta a Locke.

–Pero, aunque se ocultara, el Discípulo mantuvo el mismo método que el Fabricante de Muñecas –dijo Bosch–. ¿Por qué hacerlo, si nadie iba a verlo? Recuerde que con el Fabricante de Muñecas creíamos que dejar los cadáveres en lugares públicos, con la cara maquillada, formaba parte de su programa erótico. Parte de su excitación. Pero ¿por qué iba a hacerlo el segundo asesino (seguir ese programa) si no pretendía que se hallara el cuerpo?

Locke apoyó ambas manos en la mesa y pensó un momento. Bosch creyó que había oído un ruido en el patio. Miró por el ventanal y solo vio la oscuridad de la empinada pendiente que se cernía sobre la piscina iluminada, cuya superficie arriñonada estaba ahora en calma. Miró el reloj. Era medianoche.

–Es una buena pregunta –dijo Locke–. No conozco la respuesta. Tal vez el Discípulo sabía que al final el cuerpo se descubriría, que él mismo podría revelar dónde estaba sepultado. Verá, probablemente tenemos que asumir que fue el continuador quien les envió las notas a usted y a los periódicos cuatro años atrás. Muestra la porción exhibicionista de su programa. En apariencia, Church no tenía la misma necesidad de atormentar a sus perseguidores.

—El Discípulo se excitaba burlándose de nosotros.

—Exactamente. Lo que estaba haciendo le divertía, hostigaba a sus perseguidores y mientras tanto la culpa de los asesinatos que cometía recaía en el verdadero Fabricante de Muñecas. ¿Me sigue?

—Sí.

—Bien, ¿qué pasó entonces? Usted mató al verdadero Fabricante de Muñecas, el señor Church. El Discípulo ya no tenía tapadera. Así que lo que hace es continuar con su trabajo (sus asesinatos), pero ahora entierra a la víctima, la oculta bajo el hormigón.

—Está diciendo que todavía sigue el programa erótico completo con el maquillaje y todo lo demás, pero después entierra a sus víctimas para que nadie las vea.

—Así nadie lo sabe. Sí, sigue el programa porque eso es lo que le excita en primer lugar. Pero ya no puede permitirse abandonar los cadáveres en un lugar público, porque eso desvelaría su secreto.

—¿Entonces por qué la nota? ¿Por qué enviar esta semana a la policía la nota que lo expone?

Locke paseó a lo largo de la mesa, pensando.

—Confianza —dijo al cabo—. El sucesor se ha fortalecido en estos cuatro años. Se cree invencible. Es un rasgo común en la fase de desmontaje de un psicópata. Desarrolla un estado de confianza e invulnerabilidad cuando, en realidad, el psicópata está cometiendo cada vez más errores. Desmontaje. Se vuelve vulnerable al descubrimiento.

—Así que como ha salido indemne de sus acciones en cuatro años, cree que está a salvo y es tan intocable que nos envía otra nota para burlarse de nosotros.

—Exactamente, pero ese no es el único factor. Otro factor es el orgullo de la autoría. Ha empezado este gran juicio sobre el Fabricante de Muñecas y él quiere robar parte de la atención. Debe entender que reclama atención para sus actos. Después de todo, fue el Discípulo y no Church quien empezó a enviar las cartas. Así que, siendo orgulloso y sintiéndose fuera del alcance de la policía (supongo que como un dios es la forma de describir esta percepción de sí mismo), escribe la nota de esta semana.

—Atrápame si puedes.

—Sí, uno de los juegos más antiguos. Y por último, puede haber enviado la nota porque está enfadado con usted.

—¿Conmigo?

Bosch se sorprendió. Nunca había considerado esa posibilidad.

—Sí, usted quitó de en medio a Church. Arruinó su tapadera perfecta. No creo que la nota y su mención en la prensa lo hayan ayudado en su juicio, ¿no?

—No, podría hundirme.

—En efecto, así que puede que esta sea la forma que tiene el Discípulo de devolverle la jugada. Su venganza.

Bosch pensó un momento en todo ello. Casi podía sentir la inyección de adrenalina en sus venas. Era más de medianoche, pero no se sentía cansado en absoluto. Tenía un objetivo. Ya no estaba perdido en el vacío.

—Cree que hay más, ¿no? —preguntó.

—¿Más mujeres en el hormigón o en confinamientos similares? Sí, por desgracia, lo creo. Cuatro años es mucho tiempo. Me temo que hay muchas otras.

—¿Cómo lo encontraré?

—No lo sé, por lo general mi trabajo llega al final cuando los detienen, cuando están muertos.

Bosch asintió, cerró las carpetas y se las puso bajo el brazo.

–No obstante, hay algo –dijo Locke–. Busque en el repertorio de las víctimas, quiénes son, cómo llegaba hasta ellas. Las tres que están muertas y la superviviente, ha dicho que todas estaban en la industria del porno.

Bosch volvió a dejar las carpetas en la mesa. Encendió otro cigarrillo.

–Sí, y también trabajaban por teléfono –dijo.

–Sí. Así que, mientras Church era el asesino oportunista que buscaba víctimas de cualquier estatura, edad o raza, el seguidor tiene gustos más específicos.

Bosch recordó rápidamente a las víctimas del porno.

–Sí, las víctimas del Discípulo eran blancas, jóvenes, rubias y con los pechos grandes.

–Hay un modelo claro. ¿Esas mujeres anunciaban sus servicios en los medios para adultos?

–Sé que dos de ellas y la superviviente lo hacían. La última víctima también vendía sus servicios por teléfono, pero no sé cómo se anunciaba.

–¿Las tres que se anunciaban incluían fotografías?

Bosch solo recordaba el anuncio de Holly Lere y no incluía foto. Solo su nombre de escenario, un teléfono y una garantía de placer lascivo.

–No lo creo. El que recuerdo no tenía. Pero su nombre para el porno estaba en el anuncio. Así que alguien que estuviera familiarizado con su trabajo en vídeo conocería su apariencia física y sus atributos.

–Muy bien. Ya estamos creando un perfil del Discípulo. Es alguien que usa vídeos para adultos para seleccionar a las mujeres para su programa erótico. Luego contacta con ellas en los medios para adultos al ver su nombre o foto en los anuncios. ¿Le he ayudado, detective Bosch?

–Desde luego. Gracias por su tiempo. Y no comente esto con nadie. No estoy seguro de que queramos hacer esto público todavía.

Bosch cogió las carpetas otra vez y se dirigió hacia la puerta, pero Locke lo detuvo.

–No hemos terminado y lo sabe.

Bosch se volvió.

–¿A qué se refiere? –preguntó, a pesar de que lo sabía.

–No ha hablado del aspecto más inquietante de todo esto. La cuestión de cómo el Discípulo conoció la rutina del asesino. El equipo de investigación no divulgó a los medios todos los detalles del método del Fabricante de Muñecas. No entonces. Los detalles se mantuvieron para que los lunáticos que confesaran no supieran qué confesar exactamente. Era una salvaguarda. El equipo de investigación podía eliminar rápidamente las falsas confesiones.

–¿Y?

–La pregunta es ¿cómo lo supo el Discípulo?

–No lo...

–Sí lo sabe. El libro del señor Bremmer divulgó los detalles al mundo. Eso, por supuesto, explica lo de la Rubia de Hormigón..., pero no, como estoy seguro de que ya se ha dado cuenta, las víctimas siete y once.

Locke tenía razón. Eso era lo que Bosch había comprendido antes. Había evitado pensar en ello porque le aterrorizaban las implicaciones.

–La respuesta –dijo Locke– es que el Discípulo de algún modo tenía acceso a los detalles. Los detalles fueron el desencadenante de su acción. Tiene que recordar que aquí estamos tratando con alguien que muy probablemente ya estaba sumido en una gran lucha interna cuando se tropezó con un programa erótico ajustado a sus necesidades. Este hombre ya tenía problemas, tanto si estos se manifestaban en la comisión de crímenes como si no. Era un enfermo, Harry, y vio el molde erótico del Fabricante de Muñecas y se dio cuenta de que era el suyo. Pensó: «Eso es lo que quiero, lo que necesito para conseguir la satisfacción». Entonces adoptó el programa del Fabricante de Muñecas y lo llevó a cabo hasta el último detalle. La cuestión es: ¿cómo se tropezó con él? Y la respuesta es que le dieron acceso.

Por un momento, ambos se limitaron a mirarse el uno al otro. Fue Bosch quien habló.

—Está hablando de un poli, de alguien del equipo de investigación. Eso no puede ser. Yo estaba allí. Todos queríamos detener a ese hombre. Nadie se estaba... deleitando con esto, doctor.

—Posiblemente un miembro del equipo de investigación, Harry, solo posiblemente. Pero recuerde que el círculo de quienes conocían el programa era mucho más amplio que el equipo de investigación. Había forenses, periodistas, enfermeros, los paseantes que encontraron los cadáveres, mucha gente tuvo acceso a detalles que el Discípulo sin duda conocía.

Bosch trató de elaborar un rápido perfil en su mente. Locke se dio cuenta.

—Tuvo que ser alguien que estaba dentro o relacionado con la investigación, Harry. No necesariamente una parte vital o continuada, sino alguien que se topó con la investigación en algún momento. Eso le permitió conocer el programa completo. Más de lo que se sabía públicamente en ese momento.

Bosch no dijo nada hasta que Locke lo incitó.

—¿Qué más, Harry? Estreche el círculo.

—Zurdo.

—Posiblemente, pero no necesariamente. Church era zurdo. El Discípulo podría haber usado la mano izquierda para hacer la réplica exacta de los crímenes de Church.

–Eso es cierto, pero también están las notas. Los de Documentos Sospechosos opinan que están escritas por un zurdo. No estaban seguros al cien por cien, pero nunca lo están.

–Bien, entonces posiblemente zurdo, ¿qué más?

Bosch pensó un momento.

–Probablemente fumador. Se encontró un paquete en el hormigón y la víctima, Kaminski, no fumaba.

–Bien, eso está muy bien. Esas son las cosas que necesita para ir estrechando el círculo. La clave está en los detalles, Harry, estoy convencido.

Sopló un viento frío de la colina que se coló por los ventanales. Bosch sintió un escalofrío. Era la hora de irse, de estar a solas con la investigación.

–Gracias otra vez –dijo al tiempo que iniciaba el camino hacia la salida.

–¿Qué va a hacer? –preguntó Locke a su espalda.

–Todavía no lo sé.

–¿Harry?

Bosch se detuvo en el umbral y se volvió hacia Locke. Tras él, la piscina brillaba de manera inquietante en la oscuridad.

–El Discípulo puede ser uno de los más listos con los que se haya encontrado en mucho tiempo.

–¿Porque es un poli?

–Porque probablemente conoce todos los detalles del caso que usted conoce.

Hacía frío en el Caprice. Por la noche en los cañones siempre se instalaba esa oscuridad gélida. Bosch dio la vuelta y bajó tranquilamente por Lookout Mountain hasta Laurel Canyon. Dobló a la derecha y continuó hasta el mercado del cañón, donde compró un paquete de seis Anchor Steam. Después se llevó la cerveza y sus preguntas otra vez colina arriba hasta Mulholland.

Condujo hasta Woodrow Wilson Drive y cuesta abajo hasta la casa en voladizo con vistas al paso de Cahuenga. No había dejado ninguna luz encendida porque con Sylvia en su vida nunca sabía cuánto tiempo tardaría en volver.

Abrió la primera cerveza en cuanto hubo aparcado el Caprice en la calle. Un coche pasó lentamente y lo dejó sumido en la oscuridad. Observó que un haz de luz de los focos de Universal City atravesaba las nubes por encima de la casa. Otro más lo siguió al cabo de unos segundos. La cerveza tenía un gusto agradable al bajar por su garganta, pero la sentía pesada en el estómago y dejó de beber y volvió a poner la botella en el retráctil.

Sin embargo, sabía que no era la cerveza lo que en realidad le preocupaba, sino Ray Mora. De todas las personas que estaban tan cerca del caso como para conocer los detalles del programa, Mora era el que le pinchaba en las entrañas. Las tres víctimas del Discípulo eran actrices porno. Y esa era la especialidad de Mora. Probablemente las conocía a todas. La cuestión que empezaba a abrirse paso en la mente de Bosch era si también las había matado a todas. Le molestaba el mero hecho de pensarlo, pero sabía que debía hacerlo. Mora era el punto de partida lógico cuando Bosch consideró el consejo de Locke. El poli de Antivicio despuntaba en la mente de Bosch como alguien que se hallaba en la intersección de ambos mundos, el del negocio del porno y el del Fabricante de Muñecas. ¿Se trataba de una simple coincidencia o de un motivo suficiente para calificar a Mora de sospechoso real? Bosch no estaba seguro. Sabía que tenía que proceder con la misma cautela con un hombre inocente a como lo haría con uno culpable.

Dentro de la casa olía a humedad. Fue directamente a la puerta corredera de atrás y la abrió. Se quedó allí un momento, escuchando el sonido silbante del tráfico que bajaba de la autovía hasta el lecho del paso. El sonido nunca cesaba. No importaba la hora o el día que fuera, siempre había tráfico, la sangre que fluía por las venas de la ciudad.

En el contestador parpadeaba un tres luminoso. Bosch pulsó el botón de rebobinado y encendió un cigarrillo. La primera voz era la de Sylvia.

«Solo quería decirte buenas noches, cariño. Te quiero. Ten cuidado.»

El siguiente mensaje era de Jerry Edgar: «Harry, soy Edgar. Quería que supieras que estoy fuera. Irving me llamó a casa y me pidió que pasara todo lo que tenía a Robos y Homicidios por la mañana. Al teniente Rollenberger. Ten cuidado, colega».

«Soy Ray –dijo la última voz de la cinta–. He estado pensando en este asunto de la Rubia de Hormigón y tengo algunas ideas que podrían interesarte. Llámame por la mañana y hablamos.»

15

–Quiero un aplazamiento.

–¿Qué?

–Tiene que detener este juicio. Hable con el juez.

–¿De qué coño está hablando, Bosch?

Bosch y Belk estaban sentados a la mesa de la defensa, esperando que empezara la sesión del jueves por la mañana. Estaban hablando en susurros y Bosch pensó que cuando Belk había soltado su improperio había sonado tan artificioso como cuando un chico de sexto intentaba relacionarse con los de octavo.

–Estoy hablando del testigo de ayer. Wieczorek tenía razón.

–¿En qué?

–En la coartada, Belk. La coartada de la undécima víctima. Es legítima. Church no…

–Espere un momento –lo atajó Belk con voz ahogada. Luego, susurrando, añadió–: Si va a confesarme que mató a un inocente, no quiero oírlo, Bosch. Ahora no. Es demasiado tarde. –Se volvió hacia su bloc.

–Belk, escuche, joder. No estoy confesando nada. Maté al asesino. Pero se nos pasó algo. Había dos asesinos. Church cometió nueve crímenes, los nueve con los que lo relacionamos por las comparaciones del maquillaje. Los otros dos, y el que encontramos en el hormigón esta semana, son obra de otro tipo. Tiene que parar esto hasta que nos formemos una idea concreta de lo que está pasando exactamente. Si esto surge en el juicio alertará al segundo asesino, el Discípulo, de lo cerca que estamos de él.

Belk soltó el bolígrafo, que rebotó de la mesa. No se levantó para cogerlo.

—Voy a decirle lo que está ocurriendo, Bosch. No vamos a parar nada. Aunque quisiera, probablemente no podría, ella tiene al juez pegado a las bragas. Lo único que necesita es protestar y se acabó la discusión. Así que ni siquiera lo voy a plantear. Tiene que entender algo, Bosch, esto es un juicio. Ahora es el factor que controla su universo. Usted no lo controla. No puede esperar que el juicio se suspenda cada vez que necesite cambiar su historia.

—¿Ha terminado?

—Sí, he terminado.

—Belk, entiendo lo que acaba de decir. Pero tenemos que proteger la investigación. Hoy otro asesino suelto matando gente. Y si Chandler nos saca a mí o a Edgar al estrado y empieza a hacer preguntas, el asesino lo va a leer y sabrá todo lo que tenemos. Entonces nunca lo detendremos. ¿Eso es lo que quiere?

—Bosch, mi deber es ganar este caso. Si al hacerlo comprometo su...

—Sí, pero ¿no quiere saber la verdad, Belk? Creo que estamos cerca. Retráselo hasta la semana que viene y para entonces lo tendremos claro. Podremos entrar ahí y acabar con Money Chandler.

Bosch se recostó, alejándose de su abogado. Estaba cansado de discutir con él.

—Bosch, ¿cuánto tiempo hace que es poli? —le preguntó Belk sin mirarlo—. ¿Veinte años?

Estuvo cerca. Pero Bosch no contestó, sabía lo que Belk iba a decirle.

–¿Y va a sentarse ahí y hablarme de la verdad? ¿Cuándo fue la última vez que vio un informe policial que dijera la verdad? ¿Cuándo fue la última vez que puso la verdad sin adulterar en una petición de orden de registro? No me hable de la verdad. Si quiere la verdad, vaya a ver a un cura. No sé adónde tiene que ir, pero no venga aquí. Después de veinte años en el oficio, debería saber que la verdad no tiene nada que ver con lo que sucede aquí. Ni tampoco la justicia. Se trata solo de palabras en un libro de leyes que leí en mi vida anterior.

Belk le dio la espalda y se sacó otro bolígrafo del bolsillo de la camisa.

–De acuerdo, Belk, usted sí que sabe. Pero voy a decirle qué aspecto va a tener esto cuando salte. Va a salir a trocitos y va a tener muy mala pinta. Esa es la especialidad de Chandler. Parecerá que disparé a un hombre inocente.

Belk no le hacía caso, estaba escribiendo en su bloc amarillo.

–Idiota, nos la va a clavar tan hondo que va a salir por el otro lado. Siga acusándola de que tiene la mano del juez en el culo, pero los dos sabemos que lo dice porque no sirve ni para llevarle la maleta. Por última vez, consiga un aplazamiento.

Belk se levantó y rodeó la mesa para coger el bolígrafo que se le había caído. Después de incorporarse, se arregló la corbata y los puños y se volvió a sentar. Se inclinó sobre su libreta y, sin mirar a Bosch, dijo:

–Le tiene miedo, ¿verdad Bosch? No quiere estar en el estrado con la hija de puta haciendo preguntas. Preguntas que podrían exponerle como lo que es: un poli al que le gusta matar gente. –Se volvió y miró a Bosch–. Es demasiado tarde. Ha llegado su hora y no hay vuelta atrás. No hay aplazamientos. Es la hora de la verdad.

Harry se levantó y se inclinó sobre aquel hombre obeso.

—Váyase a la mierda, Belk, me voy afuera.

—Eso está muy bien —dijo Belk—. Ustedes son todos iguales. Se cargan a un tipo y luego vienen aquí y se creen que solo porque llevan una placa tienen el derecho divino a hacer lo que quieran.

Bosch salió a los teléfonos públicos y llamó a Edgar. Este contestó en la mesa de Homicidios al primer timbrazo.

—Recibí tu mensaje anoche.

—Sí, bueno, es lo que hay. Estoy fuera. Esta mañana vinieron los de Robos y Homicidios y se llevaron mi archivo. Los vi husmeando en tu sitio también, pero no se llevaron nada.

—¿Quién vino?

—Sheehan y Opelt, ¿los conoces?

—Sí, son legales. ¿Vas a venir por la citación?

—Sí, tengo que presentarme a las diez.

Bosch vio que la puerta de la sala cuatro se abría y el alguacil se asomaba y lo señalaba.

—Tengo que irme.

Cuando volvió a entrar en la sala, Chandler estaba en el estrado y el juez estaba hablando. El jurado aún no había ocupado su lugar.

—¿Y las otras citaciones? —preguntó el juez.

—Señoría, mi parte está en el proceso de notificarles esta mañana que no es preciso que se presenten.

—Muy bien, pues. Señor Belk, ¿preparado para proceder?

Cuando Bosch entró por el portón, Belk pasó a su lado de camino al estrado sin mirarlo siquiera.

—Señoría, puesto que esto es inesperado, solicito un receso de media hora para consultar con mi cliente. Después estaremos listos para proceder.

–Muy bien, vamos a hacer exactamente eso. Descanso de media hora. Veré a todas las partes aquí entonces y, señor Bosch, espero que esté usted en su sitio la próxima vez que yo entre en la sala. No me gusta enviar a los alguaciles por los pasillos cuando el demandado sabe dónde debería estar.

Bosch no dijo nada.

–Disculpe, señoría –dijo Belk por él.

Se levantaron cuando lo hizo el juez y Belk dijo:

–Vamos a una de las salas de conferencia abogado-cliente del final del pasillo.

–¿Qué ha pasado?

–Vamos al fondo del pasillo.

Mientras salía por la puerta de la sala, Bremmer estaba entrando con la libreta y el boli en la mano.

–Eh, ¿qué está pasando?

–No lo sé –dijo Bosch–. Receso de media hora.

–Harry, tengo que hablar contigo.

–Después.

–Es importante.

Al final del pasillo, cerca de los lavabos, había pequeñas salas de conferencias para los abogados, todas de un tamaño similar a las salas de interrogatorios de la comisaría de Hollywood. Bosch y Belk entraron en una y eligieron sendas sillas, una a cada lado de la mesa.

–¿Qué ha pasado? –preguntó Bosch.

–Tu heroína ha terminado.

–¿Chandler ha terminado sin llamarme a mí?

Bosch no le encontraba sentido.

–¿Qué está haciendo? –preguntó.

–Está siento muy astuta. Es un movimiento muy hábil.

–¿Por qué?

–Fíjese en el caso. Ella está en muy buena posición. Si terminara hoy y fuera al jurado, ¿quién ganaría? Ella. ¿Lo ve? Ella sabe que usted tiene que subir al estrado y defender lo que hizo. Como le dije el otro día, ganamos o perdemos con usted. O le da a la bola y se la hace tragar o falla el golpe. Ella lo sabe y, si tuviera que llamarlo, haría las preguntas primero, después entraría yo con las fáciles, las que sacaría del campo.

»Ahora lo está revirtiendo. Mi alternativa es no llamarlo y perder el caso o llamarlo y darle a ella la mejor oportunidad con usted. Muy astuta.

–¿Entonces, qué vamos a hacer?

–Llamarlo.

–¿Y el aplazamiento?

–¿Qué aplazamiento?

Bosch asintió. No había manera. No habría aplazamientos. Bosch se dio cuenta de que lo había manejado mal. Se había acercado a Belk de forma equivocada. Debería haber intentado que Belk creyera que había sido idea suya pedir el aplazamiento. Entonces habría funcionado. En cambio, Bosch estaba empezando a sentir los nervios, la sensación de desazón que acompañaba el hecho de aproximarse a lo desconocido. Se sentía igual que antes de meterse en un túnel del Vietcong por primera vez. Era miedo, lo sabía, floreciendo como una rosa negra en la boca del estómago.

–Tenemos veinticinco minutos –dijo Belk–. Olvidémonos de los aplazamientos y tratemos de ver cómo queremos que vaya su testimonio. Voy a llevarlo por el camino y el jurado va a seguirnos. Pero recuerde que tiene que estar calmado o los perderemos. ¿De acuerdo?

–Tenemos veinte minutos –corrigió Bosch–. He de salir a fumar un cigarrillo antes de subir al estrado.

Belk insistió como si no lo hubiera oído.

–Recuerde, Bosch: puede haber millones de dólares en juego. Puede que no sea dinero suyo, pero se juega su carrera.

–¿Qué carrera?

Bremmer estaba esperando al otro lado de la puerta de la sala de conferencias cuando Bosch salió veinte minutos después.

–¿Lo tienes todo? –preguntó Harry.

Pasó a su lado y se dirigió hacia la escalera mecánica. Bremmer lo siguió.

–No, tío, no estaba escuchando. Solo estaba esperándote. Escucha, ¿qué pasa con el caso nuevo? Edgar no me va a decir nada. ¿La habéis identificado o qué?

–Sí, la hemos identificado.

–¿Quién era?

–El caso no es mío, tío. No puedo dártelo. Además, si te lo digo, vas a ir corriendo con el cuento a Money Chandler, ¿no?

Bremmer dejó de caminar tras él.

–¿Qué? ¿De qué estás hablando?

Después salió disparado hasta el costado de Bosch y le susurró:

–Escucha, Harry, eres una de mis mejores fuentes. No la estropearía así como así. Si está recibiendo información, busca a otro.

Bosch se sentía mal por haber acusado al periodista. No tenía pruebas.

–¿Estás seguro de que me equivoco con esto?

–Absolutamente, eres demasiado valioso para mí. No haría eso.

–Vale.

Eso era lo más que iba a acercarse a una disculpa.

–Entonces, ¿qué puedes decirme de la identificación?

–Nada. Todavía no es mi caso. Prueba con Robos y Homicidios.

–¿Lo tiene Robos y Homicidios? ¿Se lo han quitado a Edgar?

Bosch subió a la escalera mecánica y se volvió a mirarlo. Asintió mientras bajaba. Bremmer no lo siguió.

Money Chandler ya estaba fumando en la escalera cuando salió Bosch. Harry encendió un cigarrillo y la miró.

–Sorpresa, sorpresa –dijo.

–¿Qué?

–Terminar.

–Solo es una sorpresa para Bulk –dijo la abogada–. Cualquier otro abogado lo habría visto venir. Casi siento lástima por usted, Bosch. Casi, solo casi. En un caso de derechos civiles las posibilidades de ganar siempre son remotas. Pero ir contra la oficina del fiscal siempre nivela de algún modo el terreno de juego. Estos tipos como Bulk no pueden salir adelante fuera... Si tuviera que ganarse la comida, su abogado sería un hombre delgado. Necesita cobrar la nómina municipal gane o pierda.

Lo que ella había dicho, por supuesto, era correcto. Aunque no era ninguna novedad. Bosch sonrió. No sabía cómo actuar. A una parte de él le gustaba. Estaba equivocada respecto a él, pero, de algún modo, ella le caía bien. Tal vez fuera por su tenacidad, porque su ira –aunque mal dirigida– era pura.

Tal vez fuera porque no tenía miedo de hablar con él fuera del tribunal. Había visto que Belk conscientemente evitaba entrar en contacto con la familia de Church. Antes de levantarse cuando había un receso, se sentaba a la mesa del demandado hasta que estaba seguro de que todos habían recorrido el pasillo y estaban en la escalera mecánica. Pero Chandler no jugaba a ese juego. Le gustaba ir de frente.

Bosch suponía que era algo parecido a cuando dos boxeadores chocaban los guantes antes de que sonara la campana. Cambió de tema.

—Hablé con Tommy Faraday aquí el otro día. Ahora es Tommy Faraway. Le pregunté qué había pasado, pero no me lo dijo. Solo dijo que lo que había pasado era justicia, sea eso lo que sea.

Chandler expelió una larga bocanada de humo azul, pero se quedó unos segundos en silencio. Bosch miró el reloj. Tenían tres minutos.

—¿Recuerda el caso Galton? —dijo ella—. Fue un caso de derechos civiles. Uso excesivo de la fuerza.

Bosch pensó en ello. El nombre le resultaba familiar, pero le costaba ubicarlo en el fárrago de casos de uso desproporcionado de la fuerza que había conocido o de los que había oído hablar a lo largo de los años.

—Era el caso del perro, ¿verdad?

—Sí, André Galton. Fue antes de Rodney King, cuando la amplia mayoría de la gente de esta ciudad creía que su policía no se implicaba en abusos horribles de manera rutinaria. Galton era negro y conducía con una matrícula caducada por las colinas de Studio City cuando un poli decidió hacerlo parar.

»No había hecho nada malo, no estaba en busca y captura, solo tenía la matrícula caducada desde hacía un mes. Pero huyó. Gran misterio de la vida, huyó. Subió a Mulholland y abandonó el coche en uno de esos apartaderos donde la gente se para a mirar el paisaje. Entonces saltó y empezó a bajar por la ladera. No había donde bajar, pero no podía volver a subir y los polis no iban a ir a rescatarlo; en el juicio dijeron que era demasiado peligroso.

Bosch recordó la historia, pero dejó que ella terminara de contarla. La indignación de Chandler era tan pura y desprovista de la pose legalista que Bosch quería que ella lo contara.

–Así que enviaron a un perro –dijo ella–. Galton perdió ambos testículos y sufrió una lesión permanente en un nervio de la pierna izquierda. Podía caminar, pero arrastrando la pierna.

–Y ahí entra Tommy Faraday –la azuzó Bosch.

–Sí, se hizo cargo del caso. Era pan comido. Galton no había hecho nada malo aparte de huir. La respuesta de la policía claramente no se correspondía con la falta. Cualquier jurado lo vería. Y la oficina del fiscal lo sabía. De hecho, creo que era un caso de Bulk. Ofrecieron medio millón para llegar a un acuerdo, pero Faraday lo rechazó. Pensaba que podía sacar al menos el triple en un juicio, así que pasó.

»Y, como he dicho, era en los viejos tiempos. Los abogados de derechos civiles los llaman AK, 'antes de King'. Un jurado escuchó las pruebas durante cuatro días y absolvió a los policías en treinta minutos. Galton no sacó nada más que una pierna inútil y una polla inservible. Salió de la sala y fue a aquel seto. Había envuelto una pistola en plástico y la había enterrado ahí. Se acercó a la estatua y se puso la pistola en la boca. Faraday estaba saliendo justo en ese momento y lo vio ocurrir. La sangre salpicó la estatua, salpicó por todas partes.

Bosch no dijo nada. Ya recordaba el caso con mucha claridad. Miró la torre del edificio del ayuntamiento y observó las gaviotas que la sobrevolaban en círculo. Siempre se había preguntado qué las llevaba allí. Estaba a kilómetros del océano, pero siempre había gaviotas encima del ayuntamiento. Chandler continuó hablando.

–Hay dos cosas por las que siempre he tenido curiosidad –dijo–. Una, ¿por qué huyó Galton? Y dos, ¿por qué escondió la pistola? Y creo que las dos respuestas son la misma. No tenía fe en la justicia, en el sistema. Ninguna esperanza. No había hecho nada malo, pero huyó porque era un negro en un barrio de blancos y durante toda la vida había oído historias de lo que los polis blancos hacen a los negros en esa posición. Su abogado le dijo que era un caso ganado, pero él se llevó una pistola al tribunal porque toda su vida había oído lo que un jurado blanco decide cuando se trata de la palabra de un negro contra la de los polis.

Bosch miró su reloj. Era hora de entrar, pero no quería apartarse de Chandler.

–Así que por eso Tommy dijo que lo que había ocurrido era justicia –explicó ella . Eso fue la justicia para André Galton. Faraday derivó todos sus casos a otros abogados después de eso. Yo acepté algunos. Y nunca volvió a pisar un tribunal.

La abogada apagó lo que le quedaba de cigarrillo.

–Fin de la historia –dijo.

–Estoy seguro de que los abogados de derechos civiles la cuentan a menudo –dijo Bosch–. Y ahora nos pone a Church y a mí de protagonistas, ¿no? Yo soy como el tipo que envió al perro colina abajo a por Galton.

–Hay grados, detective Bosch. Aunque Church fuera el monstruo que usted asegura, no tenía que morir. Si el sistema vuelve la espalda a los abusos infligidos a los culpables, ¿entonces quién será el siguiente, sino los inocentes? ¿Ve? Por eso tengo que hacer lo que voy a hacer ahora. Por los inocentes.

–Buena suerte –dijo Bosch, y apagó su cigarrillo.

–No voy a necesitarla.

Bosch siguió la mirada de Chandler hasta la estatua que estaba encima del lugar donde Galton se había quitado la vida. La abogada la miró como si la sangre siguiera allí.

—Eso es justicia —dijo, señalando hacia la estatua—. No le escucha. No le ve. No puede sentirlo ni hablarle. La justicia, detective Bosch, es solo una rubia de hormigón.

16

La sala parecía tan silenciosa como el corazón de un cadáver cuando Bosch pasó por detrás de las mesas de la acusación y la defensa y se situó enfrente del jurado para ocupar el estrado de los testigos. Después de que le tomaran el juramento, dijo su nombre completo y la secretaria del tribunal le pidió que lo deletreara.

–H-y-e-i-o-n-y-m-u-s B o s c h.

El juez dio la palabra a Belk.

–Háblenos un poco de usted, detective Bosch, de su carrera.

–Soy policía desde hace casi veinte años. Actualmente estoy asignado a la mesa de Homicidios en la División de Hollywood. Antes de...

–¿Por qué lo llaman «mesa»?

«Joder», pensó Bosch.

–Porque es como una mesa. Son seis pequeños escritorios unidos que forman una mesa larga con tres detectives a cada lado. Siempre lo llaman «mesa».

–Muy bien, continúe.

–Antes de este puesto pasé ocho años en la brigada especial de la División de Robos y Homicidios. Antes de eso era detective en la mesa de Homicidios de North Hollywood y en las mesas de robos y asaltos de Van Nuys. Estuve cinco años en patrullas, básicamente en las divisiones de North Hollywood y Wilshire.

Belk lo guio lentamente por su carrera ascendente hasta el momento en que formó parte del equipo de investigación del caso del Fabricante de Muñecas. El interrogatorio discurría lento y aburrido, incluso para Bosch, y eso que se trataba de su vida. De cuando en cuando miraba a los miembros del jurado cuando respondía a una pregunta y solo unos pocos parecían estar mirándolo o prestando atención. Bosch estaba nervioso y le sudaban las manos. Había testificado en tribunales al menos un centenar de veces, pero nunca lo había hecho en su propia defensa. Se sentía acalorado a pesar de que sabía que en la sala el aire acondicionado estaba a tope.

—Veamos, ¿dónde estaba ubicado físicamente el equipo de investigación?

—Utilizábamos una sala de almacenamiento de la segunda planta de la comisaría de Hollywood. Era una sala donde se guardaban archivos y pruebas. Sacamos ese material temporalmente a un almacén alquilado y usamos la sala. También teníamos una sala en el Parker Center. El turno de noche, en el que estaba yo, generalmente trabajaba desde Hollywood.

—Estaban cerca de la fuente, ¿no?

—Eso creíamos, sí. La mayoría de las víctimas habían sido secuestradas de las calles de Hollywood. Y muchas se encontraron después en la zona.

—Así que querían actuar con rapidez en el caso de recibir avisos o pistas, y estar en el centro de la acción les ayudaba, ¿correcto?

—Correcto.

—La noche que recibió la llamada de la mujer llamada Dixie McQueen, ¿por qué contestó usted?

—Ella llamó a Urgencias y, cuando la telefonista comprendió de qué estaba hablando, transfirió la llamada al equipo de investigación de Hollywood.

–¿Quién contestó?

–Yo.

–¿Cómo es eso? Creía que había declarado que era el supervisor del turno de noche. ¿No tenían a nadie que contestara las llamadas?

–Sí, teníamos gente, pero esta llamada se recibió muy tarde. Todo el mundo se había ido ya. Yo estaba allí porque estaba poniendo al día el informe cronológico de la investigación, pues teníamos que presentarlo al final de cada semana. Era el único que estaba allí, por eso contesté.

–Cuando fue a encontrarse con esa mujer, ¿por qué no pidió refuerzos?

–No me había dicho lo suficiente por teléfono para convencerme. Recibíamos decenas de llamadas al día. Ninguna llevó a ninguna parte. He de admitir que cuando tomé nota no creía que fuera a llevarnos a ninguna parte.

–Si pensaba eso, ¿por qué fue a verla? ¿Por qué no tomar la información por teléfono?

–La principal razón es que dijo que no conocía la dirección en la que había estado con ese hombre, pero podía mostrarme el sitio si la llevaba a Hyperion. Además, parecía que había algo genuino en su queja. Parecía que definitivamente algo la había aterrorizado. Yo estaba a punto de irme a casa, así que pensé que podía comprobarlo por el camino.

–Díganos qué ocurrió después de llegar a Hyperion.

–Cuando llegamos allí vimos luces encendidas en el apartamento de encima del garaje. Incluso vimos una sombra que pasaba por detrás de una de las ventanas. Así que supimos que el tipo seguía allí. Fue entonces cuando la señorita McQueen me habló del maquillaje que había visto en el armarito de debajo del lavabo.

–¿Qué significó eso para usted?

–Mucho. Inmediatamente captó mi atención, porque nunca habíamos dicho en la prensa que el asesino se quedaba con el maquillaje de sus víctimas. Se había filtrado que les maquillaba la cara, pero no que también se quedaba con su maquillaje. Así que cuando ella me dijo que había visto esa colección de maquillaje, todo encajó. Lo que había dicho cobró legitimidad de inmediato.

Bosch bebió un poco de agua de un vaso de plástico que el alguacil le había llenado antes.

–Muy bien, ¿qué hizo después? –preguntó Belk.

–Pensé que en el tiempo que había transcurrido desde que ella me llamó y yo pasé a buscarla, él podía haber secuestrado a otra víctima. Así que había posibilidades de que hubiera otra mujer en peligro. Subí. Corrí.

–¿Por qué no pidió refuerzos?

–En primer lugar, no pensaba que hubiera tiempo para esperar ni cinco minutos. Si tenía una mujer allí dentro, cinco minutos podían costarle la vida. En segundo lugar, no llevaba un *rover*. No podía hacer la llamada aunque hubiera querido…

–¿Un *rover*?

–Una radio portátil. Los detectives suelen llevarla en las misiones. El problema es que no hay suficientes. Y, como iba a casa, no quería coger una porque no iba a volver hasta el siguiente turno de tarde. Eso habría supuesto un *rover* menos el día siguiente.

–De modo que no pudo pedir refuerzos por radio. ¿Y por teléfono?

–Era un barrio residencial. Podía salir en coche del barrio y buscar un teléfono público o llamar a la puerta de alguien. Era más o menos la una y no creo que la gente abra las puertas rápidamente a un hombre solo aunque diga que es agente de policía. Todo era cuestión de tiempo. No creía que tuviera tiempo. Tenía que entrar solo.

–¿Qué ocurrió?

–Creyendo que alguien estaba en peligro inminente, entré sin llamar y con la pistola desenfundada.

–¿Abrió la puerta de una patada?

–Sí.

–¿Qué es lo que vio?

–En primer lugar, me anuncié. Grité: «¡Policía!». Entré en la sala, era un estudio, y vi al hombre que después fue identificado como Church de pie junto a un sofá-cama desplegado.

–¿Qué estaba haciendo?

–Estaba allí de pie, desnudo, al lado de la cama.

–¿Vio a alguien más?

–No.

–¿Qué pasó después?

–Grité algo como «¡quieto!» o «no se mueva» y di otro paso hacia él. Al principio el sospechoso no se movió. Entonces, de repente, se agachó hacia la cama y metió la mano debajo de la almohada. Yo grité «no», pero él no se detuvo. Vi que su brazo se movía como si hubiera cogido algo y empezaba a sacar la mano. Disparé una vez. Fue mortal.

–¿A qué distancia de él cree que estaba?

–Estaba a seis metros. Era una habitación grande y estábamos uno a cada extremo.

–¿Y murió en el acto?

–Muy deprisa. Cayó sobre la cama. Más tarde, la autopsia reveló que la bala había entrado por debajo del brazo derecho (el que tenía bajo la almohada) y que le había atravesado el pecho. Le perforó el corazón y ambos pulmones.

–Después de que él cayera, ¿qué hizo usted?

–Me acerqué a la cama para ver si estaba vivo. Todavía lo estaba, así que le coloqué las esposas. Murió momentos después. Levanté la almohada y vi que no había ninguna pistola.

–¿Qué había?

Mirando directamente a Chandler, Bosch dijo:

–Gran misterio de la vida, había ido a buscar su tupé.

Chandler había bajado la cabeza y estaba ocupada escribiendo, pero se detuvo y miró a Bosch y ambos se sostuvieron la mirada un momento hasta que ella dijo:

–Protesto, señoría.

El juez aceptó eliminar el comentario de Bosch acerca del misterio de la vida. Belk formuló algunas preguntas más acerca de la escena del disparo y luego pasó a la investigación a Church.

–Ya no participó en ello, ¿verdad?

–No, como se hace rutinariamente, me asignaron trabajo administrativo mientras se investigaban mis acciones en el incidente.

–Bueno, ¿le informaron de los resultados del equipo de investigación sobre el historial de Church?

–En líneas generales. Puesto que me la jugaba con el resultado, me mantuvieron informado.

–¿De qué se enteró?

–De que el maquillaje hallado en el botiquín del baño se relacionó con nueve de las víctimas.

–¿Alguna vez tuvo dudas u oyó que alguno de los otros investigadores expresara alguna duda sobre si Norman Church era responsable de la muerte de esas mujeres?

–¿De esas nueve? No, ninguna duda. Nunca.

–Bueno, detective Bosch, ha oído al señor Wieczorek testificar que estuvo con el señor Church la noche en que la undécima víctima, Shirleen Kemp, fue asesinada.

Vio usted el vídeo presentado como prueba. ¿Eso no le despertó ninguna duda?

–Me presentó dudas sobre el caso, pero Shirleen Kemp no estaba entre las nueve víctimas cuyo maquillaje se halló en el apartamento de Church. Ni a mí ni a nadie del equipo de investigación nos cabe duda de que Church mató a esas nueve mujeres.

Chandler protestó por el hecho de que Bosch hablara en nombre del resto del equipo de investigación y el juez la admitió. Belk cambió de tema sin querer aventurarse más en el área de las víctimas siete y once. Su estrategia consistía en evitar cualquier referencia a un segundo asesino, dejando a Chandler la posibilidad en el turno de réplica.

–Fue sancionado por entrar sin refuerzos. ¿Cree que el departamento actuo correctamente al hacerlo?

–No.

–¿Por qué?

–Como le he explicado, no creo que tuviera elección. Si tuviera que hacerlo otra vez (aun sabiendo que me trasladarían como resultado), volvería a hacerlo. Tenía que hacerlo. Si hubiera habido otra mujer dentro, otra víctima, y yo la hubiera salvado, probablemente me habrían ascendido.

Al ver que Belk no formulaba de inmediato otra pregunta, Bosch continuó.

–Creo que mi traslado era una necesidad política. El resumen era que había matado a un hombre desarmado. No importa que el hombre al que maté fuera un asesino en serie, un monstruo. Además, yo llevaba carga de…

–Está bien…

–… roces con…

–Detective Bosch.

Bosch se detuvo, ya lo había dejado claro.

—Entonces, lo que está diciendo es que no se arrepiente de lo que ocurrió en el apartamento, ¿correcto?

—No, no es correcto.

La respuesta aparentemente sorprendió a Belk. Bajó la mirada a sus notas. Había formulado una pregunta para la que esperaba una respuesta diferente, pero se dio cuenta de que tenía que seguir adelante.

—¿Qué es lo que lamenta?

—Que Church hiciera ese movimiento. Él provocó el disparo. No tuve más remedio que disparar. Yo quería detener los crímenes. No quería matarlo para hacerlo. Pero fue así como sucedió. Fue una jugada suya.

Belk mostró su alivio dejando escapar el aire con pesadez sobre el micrófono antes de anunciar que no tenía más preguntas.

El juez Keyes decretó un descanso de diez minutos antes del turno de réplica. Bosch volvió a la mesa de la defensa, donde Belk le susurró que en su opinión lo había hecho bien. Bosch no respondió.

—Creo que todo va a depender de su interrogatorio. Si puede pasarlo sin daños graves, creo que lo conseguiremos.

—¿Y cuando introduzca al Discípulo y presente la nota?

—No sé cómo podría hacerlo. Si lo hace, estará dando palos de ciego.

—Se equivoca. Tiene una fuente en el departamento. Alguien le ha pasado información sobre la nota.

—Pediré una charla en privado si la cosa llega a ese punto.

La respuesta no era muy alentadora. Bosch miró el reloj tratando de calibrar si tenía tiempo para fumarse un cigarrillo. No creía que lo tuviera, de modo que volvió al estrado de los testigos. Pasó por detrás de Chandler, que estaba escribiendo en su bloc.

—Gran misterio de la vida —dijo ella sin levantar la vista.

—Sí —dijo Bosch sin volverse.

Cuando se sentó a esperar vio que entraba Bremmer seguido por el tipo del *Daily News* y un par de reporteros de agencia. Alguien había hecho correr la voz de que el acto central estaba a punto de empezar. En el Tribunal Federal no se permitían cámaras, por lo que una de las cadenas había enviado a un dibujante.

Desde el estrado de los testigos, Bosch observó cómo trabajaba Chandler. Supuso que estaba escribiendo preguntas para él. Deborah Church estaba sentada con las manos sobre la mesa y evitando establecer contacto visual con Bosch. Al cabo de un minuto, la puerta del jurado se abrió y los doce ocuparon la tribuna. A continuación, salió el juez y Bosch inspiró hondo y se preparó al tiempo que Chandler se dirigía al estrado con su bloc amarillo.

—Señor Bosch —empezó la abogada—, ¿a cuántas personas ha matado?

Belk protestó de inmediato y solicitó un aparte. Los letrados y la secretaria del tribunal se colocaron a un lado del banco y estuvieron susurrando cinco minutos. Bosch solo oyó fragmentos, la mayoría de Belk, que era el que más levantaba la voz. En un momento argumentó que solo se estaba cuestionando un disparo —el que acabó con la vida de Church— y que todos los demás eran irrelevantes. Oyó que Chandler decía que la información era relevante porque ilustraba el modo de pensar del demandado. Bosch no oyó la respuesta del juez, pero, después de que los letrados y la secretaria volvieran a su sitio, el juez dijo:

–El demandado contestará la pregunta.

–No puedo –dijo Bosch.

–Detective Bosch, el tribunal le ordena que responda.

–No puedo responder, juez. No sé a cuánta gente he matado.

–¿Sirvió en combate en Vietnam? –preguntó Chandler.

–Sí.

–¿Cuáles eran sus funciones?

–Rata de los túneles. Me metía en los túneles del enemigo. A veces eso resultaba en una confrontación directa. A veces utilizaba explosivos para destruir los entramados de túneles. Para mí es imposible saber cuánta gente había en ellos.

–De acuerdo, detective. Desde que terminó sus obligaciones militares y se hizo agente de policía, ¿a cuánta gente ha matado?

–A tres personas, incluido Norman Church.

–¿Puede hablarnos de los otros dos incidentes en los que no participó Church? En líneas generales.

–Sí, uno fue antes de Church y el otro después. La primera vez que maté a alguien fue durante la investigación de un asesinato. Fui a interrogar a un hombre que creía que podía ser un testigo. Resultó que era el asesino. Cuando llamé a la puerta me respondió con un disparo. No me dio. Yo derribé la puerta y entré. Oí que corría hacia la parte posterior de la casa y lo seguí hasta el jardín, donde estaba trepando una valla. Cuando estaba a punto de saltar al otro lado, se volvió para dispararme otra vez. Yo disparé antes y él cayó.

»La segunda vez fue después de Church. Yo participaba en la investigación de un asesinato y robo con el FBI. Hubo un intercambio de disparos entre dos sospechosos y mi compañero en ese momento, un agente del FBI, y yo mismo. Yo maté a uno de los sospechosos.

—Así que en ambos casos los hombres a los que mató iban armados.

—Exacto.

—Tres tiroteos con víctimas mortales es mucho, incluso para un veterano con veinte años de servicio, ¿no?

Bosch esperó unos segundos por si Belk protestaba, pero el obeso abogado estaba demasiado ocupado escribiendo en su bloc. Se lo había perdido.

—Mmm, conozco a policías con veinte años de servicio que ni siquiera han tenido que desenfundar el arma y conozco a otros que se han visto implicados en siete muertes. Es cuestión del tipo de casos en los que trabajas, es cuestión de suerte.

—¿Buena suerte o mala suerte?

Esta vez Belk protestó y el juez la admitió. Chandler continuó con rapidez.

—Después de matar al señor Church cuando estaba desarmado, ¿se sintió mal por ello?

—En realidad, no. Al menos, hasta que me demandaron y me enteré de que usted era la abogada.

Hubo risas en la sala, e incluso Honey Chandler sonrió. Después de restablecer el silencio en la sala con un golpe de maza, el juez instruyó a Bosch para que se centrara en las respuestas y se abstuviera de apartes personales.

—No tuve remordimientos —dijo Bosch—. Como he dicho antes, hubiera preferido capturar a Church vivo, pero, en cualquier caso, quería sacarlo de las calles.

—Pero usted lo preparó todo, tácticamente, para que tuviera que terminar en su desaparición permanente, ¿no?

—No, no preparé nada. Las cosas simplemente sucedieron.

Bosch sabía que no le convenía mostrar ira hacia ella. La regla de oro consistía en responder a todas las preguntas como si estuviera tratando con una persona que estaba equivocada, abstenerse de hacer denuncias airadas.

—No obstante, le pareció satisfactorio que el señor Church muriera aunque estuviera desarmado, desnudo y completamente indefenso.

—No era una cuestión de satisfacción.

—Señoría —dijo Chandler—, ¿puedo acercarme al testigo con un documento? Es la prueba 3A de la acusación.

Pasó copias de una hoja de papel a Belk y al alguacil, que se la llevó a la tribuna del juez. Mientras el juez la estaba leyendo, Belk se acercó al estrado y protestó.

—Señoría, si esto se ofrece como acusación, no veo su validez. Son palabras de una psiquiatra, no de mi cliente.

Chandler se acercó al micrófono y dijo:

—Señoría, si mira en la sección del sumario, lo que quiero que lea el testigo es el último párrafo. También observará que el demandado firmó el informe en la parte inferior.

El juez Keyes leyó algo más, se limpió la boca con el dorso de la mano y dijo:

—La acepto. Puede mostrárselo al testigo.

Chandler entregó otra copia a Bosch y se la colocó delante sin mirarlo. Después retrocedió otra vez hasta el estrado.

—¿Puede decirnos qué es, detective Bosch?

—Es un formulario confidencial de alta psicológica. Creo que debería decir «supuestamente» confidencial.

—Sí, ¿y en relación con qué?

—Es el alta que autoriza mi retorno al servicio después de la muerte de Church. Que te entreviste el psiquiatra del departamento después de verte implicado en un tiroteo es pura rutina. Después él te autoriza a volver al servicio.

—Debe de conocerlo bien.

—¿Disculpe?

—Señora Chandler, eso no es necesario —dijo el juez Keyes antes de que Belk se levantara.

—No, señoría, lo retiro. Fue autorizado a volver al servicio (a su nuevo puesto en Hollywood) después de la entrevista, ¿es correcto?

—Sí, es correcto.

—¿No es cierto que en realidad no es más que un trámite? El psiquiatra nunca impide que un agente regrese al servicio basándose en su estado psiquiátrico.

—No a la primera pregunta. En cuanto a la segunda, no lo sé.

—Bueno, deje que la reformule. ¿Alguna vez ha oído que un agente haya sido retenido por la entrevista psiquiátrica?

—No. Se supone que son confidenciales, de manera que dudo de que me hubiera enterado de todos modos.

—¿Puede hacer el favor de leer el último párrafo de la sección del resumen del informe que tiene delante?

—Sí.

Bosch cogió el papel y empezó a leer. En silencio.

—En voz alta, detective Bosch —dijo Chandler en tono exasperado—. Pensaba que estaba implícito en la pregunta.

—Lo siento. Dice: «A causa de sus experiencias en el ejército y la policía, especialmente el arriba mencionado disparo que resultó en una víctima mortal, el sujeto hasta cierto punto se ha insensibilizado a la violencia. Habla en términos de violencia y esta ha sido aceptada en su vida cotidiana. Así pues, es poco probable que lo que sucedió actúe como elemento psicológico disuasorio si

245

vuelve a encontrarse en circunstancias en las que deba emplear una fuerza mortal para protegerse a sí mismo o a otros. Creo que podría actuar sin vacilar. Podría apretar el gatillo. De hecho, su conversación no revela efecto dañino alguno del disparo, a no ser que la sensación de satisfacción por el resultado del incidente (la muerte del sospechoso) deba considerarse inapropiada».

Bosch dejó el papel en el estrado. Advirtió que todos los miembros del jurado lo estaban mirando. No sabía si el informe era altamente dañino o beneficioso para su causa.

—El sujeto del informe es usted, ¿verdad? —preguntó Chandler.

—Sí, soy yo.

—Acaba de declarar que no sintió satisfacción, pero el informe del psiquiatra afirma que usted tuvo una sensación de satisfacción con el resultado del incidente. ¿Cuál es la verdad?

—Esas son sus palabras en el informe, no las mías. No creo que yo dijera eso.

—¿Qué dijo usted?

—No lo sé, eso no.

—Entonces, ¿por qué firmó el informe de alta?

—Lo firmé porque quería volver al trabajo. Si tenía que ponerme a discutir con él por las palabras que usó, no iba a volver a trabajar.

—Dígame, detective, ¿el psiquiatra que lo examinó y que hizo ese informe sabía lo que le ocurrió a su madre?

Bosch dudó.

—No lo sé —respondió al fin—. Yo no se lo dije. No sé si él conocía esa información.

Apenas podía concentrarse en sus palabras porque su mente se había disparado.

—¿Qué le ocurrió a su madre?

Bosch miró directamente a Chandler un momento antes de responder. Ella no apartó la mirada.

—Como se testificó antes, la mataron. Yo tenía once años. Ocurrió en Hollywood.

—Y nunca detuvieron a nadie, ¿verdad?

—Cierto. ¿Podemos hablar de otra cosa? Ya se ha testificado sobre ello.

Bosch miró a Belk, que captó la idea y se levantó para protestar por la línea repetitiva del interrogatorio de Chandler.

—Detective Bosch, ¿quiere hacer una pausa? —preguntó el juez Keyes—. Para calmarse un poco.

—No, señoría, estoy bien.

—Bueno, lo lamento, pero no puedo restringir una réplica apropiada. Objeción rechazada.

El juez hizo una señal a Chandler para que continuara.

—Lamento hacer preguntas tan personales, pero, después de la muerte de su madre, ¿lo educó su padre?

—No lo lamenta. Usted...

—¡Detective Bosch! —bramó el juez—. No toleraré esto. Debe responder las preguntas que le plantean y no decir nada más. Simplemente, responda las preguntas.

—No, nunca conocí a mi padre. Me enviaron a un orfanato y luego a casas de acogida.

—¿Tiene hermanos o hermanas?

—No.

—Así que el hombre que estranguló a su madre no solo se llevó a su ser más próximo, sino que destrozó la vida que tenía en ese momento.

—Diría que sí.

—¿El crimen tuvo algo que ver con que se hiciera policía?

Bosch sentía que ya no podía continuar mirando al

jurado. Sabía que se había ruborizado. Y se sentía como si se estuviera secando bajo una lupa.

—No lo sé. Nunca me he analizado a mí mismo hasta tal punto.

—¿Tuvo algo que ver con la satisfacción que sintió al matar al señor Church?

—Como he dicho antes, si hubo alguna satisfacción (ya que se empeña en usar esa palabra) fue la satisfacción de cerrar el caso. Para usar su palabra, ese hombre era un monstruo. Era un asesino. Estaba satisfecho de que lo hubiéramos detenido, ¿usted no lo habría estado?

—Es usted quien responde las preguntas, detective Bosch —dijo Chandler—. La cuestión que ahora tengo es: ¿detuvo usted las muertes? ¿Todas ellas?

Belk saltó y pidió un aparte. El juez se dirigió al jurado:

—Al final vamos a tomar ese descanso. Volveremos a llamarles cuando estemos preparados.

17

Belk solicitó que su protesta a la pregunta de Chandler se discutiera lejos de la prensa, de manera que el magistrado convocó una reunión en su despacho. Los presentes eran el juez, Chandler, Belk, Bosch, la secretaria del tribunal y el alguacil. Tuvieron que traer un par de sillas de la sala de vistas y luego todos se sentaron en torno a la enorme mesa de despacho del juez. Esta era de caoba oscura y parecía una caja en la que podría meterse un coche pequeño.

Lo primero que hizo el juez fue encender un cigarrillo. Cuando Bosch vio que Chandler hacía lo mismo, él también se sumó. El juez colocó el cenicero en una esquina, de modo que todos pudieran llegar hasta él.

–Y bien, señor Belk, es su turno –dijo el juez.

–Señoría, me preocupa la dirección que está tomando la señorita Chandler.

–Llámela señora Chandler, sabe que lo prefiere. Y respecto a la dirección que está tomando, ¿cómo puede saberla si solo ha formulado una pregunta?

Para Bosch resultaba obvio que Belk había protestado demasiado pronto. No estaba claro de cuánta información disponía Chandler, aparte de la nota. En cualquier caso, Bosch pensó que el baile de Belk en torno al problema era una pérdida de tiempo.

–Señoría –dijo–, si contesto la última pregunta pondré en peligro una investigación en curso.

El juez se recostó en su sillón de cuero mullido.

–¿Por qué? –preguntó.

–Creemos que hay otro asesino –dijo Bosch–. El cuerpo hallado esta semana se identificó ayer y se ha determinado que no pudo haberlo matado Church. La víctima estuvo viva hasta hace dos años. El…

–El método utilizado por el asesino es idéntico al del verdadero Fabricante de Muñecas –terció Belk–. La policía cree que hay un discípulo, alguien que sabía cómo mataba Church y que utilizaba el mismo sistema. Hay pruebas que apuntan a que este discípulo es responsable de las víctimas siete y once que previamente se atribuyeron a Church.

–El Discípulo –dijo Bosch– tuvo que ser alguien próximo a la investigación original, alguien que conocía los detalles.

–Si permite que la señora Chandler abra esta línea de interrogatorio –dijo Belk–, los medios se harán eco y alertarán al Discípulo. Sabrá lo cerca que está de ser descubierto.

El juez permaneció en silencio mientras sopesaba todo ello durante un momento.

–Todo esto suena muy interesante y les deseó a todos la máxima suerte para capturar al Discípulo, como lo ha llamado –dijo al fin–. Pero el problema que tiene, señor Belk, es que no me ha dado ninguna razón legal para que impida que su cliente responda a la pregunta que la señora Chandler le ha planteado. Nadie quiere comprometer una investigación, pero fue usted quien llamó al estrado a su cliente.

–Eso si hay un segundo asesino –dijo Chandler–. Es obvio que solo había un asesino y que no era Church. Han tramado este elaborado plan para…

–Señora Chandler –la interrumpió el juez–. Eso lo decidirá el jurado. Guárdese sus argumentos para ellos. Señor Belk, el problema es que se trata de su testigo. Usted lo llamó y lo ha dejado a merced de esta línea de interrogatorio. No sé qué decirle. Ciertamente no voy a desalojar de la sala a los medios de comunicación. Eso ha sido *off the record*, señora Penny.

El juez observó que la secretaria del tribunal levantaba los dedos de las llaves.

—Señor Belk, la ha jodido (disculpen el lenguaje, damas). El señor Bosch va a contestar esta pregunta y la siguiente y la siguiente. De acuerdo, volvemos.

La secretaria volvió a poner los dedos en las llaves.

—Señoría, esto no puede…

—He tomado una decisión, señor Belk. ¿Algo más?

Entonces Belk sorprendió a Bosch.

—Solicitamos un aplazamiento.

—¿Qué?

—Señoría, la acusación se opone —dijo Chandler.

—Ya sé que se opone —dijo el juez—. ¿De qué está hablando, señor Belk?

—Señoría, tiene que poner el juicio entre paréntesis. Al menos hasta la semana que viene. Eso dará a la investigación la posibilidad de llegar a buen término.

—¿A buen término? Olvídelo, Belk. Está en medio de un juicio, amigo.

Belk se levantó y se inclinó sobre la amplia mesa de despacho.

—Señoría, solicito una interrupción de emergencia de esta vista mientras planteamos una apelación al distrito noveno.

—Puede apelar lo que quiera, señor Belk, pero no hay interrupción. El juicio sigue adelante.

Todos los presentes miraron a Belk en silencio.

—¿Qué ocurre si me niego a responder? —preguntó Bosch.

El juez Keyes se lo quedó mirando y dijo:

–Entonces lo detendré por desacato. Después volveré a preguntarle lo mismo y si se niega a responder ordenaré su ingreso en prisión. Más tarde, cuando su abogado solicite una fianza mientras apela, le diré que no hay fianzas. Todo ello sucederá en la sala, delante del jurado y de la prensa. Y no pondré ninguna restricción a la señora Chandler cuando hable con los periodistas en el pasillo. Así que lo que estoy diciendo es que puede hacerse el héroe y no responder, pero la historia llegará a los medios de todos modos. Como le he dicho antes al señor Belk, cuando estábamos *off the record*…

–No puede hacerlo –estalló Belk–. No, no, no es correcto. Tiene que proteger esta investigación, tiene…

–Hijo, no me diga nunca lo que tengo que hacer –dijo el juez con lentitud y severidad. Parecía crecer en estatura mientras Belk se encogía y se apartaba de él–. Lo único que tengo que hacer es asegurar que se celebra un juicio justo en esta cuestión. Me está pidiendo que vete una información que puede ser vital para la tesis de la demandante. También está tratando de intimidarme y eso es algo que no tolero. No soy un juez del condado que necesita su beneplácito cada vez que hay elecciones. Yo tengo un cargo vitalicio. Hemos terminado.

La señora Penny terminó de escribir. Bosch prefirió no ver el sacrificio de Belk. El ayudante del fiscal tenía la cabeza baja y había adoptado la postura de los condenados. Había alzado la nuca, listo para recibir el hachazo.

–Así que mi consejo es que saque el trasero de aquí y empiece a trabajar en cómo demonios va a salvar esto en su turno de réplica. Porque dentro de cinco minutos el detective Bosch va a responder a la pregunta o tendrá que entregar su pistola y su placa, y el cinturón y los cordones de los zapatos a un funcionario en la prisión federal. Volvemos a entrar. Se levanta la reunión.

El juez Keyes bajó el brazo y aplastó la colilla en el cenicero sin apartar la mirada de Belk en ningún momento.

Mientras la comitiva regresaba a la sala de vistas, Bosch se acercó a Chandler por detrás. Miró por encima del hombro para asegurarse de que el juez se había vuelto para entrar de nuevo al banco y dijo en voz baja:

—Si está sacando la información del departamento, voy a quemar su fuente en cuanto descubra quién es.

La abogada no perdió el paso. Ni siquiera giró la cabeza cuando dijo:

—Eso será si no lo dejo reducido a cenizas.

Bosch tomó su lugar en el estrado de los testigos y entró de nuevo el jurado. El juez pidió a Chandler que continuara.

—En lugar de solicitar a la secretaria del juzgado que busque la última pregunta, voy a reformularla. Después de que usted matara a Norman Church, ¿terminaron los asesinatos del llamado Fabricante de Muñecas?

Bosch lo consideró un momento. Miró a la tribuna del público y vio que había más periodistas, o al menos gente que él pensaba que eran periodistas. Estaban sentados todos juntos.

También vio a Sylvia, sentada sola en la fila del fondo. Ella le dedicó una sonrisa discreta que Bosch no se la devolvió. Se preguntó cuánto tiempo llevaba allí.

—¿Detective Bosch? —le incitó el juez.

—No puedo responder a la pregunta sin comprometer una investigación en curso —dijo Bosch al fin.

—Detective Bosch, no tenemos todo el día —dijo el juez, enfadado—. Responda la pregunta.

Bosch sabía que su negativa y consecuente encarcelamiento no impedirían que la historia saliera a la luz. Chandler se lo contaría a todos los periodistas con el beneplácito expreso del juez. De manera que sabía que terminar en la cárcel solo le impediría perseguir al Discípulo. Decidió responder. Compuso cuidadosamente una respuesta mientras bebía agua lentamente para darse tiempo.

—Norman Church obviamente dejó de matar a gente después de muerto. Pero había alguien más, sigue habiendo alguien suelto. Un asesino que usa los mismos métodos que Norman Church.

—Gracias, señor Bosch. ¿Y cuándo llegó a esa conclusión?

—Esta semana, después de que se descubriera una nueva víctima.

—¿Quién es esa víctima?

—Una mujer llamada Rebecca Kaminski. Desapareció hace dos años.

—¿Los detalles de su muerte coincidían con los asesinatos de las víctimas del Fabricante de Muñecas?

—Exactamente, salvo en una cosa.

—¿Cuál?

—Estaba sepultada en hormigón. Oculta. Norman Church siempre se deshacía de sus víctimas en lugares públicos.

—¿Ninguna otra diferencia?

—Ninguna que conozcamos de momento.

—Sin embargo, puesto que murió dos años después de que usted matara a Norman Church, no hay modo alguno de que él sea el responsable.

—Correcto.

—Puesto que estaba muerto tenía la coartada perfecta, ¿no es así?

–Correcto.

–¿Cómo se encontró el cadáver?

–Como he dicho, estaba enterrada en hormigón.

–¿Y qué es lo que llevó a la policía al lugar donde fue enterrada?

–Recibimos una nota que nos guio.

En ese momento Chandler ofreció una copia de la nota como la prueba 4A de la acusación y el juez Keyes la aceptó después de desestimar una protesta de Belk. Chandler le pasó entonces una copia a Bosch para que la identificara y la leyera.

–En voz alta esta vez –dijo ella antes de que pudiera empezar–. Para el jurado.

Bosch se sentía inquieto leyendo en voz alta las palabras del Discípulo en la silenciosa sala. Después de hacerlo, Chandler dejó transcurrir unos segundos y continuó.

–Sigo en el juego –escribe–. ¿Qué significa eso?

–Significa que está tratando de ganar crédito por todos los crímenes, busca atención.

–¿Podría ser porque cometió todos los asesinatos?

–No, porque Norman Church cometió nueve de ellos. Las pruebas halladas en el apartamento de Church lo relacionaban irrefutablemente con nueve de ellos. No hay duda.

–¿Quién descubrió esas pruebas?

–Yo –dijo Bosch.

–Entonces, ¿no hay muchas dudas, detective Bosch? ¿La idea de ese segundo asesino que utiliza exactamente el mismo método no le parece ridícula?

–No, no es ridícula. Está ocurriendo. No me equivoqué de hombre.

–¿No es cierto que esta charla de un asesino imitador, un discípulo, es una elaborada farsa para encubrir el hecho de que usted hizo precisamente eso, matar al hombre equivocado? ¿A un hombre inocente y desarmado que no había hecho más que contratar a una prostituta con la aprobación tácita de su esposa?

—No, no es cierto. Norman Church mató a…

—Gracias, señor Bosch.

—… a un montón de mujeres. Era un monstruo.

—¿Como el que mató a su madre?

Inconscientemente, Bosch miró al público, vio a Sylvia y apartó la mirada. Trató de serenarse, de calmar la respiración. No iba a permitir que Chandler lo dejara en evidencia.

—Diría que sí. Probablemente eran similares. Los dos eran monstruos.

—Por eso lo mató, ¿no? El peluquín no estaba debajo de la almohada. Lo mató a sangre fría porque vio en él al asesino de su madre.

—No. Se equivoca. ¿No cree que si hubiera querido inventar una historia habría pensado en algo mejor que un peluquín? Había una cocina americana, cuchillos en el cajón. ¿Por qué iba a plantar un…?

—Alto, alto, alto —espetó el juez Keyes—. Nos estamos desviando. Señora Chandler, ha empezado a hacer afirmaciones en lugar de preguntas y, detective Bosch, usted ha hecho exactamente lo mismo en lugar de responder. Volvamos a empezar.

—Sí, señoría —dijo Chandler—. ¿No es cierto, detective Bosch, que todo el asunto (colgar todos los crímenes a Norman Church) fue un elaborado montaje para encubrir lo que ahora se está desentrañando con el descubrimiento esta semana de una mujer sepultada en hormigón?

—No, no es cierto. No se está desentrañado nada. Church era un asesino y se merecía lo que se llevó.

Bosch se estremeció mentalmente y cerró los ojos en cuanto las palabras salieron de su boca. Chandler lo había conseguido. Bosch abrió los ojos y la miró. Parecía inexpresiva.

–Ha dicho que se merecía lo que se llevó –dijo Chandler con suavidad–. ¿Cuándo fue usted nombrado juez, jurado y verdugo?

Bosch bebió más agua.

–Lo que quería decir es que fue una jugada suya. En última instancia, fue responsable de lo que le ocurrió. Si pones algo en marcha, tienes que asumir las consecuencias.

–¿Como Rodney King se merecía lo que le pasó?

–¡Protesto! –gritó Belk.

–¿Como André Galton se merecía lo que le ocurrió?

¡Protesto!

–Aceptada, aceptada –dijo el juez–. Muy bien, señora Chandler, usted...

–No es lo mismo.

–Detective Bosch, he aceptado las protestas. Eso significa que no ha de responder.

–No tengo más preguntas, señoría –dijo Chandler.

Bosch vio que Chandler regresaba a la mesa de la acusación y dejaba su bloc en la superficie de madera. El mechón de pelo suelto salía de la nuca. Bosch se convenció de que incluso ese detalle formaba parte de su cuidadosamente planeada actuación durante el juicio. Después de sentarse, Deborah Church se estiró y le apretó el brazo. Chandler no sonrió ni hizo ningún gesto.

Belk hizo lo que pudo para reparar los daños en su turno de preguntas, sacando a la luz más detalles sobre la naturaleza atroz de los crímenes y sobre los disparos y la investigación de Church. Pero parecía como si nadie estuviera escuchando. La sala había sido absorbida por un vacío creado por el interrogatorio de Chandler.

Belk aparentemente era tan ineficaz que Chandler no se molestó en preguntar nada más y autorizaron a Bosch a abandonar el estrado de los testigos. Se sentía como si el camino de vuelta a la mesa de la defensa fuera de un kilómetro.

–¿El siguiente testigo, señor Belk? –preguntó el juez.

–Señoría, ¿puedo disponer de unos minutos?

–Claro.

Belk se volvió hacia Bosch y susurró:

–Vamos a terminar, ¿tiene algún problema con eso?

–No lo sé.

–No hay más gente a la que llamar, a no ser que quiera llamar a otros miembros del equipo de investigación. Todos dirán lo mismo que usted y recibirán el mismo trato por parte de Chandler. Prefiero ahorrármelo.

–¿Y volver a llamar a Locke? Me apoyaría en todo lo que he dicho sobre el Discípulo.

–Demasiado arriesgado. Es psicólogo, así que de todo lo que consigamos que declare dirá que es una posibilidad y ella conseguirá que conceda que también es posible lo contrario. No ha declarado sobre este asunto y no podemos estar seguros de lo que diría. Además, creo que necesitamos separarnos del segundo asesino. Está confundiendo al jurado y...

–Señor Belk –dijo el juez–. Estamos esperando.

Belk se levantó y dijo:

–Señoría, la defensa ha concluido.

El juez se quedó mirando a Belk antes de volverse hacia el jurado y decirles que podían tomarse el resto del día libre porque los abogados necesitarían la tarde para preparar las exposiciones de cierre y él necesitaría tiempo para preparar las instrucciones del jurado.

Después de que el jurado desalojara la tribuna, Chandler se acercó al estrado. Solicitó un veredicto directo a favor de la acusación, que el juez rechazó. Belk hizo lo mismo, pidiendo un veredicto directo a favor del acusado. En un tono aparentemente sarcástico, el juez le pidió que se sentara.

Bosch se reunió con Sylvia en el pasillo después de que la atiborrada sala tardara varios minutos en vaciarse. Había una gran congregación de periodistas en torno a los dos abogados y Bosch la cogió del brazo y la llevó al final del pasillo.

—Te pedí que no vinieras, Sylvia.

—Lo sé, pero sentía que tenía que venir. Quería que supieras que te apoyo pase lo que pase. Harry, yo sé cosas de ti que el jurado nunca sabrá. No importa cómo intente retratarte. Yo te conozco, no lo olvides.

Sylvia llevaba un vestido negro con un estampado que a Bosch le gustaba. Le parecía hermosa.

—Yo, eh, yo... ¿Cuándo has llegado?

—Casi al principio. Me alegro de haber venido. Sé que ha sido duro, pero veo que la bondad de lo que eres surge a pesar de la dureza de lo que tienes que hacer a veces.

Bosch se limitó a mirarla un momento.

—Sé optimista, Harry.

—Lo que ha dicho de mi madre…

—Sí, lo he oído. Me duele que haya tenido que enterarme de esta forma. Harry, ¿dónde estamos si hay esa clase de secretos entre nosotros? ¿Cuántas veces tengo que decirte que pone en peligro lo que compartimos?

—Mira —dijo Bosch—, ahora no puedo. Lidiar con esto y contigo, con nosotros… es demasiado para ahora mismo. No es el lugar adecuado. Hablémoslo más tarde. Tienes razón, Sylvia, pero yo, mira, yo simplemente no puedo… hablar. No…

Ella se estiró, le arregló la corbata y se la alisó sobre el pecho.

—Está bien —dijo—. ¿Qué vas a hacer ahora?

—Seguir con el caso. Sea oficialmente o no, tengo que seguir con esto. He de encontrar al segundo hombre, al segundo asesino.

Ella se limitó a mirarlo unos segundos y Bosch supo que probablemente esperaba otra respuesta.

—Lo siento. No es algo que pueda dejar. Están ocurriendo cosas.

—Entonces voy a ir al instituto. Así no perderé todo el día. ¿Vas a ir a tu casa esta noche?

—Lo intentaré.

—De acuerdo, nos vemos. Harry, sé optimista.

Bosch sonrió y Sylvia se inclinó para besarlo en la mejilla. Después ella se encaminó hacia la escalera mecánica.

Bosch estaba mirándola cuando se le acercó Bremmer.

—¿Quieres hablar de esto? Ha habido un testimonio interesante ahí dentro.

—Todo lo que tenía que decir lo he dicho en el estrado.

—¿Nada más?

—No.

—¿Y lo que dice ella? Que el segundo asesino es en realidad el primero y que Church no mató a nadie.

—¿Qué esperabas que dijera? Es mentira. Recuerda que lo que he dicho en la sala lo he dicho bajo juramento. Lo que ella dice aquí no lo está. Es mentira, Bremmer, no te lo tragues.

—Escucha, Harry, tengo que escribir esto. ¿Lo sabes? Es mi trabajo. ¿Vas a entenderlo? ¿Sin rencor?

—Sin rencor, Bremmer. Cada cual tiene su trabajo. Ahora yo voy a hacer el mío, ¿de acuerdo?

Bosch se dirigió a la escalera mecánica. Fuera, junto a la estatua, encendió un cigarrillo y le dio otro a Tommy Faraway, que estaba rondando el cenicero.

–¿Qué ocurre, teniente? –preguntó el vagabundo.

–Justicia.

18

Bosch fue en coche hasta la División Central y encontró una plaza de aparcamiento delante mismo de la comisaría. Se quedó un rato sentado en el coche mirando a dos presos de confianza del calabozo que limpiaban el mural pintado con esmalte en la fachada de la comisaría con aspecto de búnker. Era una descripción del nirvana donde niños blancos, negros e hispanos jugaban juntos y sonreían a unos agentes de policía amables. Era la descripción de un lugar donde los niños todavía conservaban la esperanza. Alguien había escrito con aerosol negro en la parte inferior del mural: «¡Esto es una puta mentira!».

Bosch se preguntó si lo habría hecho un vecino del barrio o un policía. Se fumó dos cigarrillos y trató de despejar la mente de lo que había ocurrido en la sala del tribunal. Sentía una extraña paz con que algunos de sus secretos se hubieran revelado. Sin embargo, tenía pocas esperanzas respecto al resultado del juicio. Se había sumido en la resignación, una aceptación de que el jurado fallaría contra él, de que la presentación sesgada de las pruebas en el caso convencería al jurado de que él había actuado si no como el monstruo que Chandler había descrito, sí de manera indeseable e imprudente. Nunca sabrían lo que significaba tener que tomar una decisión de ese calibre en un momento fugaz.

Era la misma historia de siempre que conocían todos los polis. Los ciudadanos querían que su policía los protegiera, que mantuviera a raya la plaga de la delincuencia lejos de su vista, lejos de la puerta de su casa. Sin embargo, esos mismos ciudadanos eran los primeros en mirar con los ojos como platos y señalarlos con el dedo cuando veían de cerca lo que implicaba exactamente el trabajo que les habían encargado. Bosch no era de la línea dura. No aprobaba las acciones de la policía en casos como el de André Galton o el de Rodney King. Pero las entendía y sabía que las suyas propias, en última instancia, compartían algo en común.

A fuerza de oportunismo político y de ineptitud, la ciudad había permitido que el departamento languideciera durante años como una organización paramilitar escasa de mandos y de material. El departamento, infectado por el virus de la política, tenía demasiados gerentes y administrativos, mientras que los soldados rasos de la calle eran tan escasos que rara vez tenían tiempo o la inclinación de salir de su coche protector para encontrarse con la gente a la que servían. Solo se aventuraban a salir para tratar con escoria y, por tanto, como Bosch sabía, se había creado una cultura policial en la cual todo el que no iba de azul era visto como escoria y tratado como tal. Todo el mundo. Así se acababa con los André Galton y los Rodney King. Se acababa con unos disturbios que los soldados de a pie no podían controlar. Terminabas con un mural en una comisaría que era una puta mentira.

Bosch mostró la placa en el mostrador de la entrada y subió por la escalera hasta las oficinas de Vicio Administrativo. En la puerta de la sala de la brigada, se quedó de pie medio minuto y observó a Ray Mora sentado en su despacho, al otro lado de la sala. El detective parecía estar escribiendo un informe a mano. Eso probablemente significaba que era un informe de actividad diario, que requería escasa atención –solo unas líneas– y no merecía el tiempo de levantarse e ir a buscar una máquina de escribir que funcionara.

Bosch se fijó en que Mora escribía con la mano derecha, aunque sabía que eso no eliminaba al poli de Antivicio como posible sospechoso. El Discípulo conocía los detalles y tenía que saber cómo tirar de la ligadura desde el lado izquierdo de la víctima para emular al Fabricante de Muñecas. Igual que tenía que saber que había que pintar la cruz blanca en el dedo gordo del pie.

Mora levantó la mirada y lo vio.

–¿Qué estás haciendo ahí, Harry?

–No quería interrumpir.

Bosch se acercó.

–¿Qué, interrumpir un informe diario? ¿Estás de broma?

–Pensaba que podía ser algo importante.

–Es importante para que pueda cobrar la nómina, nada más.

Bosch apartó una silla de un escritorio vacío, la acercó al de Mora y se sentó. Se fijó en que había movido la estatua del Niño de Praga. De hecho, le había dado la vuelta. Su cara ya no miraba a la actriz desnuda del calendario porno. Bosch miró a Mora y se dio cuenta de que no estaba seguro de cómo proceder.

–Dejaste un mensaje anoche.

–Sí, estuve pensando...

–¿En qué?

–Bueno, sabemos que Church no mató a Magna Cum Loudly por la fecha, ¿no? Ya estaba muerto cuando a ella le enterraron el culo en hormigón.

–Sí.

–Así que tenemos a un imitador.

—Eso es.

—Entonces estuve pensando: ¿y si el imitador que la mató a ella ya empezó antes?

Bosch sintió que se le empezaba a tensar la garganta. Trató de no revelar nada a Mora. Se limitó a mirarlo con cara de póker.

—¿Antes?

—Sí, ¿y si el imitador mató a las otras dos actrices porno? ¿Quién dice que tuvo que empezar después de la muerte de Church?

Bosch sintió un escalofrío. Si Mora era el Discípulo, ¿tenía tanta confianza como para arriesgarse a mostrarle a Bosch todo el modelo? ¿O acaso su corazonada (después de todo, no era más que una corazonada) estaba fuera de lugar? Pese a todo, resultaba aterrador estar sentado con Mora, con la mesa cubierta de revistas cuya portada mostraban actos sexuales y con la mujer del calendario lanzando una mirada lasciva desde el archivador. La estatua de arcilla con la cara vuelta. Bosch reparó en que Delta Bush, la actriz del calendario que Mora había mostrado, era rubia y con los pechos grandes. Coincidía con el patrón. ¿Por eso había colgado Mora el calendario?

—¿Sabes, Ray? —dijo, después de componer la voz para hablar en un tono monocorde—. He estado pensando lo mismo. Encaja mejor de ese modo, todas las pruebas. Me refiero a si el Discípulo mató a las tres... ¿Qué te hizo pensar en ello?

Mora apartó el informe en el que estaba trabajando en un cajón del escritorio y se inclinó sobre la mesa. Inconscientemente, levantó la mano izquierda y sacó la medalla del espíritu santo del cuello abierto. La frotó con el pulgar y el índice mientras se recostaba de nuevo en su silla, con los codos en el apoyabrazos.

Soltó la medalla y dijo:

–Bueno, me acordé de algo. Recibí un chivatazo justo antes de que mataras a Church. Verás, lo dejé cuando mataste a Church.

–¿Estás hablando de hace cuatro años?

–Sí, todos creímos que se había acabado cuando atrapaste a Church, caso cerrado.

–Al grano, Ray, ¿qué fue lo que recordaste?

–Sí, verás, recordé que un par de días o quizá una semana antes de que mataras a Church me pasaron una llamada telefónica. Me la pasaron a mí porque era el experto en porno y la que llamó era una chica del porno. Usaba el nombre de Gallery. Eso es todo, solo Gallery. Estaba en el escalón más bajo. Bobinas, espectáculos en directo, cabinas, llamadas a números novecientos. Y estaba empezando a subir, su nombre comenzaba a aparecer en la caja de los vídeos.

»El caso es que llamó al equipo de investigación (fue justo antes de que mataras a Church) y dijo que había un tipo que había estado haciendo las rondas en los rodajes en el valle de San Fernando. Viendo la acción, charlando con los productores, pero no era como el resto de los mirones.

–¿Mirones?

–Así es como llaman las chicas a los tipos que rondan por los escenarios. Normalmente son colegas del productor o han invertido pasta en el proyecto. Le sueltan mil pavos al productor y él deja que el tipo mire cómo filman. Es bastante común. Los rodajes atraen a mucha gente que no tiene bastante con verlo en vídeo. Quieren estar en primera fila y verlo en directo.

–Muy bien, ¿y qué hay de ese tipo?

–Bueno, Harry, mira, en realidad solo hay un motivo por el que esos tipos rondan los escenarios. Se tiran a las actrices entre toma y toma. Me refiero a que esos tipos quieren cacho. O quieren hacer pelis ellos. Y eso era lo raro de este tipo. No se estaba tirando a nadie. Solo estaba rondando. Ella (la tal Gallery) dijo que nunca vio que el tipo le entrara a nadie. Habló con algunas chicas, pero nunca se fue con ninguna de ellas.

–¿Y eso es lo que lo hacía raro? ¿Que no quería tirarse a nadie?

Mora levantó las manos y se encogió como si supiera que su argumento sonaba débil.

–Sí, básicamente. Pero escucha, Gallery trabajó tanto con Heather Cummither como con Holly Lere, las dos víctimas del Fabricante de Muñecas, y dijo que fue en esos dos rodajes donde vio a este tipo. Por eso llamó.

La historia había captado la atención de Bosch, pero no sabía qué pensar. Mora podía estar tratando de desviar la atención, de mandar a Bosch en pos de la pista equivocada.

–¿No conocía el nombre del tipo?

–No, ese era el problema. Por eso no salté sobre él. Tenía un montón de llamadas y ella llamó por ese tipo sin nombre. Al final me habría puesto con eso, pero pocos días después te cargaste a Church y ahí quedó la cosa.

–Lo dejaste.

–Sí, lo solté como una bolsa de mierda.

Bosch aguardó. Sabía que Mora continuaría. Tenía más cosas que decir. Tenía que haber más.

–Así que la cuestión es que, cuando ayer vi la ficha de Magna Cum Loudly, reconocí algunos de los primeros títulos. Trabajó con Gallery en varios de sus primeros rodajes. Eso fue lo que me hizo recordar la llamada. Así que, siguiendo la corazonada, traté de buscar a Gallery, pregunté a gente del negocio que conozco y resulta que

Gallery desapareció de escena hace tres años. Así. —Chascó los dedos—. Me refiero a que conozco a un productor de los grandes de la Asociación de Películas para Adultos y me contó que lo dejó en pleno rodaje. Nunca le dijo ni una palabra a nadie. Y nadie volvió a oír hablar de ella. El productor se acordaba muy bien porque le costó un montón de pasta volver a grabar la peli. No habría habido continuidad si hubiera utilizado a otra actriz para sustituirla.

A Bosch le sorprendió que la continuidad fuera un factor en ese tipo de películas. Tanto él como Mora permanecieron un momento en silencio pensando en la historia hasta que finalmente Bosch habló:

—¿Estás pensando que puede estar enterrada en algún sitio? Me refiero a Gallery. ¿Crees que también está sepultada en hormigón, como la que encontramos esta semana?

—Sí, eso es exactamente lo que estoy pensando. La gente de la industria es diferente, así que hay muchas desapariciones. Recuerdo a una chica que lo dejó y la siguiente vez que la vi estaba en la portada de la revista *People*. Fue una de esas historias sobre uno de esos mecenas de los famosos y ahora va del brazo de ese tipo que tiene su propio programa de televisión que va de una residencia canina. Noah Bark. No se me ocurre...

—Ray, no me...

—Vale, vale, el caso es que estas chicas entran y salen del negocio constantemente. No es raro. Para empezar, no son las tías más listas del mundo. Solo tienen en mente hacer otra cosa. Quizá encuentran a alguien que creen que va a mantenerlas a base de cocaína y caviar y nunca vuelven a presentarse en el trabajo..., hasta que se dan cuenta de que estaban equivocadas. Como grupo, no parecen muy brillantes.

»Si quieres saber mi opinión, te diría que lo que buscan es un papá. A todas las maltrataron de pequeñas y esa es una puta forma de mostrar que valían algo para papá. Al menos, leí eso en alguna parte. Probablemente sea una chorrada más.

Bosch no necesitaba la lección de psicología.

—Vamos, Ray, estoy en un juicio y trato de solucionar este caso. Ve al grano. ¿Qué pasó con Gallery?

—Lo que estoy diciendo es que con Gallery la situación era inusual porque han pasado casi tres años y nunca volvió. Verás, siempre vuelven. Aunque la caguen tanto con un productor que tengan que volver a filmar, siempre vuelven. Empiezan por abajo –bobinas, *off-camera*– y se abren camino.

—¿*Off-camera*?

—Las chicas que dan guerra y están listas para actuar mientras preparan las cámaras, colocan las luces, cambian los ángulos. Cosas así, si sabes a qué me refiero.

—Sí, sé a qué te refieres.

Bosch se había deprimido con solo diez minutos de oír hablar de la industria del porno. Miró a Mora, que había estado en Vicio Administrativo desde que él recordaba.

—¿Qué ocurre con la superviviente? ¿Alguna vez comprobaste este dato con ella?

—Nunca tuve la oportunidad. Ya te digo que lo dejé cuando acabaste con Church. Pensaba que habíamos terminado con todo.

—Sí, yo también.

Bosch sacó una libretita de bolsillo y tomó algunas notas de la conversación.

—¿Guardas algunas notas de esto? ¿De entonces?

—No, ya no. La hoja oficial probablemente esté en los archivos principales del equipo de investigación. Pero no dirá más que lo que ya te he contado.

Bosch asintió. Probablemente, Mora tenía razón.

–¿Qué aspecto tenía esa Gallery?

–Rubia, bien dotada, sin duda, plástico de Beverly Hills. Creo que tengo una foto suya.

Hizo rodar la silla hasta el archivador que estaba detrás de él y buscó en uno de los cajones, después regresó rodando con una carpeta de la que extrajo una foto publicitaria en color de 20×25. Era una mujer rubia posando en la orilla del océano. Estaba desnuda y se había afeitado el vello púbico. Bosch le devolvió la foto a Mora y se sintió avergonzado, como si fueran dos chavales contándose secretos de una chica en el patio de la escuela. Pensó que había visto una leve sonrisa en el rostro de Mora y se preguntó si al poli de Antivicio le haría gracia su incomodidad u otra cosa.

–Menudo trabajo tienes.

–Sí, bueno, alguien tiene que hacerlo.

Bosch lo estudió un momento. Decidió arriesgarse, tratar de descubrir qué era lo que hacía que Mora se quedara en el trabajo.

–Sí, pero ¿por qué tú, Ray? Llevas mucho tiempo haciendo esto.

–Creo que soy un perro guardián, Bosch. El Tribunal Supremo dice que este material es legal hasta cierto punto y hay que controlarlo. Hay que mantenerlo limpio, no hablo en broma. Eso significa que esta gente debe tener licencia, edad legal y que nadie puede ser obligado a hacer algo que no quiere. Paso muchos días revisando esta basura, buscando el material que ni siquiera tolera el Tribunal Supremo. El problema son los criterios de la comunidad. Los Ángeles carece de criterio, Bosch. Aquí no se ha llevado a cabo una persecución con éxito de la obscenidad en años. Yo he tenido éxito con algunos de los casos de menores, pero todavía busco mi primera condena por obscenidad. –Se detuvo un momento antes de continuar–. La mayoría de los polis están un año en Vicio Administrativo y luego los trasladan. Es lo máximo que pueden soportar. Este es mi séptimo año, tío. No sé decirte por qué. Supongo que porque no faltan las sorpresas.

–Sí, pero, año tras año de esta mierda, ¿cómo lo resistes?

Los ojos de Mora se fijaron en la estatuilla del escritorio.

–Estoy preparado. No te preocupes por mí. –Hizo otra pequeña pausa y dijo–: No tengo familia. Ni esposa. ¿Quién va a quejarse de lo que hago de todos modos?

Bosch sabía por su trabajo en el equipo de investigación que Mora se había presentado voluntario a la brigada B para trabajar por las noches porque su mujer acababa de abandonarlo. Le había dicho a Bosch que le costaba más superar las noches. Bosch se preguntó si la exmujer de Mora sería rubia, y, de ser así, qué significaría.

–Oye, Ray. He estado pensando las mismas cosas del Discípulo. Y ella encaja, ¿sabes? Gallery. Las tres víctimas y la superviviente eran todas rubias. Church no tenía manías, pero, al parecer, el Discípulo tiene los gustos muy claros.

–Sí, tienes razón –dijo Mora mirando la foto de Gallery–. No había pensado en eso.

–El caso es que esta pista de hace cuatro años es un buen punto de partida. También podría haber otras mujeres, otras víctimas. ¿En qué estás trabajando?

Mora sonrió y dijo:

–Harry, no importa en qué estoy trabajando. Es una porquería comparado con esto. Tengo vacaciones la semana que viene, pero no me voy hasta el lunes. Hasta entonces estoy en ello.

–Has mencionado la asociación de adultos, ¿qué es eso?

–La Asociación de Películas para Adultos, sí. La dirigen desde un despacho de abogados de Sherman Oaks.

–Sí, ¿conoces a alguien allí?

–Conozco al jefe del Consejo. Está interesado en mantener el negocio limpio, así que es un tipo colaborador.

–¿Puedes hablar con él, preguntar, tratar de descubrir si alguien lo dejó como Gallery? Tienen que ser rubias y tetonas.

–Quieres saber cuántas víctimas más podríamos tener.

–Exacto.

–Me pondré con eso.

–¿Qué me dices de los agentes y el gremio de actores?
–Bosch señaló con la cabeza el calendario de Delta Bush.

–Contactaré con ellos también. Hay dos agentes que manejan el noventa por ciento de los castings. Serán el punto de partida.

–¿Y la prostitución? ¿Todas las mujeres se dedican?

–Las actrices más cotizadas no. Pero las de abajo sí, casi todas siguen ese camino. Verás, las más cotizadas pasan el diez por ciento de su tiempo haciendo pelis y el resto bailando. Van de club de estriptis en club de estriptis y se forran. Pueden ganar cien de los grandes al año bailando. La mayoría de la gente cree que se llevan una pasta haciendo guarradas en vídeo. Se equivocan. Es bailando. Después, si bajas de ese nivel al de las actrices que van cuesta abajo o que están subiendo, te encuentras a las que son putas además de hacer pelis y bailar. Allí también se mueve mucho dinero. Esas tías se llevan uno de los grandes por cada noche de trabajo.

–¿Trabajan con chulos?

–Sí, algunas tienen mánagers, pero no es un requisito. No es como en la calle, donde una chica necesita un chulo que la proteja de los tíos peligrosos y de otras putas. Si trabajas con el teléfono, lo único que necesitas es un contestador. Las chicas ponen su anuncio y su foto en las revistas X y las llamadas llegan. La mayoría tienen reglas. No van a la casa de cualquiera, solo trabajan en hoteles. Pueden controlar la clase de la clientela por el gasto del hotel. Es una buena forma de deshacerse de la chusma.

Bosch pensó en Rebecca Kaminski, que había ido al Hyatt de Sunset. Un buen sitio, pero la chusma entró.

Mora, que debía de haber pensado lo mismo, dijo:

–Aunque no siempre funciona.

–Obviamente.

–Así que ya veré qué descubro, ¿vale? Pero, de entrada, no creo que sea mucho. Si hubiera habido un grupo de mujeres desapareciendo de repente, como hizo Gallery, creo que nos habríamos enterado.

–¿Tienes el número de mi busca?

Mora lo anotó y Bosch salió de la oficina.

Ya había pasado el mostrador de la entrada cuando sonó el busca que llevaba en el cinturón. Comprobó el número y se fijó en que era un 485. Supuso que Mora había olvidado decirle algo. Volvió a subir por la escalera hasta la segunda planta y volvió a meterse en la sala de brigada de Vicio Administrativo.

Mora estaba allí, sosteniendo la foto de Gallery y contemplándola. Levantó la mirada y vio a Bosch.

–¿Acabas de llamarme al busca?

–¿Yo? No.

–Ah, pensaba que tratabas de pescarme antes de que saliera. Voy a usar uno de los teléfonos.

–Adelante, Harry.

Bosch fue a un escritorio vacío y marcó el número del busca. Vio que Mora guardaba la foto en la carpeta. Metió la carpeta en un maletín que tenía a su lado en el suelo.

Una voz masculina contestó la llamada después de dos timbrazos.

–Oficina del inspector Irving, al habla el teniente Felder, ¿en qué puedo ayudarle?

19

Como los otros dos subdirectores del departamento, Irving disponía de una sala de reuniones privada en el Parker Center. Estaba amueblada con una amplia mesa con tablero de formica y seis sillas, una planta en un tiesto y una barra que recorría la pared del fondo. No había ventanas. A la sala se accedía desde una puerta que comunicaba con el despacho del asistente o bien desde el pasillo principal de la sexta planta. Bosch fue el último en llegar a la reunión que había convocado Irving y ocupó la única silla que quedaba libre. En las otras estaban sentados el subdirector, seguido, en el sentido contrario a las agujas del reloj, por Edgar y tres hombres de la División de Robos y Homicidios. Bosch conocía a dos de ellos, los detectives Frankie Sheehan y Mike Opelt. Ambos habían formado parte del equipo de investigación del caso del Fabricante de Muñecas cuatro años antes.

Al tercer hombre Bosch solo lo conocía por su nombre y reputación: el teniente Hans Rollenberger. Lo habían ascendido a Robos y Homicidios poco después de que Bosch fuera degradado a Hollywood. Pero amigos como Sheehan mantenían informado a Bosch. Le habían explicado que Rollenberger era otro burócrata cortado por el mismo patrón, un hombre que evitaba las decisiones controvertidas que podían amenazar su carrera del mismo modo que la gente evitaba a los mendigos en la acera simulando que no los habían visto ni oído. Era un trepa y, por consiguiente, uno no podía fiarse de él. En Robos y Homicidios, las tropas lo llamaban Hans «Off» por el tipo de jefe que era. La moral en Robos y Homicidios, la unidad a la que aspiraban todos los detectives del departamento, estaba posiblemente en su punto más bajo desde que el vídeo de Rodney King saliera en la tele.

—Siéntese, detective Bosch —dijo Irving cordialmente—, creo que conoce a todo el mundo.

Antes de que Bosch pudiera responder, Rollenberger saltó de su silla y le tendió la mano.

—Teniente Hans Rollenberger.

Bosch le estrechó la mano y ambos se sentaron. Bosch se fijó en una larga pila de archivos que había en el centro de la mesa e inmediatamente reconoció que eran los recopilados por el equipo de investigación en el caso del Fabricante de Muñecas. Los que Bosch tenía en su poder eran sus propios archivos personales. Lo que estaba apilado en la mesa probablemente era el registro principal completo extraído de los archivos.

—Nos hemos reunido para ver qué podemos hacer con este problema que ha surgido con el caso del Fabricante de Muñecas —dijo Irving—. Como probablemente le haya dicho Edgar, voy a ceder este caso a Robos y Homicidios. El teniente Rollenberger dispondrá de toda la gente que necesite. Además, he solicitado que el detective Edgar participe en el caso y también usted, en cuanto quede libre de las obligaciones del juicio. Quiero resultados rápido. Esto ya se está convirtiendo en una pesadilla de relaciones públicas, lo que supongo que se ha revelado durante el testimonio de hoy en su juicio.

—Sí, bueno, lo siento. Estaba bajo juramento.

—Lo entiendo. El problema es que estaba testificando sobre cosas que solo usted conoce. Yo tenía a mi ayudante en la sala y me ha informado de su, eh, teoría sobre lo que ha ocurrido con este nuevo caso. Anoche tomé la decisión de que Robos y Homicidios controlara el asunto. Después de oír el sentido de su testimonio de hoy, he decidido montar un equipo especial de investigación.

»Ahora quiero que nos ponga al día de qué está sucediendo exactamente, lo que sabe y lo que piensa. A partir de ahí, haremos planes.

Todos miraron a Bosch por un momento y él no estaba seguro de por dónde empezar. Sheehan intervino con una pregunta. Era una señal de que Irving estaba jugando limpio esta vez, de que Bosch podía sentirse seguro.

—Edgar dice que hay un imitador. Que no hay problema con Church.

—Eso es —respondió Bosch—. Church era el hombre. Pero mató a nueve mujeres, no a once. Incubó un discípulo a medio camino y no lo vimos.

—Explíquese —dijo Irving.

Bosch tardó cuarenta y cinco minutos, durante los cuales Sheehan y Opelt formularon varias preguntas. La única cosa o persona que no mencionó fue Mora.

Al final, Irving dijo:

—Cuando desarrolló esta teoría del Discípulo para Locke, ¿a él le pareció posible?

—Sí. Creo que piensa que cualquier cosa es posible. Pero fue útil. Me lo dejó muy claro. Quiero que se le mantenga informado. Es bueno para rebotar información.

—Entiendo que hay una filtración. ¿Puede ser Locke?

Negando con la cabeza, Bosch dijo:

—No acudí a él hasta anoche y Chandler ha sabido cosas desde el principio. Ella sabía que estuve en el lugar de los hechos el primer día. Hoy parecía conocer la dirección en la que vamos, que hay un discípulo. Tiene una buena fuente que la mantiene informada. Y Bremmer, en el *Times*, quién sabe. Tiene muchas fuentes.

—De acuerdo —dijo Irving—. Bueno, aparte del doctor Locke, nada de lo que se diga en esta sala saldrá de esta sala. Nadie habla con nadie. Ustedes dos —miró a Bosch y Edgar— ni siquiera dirán a sus superiores en Hollywood lo que están haciendo.

Sin nombrar a Pounds, Irving estaba postulando su sospecha de que este podía ser el responsable de la filtración. Edgar y Bosch asintieron.

—Veamos —Irving miró a Bosch—, ¿adónde vamos desde aquí?

Sin dudarlo, Bosch dijo:

—Tenemos que revisar la investigación. Como he dicho antes, Locke cree que era alguien que tenía acceso al caso, conocía todos los detalles y luego los copió. Fue una tapadera perfecta, al menos durante un tiempo.

—Estás hablando de un policía —dijo Rollenberger en lo que fueron sus primeras palabras desde que había empezado la reunión.

—Quizá. Pero hay otras posibilidades. La base de sospechosos es amplia. Tenemos polis, gente que encontró los cadáveres, personal del forense, transeúntes en la escena de los crímenes, periodistas..., mucha gente.

—Mierda —dijo Opelt—. Vamos a necesitar más gente.

—No se preocupe por eso —dijo Irving—. Conseguiré más. ¿Cómo lo limitamos?

—Cuando vimos a las víctimas aprendimos cosas del asesino —explicó Bosch—. Las víctimas y la superviviente generalmente caían en el mismo arquetipo. Rubias, pechos grandes, trabajaban en el porno y vendían servicios de prostitución por teléfono. Locke cree que así seleccionaba el Discípulo a sus víctimas. Las veía en vídeo y encontraba la forma de contactar con ellas a través de los anuncios en los periódicos locales para adultos.

—Es como si fuera de compras a buscar víctimas —dijo Sheehan.

—Sí.

—¿Qué más? —preguntó Irving.

—No mucho más. Locke dijo que el Discípulo es muy listo, mucho más que Church. Pero eso podía ser desestructurante, como dijo él. Por eso envió la nota. Nadie lo habría sabido nunca, pero entonces envió la nota. Ha pasado a una fase en la que quiere la atención que tenía el Fabricante de Muñecas. Está celoso de que este juicio haya atraído la atención hacia Church.

—¿Y otras víctimas? —preguntó Sheehan—. ¿Víctimas que no hayan sido descubiertas? Han pasado cuatro años.

—Sí, estoy trabajando en ello. Locke dice que tiene que haber más.

—Mierda —dijo Opelt—. Necesitamos más gente.

Todo el mundo permaneció en silencio mientras reflexionaba sobre el asunto.

—¿Y el FBI, no deberíamos contactar con la gente de Ciencias del Comportamiento? —preguntó Rollenberger.

Todos miraron a Hans Off como si fuera el chico que va a jugar al fútbol en un campo de barro con pantalones blancos.

—¡Que se jodan! —dijo Sheehan.

—Parece que tenemos cierto control, al menos de partida —dijo Irving.

—¿Qué más sabemos del Discípulo? —planteó Rollenberger con la esperanza de desviar inmediatamente la atención de su patinazo—. ¿Tenemos alguna prueba física que pueda darnos información de él?

–Bueno, tenemos que localizar a la superviviente –dijo Bosch–. Nos dio un retrato robot que todo el mundo olvidó cuando cayó Church, pero ahora sabemos que su dibujo era probablemente el del Discípulo. Necesitamos encontrarla y ver si todavía recuerda algo que pueda ayudar.

Al decir esto, Sheehan buceó en la pila de archivos de la mesa y encontró el retrato robot. Era muy genérico y no se parecía a nadie que Bosch reconociera, y menos a Mora.

–Hemos de suponer que llevaba disfraces, lo mismo que Church, así que el retrato robot podría no ayudar. Pero la mujer podría recordar algo más, algo sobre sus maneras que podría permitirnos saber si se trataba de un poli.

»También he pedido a Amado, de la oficina del forense, que compare los kits de violación de las dos víctimas ahora atribuidas al Discípulo. Hay bastantes posibilidades de que el Discípulo cometiera un error.

–Explíquese –dijo Irving.

–El Discípulo hacía todo lo que hacía el Fabricante de Muñecas, ¿verdad?

–Verdad –dijo Rollenberger.

–No. Solo hacía lo que se sabía en ese momento del Fabricante de Muñecas. Lo que sabíamos. Lo que no sabíamos era que Church había sido listo. Se había afeitado el cuerpo para no dejar pistas de pelos tras de sí. No lo supimos hasta que estuvo muerto, así que el Discípulo tampoco. Y para entonces, ya había matado a dos de las víctimas.

–Así que existe una probabilidad de que esos dos kits contuvieran pruebas físicas que apuntaran a nuestro hombre –dijo Irving.

–Eso es. He pedido a Amado que compare los dos kits. Debería saber algo el lunes.

—Eso está muy bien, detective Bosch.

Irving miró a Bosch y sus ojos se encontraron. Era como si el subdirector le estuviera enviando un mensaje y recibiendo otro al mismo tiempo.

—Ya veremos —dijo Bosch.

—Eso es todo lo que tenemos, ¿no? —dijo Rollenberger.

—Exacto.

—No.

Lo dijo Edgar, que hasta ese momento había permanecido en silencio. Todos lo miraron.

—En el hormigón encontramos (de hecho, fue Harry quien lo encontró) un paquete de cigarrillos. Cayó cuando el hormigón estaba blando. Así que hay una buena posibilidad de que fuera del Discípulo. Era un Marlboro normal, de paquete blando.

—También podía haber sido de la víctima, ¿no? —preguntó Rollenberger.

—No —dijo Bosch—. Hablé anoche con su mánager. Dijo que no fumaba. El cigarrillo casi con toda probabilidad era del Discípulo.

Sheehan sonrió a Bosch y Bosch le devolvió la sonrisa. Sheehan levantó las manos y las juntó como si esperara a que le pusieran las esposas.

—Aquí estoy, chicos —dijo—. Es mi marca.

—Y también la mía —dijo Bosch—, pero yo te gano. Yo también soy zurdo. Será mejor que empiece a buscar una coartada.

Los hombres de la mesa sonrieron. Bosch dejó de sonreír cuando de repente pensó en algo que sabía que todavía no podía contar. Miró los archivos apilados en el centro de la mesa.

—Mierda, todos los polis fuman Marlboro o Camel —dijo Opelt.

—Es un hábito asqueroso –dijo Irving.

—Estoy de acuerdo –dijo Rollenberger un poco demasiado deprisa.

El comentario sumió a la mesa de nuevo en el silencio.

—¿Quién es su sospechoso?

Fue Irving quien lo preguntó. Estaba mirando otra vez a Bosch con esos ojos que Harry no podía descifrar. La pregunta sorprendió a Bosch. Irving lo sabía. De algún modo lo sabía. Harry no contestó.

—Detective, está claro que nos lleva un día de ventaja. Además, ha participado en este caso desde el principio. Creo que tiene a alguien en mente. Cuéntenoslo. Necesitamos empezar por algún sitio.

Bosch vaciló, pero finalmente dijo:

—No estoy seguro... y no quiero...

—¿Arruinar la carrera de alguien si se equivoca? ¿Echar los perros a un hombre que posiblemente sea inocente? Eso se entiende. Pero no podemos dejar que lo investigue por su cuenta. ¿No ha aprendido nada de este juicio? Creo que «hacerse el héroe» es el término que ha usado Money Chandler para describirlo.

Todos lo estaban mirando a él. Él pensaba en Mora. El detective de Antivicio era extraño, pero ¿tanto? A lo largo de los años, Bosch había sido investigado con frecuencia por el departamento y no quería que semejante peso cayera en la persona equivocada.

—¿Detective? –le insistió Irving–. Aunque lo único que tenga sea una corazonada, debe contárnosla. Las investigaciones empiezan con corazonadas. Quiere proteger a una persona, pero ¿qué vamos a hacer? Vamos a tener que investigar a policías. ¿Qué diferencia hay si empezamos por esa persona o llegamos a él a su hora? De un modo u otro, llegaremos a él. Denos su nombre.

Bosch pensó en lo que Irving había dicho. Se preguntó cuál era su motivación personal. ¿Estaba protegiendo a Mora o simplemente se lo estaba reservando para él? Pensó unos segundos más y finalmente dijo:

–Déjeme cinco minutos a solas con los archivos. Si hay algo ahí que yo creo que está, entonces se lo diré.

–Caballeros –dijo Irving–, vamos a buscar un café.

Cuando la sala estuvo vacía, Bosch se quedó casi un minuto mirando las carpetas y sin moverse. Se sentía confundido. No estaba seguro de si quería encontrar algo que lo convenciera de que Mora era el Discípulo o de que no lo era. Pensó en lo que Chandler había dicho al jurado sobre monstruos y el abismo negro en el que moraban. El que luchara contra los monstruos, pensó, no debería pensar demasiado en ello.

Encendió un cigarrillo, se acercó la pila de documentos y empezó a buscar dos carpetas. El archivo cronológico estaba casi encima de todo. Era fino. Básicamente era una guía rápida de las fechas importantes en la investigación. Encontró el archivo de personal de los miembros del equipo de investigación en la parte inferior de la pila. Era más grueso que el primero y Bosch lo había sacado porque contenía las agendas de los turnos semanales para los detectives asignados al equipo y los formularios de aprobación de horas extra. Como detective de grado tres a cargo de la brigada B, Bosch había sido el encargado de mantener al día el archivo del personal.

Bosch miró en el archivo cronológico la fecha y hora en que las dos actrices porno habían desaparecido y otra información pertinente sobre el modo en que habían sido atraídas hacia su destino fatal. Entonces buscó la misma información de la única superviviente. Lo anotó todo en orden en una página de su bloc de notas.

17 de junio, 23 h
Georgia Stern, alias Velvet Box
superviviente

6 de julio, 23:30 h
Nicole Knapp, alias Holly Lere
West Hollywood

28 de septiembre, 4 h
Shirleen Kemp, alias Heather Cummither
Malibú

Bosch abrió el archivo de personal y sacó los horarios del turno de tarde correspondientes a las semanas en que las mujeres habían sido agredidas o asesinadas. El diecisiete de junio, la noche que Georgia Stern fue atacada, era domingo, el día libre de la brigada B. Mora podría haberlo hecho, pero también cualquier otro que formara parte de la brigada.

En el caso de Knapp, Bosch consiguió una coincidencia y sus dedos temblaron ligeramente mientras sostenía el *planning* de la semana del uno de julio. La taquicardia ya era evidente. El seis de julio, el día que enviaron a Knapp después de que llamaran por teléfono a las nueve de la noche y fuera hallada muerta en la acera de Sweetzer en West Hollywood a las once y media, era viernes. Mora tendría que haber trabajado en el turno de las tres de la madrugada con la brigada B, pero allí, junto a su nombre y con la letra del propio Bosch, estaba escrita la palabra «enfermo».

Bosch sacó rápidamente el programa de la semana del veintidós de septiembre. El cuerpo desnudo de Shirleen Kemp había sido hallado en la cuneta de la autopista de la Costa del Pacífico, en Malibú, a las cuatro de la mañana del viernes veintiocho de septiembre. Se dio cuenta de que no bastaba con esa información y revisó el archivo de la investigación de su muerte.

Leyó rápidamente el informe y descubrió que Kemp tenía un servicio telefónico que había recibido una llamada para solicitar sus servicios en el Malibu Inn a la una menos cinco de la mañana. Cuando los detectives llegaron allí averiguaron a través de los registros de llamadas que a la una menos cinco el ocupante de la habitación 311 había realizado una llamada. El personal de recepción no logró proporcionar una descripción útil del hombre de la 311, que se registró con nombre falso. Había pagado en efectivo. Lo único que el personal del mostrador podía decir con absoluta certeza era que se había registrado a las doce horas y treinta y cinco minutos, porque en todas las fichas de entrada se marcaba la hora. El hombre había llamado a Heather Cummither veinte minutos después de registrarse.

Bosch volvió a centrarse en el programa de trabajo. El viernes antes de que Kemp fuera asesinada, Mora había trabajado. Pero al parecer había llegado y salido pronto. Había fichado a las tres horas cuarenta minutos de la tarde y había salido a las doce menos cuarto de la noche.

Eso le daba cincuenta minutos para llegar de la comisaría de Hollywood al Malibu Inn y registrarse en la habitación 311 a las doce y treinta y cinco del viernes. Bosch sabía que podía hacerse. Apenas había tráfico en la autopista del Pacífico a esa hora de la noche.

Podía ser Mora.

Se fijó en que el cigarrillo que había dejado encendido en el borde de la mesa se había consumido hasta la colilla y había descolorido el borde de formica. Rápidamente lo tiró en un tiesto que contenía un ficus que había en una esquina de la mesa y giró esta de manera que la marca de la quemadura quedara en el sitio en el que se había sentado Rollenberger. Agitó una de las carpetas para dispersar el humo y abrió la puerta del despacho de Irving.

—Raymond Mora.

Irving había dicho el nombre en voz alta seguramente para ver cómo sonaba. No dijo nada más cuando Bosch terminó de explicar lo que sabía. Bosch lo observó y esperó que dijera algo, pero el subdirector solo olisqueó el aire, identificó el humo del cigarrillo y frunció el ceño.

—Otra cosa —dijo Bosch—. Locke no fue el único con quien hablé del Discípulo. Mora sabe todo lo que acabo de explicar. Estaba en el equipo de investigación y esta semana acudimos a él para solicitar ayuda en la identificación de la Rubia de Hormigón. Ahora estaba en Vicio Administrativo cuando me llamaron al busca. Me había llamado anoche.

—¿Qué quería? —preguntó Irving.

—Quería que supiera que pensaba que el Discípulo podía haber matado a las dos reinas del porno de las once originales. Dijo que se le acababa de ocurrir que tal vez el Discípulo había empezado entonces.

—Mierda —dijo Sheehan—, este tío está jugando con nosotros. Si...

—¿Qué le dijo usted? —interrumpió Irving.

—Le dije que yo estaba pensando en lo mismo. Y le pedí que consultara sus fuentes para ver si podía descubrir si había otras mujeres que desaparecieron o dejaron el negocio, como hizo Becky Kaminski.

—¿Le pediste que se pusiera a trabajar en esto? —dijo Rollenberger, con las cejas arqueadas de asombro y rabia.

–Tenía que hacerlo. Era la pregunta obvia. Si no lo hubiera hecho, habría sabido que sospechaba.

–Tiene razón –dijo Irving.

El pecho de Rollenberger pareció desinflarse un poco. No lograba dar una a derechas.

–Vamos a necesitar más gente –dijo Opelt, puesto que todo el mundo parecía tan bien dispuesto.

–Quiero que empiecen a vigilarlo mañana por la mañana –ordenó Irving–. Vamos a necesitar al menos tres equipos. Sheehan y Opelt formarán uno. Bosch, usted está implicado en el juicio y quiero que Edgar trabaje en localizar a la superviviente, así que ustedes dos están descartados. Teniente Rollenberger, ¿de quién más puede disponer?

–Bueno, Yde está por aquí porque Buchert está de vacaciones y Mayfield y Rutherford están en el tribunal en el mismo caso. Puedo liberar a uno para que haga pareja con Yde. Eso es lo que tengo, a no ser que quiera que aparquemos alguna investigación.

–No, no quiero eso. Ponga a Yde y Mayfield en esto. Iré a ver a la teniente Hilliard y veré de quién puede disponer en el valle. Tiene a tres equipos en el caso del camión de *catering* desde hace un mes y están en un callejón sin salida. Quitaré un equipo del caso.

–Muy bien, señor –dijo Rollenberger.

Sheehan miró a Harry y puso cara de que iba a vomitar con ese tipo de jefe. Bosch le devolvió la sonrisa. La sensación de vértigo siempre estaba presente cuando los detectives recibían las órdenes y estaban a punto de emprender la caza.

–Opelt, Sheehan, quiero que se pongan con Mora mañana a las ocho –dijo Irving–. Teniente, quiero que prepare una reunión con el nuevo personal mañana por la mañana. Póngalos al corriente de lo que tenemos y que un equipo releve a Opelt y Sheehan en la vigilancia de Mora a las cuatro de la tarde. Estarán con él hasta que no quede luz. Si hace falta hacer horas extras, las autorizaré. La otra pareja asumirá la vigilancia a las ocho de la mañana del sábado y Opelt y Sheehan continuarán a las cuatro. Rotaremos así. Los vigilantes del turno de noche tienen que quedarse con él hasta que estén seguros de que se ha metido en la cama. No quiero errores. Si este tipo hace algo mientras lo estamos vigilando, ya pueden ir despidiéndose de su carrera.

–¿Jefe?

–Sí, Bosch.

–No hay garantía de que vaya a hacer algo. Locke dijo que cree que el Discípulo tiene mucho control. No cree que salga de caza todas las noches. Cree que controla sus impulsos y que vive de manera bastante normal hasta que actúa a intervalos regulares.

–Ni siquiera tenemos la garantía de que estemos vigilando al hombre correcto, detective Bosch, pero quiero que lo vigilemos de todos modos. Tengo la esperanza de que estemos espantosamente equivocados con el detective Mora, pero lo que ha dicho aquí es convincente desde un punto de vista circunstancial. No hay nada que sirva para un juicio. Así que lo vigilaremos y mantendremos la esperanza de que, si es él, veremos la señal de alarma antes de que haga daño a nadie más. Mi…

–Estoy de acuerdo, señor –dijo Rollenberger.

–No me interrumpa, teniente. Mi fuerte no es ni el trabajo detectivesco ni el psicoanálisis, pero algo me dice que, sea quien sea el Discípulo, está sintiendo la presión. Está claro que se la echó encima él mismo con la nota. Y puede que piense que esto es el juego del gato y el ratón y que lo domina. Aun así, está sintiendo la presión. Y una cosa que sé, solo por ser poli, es que cuando esta gente que vive al borde del abismo siente la presión reacciona. A veces se quiebran, a veces actúan. Así que lo que estoy diciendo es que, con lo que sé del caso, quiero que Mora esté vigilado, aunque solo salga al buzón a recoger el correo.

Los detectives se quedaron en silencio. Incluso Rollenberger, que parecía acobardado por su patinazo al interrumpir a Irving.

–Muy bien. Entonces, cada uno tiene su misión. Sheehan y Opelt, vigilancia. Bosch, usted va por libre hasta que termine el juicio. Edgar, usted tiene a la superviviente y, cuando tenga tiempo, investigue a Mora. Nada que le vuelva a él.

–Está divorciado –apuntó Bosch–. Se divorció justo antes de que se formara el equipo del Fabricante de Muñecas.

–Muy bien, ese será su punto de partida. Vaya al tribunal y saque el expediente del divorcio. Quién sabe, tal vez tengamos suerte. Tal vez su mujer lo dejó porque a él le gustaba maquillarla como a una muñeca. Las cosas ya han sido duras en este caso, no nos vendría mal una ayudita así.

Irving miró a la cara a todos los reunidos en la mesa.

–El potencial que tiene este caso para dejar en ridículo al departamento es enorme. Pero no quiero que nadie se coarte. Dejemos que cada piedra caiga en su lugar... Muy bien, cada uno tiene su función. Pónganse a ello. Pueden salir todos, salvo el detective Bosch.

Mientras los otros salían de la sala, Bosch pensó que en el rostro de Rollenberger se veía la decepción por no tener la oportunidad de una entrevista privada con Irving para lamerle el culo.

Cuando se cerró la puerta, Irving se quedó unos segundos en silencio mientras ordenaba lo que quería decir. Durante la mayor parte de la carrera de Bosch como detective, Irving había sido su perdición, empeñado perpetuamente en controlarlo y llevarlo al redil. Bosch siempre se había resistido. Nada personal: simplemente, a Bosch no le iba eso.

Sin embargo, esta vez Bosch sentía que Irving estaba algo más relajado. Lo advertía en la forma en que lo había tratado durante la reunión, en el modo en que había testificado esa misma semana. Podría haberlo puesto a cocerse al sol, pero no lo había hecho. Aun así, no era algo que Bosch pudiera o quisiera reconocerle. Así que esperó en silencio.

–Buen trabajo, detective. Especialmente teniendo en cuenta el juicio y todo lo que está pasando.

Bosch asintió, aunque ya sabía que ese no era el objeto de la reunión.

–Verá, le he pedido que se quede por eso. Por el juicio. Quiero, veamos cómo lo digo…, quería decirle, y disculpe el lenguaje, que me importa una puta mierda lo que decida el jurado o cuánto dinero le suelten a esa gente. Ese jurado no tiene ni idea de lo que significa estar ahí fuera en el filo. Tener que tomar decisiones que pueden costar una vida o salvarla. Usted no puede dedicar una semana para examinar y juzgar con precisión la decisión que tuvo que tomar en un segundo.

Bosch estaba pensando en algo que decir y el silencio pareció prolongarse demasiado.

–Da igual –dijo Irving al fin–. Supongo que he tardado cuatro años en llegar a esa conclusión, pero más vale tarde que nunca.

–Oiga, podría servirme para el alegato final de mañana.

El rostro de Irving se encogió, dobló las mandíbulas como si acabara de tomarse un bocado de chucrut frío.

–No empecemos con eso tampoco. ¿Qué está haciendo esta ciudad? La oficina del fiscal municipal es solo una escuela, una escuela de derecho para abogados. Y los contribuyentes pagan las clases. Tenemos a esos pardillos vivarachos que no tienen ni idea de lo que es un juicio. Aprenden de los errores que cometen en el tribunal a costa nuestra. Y cuando por fin son buenos y saben qué coño están haciendo, se van y se convierten en los abogados que nos demandan.

Bosch nunca había visto a Irving tan animado. Era como si se hubiera desprendido de la personalidad almidonada que siempre llevaba como si fuera un uniforme. Harry estaba embelesado.

–Lo siento –dijo Irving–. Me he dejado llevar. En cualquier caso, buena suerte con este jurado, pero no permita que le preocupen.

Bosch no dijo nada.

–¿Sabe, Bosch? Basta con una reunión de media hora con el teniente Rollenberger en la sala para que me entren ganas de examinarme a mí mismo y a este departamento y ver hacia dónde se dirige. Él no es el departamento en el que yo ingresé o en el que ingresó usted. Es un buen gerente, sí, y yo también, o al menos eso creo. Pero no podemos olvidar que somos polis…

Bosch no sabía qué decir o si debía decir algo. Parecía que Irving estuviera casi divagando. Como si quisiera explicar algo, pero estuviera buscando otra cosa que decir.

–Hans Rollenberger, qué nombre, ¿eh? Supongo que los detectives de su equipo lo llaman Hans Off, ¿me equivoco?

–A veces.

–Sí, bueno, no es de extrañar. Él, eh, ya sabe, Harry, llevo treinta y ocho años en el departamento.

Bosch se limitó a asentir. La situación se estaba poniendo extraña. Irving nunca lo había llamado por su nombre de pila.

—Y, eh…, trabajé un montón de años en la patrulla de Hollywood, desde que salí de la academia… La cuestión es que Money Chandler me preguntó por su madre. Fue inesperado y lo siento, Harry. Lamento que perdiera a su madre.

—Fue hace mucho tiempo. —Bosch esperó un momento. Irving estaba cabizbajo mirándose las manos, cruzadas sobre la mesa—. Si es todo, creo que yo…

—Sí, eso es todo básicamente, pero, ¿sabe?, lo que quería decirle es que yo estuve allí ese día.

—¿Qué día?

—El día que su madre… Yo era el AN.

—¿El agente notificador?

—Sí, fui yo quien la encontró. Estaba haciendo la ronda por el bulevar y me metí en ese callejón de Gower. Solía pasar todos los días y, eh, yo la encontré… Cuando Chandler me enseñó esos informes, reconocí el caso de inmediato. Ella no conocía mi número de placa (estaba en el informe), de lo contrario habría sabido que la encontré yo. Chandler se habría puesto las botas con eso, supongo…

Para Bosch era difícil seguir sentado. Dio gracias por que Irving no lo estuviera mirando. Sabía, o pensaba que sabía, qué era lo que Irving no estaba diciendo. Si había trabajado en la ronda del bulevar, entonces había conocido a la madre de Bosch antes de que estuviera muerta.

Irving lo miró y luego apartó la mirada hacia la esquina de la mesa. Sus ojos se posaron en el ficus.

—Alguien ha tirado una colilla en mi maceta —dijo—. ¿Es suya, Harry?

20

Bosch encendió un cigarrillo mientras empujaba con el hombro una de las puertas de cristal del Parker Center. Irving lo había sobresaltado con su anécdota. Bosch siempre había pensado que algún día se encontraría con alguien del departamento que conocería el caso, pero el nombre de Irving nunca se le había pasado por la cabeza.

Mientras atravesaba el aparcamiento sur para buscar el Caprice, vio a Jerry Edgar de pie en la esquina de Los Ángeles con la Primera, esperando que cambiara el semáforo. Bosch miró su reloj. Eran las cinco y diez, la hora de salir. Pensó que probablemente Edgar iría al Code Seven o al Red Wind a echar un trago antes de enfrentarse al tráfico de la autovía. No era mala idea. Probablemente Sheehan y Opelt ya estarían sentados en el taburete de alguno de los dos bares.

Cuando Bosch llegó a la esquina, Edgar le llevaba una manzana y media de ventaja e iba caminando por la Primera en dirección al Code Seven. Bosch apretó el paso. Por primera vez en mucho tiempo, sintió un ansia mental de tomar alcohol. Quería olvidarse durante un rato de Church y de Mora, y también de Chandler y de sus propios secretos y de lo que Irving le había contado en la sala de reuniones.

Pero entonces Edgar pasó de largo junto a la porra que servía de tirador en la puerta del Code Seven sin siquiera echarle una mirada. Cruzó Spring y pasó por el edificio del *Times* hacia Broadway. «Va al Red Wind», pensó Bosch.

El Wind estaba bien para echar un trago. No tenía Weinhardt en barril, solo en botella, por lo que el local perdía puntos. Otro inconveniente era que contaba con el favor de los yupis de la sala de redacción del *Times* y muchas veces había más periodistas que polis. Lo mejor era que los jueves y viernes tocaba un cuarteto en directo entre las seis y las diez. La mayoría de sus miembros eran jubilados de los clubes que no iban demasiado borrachos, pero era una forma tan buena como otra cualquiera de salvarse de la hora punta.

Observó que Edgar cruzaba Broadway y se quedaba en la Primera en lugar de doblar a la izquierda para enfilar hacia el Wind. Bosch aminoró el paso un poco para que Edgar recuperara su ventaja de una manzana y media. Encendió otro cigarrillo y se sintió incómodo ante la perspectiva de seguir al otro detective, pero lo hizo de todos modos. Empezaba a inquietarle un mal presagio.

Edgar dobló a la izquierda en Hill y se metió en la primera puerta del lado este, enfrente de la nueva entrada de metro. La puerta que abrió era la del Hung Jury, el bar que estaba junto al vestíbulo del Fuentes Legal Center, un edificio de ocho plantas, todas ocupadas por despachos de abogados. La mayor parte de los inquilinos eran abogados defensores y de litigios que habían elegido un edificio anodino, por no decir feo, por su privilegiada ubicación; estaba a solo una manzana de los tribunales penales y a una manzana y media del edificio federal.

Bosch lo sabía porque Belk se lo había contado el día que ambos habían acudido al Fuentes Legal Center para ir al despacho de Honey Chandler. Bosch había sido citado para prestar declaración en el caso Norman Church.

La sensación de inquietud se convirtió en un agujero en el estómago cuando abrió la puerta del Hung Jury y entró en el vestíbulo principal del Fuentes Center. Conocía la disposición del bar porque se había pasado a tomarse una cerveza y un trago después de la declaración con Chandler y sabía que en el vestíbulo del edificio había un acceso. Empujó la puerta y entró en una sala donde había dos teléfonos públicos y las puertas de los lavabos. Se acercó a un rincón y miró cuidadosamente la zona del bar.

Sinatra cantaba *Summer Wind* desde una máquina de discos que Bosch no podía ver; una camarera con una peluca esponjosa y billetes enrollados en los dedos —de diez, cinco y un dólar estaba sirviendo una ronda de Martinis a cuatro abogados sentados cerca de la entrada principal y el barman estaba inclinado sobre la barra, tenuemente iluminada, fumando un cigarrillo y leyendo el *Hollywood Reporter*. Bosch supuso que cuando no trabajaba en la barra sería actor o guionista. O tal vez un cazatalentos. ¿Quién no era un cazatalentos en Los Ángeles?

Cuando el barman se inclinó para apagar el cigarrillo, Bosch vio a Edgar sentado en el extremo de la barra con una cerveza de barril delante. A su lado, una cerilla brilló en la oscuridad y Bosch vio que Honey Chandler encendía un cigarrillo y tiraba el fósforo en un cenicero que tenía junto a lo que parecía un *bloody mary*.

Bosch volvió a retroceder y se perdió de vista.

Esperó junto a una casucha de contrachapado que habían construido en la acera de Hill con la Primera y servía de quiosco de prensa. Lo habían cerrado y tapado con tablones por la noche. Mientras oscurecía y empezaban a encenderse las farolas, Bosch pasó el tiempo esquivando a mendigos y prostitutas que buscaban un último «hombre de negocios especial» antes de trasladarse hacia Hollywood para el trabajo nocturno, la parte más dura.

Cuando vio que Edgar salía del Hung Jury, Bosch ya tenía una bonita pila de colillas a sus pies. Lanzó lo que le quedaba del cigarrillo que se estaba fumando y se escondió tras el quiosco para que Edgar no lo viera. Bosch no vio rastro de Chandler y supuso que había abandonado el bar por la otra puerta y había bajado al garaje. Edgar probablemente había rechazado el viaje hasta el Parker Center.

Cuando Edgar pasó junto al quiosco, Bosch salió tras él.

—¿Qué pasa, Jerry?

Edgar saltó como si le hubieran colocado un cubito de hielo en la nuca.

—¿Harry? ¿Qué estás…? Eh, ¿quieres echar un trago? Yo venía a eso.

Bosch dejó que se quedara allí muriéndose de vergüenza unos segundos antes de decir:

—Tú ya te has tomado uno.

—¿Qué quieres decir?

Bosch dio un paso hacia su compañero. Edgar parecía francamente asustado.

—Ya sabes qué quiero decir. Una cerveza para ti, ¿no? Y un *bloody mary* para la dama.

—Oye, Harry, mira, yo…

—No me llames así. No vuelvas a llamarme Harry, ¿entendido? Si quieres hablar conmigo, llámame Bosch. Así es como me llama la gente que no es amiga mía, la gente de la que no me fío. Llámame Bosch.

—¿Puedo explicarme? Har…, eh, dame la oportunidad de explicarme.

—¿Qué hay que explicar? Me has jodido. No hay nada que explicar. ¿Qué le has dicho esta noche? Le has contado todo lo que acabamos de hablar en el despacho de Irving. No creo que lo necesite, tío. El daño ya está hecho.

–No. Ella se ha ido hace mucho rato. He estado solo la mayor parte del tiempo pensando en cómo salir de esto. No le he dicho una palabra de la reunión de hoy. Harry, yo no...

Bosch dio un paso más y en un rápido movimiento levantó la mano abierta y golpeó a Edgar en el pecho.

–¡Te he dicho que no me llames así! –gritó–. Eres un mierda. Tú... Trabajábamos juntos, tío. Te he enseñado... Me están dando por culo en esa sala y descubro que tú eres el puto topo.

–Lo siento, yo...

–¿Y Bremmer? ¿Fuiste tú el que le habló de la nota? ¿Ahora vas a tomarte una copa con él? ¿Vas a ver a Bremmer? Venga, no dejes que te retrase.

–No, tío, yo no he hablado con Bremmer. Mira, cometí un error, ¿vale? Lo siento. Ella también me ha jodido. Era como un chantaje. No podía... Trataba de salir de esto, pero ella me tenía cogido por las pelotas. Tienes que creerme, tío.

Bosch lo miró un momento. Ya estaba completamente oscuro, pero pensaba que había visto que los ojos de Edgar brillaban a la luz de las farolas. Tal vez se estaba aguantando las lágrimas. ¿Pero de qué eran esas lágrimas? ¿Eran por la pérdida de la relación que tenían? ¿O eran de miedo? Bosch sintió su poder sobre Edgar. Y Edgar sabía que lo tenía.

En voz muy tranquila y baja, Bosch dijo:

–Quiero saberlo todo. Vas a contarme lo que has hecho.

El cuarteto del Wind estaba en un descanso. Se sentaron a una mesa del fondo. Era una sala oscura con paredes de madera, como cientos de otras en la ciudad. Una almohadilla de cuero rojo con marcas de cigarrillos recorría el extremo de la barra y todas las camareras lucían un uniforme negro con delantal blanco y demasiado carmín en los labios. Bosch pidió un doble de Jack Black y una botella de Weinhard. También le dio a la camarera dinero para un paquete de cigarrillos. Edgar, que tenía la cara de un hombre cuya vida se le había escapado, pidió un Jack Black y un vaso de agua.

—Es la puta recesión —empezó Edgar antes de que Bosch le hiciera una pregunta—. El mercado inmobiliario se ha ido al cuerno. Tuve que dejar el trabajo y tenemos la hipoteca y ya sabes cómo es, tío. Brenda se ha acostumbrado a cier…

—No me jodas. ¿Crees que quiero escuchar que me has vendido porque tu mujer tiene que conducir un Chevrolet en lugar de un BMW? Vete a la mierda. Tú…

—No es así. He…

—Cállate. Estoy hablando yo. Tú vas a…

Ambos se callaron mientras la camarera les servía las bebidas y les traía los cigarrillos. Bosch dejó un billete de veinte en la bandeja sin apartar de Edgar su mirada oscura y encolerizada.

—Vamos, ahórrate las mentiras y cuéntame lo que hiciste.

Edgar vació la copa y tomó agua antes de empezar.

—Verás, fue el lunes por la tarde a última hora. Habíamos estado en la escena en Bing's y yo había vuelto a la oficina. Recibí una llamada y era Chandler. Ella sabía que había pasado algo. No sé cómo, pero lo sabía, conocía la nota y que habíamos descubierto un cadáver. Debió de decírselo Bremmer o alguien. Ella empezó a hacer preguntas, ¿sabes? «¿Se ha confirmado que era del Fabricante de Muñecas?» Cosas así. La eché. Sin comentarios.

–¿Y?

–Entonces ella me ofreció algo. Debo dos meses de hipoteca y Brenda ni siquiera lo sabe.

–¿Qué te he dicho? No quiero que me cuentes tus penas. Ya te digo que no me da pena de eso. Si me lo cuentas, solo conseguirás enfurecerme.

–Vale, vale. Me ofreció dinero. Yo le dije que lo pensaría. Ella me dijo que, si quería hacer un trato, me reuniera con ella en el Hung Jury esa noche... No me dejas que diga el porqué, pero tenía razones, así que fui. Sí, fui.

–Sí, y la cagaste –dijo Bosch, esperando derribar el tono desafiante que se había abierto paso en la voz de Edgar.

Había acabado el último de sus Jack Black y le había hecho una seña a la camarera, pero ella no lo había visto. Los músicos estaban ocupando su lugar detrás de sus instrumentos. El líder era un saxofonista y Bosch lamentó no estar en el local en otras circunstancias.

–¿Qué le contaste?

–Solo lo que sabíamos ese día. Pero ella ya lo tenía casi todo. Le expliqué que tú dijiste que parecía del Fabricante de Muñecas. No era mucho. Y la mayor parte estaba en el periódico al día siguiente. Y yo no era la fuente de Bremmer. Has de creerme.

–¿Le contaste que fui al lugar de los hechos?

–Sí, se lo dije. ¿Cuál era el secreto?

Bosch pensó en todo unos minutos. Observó que la banda empezaba con un tema de Billy Strayhorn titulado *Lush Life*. La mesa estaba lo bastante alejada del cuarteto como para que se pudiera hablar. Harry examinó con la mirada el resto del bar para ver si había alguien más conocido y vio a Bremmer sentado en la barra, ante una cerveza. Estaba con un grupo de lo que parecían periodistas. Uno de sus acompañantes llevaba incluso una de esas libretas finas y alargadas que los periodistas se encajan siempre en el bolsillo de atrás.

–Hablando de Bremmer, ahí está. Tal vez quiera comprobar contigo un par de detalles cuando hayamos terminado.

–Harry, no soy yo.

Esta vez Bosch perdonó el Harry. La escena le estaba empezando a cansar y a deprimir. Quería terminar con aquello y salir del bar para ir a ver a Sylvia.

–¿Cuántas veces hablaste con ella?

–Todas las noches.

–Te cameló, ¿eh? Tenías que ir a verla.

–Fui un estúpido. Necesitaba el dinero. Después de reunirme con ella la primera noche, me tenía por las pelotas. Dijo que quería estar al corriente de la investigación o te diría que era la fuente e informaría a Asuntos Internos. Joder, nunca me pagó.

–¿Qué ha pasado para que se haya ido tan pronto esta noche?

–Ha dicho que el caso había terminado, que mañana eran las exposiciones finales, así que ya no le importaba lo que sucediera con el caso. Me dejó ir.

–Pero no terminará ahí. Eso lo sabes, ¿verdad? Cada vez que necesite una matrícula o una dirección de tráfico o el número de teléfono de un testigo, te va a llamar. Te tiene pillado, tío.

–Lo sé. Tendré que lidiar con eso.

–¿Y todo por qué? ¿Cuál fue el precio esa primera noche?

–Quería una cuota de la hipoteca… Si no puedo vender una puta casa, no puedo pagar la hipoteca. No sé qué voy a hacer.

–¿Y yo? ¿No te importa lo que voy a hacer yo?

—Sí, sí me importa.

Bosch volvió a mirar al cuarteto. Continuaba con el repertorio de Strayhorn y estaban con *Blood Count*. El saxofonista era muy competente. Se quedaba en el punto y el fraseo era limpio.

—¿Qué vas a hacer? —preguntó Edgar.

Bosch no tuvo que pensarlo. No apartó la mirada del saxofonista mientras habló.

—Nada.

—¿Nada?

—Se trata de lo que tú vas a hacer. No puedo seguir trabajando contigo, tío. Sé que tenemos este asunto con Irving, pero es el final. Después de que esto acabe irás a ver a Pounds y le dirás que quieres un traslado.

—Pero no hay vacantes en Homicidios fuera de Hollywood. Miré el tablón de anuncios y ya sabes lo raras que son.

—Yo no he dicho nada de Homicidios. Solo he dicho que vas a pedir un traslado. Pedirás lo primero que se presente, ¿entendido? Me da igual si terminas en coches en la Setenta y Siete, coge lo primero que salga.

Miró a Edgar, cuya boca estaba entreabierta, y añadió:

—Es el precio que has de pagar.

—Pero Homicidios es lo mío, lo sabes. Es donde está la acción.

—Y tú ya no estás donde está la acción. No es negociable. A no ser que te quieras arriesgar con Asuntos Internos. Pero si tú no vas a ver a Pounds, iré yo. No puedo seguir trabajando contigo. Es todo.

Volvió a mirar a la banda. Edgar estaba en silencio y al cabo de unos segundos Bosch le pidió que se fuera.

—Sal tú primero. No quiero ir andando contigo hasta el Parker Center.

Edgar se levantó y se quedó rondando junto a la mesa unos momentos antes de decir:

—Algún día vas a necesitar a todos los amigos que puedas conseguir. Ese día te acordarás de lo que me has hecho.

—Lo sé –dijo Bosch sin mirarlo.

Después de que Edgar se fuera, Bosch captó la atención de la camarera y pidió otra ronda. El cuarteto tocaba *Rain Check* con algunos *riffs* improvisados que a Bosch le gustaron. El whisky estaba empezando a calentarle el estómago y se sentó, fumó y escuchó tratando de no pensar en nada que tuviera que ver con polis o asesinos.

Pero enseguida sintió cerca una presencia y al volverse vio a Bremmer de pie con su botella de cerveza en la mano.

—Por la cara de Edgar, entiendo que no va a volver. ¿Puedo unirme a ti?

—No, no va a volver y tú puedes hacer lo que quieras, pero estoy fuera de servicio, *off the record* y fuera de juego.

—En otras palabras, no vas a decir nada.

—Lo has captado.

El periodista se sentó y encendió un cigarrillo. Sus ojos verdes, pequeños pero penetrantes, bizquearon con el humo.

—Está bien, porque yo tampoco estoy trabajando.

—Bremmer, tú siempre estás trabajando. Si ahora se me escapa algo, tú no te vas a olvidar.

—Supongo. Pero olvidas las veces que trabajamos juntos. Los artículos que te ayudaron, Harry. Escribo un artículo que no va en la dirección que tú quieres y todo eso se olvida. Ahora soy «el maldito periodista» que...

–No me he olvidado de nada. Estás sentado aquí, ¿no? Recuerdo lo que has hecho por mí y recuerdo lo que has hecho contra mí. Al final, la cosa se equilibra.

Ambos se quedaron sentados en silencio escuchando la música. El tema concluyó justo cuando la camarera estaba sirviendo el tercer Jack Black doble de Bosch.

–No estoy diciendo que lo revelaré –dijo Bremmer–, pero ¿por qué es tan importante mi fuente del artículo?

–Ya no es tan importante. Simplemente quería saber quién quería joderme.

–Eso ya lo habías dicho. Que alguien te estaba tendiendo una trampa. ¿De verdad lo crees?

–No importa. ¿Qué clase de artículo has escrito para mañana?

El periodista se enderezó y le brillaron los ojos.

–Ya lo verás. Una historia de tribunales. Tu testimonio acerca de que alguien está continuando con los asesinatos. Va a salir en portada. Por eso estoy aquí. Siempre salgo a tomar algo cuando consigo la primera página.

–Una fiesta, ¿eh? ¿Y mi madre? ¿Eso también lo has metido?

–Harry, si es eso lo que te preocupa, olvídalo. Ni siquiera lo menciono en el artículo. Para serte sincero, está claro que es de vital interés para ti, pero por lo que respecta al artículo lo veía muy rollo béisbol. Lo dejé fuera.

–¿Rollo béisbol?

–Demasiado arcano, como esas estadísticas que sueltan los tíos de deportes en la tele. Ya sabes, como cuántas bolas rápidas el fulano de tal que es zurdo lanzó durante la tercera entrada del quinto juego en los mundiales de 1956. Creo que ese asunto de tu madre (el intento de Chandler de usarlo como tu motivación para cargarte a ese tipo) era demasiado complejo.

Bosch se limitó a asentir. Estaba contento de que al menos esa parte de su vida no estuviera al día siguiente en las manos de un millón de compradores del diario, pero lo disimuló.

–Pero –dijo Bremmer– he de decírtelo: si se falla en tu contra y los miembros del jurado empiezan a decir que piensan que vengaste la muerte de tu madre, entonces yo no tendría elección.

Bosch asintió de nuevo. Le parecía justo. Miró el reloj y vio que eran casi las diez. Sabía que tenía que llamar a Sylvia y sabía que debía salir de allí antes de que empezara el siguiente tema y lo cautivara.

Se terminó la copa y dijo:

–Me voy.

–Sí, yo también –dijo Bremmer–. Saldré contigo.

En la calle, el frío de la noche sacudió el aturdimiento etílico de Bosch. Se despidió de Bremmer, se metió las manos en los bolsillos y empezó a caminar por la acera.

–Harry, ¿vas a ir caminando al Parker Center? Sube, tengo el coche aquí mismo.

Bremmer abrió la puerta del pasajero de su Le Sabre, que estaba aparcado justo delante del Wind. Bosch entró sin decir una palabra de agradecimiento y se inclinó para abrir la puerta del otro lado. Cuando estaba borracho entraba en una fase en la que apenas decía nada: se limitaba a vegetar en sus propios jugos y escuchar.

Bremmer empezó la conversación durante el trayecto de cuatro travesías hasta el Parker Center.

–Esa Money Chandler tiene algo, ¿no? Sabe cómo jugarle a un jurado.

–Crees que ha ganado, ¿no?

–Va a estar difícil, Harry. Creo. Pero, si es uno de esos veredictos que ahora son tan populares contra el Departamento de Policía de Los Ángeles, se hará rica.

—¿A qué te refieres?

—No habías estado antes en un Tribunal Federal, ¿verdad?

—No, y no quiero que se convierta en un hábito.

—Bueno, en un caso de derechos civiles, si el demandante gana (en este caso, Chandler), entonces el acusado (en este caso es el ayuntamiento el que paga tu factura) ha de pagar la minuta de los abogados. Te garantizo, Harry, que en su alegato final Money va a decirle a ese jurado que lo único que tiene que hacer es declarar que actuaste mal. Incluso por daños de un dólar logran esa declaración. El jurado lo verá como la salida más fácil. Pueden decir que te equivocaste y dar solo un dólar de indemnización. Lo que no sabrán, porque Belk no está autorizado a decirlo, es que, incluso aunque el demandante gane un dólar, Chandler presenta su minuta al ayuntamiento. Y eso no será un dólar. Es un chanchullo.

—Mierda.

—Sí, así es el sistema judicial.

Bremmer entró en el aparcamiento y Bosch señaló su Caprice en una de las primeras filas.

—¿Estás bien para conducir? —preguntó Bremmer.

—No hay problema.

Bosch estaba a punto de cerrar la puerta cuando Bremmer lo detuvo.

—Eh, Harry, los dos sabemos que no puedo revelar mi fuente, pero puedo decirte quién no es. Y te digo que no es nadie que tú esperes. ¿Sabes? Ni Edgar ni Pounds si es que estás pensando en ellos. Olvídalo. Nunca adivinarías quién es, así que no te molestes, ¿vale?

Bosch solo asintió y cerró la puerta.

21

A Bosch le costó meter la llave en el contacto y cuando lo hizo no arrancó el motor. Consideró brevemente adónde debía ir o si debía pasarse antes a comprar un café. Miró a través del parabrisas el monolito gris que era el Parker Center. La mayoría de las luces estaban encendidas, pero sabía que las oficinas ya estaban vacías. Las luces de las salas de brigada siempre se quedaban encendidas para aparentar que la lucha contra el crimen nunca dormía. Era mentira.

Pensó en el sofá que había en una de las salas de interrogatorios de la División de Robos y Homicidios. También era una alternativa a conducir. A no ser, claro, que ya estuviera ocupado. Pero entonces pensó en Sylvia y en que ella había ido al tribunal a pesar de lo que él le había dicho. Quería ir a casa para estar con ella. «Sí, a casa», pensó.

Puso la llave en el contacto, pero la soltó una vez más. Se frotó los ojos. Estaba cansado y sus pensamientos flotaban en el whisky. También flotaba el sonido del saxofón. Su propio *riff* improvisado.

Trató de pensar en lo que Bremmer acababa de decirle, que Bosch nunca adivinaría quién era el topo. ¿Por qué se lo había dicho así? Eso le resultaba más tentador que preguntarse quién era en realidad su fuente.

«No importa», se dijo. Todo terminaría pronto. Apoyó la cabeza en la ventanilla, pensando en el juicio y en su declaración. Se preguntaba cómo se le habría visto allí arriba, con todas las miradas puestas en él. No quería volver a estar nunca más en esa situación. Nunca. No quería tener a Honey Chandler acorralándolo con sus palabras.

«Quienquiera que luche con los monstruos», pensó. ¿Qué le había dicho al jurado sobre el abismo? Sí, donde moraban los monstruos. ¿Es ahí donde yo moro? ¿En la oscuridad? El corazón negro, recordó entonces. El corazón negro no late solo. Locke lo había expresado así. En su mente reprodujo la visión de Norman Church levantado por la bala y luego cayendo a la cama, impotente y desnudo. La expresión de los ojos del hombre muerto permanecía con él. Cuatro años después, la veía tan claro como si fuera ayer. Se preguntó por qué. ¿Por qué recordaba el rostro de Norman Church y no el de su propia madre? Bosch se preguntó si él también tendría el alma oscura.

La oscuridad se abatió sobre él como una ola y lo derribó. Estaba allí con los monstruos.

Hubo un golpe brusco en el cristal. Bosch abrió los ojos de repente y vio al patrullero junto al coche, con la porra y la linterna. Harry miró rápidamente alrededor y cogió el volante y puso el pie en el freno. No creía que hubiera estado conduciendo tan mal, pero entonces se dio cuenta de que no había conducido en absoluto. Todavía estaba en el aparcamiento del Parker Center. Se estiró y bajó la ventanilla.

El chico de uniforme era el poli del aparcamiento. Al cadete con peores resultados en la academia siempre se le asignaba la vigilancia del aparcamiento del Parker Center en el turno de noche. Era una tradición, pero no exenta de una finalidad. Si los polis no podían evitar los asaltos a los coches y otros delitos en el aparcamiento de su propia comisaría central, se planteaba la cuestión de si servirían para combatir la delincuencia.

–Detective, ¿está bien? –dijo el joven mientras volvía a enfundar la porra en la anilla de su cinturón–. Vi que lo traían aquí y que se metía en el coche. Después, al ver que no salía, vine a comprobar.

–Sí –consiguió decir Bosch–. Estoy bien, gracias. Debo de haberme adormilado. Ha sido un día muy largo.

–Sí, todos lo son. Tenga cuidado ahora.

–Sí.

–¿Está bien para conducir?

–Sí, gracias.

–¿Está seguro?

–Estoy seguro.

Bosch esperó a que el policía se alejara antes de arrancar el coche. Miró el reloj y supuso que no había dormido más de media hora. Sin embargo, la cabezadita y despertarse de repente lo habían refrescado. Encendió un cigarrillo y tomó Los Angeles Street hasta la entrada a la autovía de Hollywood.

Mientras conducía en dirección norte por la autovía bajó la ventanilla para que el aire frío lo mantuviera alerta. Era una noche despejada. Ante él, las luces de las colinas de Hollywood se elevaban hacia el cielo y unos proyectores situados en dos puntos diferentes tras las montañas cortaban la oscuridad. Pensó que era una escena hermosa, aunque le hizo sentirse melancólico.

Los Ángeles había cambiado en los últimos años, pero eso no era una novedad. Siempre estaba cambiando y por eso amaba la ciudad. De todos modos, los disturbios y la recesión habían dejado una marca particularmente violenta en el paisaje, el paisaje del recuerdo. Bosch creía que nunca olvidaría el velo de humo que pendía sobre la ciudad como una especie de *supersmog* contra el que nada podían los vientos de la tarde. Las imágenes televisivas de edificios en llamas y saqueadores a los que la policía no ponía obstáculos habían sido el símbolo de la hora más amarga del departamento, y este todavía no se había recuperado.

Y la ciudad tampoco. Muchos de los males que había provocado tamaña rabia volcánica seguían desatendidos. La ciudad ofrecía mucha belleza, y aun así también demasiado peligro y odio. Era una ciudad con la confianza sacudida que vivía solo de sus reservas de esperanza. Bosch se imaginó la polarización de los que tenían y los que no en una escena en la que un trasbordador estaba saliendo del muelle. Un trasbordador sobrecargado que salía de un muelle sobrecargado con gente con un pie en el muelle y otro en la embarcación. El trasbordador se alejaba y los que tenían un pie a cada lado no tardarían en caer al agua. Pero el trasbordador seguía demasiado lleno y volcaría con la primera ola. Los que estaban en el muelle sin duda aplaudirían. Rezaban por que llegara la ola.

Pensó en Edgar y en lo que había hecho. Era uno de los que estaban a punto de caer. No podía hacerse nada al respecto. Él y su mujer, de cuya situación precaria Edgar no podía evitar hablar. Bosch se preguntó si había actuado correctamente. Edgar le había dicho que algún día necesitaría un amigo. ¿Habría sido más sensato dejarlo pasar? No lo sabía, pero aún quedaba tiempo. Tendría que decidir.

Mientras conducía a través del paso de Cahuenga volvió a subir la ventanilla. Empezaba a hacer frío. Miró las colinas del oeste y trató de localizar la zona sin luces donde se hallaba su casa. Se sintió agradecido por no tener que subir esa noche allí. Iba a casa de Sylvia.

Llegó a las once y media y abrió con su propia llave. Había una luz encendida en la cocina, pero el resto de la casa estaba a oscuras. Sylvia estaba dormida. Era demasiado tarde para las noticias y los programas nocturnos no le interesaban. Harry se quitó los zapatos en la sala para no hacer ruido y recorrió el pasillo hasta el dormitorio.

Se quedó quieto en la oscuridad, dejando que sus ojos se acostumbraran a la penumbra.

–Hola –dijo ella desde la cama, aunque todavía no podía verlo.

–Hola.

–¿Dónde has estado, Harry?

Lo dijo con suavidad y con voz de sueño. No era un reproche ni un interrogatorio.

–He tenido que hacer un par de cosas y luego me he tomado unas copas.

–¿Has escuchado buena música?

–Sí, tenían un cuarteto. No estaba mal. Tocaron mucho de Billy Strayhorn.

–¿Quieres que te prepare algo?

–No, duerme. Mañana has de ir al instituto. De todos modos, no tengo hambre y puedo prepararme algo si quiero.

–Ven.

Harry se acercó a la cama y se metió bajo la colcha. Ella le echó los brazos al cuello y lo hizo bajar para besarlo.

–Sí que has tomado unas copas.

Bosch rio y después ella también.

–Deja que me lave los dientes.

–Espera un momento.

Sylvia lo atrajo de nuevo y lo besó en la boca y el cuello. Tenía un olor dulce de dormir y un perfume que a Bosch le gustaba. Se dio cuenta de que no llevaba camisón, aunque normalmente se lo ponía. Bosch metió la mano debajo de las sábanas y acarició el abdomen plano de Sylvia para luego subir hacia sus pechos y su cuello. Harry volvió a besarla y hundió la cara en el pelo y el cuello de ella.

–Sylvia, gracias –susurró.

–¿Por qué?

–Por venir hoy y estar allí. Ya sé lo que te dije antes, pero significó algo verte allí cuando levanté la vista. Significó mucho.

Fue lo único que pudo decir. Se levantó y fue al cuarto de baño. Se quitó la ropa y la colgó cuidadosamente en los ganchos de detrás de la puerta. Por la mañana tendría que volver a ponérsela.

Se dio una ducha rápida, se afeitó y se lavó los dientes con el cepillo que guardaba en el baño de Sylvia. Se miró en el espejo mientras se peinaba con las manos el cabello húmedo. Y sonrió. Podría ser por el whisky y la cerveza, lo sabía. Pero lo dudaba. Era porque se sentía afortunado. Sabía que no estaba en el trasbordador con la multitud enloquecida y que tampoco había quedado atrás en el muelle con la multitud enfurecida. Iba en su propio bote. Solo con Sylvia.

Hicieron el amor como lo hacen las personas solitarias, en silencio. Ambos se esforzaron en exceso en la oscuridad para dar placer al otro hasta la torpeza. Aun así, para Bosch tuvo un sentido curativo. Después, ella se tumbó junto a él, trazando con el dedo el contorno de su tatuaje.

—¿En qué estás pensando? –preguntó Sylvia.

—En nada. Cosas.

—Cuéntame.

Bosch esperó unos momentos antes de contestar.

—Esta noche he descubierto que alguien me ha traicionado. Alguien cercano. Y, bueno, estaba pensando que a lo mejor me he equivocado. Que en realidad no era yo el traicionado, sino él mismo. Se ha traicionado a sí mismo. Y quizá vivir con eso ya sea castigo suficiente. No creo que tenga que añadirle más.

Pensó en lo que le había dicho a Edgar en el Red Wind y decidió que tendría que pararlo antes de que solicitara un traslado a Pounds.

—¿Cómo te traicionó?

—Eh, tratando con el enemigo, supongo que lo llamaríamos así.

—¿Honey Chandler?

—Sí.

—¿Fue muy grave?

—Supongo que no demasiado. Lo que importa es que lo hizo. Y eso duele.

—¿Hay algo que tú puedas hacer? No a él, me refiero a limitar el daño.

—No. El daño ya está hecho. No he descubierto que era él hasta esta noche. Ha sido por casualidad, de lo contrario probablemente nunca habría pensado en él. Da igual, no te preocupes por eso.

Ella le acarició el pecho con la punta de las uñas.

—Si tú no te preocupas, yo tampoco.

A Bosch le gustaba que ella conociera los límites de hasta dónde podía preguntar y que ni siquiera pensara en preguntarle de quién estaba hablando. Se sentía completamente a gusto con ella. Sin preocupaciones, sin ansiedades. Era como estar en casa.

Estaba a punto de dormirse cuando Sylvia volvió a hablar.

–¿Harry?

–Ajá.

–¿Estás preocupando por el juicio, por cómo irán los alegatos finales?

–Lo cierto es que no. No me gusta estar en la pecera, sentado en la mesa mientras todos tienen la oportunidad de explicar por qué creen que hice lo que hice. Pero no me preocupa el resultado, si te refieres a eso. No significa nada. Solo quiero que termine y ya no me importa lo que hagan. Ningún jurado puede sancionar lo que hice o dejé de hacer. Ningún jurado puede decirme si hice bien o no. ¿Sabes? Este juicio podría durar un año y el jurado no sabría lo que pasó esa noche.

–¿Y el departamento? ¿A ellos les preocupa?

Bosch le contó lo que Irving había dicho esa tarde sobre el efecto que tendría el resultado del juicio. No mencionó que el subdirector le había dicho que conocía a su madre, pero la historia de Irving le vino a la mente y por primera vez desde que se había acostado sintió la necesidad de fumar.

Pero no se levantó. Se aguantó las ganas y los dos se quedaron tumbados en silencio. Bosch seguía con los ojos abiertos en la oscuridad. Sus pensamientos se centraron en Edgar y luego derivaron hacia Mora. Se preguntó qué estaría haciendo el agente de Antivicio en ese momento. ¿Estaría solo en la oscuridad? ¿Estaría fuera mirando?

–Lo que te he dicho hoy lo pienso, Harry –dijo Sylvia.

–¿Qué?

–Que quiero saberlo todo de ti, tu pasado, lo bueno y lo malo. Y quiero que tú me conozcas a mí… No lo olvides, puede hacernos mucho daño.

La voz de Sylvia había perdido parte de su dulzura adormilada. Bosch se quedó en silencio y cerró los ojos. Sabía que para ella eso era lo más importante. Había sido la perdedora en una relación anterior en la que las historias del pasado no sirvieron de ladrillos para construir el futuro. Harry levantó la mano y le pasó el pulgar por el cuello. Siempre olía a maquillaje después del sexo, aunque no se había levantado para ir al lavabo. Para él era un misterio. Tardó un poco en contestar.

–Tienes que aceptarme sin pasado… Lo he soltado y no quiero volver para examinarlo, para contarlo, ni siquiera para pensar en él. He pasado toda la vida deshaciéndome de mi pasado, ¿entiendes? Solo porque una abogada me lo eche en cara en un juicio no significa que tenga que…

–¿Qué? Dime.

Bosch no respondió. La abrazó y la besó. Solo quería sostenerla, retroceder del borde del precipicio.

–Te quiero –dijo ella.

–Te quiero –dijo él.

Sylvia se acercó a él y puso la cara en la parte interior de su cuello. Lo sujetó con fuerza con los brazos como si estuviera asustada.

Era la primera vez que Bosch le decía que la quería. Era la primera vez que se lo decía a alguien si no recordaba mal. Tal vez no lo hubiera dicho nunca. Le sentó bien, casi como una presencia palpable, una flor cálida de un rojo profundo abriéndose en su pecho. Y se dio cuenta de que era él el que estaba un poco asustado. Como si por el simple hecho de decir las palabras hubiera asumido una gran responsabilidad. Era aterrador, pero excitante. Pensó en él mismo en el espejo, sonriendo.

Sylvia se mantuvo apretada contra él y Harry sintió su respiración en el cuello. Al cabo de poco, la respiración de Sylvia se hizo más pausada cuando se durmió.

Bosch se quedó tumbado despierto, abrazándola hasta bien entrada la noche. No iba a recuperar el sueño y con el insomnio llegaron realidades que le robaron los buenos sentimientos que tenía solo unos minutos antes. Había pensado en lo que ella le había dicho sobre la traición y la confianza. Y sabía que las promesas que se habían hecho mutuamente esa noche zozobrarían si estaban basadas en el engaño. Sabía que lo que ella había dicho era cierto. Tendría que decirle quién era, qué era, si quería que en algún momento las palabras que había pronunciado fueran más que palabras. Pensó en lo que el juez Keyes había dicho sobre las palabras que eran hermosas o feas por sí solas. Bosch había dicho «te quiero». Sabía que debería hacer la frase hermosa o fea.

Las ventanas de la habitación estaban en la zona este de la casa y la luz del alba empezaba a aferrarse al filo de las persianas cuando Bosch por fin cerró los ojos y se quedó dormido.

22

Bosch parecía agotado cuando entró en la sala el viernes por la mañana con el traje arrugado. Belk ya estaba allí, tomando notas en su libreta amarilla. Levantó la cabeza y miró a Bosch de pies a cabeza mientras este se sentaba.

–Tiene un aspecto horrible y huele como un cenicero. Y el jurado sabrá que lleva el mismo traje que ayer.

–Una señal clarísima de que soy culpable.

–No se haga el listillo. Nunca se sabe lo que puede hacer que un jurado se decida por un lado u otro.

–No me importa. Además, es usted el que debe tener buen aspecto hoy, ¿verdad, Belk?

No era la mejor frase para animar a un hombre con al menos treinta y cinco kilos de sobrepeso y que se ponía a sudar a mares cada vez que el juez lo miraba.

–¿Qué coño quiere decir con que no le importa? Hoy está todo en juego y usted entra tan campante con aspecto de haber dormido en el coche y dice que no le importa.

–Estoy relajado, Belk. Es una cuestión de zen y del arte de que todo te importe una mierda.

–¿Por qué ahora, Bosch, cuando podría haber pactado por cien mil dólares hace dos semanas?

–Porque ahora me doy cuenta de que hay cosas más importantes que saber qué piensan doce de mis llamados pares, aunque esos pares ni siquiera me den la hora por la calle.

Belk miró su reloj y dijo:

—Déjeme solo, Bosch. Empezamos dentro de diez minutos y quiero estar preparado. Todavía estoy trabajando en mi alegato. Voy a ser incluso más corto de lo que ha exigido Keyes.

En un momento anterior del juicio, el juez había determinado que los alegatos finales no durarían más de media hora por parte. El tiempo tenía que dividirse de la siguiente manera: el demandante —en la persona de Chandler— argumentaba durante veinte minutos; a continuación, era el abogado defensor —Belk— quien disponía de media hora. Después, al demandante se le concedían los últimos diez minutos. Chandler tendría la primera y la última palabra, otro signo, según creía Bosch, de que el sistema estaba contra él.

Bosch miró a la mesa de la demandante y vio a Deborah Church sentada sola, con la mirada puesta al frente. Las dos hijas estaban en la primera fila de la galería, detrás de ella. Chandler aún no estaba allí, pero había carpetas y libretas amarillas en la mesa. Estaba cerca.

—Trabaje en su discurso —le dijo a Belk—. Lo dejaré solo.

—No llegue tarde. Otra vez no, por favor.

Tal y como Bosch esperaba, Chandler estaba fuera, fumando junto a la estatua. Le dedicó una mirada fría, no dijo nada y dio unos pasos hacia el cenicero para evitarlo. Llevaba el traje azul —probablemente era su traje de la suerte— y el mechón de pelo rubio suelto de la cola salía de la nuca.

—¿Ensayando? —preguntó Bosch.

—No necesito ensayar, esta es la parte fácil.

—Supongo.

—¿Qué significa eso?

–No lo sé. Supongo que está más libre de las ataduras de la ley durante los alegatos. No hay tantas reglas sobre lo que se puede y lo que no se puede decir. Supongo que es cuando se siente en su elemento.

–Muy perspicaz.

No dijo más. No hubo señal de que su acuerdo con Edgar hubiera sido descubierto. Bosch contaba con eso cuando preparaba lo que iba a decirle. Después de levantarse de su breve sueño, había observado los acontecimientos de la noche anterior con los ojos y la mente frescos y había visto algo que antes se le había pasado por alto. Tenía la intención de jugar con ella. Le había lanzado la bola fácil. Ahora venía la curvada.

–Cuando esto termine –dijo–, quiero la nota.

–¿Qué nota?

–La nota que le envió el Discípulo.

El rostro de Chandler reveló por un instante la sorpresa, aunque enseguida la borró con la expresión indiferente con que solía mirarlo. Sin embargo, no había sido bastante rápida. Bosch había visto la expresión en sus ojos. Sentía el peligro. Entonces supo que ya la tenía.

–Es una prueba –dijo.

–No sé de qué está hablando, detective Bosch. Tengo que volver a entrar.

Ella apagó el medio cigarrillo con una marca de carmín en el cenicero y luego dio dos pasos hacia la puerta.

–Sé lo de Edgar. La vi con él anoche.

Eso la detuvo. Se volvió y miró a Bosch.

–En el Hung Jury. Un *bloody mary* en la barra.

Ella sopesó su respuesta y dijo:

–Sea lo que sea que le haya dicho, estoy seguro de que lo pensó para quedar él en el mejor lugar. Yo iría con cuidado si piensa hacerlo público.

–Yo no voy a hacer público nada… a no ser que no me dé la nota. Guardarse información de un delito es un delito en sí. Claro que no hace falta que se lo diga yo.

–Sea lo que sea que Edgar le dijera de una nota es mentira. No le dije na…

–Y él no me dijo nada de una nota. No tuvo que hacerlo. Yo lo descubrí. Lo llamó el lunes después del descubrimiento del cadáver porque usted ya sabía que existía y que estaba relacionado con el Fabricante de Muñecas. Me pregunté por qué y de pronto lo vi claro. Recibimos una nota, pero eso fue secreto hasta el día siguiente. El único que lo descubrió fue Bremmer, pero su artículo decía que usted no pudo ser localizada para hacer comentarios. Eso fue porque estaba reunida con Edgar. Dijo que lo llamó por la tarde preguntando por el cadáver. Le preguntó si habíamos recibido una nota. Y eso fue porque usted recibió una nota, abogada. Y necesito verla. Si es distinta de la que tenemos, podría ser útil.

Ella miró el reloj y enseguida encendió otro cigarrillo.

–Puedo pedir una orden –dijo Bosch.

Ella se rio con una risa falsa.

–Me gustaría ver cómo consigue una orden. Me gustaría ver a un juez de esta ciudad firmando una orden que autorice al Departamento de Policía de Los Ángeles a registrar mi casa con este caso en la prensa a diario. Los jueces son animales políticos, detective, nadie va a firmar una orden y que le salga mal la jugada.

–Yo estaba pensando más en su despacho, pero gracias por decirme al menos dónde está.

La expresión volvió al rostro de Chandler durante una fracción de segundo. Había patinado y quizá eso fuera para ella un *shock* tan grande como cualquier cosa que había dicho él. Hundió el cigarrillo en la arena después de dos caladas. Tommy Faraway se alegraría cuando lo encontrara después.

—Empezamos dentro de un minuto, detective. No sé nada de ninguna nota, ¿entendido? Nada en absoluto. No hay ninguna nota. Si trata de causar algún problema con esto, yo le causaré más a usted.

—No se lo he dicho a Belk ni voy a hacerlo. Solo quiero la nota. No tiene relación con el caso que se juzga.

—Es fácil para…

—¿Para mí decirlo porque no la he leído? Está patinando, abogada. Será mejor que sea más cuidadosa.

Ella no hizo caso del comentario y cambió de asunto.

—Otra cosa, si cree que mi…, eh, acuerdo con Edgar es una base para una moción de juicio nulo o una queja por mala conducta, descubrirá que se equivoca de plano. Edgar consintió nuestra relación sin provocación alguna. De hecho, él la sugirió. Si presenta alguna queja, le demandaré por calumnias y enviaré comunicados de prensa cuando lo haga.

Bosch no creía que nada de lo que hubiera ocurrido fuera por sugerencia de Edgar, pero lo dejó estar. Le dedicó su mejor sonrisa asesina, después abrió la puerta y desapareció.

Bosch apuró el cigarrillo con la esperanza de que su jugada al menos hubiera frenado la inercia de Chandler durante su alegato final. Pero, sobre todo, estaba satisfecho por haber tenido la confirmación tácita de su teoría. El Discípulo había enviado una nota.

El silencio que descendió sobre la sala cuando Chandler se acercó al estrado era la clase de silencio cargado de tensión que acompaña el momento anterior a la lectura de un veredicto. Bosch sentía que era así porque en muchas de las mentes de la sala el veredicto estaba cantado y las palabras de Chandler servirían de golpe de gracia. El golpe final y letal.

La abogada empezó con el agradecimiento ineludible al jurado por su paciencia y atención al caso. Dijo que tenía plena confianza en que deliberarían a conciencia para alcanzar un veredicto justo.

En los juicios a los que Bosch había asistido como investigador, los dos abogados siempre decían eso al jurado y él siempre pensó que era una estupidez. La mayoría de los jurados estaban formados por personas que estaban allí simplemente para evitar ir a trabajar a la fábrica o la oficina. Sin embargo, cuando comenzaba el juicio, las cuestiones eran o demasiado complicadas o aterrorizantes o bien soberanamente aburridas y pasaban los días en la tribuna tratando de mantenerse despiertos entre los recesos, que aprovechaban para tonificarse con azúcar, cafeína y nicotina.

Después del saludo inicial, Chandler fue rápidamente a la raíz del asunto.

—Recordarán que el lunes me presenté ante ustedes y les di el mapa de carreteras. Les dije lo que presentaría para probar lo que necesitaba probar y ahora es su turno de decidir si lo he conseguido. Y creo que cuando sopesen los testimonios de la semana no tendrán ninguna duda de que lo he logrado.

»Y hablando de dudas, el juez ya les instruirá, pero quiero dedicar un momento a explicarles otra vez que se trata de una cuestión civil y no de un caso penal. No se trata de Perry Mason ni nada que hayan visto en la tele o en el cine. En un caso civil, para que fallen a favor del demandante solo es preciso que una mayoría de las pruebas estén a favor de los argumentos del demandante. "Una mayoría", ¿qué significa eso? Significa que las pruebas que respaldan el argumento del demandante superan a las pruebas en contra. Una mayoría. Puede ser una mayoría simple, el cincuenta por ciento más uno.

Dedicó mucho tiempo a este asunto porque ahí era donde se ganaba o se perdía el caso. Tenía que coger a doce personas legalmente ineptas –hecho garantizado en el proceso de selección del jurado– y liberarlas de las creencias y percepciones inculcadas por los medios de comunicación de que los casos se decidían por dudas razonables o sin sombra de duda en absoluto. Eso era para los casos penales. Este era civil, y en un caso civil el acusado pierde la ventaja de la que goza en uno penal.

–Piensen en ello como un conjunto de pesas. Las pesas de la justicia. Y cada elemento probatorio o testimonio presentado tiene un peso determinado en función de la validez que le den. En un plato de la balanza están los argumentos del demandante, y en el otro, los del demandado. Creo que cuando hayan ido a deliberar y hayan sopesado adecuadamente las pruebas de este caso no habrá duda de que la balanza se inclina del lado de la demandante. Si creen que ese es el caso, deben fallar a favor de la señora Church.

Una vez cumplidos los preliminares, Bosch sabía que Chandler tenía que afinar el resto, porque la acusación estaba esencialmente presentando un caso con dos partes con la esperanza de ganar al menos una. La primera parte era que tal vez Norman Church sí era el Fabricante de Muñecas, un asesino en serie monstruoso, pero, aun así, las acciones de Bosch, amparado por su placa, fueron igualmente abyectas y no deberían perdonarse. La segunda parte, la que sin duda reportaría riquezas sin par si el jurado la creía, era que Norman Church era un hombre inocente al que Bosch había asesinado a sangre fría, privando a su familia de un marido y padre ejemplar.

–Las pruebas presentadas esta semana apuntan a dos posibles conclusiones –dijo Chandler al jurado–. Y esa será la tarea más difícil que tendrán: determinar el grado de la culpabilidad del detective Bosch. Sin duda alguna, actuó precipitadamente, imprudentemente y con un absoluto desprecio por la vida y la seguridad la noche en que Norman Church murió. Sus acciones fueron imperdonables y un hombre pagó con su vida. Una familia pagó esa actitud con la pérdida de un marido y un padre.

»Pero deben ver más allá de eso al hombre al que mataron. Las pruebas (desde el vídeo, que es una clara coartada para uno de los asesinatos atribuidos a Norman Church, si no para todos ellos, al testimonio de sus seres queridos) deberían convencerles de que la policía se equivocó de hombre. Si no, el propio reconocimiento del detective Bosch en la tribuna de los testigos deja claro que los asesinatos no se detuvieron, que mató a un hombre inocente.

Bosch vio que Belk estaba escribiendo en su libreta. Con un poco de suerte, estaría tomando nota de todos los elementos del testimonio de Bosch y otros que Chandler estaba dejando convenientemente fuera de su argumentación.

–Por último –siguió diciendo ella–, deben ver más allá del hombre que murió y mirar al homicida.

«Homicida», pensó Bosch. Sonaba espantoso aplicado a él. Repitió la palabra una y otra vez en su mente. Sí, había matado. Había matado antes y después de Church, pero llamarlo simplemente homicida sin las explicaciones necesarias sonaba horrible. En ese momento se dio cuenta de que a pesar de todo, sí le importaba. Pese a lo que le había dicho antes a Belk, quería que el jurado sancionara lo que había hecho. Necesitaba que le dijeran que había hecho lo que tenía que hacer.

–Tienen a un hombre –dijo la abogada– que repetidamente ha mostrado su gusto por la sangre. Un vaquero que mató antes y después del episodio con el desarmado señor Church. Un hombre que dispara primero y busca pruebas después. Tienen a un hombre con un asentado motivo para matar a una persona de la que pensaba que podía ser un asesino en serie de mujeres, de mujeres de la calle... como su propia madre.

Dejó que esta afirmación flotara en el aire un rato mientras hacía como que estaba comprobando algo en las notas de su libreta.

–Cuando vuelvan a entrar en esa sala, tendrán que decidir si esta es la clase de policía que quieren para su ciudad. Se supone que la policía tiene que ser el espejo de la sociedad a la que protege. Sus agentes deberían ejemplificar lo mejor de nosotros. Cuando deliberen, pregúntense qué ejemplifica Harry Bosch. ¿De qué segmento de nuestra sociedad muestra él la imagen? Si las respuestas a estas preguntas no les preocupan, entonces vuelvan con un veredicto favorable al demandado. Si les inquietan, si creen que nuestra sociedad merece algo mejor que el asesinato a sangre fría de un potencial sospechoso, entonces no tendrán otra alternativa que fallar a favor de la demandante.

Chandler hizo una pausa para ir a la mesa de la demandante y beber un vaso de agua. Belk se acercó a Bosch y susurró:

–No está mal, pero la he visto hacerlo mejor.

–¿La vez que lo hizo peor ganó? –replicó Bosch, también en un susurro.

Belk miró su libreta, dejando la respuesta clara. Mientras Chandler volvía al estrado, Belk se inclinó de nuevo hacia Bosch.

–Es su rutina. Ahora hablará de dinero. Después de entrar en materia, Money siempre habla de dinero.

Chandler se aclaró la garganta y empezó de nuevo.

–Ustedes doce se hallan en una rara posición. Tienen la capacidad de hacer un cambio social. No hay mucha gente que disponga de esa oportunidad. Si sienten que el detective Bosch estaba equivocado, en el grado que sea, y fallan a favor de la demandante, estarán haciendo un cambio porque estarán enviando una señal clara, un mensaje a todos los agentes de policía de esta ciudad. Desde el jefe a los administradores del Parker Center, a dos manzanas de aquí, hasta todos los agentes novatos que patrullan en la calle, el mensaje será que no queremos que actúen de esta manera. Que no lo aceptaremos. Ahora bien, si ese es su veredicto, también tienen que establecer daños pecuniarios. No es una tarea complicada. La parte complicada es la primera, decidir si el detective Bosch actuó bien o mal. Los daños pueden ser cualquier cosa, desde un dólar a un millón de dólares o más. No importa. Lo importante es el mensaje. Porque con el mensaje haremos justicia para Norman Church. Harán justicia con su familia.

Bosch miró atrás y vio a Bremmer en la tribuna con el resto de los periodistas. Bremmer le sonrió con astucia y Bosch le devolvió la sonrisa. El periodista tenía razón respecto a Money y el dinero.

Chandler volvió caminando a la mesa de la demandante, cogió un libro y regresó al estrado. Era viejo y sin sobrecubierta, con la piel verde resquebrajada. Bosch creyó distinguir una marca, probablemente un sello de biblioteca en la parte superior de sus páginas.

–Ahora, al concluir –dijo ella–, me gustaría referirme a una preocupación que ustedes podrían tener. Sé que yo la tendría si estuviera en su lugar. Se preguntarán cómo es que hemos llegado a tener a gente como el detective Bosch en nuestra policía. Bueno, no creo que podamos tener la esperanza de responder a eso y no es la cuestión de este caso. Pero, si recuerdan, cité al filósofo Nietzsche al principio de la semana. Leí sus palabras sobre el lugar oscuro que él llamaba «abismo». Parafraseándolo, decía que hemos de tener cuidado de que aquel que lucha contra los monstruos no se convierta en un monstruo. En la sociedad actual no es difícil aceptar que hay monstruos, muchos de ellos. Y así, no es tan difícil creer que un agente de policía podría convertirse en un monstruo.

»Después de que se levantara la sesión de ayer, pasé la tarde en la biblioteca.

Chandler miró a Bosch al decirlo, alardeando de su mentira. Bosch le sostuvo la mirada y rechazó el impulso de mirar a otro lado.

—Y me gustaría acabar leyendo algo que Nathaniel Hawthorne escribió sobre el mismo tema que estamos tratando hoy. En su libro *El fauno de mármol*, Hawthorne escribe: «El abismo era simplemente uno de los orificios de ese pozo de negrura que yace debajo de nosotros... en todas partes».

»Damas y caballeros, tengan cuidado en sus deliberaciones y sean sinceros con ustedes mismos. Gracias.

El silencio era tal que Bosch oyó el sonido de los tacones de Chandler en la moqueta cuando la abogada volvió a su silla.

—Amigos —dijo el juez Keyes—, vamos a descansar quince minutos y será el turno del señor Belk.

Mientras esperaban de pie la retirada del jurado, Belk susurró:

—No puedo creer que haya usado la palabra «orificio» en su alegato final.

Bosch lo miró, Belk parecía desbordante de alegría, pero Bosch reconoció que simplemente estaba agarrándose a algo para animarse y prepararse para su turno en el estrado. Porque Bosch sabía que al margen de las palabras que hubiera usado, Chandler había estado francamente bien. Mirando al hombre gordo y sudoroso que tenía al lado, no sintió el menor atisbo de confianza.

Bosch salió a la estatua de la justicia y se fumó dos cigarrillos durante la pausa, pero Honey Chandler no salió. No obstante, Tommy Faraway sí pasó y chasqueó la lengua de manera aprobatoria cuando encontró el cigarrillo casi entero que ella había dejado antes en el cenicero. Continuó sin decir nada. Bosch pensó que nunca había visto a Tommy Faraway fumarse una de las colillas que seleccionaba de la arena.

Belk sorprendió a Bosch con su alegato final. No estuvo nada mal. Simplemente, no estaba en la misma liga que Chandler. Su alegato final fue más una reacción al de Chandler que un tratado autónomo sobre la inocencia de Bosch y la injusticia de las acusaciones que se vertían contra él. Dijo cosas como:

—En todo lo que Chandler ha dicho acerca de los dos posibles fallos que pueden concluir, ha olvidado completamente un tercero, que no es otro que el hecho de que el detective Bosch actuó con propiedad y prudencia. Correctamente.

Eso anotaba puntos para la defensa, pero también era un cumplido para Chandler reconocer que había dos posibles fallos a favor de la demandante. Belk no lo vio, pero Bosch sí. El ayudante del fiscal municipal estaba dando al jurado tres elecciones en lugar de dos, y solo una absolvía a Bosch. En ocasiones quería arrastrar a Belk a la mesa y reescribir su guion. Pero no podía. Tenía que agacharse como hacía en los túneles de Vietnam cuando las bombas caían en el suelo y esperaba que no hubiera derrumbamientos.

El meollo del alegato de Belk se centró en las pruebas que relacionaban a Church con los nueve asesinatos.

Machaconamente recalcó que el monstruo de la historia era Church y no Bosch y que las pruebas respaldaban eso claramente. Advirtió a los miembros del jurado que el hecho de que asesinatos similares continuaran no tenía relación con lo que Church había hecho ni con cómo Bosch había reaccionado en el apartamento de Hyperion.

Finalmente, tomó lo que Bosch supuso que era la carrerilla final. Una inflexión de auténtica ira entró en su voz cuando criticó la descripción que Chandler había hecho de Bosch como un hombre que había actuado imprudentemente y con un desprecio absoluto por la vida.

–La verdad es que la vida era lo único que el detective Bosch tenía en mente cuando entró por aquella puerta. Sus acciones estuvieron basadas en la creencia de que allí había otra mujer, otra víctima. El detective Bosch no tenía elección. Su única opción era entrar por esa puerta, asegurar la situación y lidiar con las consecuencias. Norman Church murió cuando rechazó repetidamente órdenes de un agente de policía e hizo el movimiento hacia la almohada. Fue su jugada, no la de Bosch, y finalmente tuvo que pagar el precio definitivo.

»Pero piensen en Bosch en esa situación. ¿Pueden imaginarse estar allí solo, asustado? Es el único individuo que se enfrenta a esa clase de situación sin pestañear, es lo que nuestra sociedad llama un héroe. Creo que cuando vayan a la sala de deliberaciones y sopesen cuidadosamente no las acusaciones, sino los hechos de este caso, llegarán a la misma conclusión. Muchas gracias.

Bosch no podía creer que Belk hubiera usado la palabra «héroe» en un alegato final, pero decidió no echárselo en cara al corpulento abogado cuando este regresó a la mesa de la defensa.

–Lo ha hecho bien, gracias –se limitó a decir.

Chandler se acercó a la tribuna para asestar su último golpe y prometió ser breve. Lo fue.

–Ustedes apreciarán con facilidad la disparidad de creencias de los abogados en este caso. La misma disparidad entre el significado de las palabras héroe y monstruo. Sospecho, como probablemente el resto de nosotros, que la verdad de este caso y del detective Bosch está en algún punto intermedio.

»Dos últimas cosas antes de que empiecen con las deliberaciones. En primer lugar, quiero que recuerden que ambas partes han tenido la oportunidad de presentar su tesis completa. En defensa de Norman Church, su mujer, un compañero de trabajo y un amigo testificaron sobre su personalidad, sobre qué clase de persona era. Sin embargo, la defensa solo ha presentado a un testigo para que declarara ante ustedes. El detective Bosch. Nadie más ha defendido al detective...

–¡Protesto! –gritó Belk.

–... Bosch.

–Alto ahí, señora Chandler –rugió el juez Keyes–. Debería hacer salir al jurado para hacer lo que me dispongo a hacer, pero creo que, si está dispuesta a jugar con fuego, tiene que aceptar las quemaduras. Señora Chandler, ha cometido desacato a este tribunal con esa grave muestra de pobreza de juicio. Hablaremos de sanciones en otro momento, pero le aseguro que no será un momento que espere con placer.

El juez se giró en su silla hacia el jurado y se inclinó hacia delante.

–Damas y caballeros, esta señora nunca debería haber dicho lo que acaba de decir. La defensa no está obligada a presentar a nadie como testigo y si lo hace o no lo hace no es algo que deba verse como un reflejo de la culpabilidad o inocencia de la cuestión que se debate. La señora Chandler lo sabe bien. El hecho de que lo haya dicho de todos modos, sabiendo que el señor Belk y yo mismo íbamos a saltar, creo que muestra una astucia por su parte que me resulta muy desagradable y problemática en un tribunal de justicia. Voy a presentar mi queja ante el consejo del poder judicial, pero...

–Señoría –lo interrumpió Chandler–, objeto que usted diga...

–No me interrumpa, abogada. Quédese en silencio hasta que haya terminado.

–Sí, señoría.

–He dicho que silencio. –El juez se volvió hacia el jurado–. Como estaba diciendo, lo que le ocurra a la señora Chandler no es algo de lo que deban preocuparse. Verán, ella está apostando a que no importa lo que yo les diga ahora, ustedes seguirán pensando en lo que ha dicho sobre que el detective Bosch no tenía a nadie que testificara en su apoyo. Les digo ahora, con la advertencia más grave que puedo ofrecer, que no piensen eso. Lo que ha dicho la señora Chandler no significa nada. De hecho, sospecho que el detective Bosch y el señor Belk podrían haber reunido a una fila de agentes de policía dispuestos a testificar que llegaría desde esa puerta hasta el Parker Center, si lo hubieran querido. Pero no lo han querido. Es la estrategia que han elegido y no es su deber cuestionarla de ninguna manera. De ninguna manera. ¿Alguna pregunta?

Ningún miembro del jurado se movió siquiera. El juez volvió su silla y miró a Belk.

–¿Hay algo que quiera decir, señor Belk?

–Un momento, señoría.

Belk se volvió hacia Bosch y susurró.

–¿Qué piensa? Es el mejor momento para pedir un juicio nulo. Nunca lo había visto tan furioso. Conseguiremos un nuevo juicio y quizá para entonces el asunto de este imitador este resuelto.

Bosch se lo pensó un momento. Quería terminar con el caso y no le gustaba la perspectiva de volver a enfrentarse a Chandler en otro juicio.

–¿Señor Belk? –dijo el juez.

–Yo opino que sigamos adelante con lo que tenemos –susurró Bosch–, ¿qué le parece?

Belk asintió y dijo:

–Creo que puede acabar de darnos el veredicto.

Entonces se levantó y desde su sitio dijo:

–Nada en este momento, señoría.

–¿Está seguro?

–Sí, señoría.

–De acuerdo, señora Chandler; como he dicho, trataremos de esto otro día, pero trataremos de esto. Ahora puede continuar, pero tenga cuidado.

–Gracias, señoría. Antes de seguir adelante, quiero decir que pido disculpas por mi línea de argumentación. No pretendía faltarle al respeto. Yo estaba hablando de manera extemporánea y me he dejado llevar.

–Lo ha hecho. Disculpas aceptadas, pero la orden por desacato todavía la veremos después. Procedamos. Quiero que el jurado empiece a trabajar justo después de comer.

Chandler ajustó su posición en el estrado para mirar al jurado.

–Damas y caballeros, ustedes mismos han oído al detective Bosch en el estrado. Les pido, para terminar, que recuerden lo que dijo. Dijo que Norman Church se llevó lo que se merecía. Piensen en lo que significa esta afirmación en boca de un agente de policía. «Norman Church se llevó lo que se merecía.» En esta sala hemos visto cómo funciona el sistema de justicia. Los mecanismos de control. El juez como árbitro y el jurado para decidir. Tal y como él mismo reconoció, el detective Bosch decidió que eso no era necesario. Decidió que no había necesidad de juez. No había necesidad de jurado. Le robó a Norman Church la oportunidad de justicia. Y así, en última instancia, se la robó a ustedes. Piénsenlo.

Chandler recogió del estrado su bloc amarillo y fue a sentarse.

23

Los miembros del jurado comenzaron las deliberaciones a las once y cuarto y el juez Keyes ordenó a los alguaciles que se ocuparan de que les llevaran la comida. Dijo que, a menos que emitieran antes un veredicto, no se les interrumpiría hasta las cuatro y media.

Cuando el jurado se retiró a deliberar, el juez dictó que todas las partes tendrían que estar presentes en la lectura del veredicto quince minutos después de que la secretaria se lo hubiera notificado. Eso suponía que Chandler y Belk podían regresar a sus respectivos despachos a esperar. La familia de Norman Church era de Burbank, de manera que la mujer y las dos hijas decidieron ir al despacho de Chandler. A Bosch, volver a la comisaría de Hollywood le suponía un viaje de más de un cuarto de hora, pero el Parker Center quedaba a cinco minutos andando. Le dio a la secretaria el número del busca para que pudiera localizarlo.

El último asunto que abordó el juez fue la acusación de desacato contra Chandler. Fijó la vista para tratar esa cuestión dos semanas más tarde y levantó la sesión.

Antes de abandonar la sala del tribunal, Belk se acercó a Bosch y le dijo al oído:

—Creo que vamos por buen camino, pero estoy un poco nervioso. ¿Quiere que nos la juguemos?

—¿A qué se refiere?

–Podría tantear a Chandler una última vez.

–¿Ofrecerle un trato?

–Eso es. La fiscalía me ha dado carta blanca para ofrecer hasta un máximo de cincuenta. Para una cifra superior, tendría que pedir permiso. Podría intentarlo con los cincuenta y ver si los acepta y se retiran.

–¿Y las costas?

–Si hiciéramos un trato, ella tendría que cobrárselas de los cincuenta. Alguien como ella probablemente se lleva el cuarenta por ciento. Eso serían veinte de los grandes por una semana de juicio y otra de selección del jurado. No está nada mal.

–¿Cree que vamos a perder?

–No lo sé. Solo estoy tratando de contemplar todas las posibilidades. Con los jurados, nunca se sabe. Y cincuenta de los grandes es un buen precio por salir de esta. Tal vez acepte por el modo en que el juez la ha tratado al final. Posiblemente sea ella la que tiene miedo a perder.

Belk no se había enterado y Bosch lo sabía. Quizá era demasiado sutil para él. Todo aquel asunto del desacato no era sino la última artimaña de Chandler. Había cometido la infracción a propósito para que el jurado presenciara cómo el juez le bajaba los humos. Estaba mostrando el funcionamiento de la justicia. A quien cometía una incorrección se le aplicaba estrictamente la ley y recibía el castigo correspondiente. Les estaba diciendo: «¿Se dan cuenta? A esto escapó Bosch y a esto se enfrentó Norman Church». Sin embargo, en aquella ocasión, Bosch decidió asumir por su cuenta el papel de juez y de jurado.

Era inteligente por su parte, tal vez demasiado inteligente. Cuanto más lo pensaba Bosch, más se preguntaba si el juez se habría prestado a actuar como cómplice de la jugada. Miró a Belk y vio que el joven ayudante del fiscal municipal parecía no sospechar nada. Al contrario, creía que aquello había sido un golpe a su favor. Seguramente pasadas unas semanas, cuando Keyes impusiera a Chandler una multa de cien dólares y la dejara marchar, caería en la cuenta.

–Haga lo que le parezca –le dijo a Belk–. Pero ella no aceptará. Va a ir hasta el final.

Ya en el Parker Center, Bosch entró en la sala de reuniones de Irving por la puerta que daba al pasillo. Irving había decidido el día anterior que el llamado «grupo de investigación del Discípulo» trabajaría desde la sala de conferencias para que, de ese modo, el subdirector pudiera estar al corriente de los acontecimientos. Lo que no se dijo, aunque todos lo sabían, era que mantener al grupo alejado de los despachos de las brigadas incrementaría las posibilidades de que la noticia de lo que estaba sucediendo no saliera de allí. Al menos, durante unos días.

Cuando Bosch entró, en la sala solo estaban Rollenberger y Edgar. Bosch advirtió que habían instalado cuatro teléfonos sobre la mesa redonda de reuniones. También había seis radiotransmisores Motorola y un panel de control central en la mesa, preparado para utilizarse cuando fuera necesario. Cuando Edgar levantó la vista y vio a Bosch, miró inmediatamente hacia otro lado y descolgó un teléfono para hacer una llamada.

–Bosch –dijo Rollenberger–. Bienvenido a nuestro centro de operaciones. ¿Zanjado lo del juicio? Por cierto, aquí no se puede fumar.

–Zanjado hasta que emitan el veredicto, pero no puedo alejarme a más de quince minutos. ¿Hay alguna novedad? ¿Qué está haciendo Mora?

–No hay mucho que contar. La cosa está tranquila. Mora ha pasado la mañana en el valle. Se dirigió a la oficina del fiscal de Sherman Oaks y luego a un par de agencias de *castings*, también en Sherman Oaks.

Rollenberger estaba consultando un cuaderno de notas que tenía ante sí en la mesa.

–Después fue a un par de casas en Studio City. Había unas caravanas a la puerta y Sheehan y Opelt dijeron que tal vez estuvieran rodando alguna película. No se quedó mucho tiempo en ninguno de los dos sitios. En todo caso, ya ha vuelto a Antivicio. Sheehan ha llamado hace un par de minutos.

–¿Ya tenemos al personal extra?

–Sí, Yde y Mayfield relevarán al primer equipo de vigilancia a las cuatro. Después de ellos habrá otros dos equipos.

–¿Dos?

–El inspector Irving ha cambiado de opinión y quiere vigilancia las veinticuatro horas del día. Le seguiremos la pista durante toda la noche, aunque lo único que haga sea quedarse en casa y dormir. A mí, personalmente, me parece buena idea vigilarlo todo el día.

«Sí, sobre todo porque lo ha decidido Irving», pensó Bosch, aunque no dijo nada.

Miró las radios que había sobre la mesa.

–¿Cuál es la frecuencia?

–Mmm, estamos en…, qué frecuencia… Ah, sí, en el cinco. Cinco simplex. Es una emisora del Departamento de Aguas y Suministro Eléctrico que se usa solo en caso de emergencia. Un terremoto, una inundación, cosas de ese estilo. Al jefe le pareció que sería mejor no utilizar nuestras frecuencias. Si Mora es nuestro hombre, podría tener una oreja puesta en la radio.

Bosch pensó que seguramente a Rollenberger le parecía una buena idea, pero no se lo preguntó.

–Creo que es buena idea tomar precauciones –dijo el teniente.

–Bien. ¿Hay alguna otra cosa que debería saber? –dijo mirando a Edgar, que estaba todavía al teléfono–. ¿Qué tiene Edgar?

–Sigue intentando localizar a la superviviente de hace cuatro años. Ya tiene una copia del expediente de divorcio de Mora. No hubo pleito.

Edgar colgó, acabó de escribir algo en un cuaderno y luego se levantó sin mirar a Bosch. Dijo:

–Voy a bajar a tomar un café.

–Vale –dijo Rollenberger–. Esta misma tarde deberíamos tener aquí nuestra cafetera. Lo hablé con el jefe y él pensaba requisar una.

–Buena idea –dijo Bosch– Creo que voy a bajar con Edgar.

Edgar avanzó a toda velocidad por el vestíbulo para que Bosch no pudiera alcanzarlo. Al llegar al ascensor, apretó el botón, pero sin aflojar el ritmo, pasó de largo y cogió las escaleras para bajar. Bosch lo siguió y, cuando habían bajado ya un piso, Edgar se detuvo y se dio la vuelta bruscamente.

–¿Se puede saber por qué me sigues?

–Quiero café.

–Eh, no me vengas con chorradas.

–¿Has…?

–No, no he hablado con Pounds todavía. He estado muy ocupado, ¿lo recuerdas?

–Vale, entonces no lo hagas.

–¿Qué estás diciendo?

–Que si no has hablado con Pounds todavía, no lo hagas. Olvídalo.

–¿En serio?

–Sí.

Se quedó parado mirando a Bosch, aún incrédulo.

–Aprende de ello. Yo haré lo mismo. Ya lo he hecho. ¿De acuerdo?

–Gracias, Harry.

–No, no me vengas con «gracias, Harry». Solo di «de acuerdo».

–De acuerdo.

Bajaron hasta el siguiente piso y entraron en la cafetería. En lugar de sentarse frente a Rollenberger y hablar, Bosch propuso que se llevaran el café a una de las mesas.

–No veas, qué *flash* con Hans Off –dijo Edgar–. No me quito de la cabeza la imagen de un reloj de cuco con el teniente que va saliendo y dice: «¡Qué buena idea, jefe! ¡Qué buena idea, jefe!».

Bosch sonrió y Edgar se rio. Harry sabía que le había quitado un buen peso de encima a su colega y eso lo reconfortaba. Se sentía bien.

–Entonces, ¿todavía no se sabe nada de la superviviente? –dijo.

–Está por ahí, en algún lugar. Pero los cuatro años que han pasado desde que huyó del Discípulo no han sido buenos para Georgia Stern.

–¿Qué ocurrió?

–Bueno, por lo que he leído en su historial y me han dicho algunas personas de Antivicio, parece que acabó enganchándose. Seguramente después tenía un aspecto demasiado sórdido para hacer películas. Quiero decir, ¿quién quiere ver una de esas pelis si la chica tiene pinchazos en los brazos, en los muslos, en el cuello? Es el problema del negocio del porno cuando estás enganchada a las drogas: tienes que salir desnuda y no puedes ocultarlo.

»En fin, he hablado con Mora solo para mantener el contacto habitual y decirle que la estaba buscando. Él fue el que más o menos me dio a entender que las marcas de aguja eran la forma más rápida de que a una la echaran del negocio. Pero no dijo nada más. ¿Crees que hice bien en ir a hablar con él?

Bosch lo pensó un momento y dijo:

—Sí. La mejor forma de que no sospeche nada es actuar como si él supiera lo mismo que nosotros. Si no le hubieras preguntado a él y luego hubiera llegado a sus oídos por otra vía o por alguien de Antivicio que la estabas buscando, probablemente nos habría descubierto.

—Sí, eso me parecía, por eso lo llamé esta mañana, le hice unas cuantas preguntas y luego me puse manos a la obra. Por lo que él sabe, tú y yo somos los únicos que estamos dedicados a este nuevo caso. No sabe nada del equipo de investigación, al menos de momento.

—El problema de preguntarle a él por la superviviente es que si sabe que la estás buscando, puede que él intente encontrarla también. Deberemos tener cuidado con eso. Díselo a los equipos de vigilancia.

Vale. Se lo diré. O que se lo diga Hans Off. Tendrías que oír a este tipo por radio, joder, es como un *boy scout*.

Bosch sonrió. Se imaginó que Hans Off no tenía ni idea de cómo utilizar los códigos en las comunicaciones por radio.

—En definitiva, que por eso ya no está en el negocio del porno —dijo Edgar retomando el tema de la superviviente—. En los últimos tres años tenemos cargos contra ella por falsificación de cheques, un par por posesión, un par de altercados con la prostitución y muchas, pero muchas, faltas por conducir bajo los efectos del alcohol. Ha estado entrando y saliendo. Dos o tres días dentro cada vez, pero nunca lo suficiente para desengancharse.

—¿Y dónde trabaja?

–En el valle de San Fernando. He estado toda la mañana en contacto con los de Antivicio del valle por teléfono. Dicen que suele trabajar en el corredor de Sepulveda con otras profesionales de la calle.

A Bosch le vinieron a la cabeza las chicas jóvenes que había visto la otra tarde, cuando seguía el rastro de Cerrone, el representante/chulo de Rebecca Kaminski. Se preguntó si habría visto o incluso hablado con Georgia Stern sin saberlo.

–¿Qué pasa?

–Nada. Es que el otro día estuve por allí y me preguntaba si la habría visto. Sin saber quién era, claro. ¿Te han dicho los de Antivicio si tiene protección?

–Qué va, no saben de ningún chulo. A mí me dio la impresión de que es material de última fila. La mayoría de los chulos tienen chicas mejores.

–Entonces, ¿los de Antivicio de allí la están buscando?

–Todavía no –dijo Edgar–. Hoy tenían formación, pero mañana por la noche estarán en Sepulveda.

–¿Alguna foto nueva?

–Sí.

Edgar alargó el brazo hasta su cazadora y sacó un taco de fotos. Eran copias de las fotos de identificación. Georgia Stern, efectivamente, estaba hecha polvo. Se había decolorado el pelo y las raíces oscuras se le veían al menos dos dedos. Sus ojeras eran tan profundas que parecía que se las hubieran grabado con un cuchillo. Tenía las mejillas flácidas y los ojos vidriosos. Por suerte para ella, se había pinchado antes de que la arrestaran. Eso suponía menos tiempo entre rejas sufriendo, esperando, suspirando por el siguiente pico.

–Son de hace tres meses. Iba puesta. Dos días en Sybil y fuera.

El Sybil Brand Institute era el principal centro de reclusión de mujeres del condado.

–Mira esto –dijo Edgar–. Se me había olvidado. Dean, un tipo de Antivicio del valle, dice que él la arrestó y que, cuando la estaba fichando, encontró una botella con polvos. Estuvo a punto de tramitar la denuncia por posesión, pero entonces se dio cuenta de que era una sustancia legal. Dijo que era AZT. Ya sabes, para el sida. Ya ves, tiene el virus y ahí está, en la calle. En Sepulveda. Él le preguntó si obligaba a los clientes a usar condones y su respuesta fue: «Si ellos no quieren, no».

Bosch se limitó a asentir con la cabeza. La historia era bastante común. Su experiencia le había enseñado que la mayoría de las prostitutas despreciaban a los hombres que las paraban y a los que ellas ofrecían sus servicios por dinero. Las que enfermaban lo hacían por culpa de sus clientes o por agujas infectadas, que muchas veces procedían también de los clientes. En cualquier caso, a él le parecía que ya formaba parte de su psicología que les diera igual pasarle el virus a los mismos que podrían haberlas contagiado a ellas.

–Si ellos no quieren, no –repitió Edgar, negando con la cabeza–. Hay que tener sangre fría.

Bosch se acabó el café y retiró la silla. No se podía fumar en la cafetería, así que quería bajar al vestíbulo y salir a fumar junto al monumento a los policías caídos en acto de servicio. Mientras Rollenberger estuviera en la sala de reuniones, habría que salir a fumar.

–Entonces…

El busca de Bosch empezó a sonar y Harry se mostró visiblemente desconcertado. Siempre había sostenido la teoría de que un veredicto rápido era un mal veredicto, un veredicto estúpido. ¿Es que no se habían parado a considerar las pruebas con detenimiento? Se desabrochó el cinturón y miró el número que aparecía en la pantalla. Respiró aliviado. Era de la central del Departamento de Policía.

—Creo que Mora me está llamando.

—Será mejor que tengas cuidado. ¿Qué ibas a decir antes?

—Mmm… Ah, no, solo me preguntaba si nos serviría de algo encontrar a Stern. Han pasado cuatro años. Está enganchada y enferma. Ni siquiera sé si se acordará del Discípulo.

—Ya, yo también lo estaba pensando. Pero la única alternativa es volver a Hollywood e informar a Pounds o prestarme voluntario para uno de los turnos de vigilancia de Mora. Me quedo con esto. Esta noche voy para allá, a Sepulveda.

Bosch asintió.

—Hans Off me dijo que conseguiste los papeles del divorcio. ¿Hay algo?

—No mucho. Ella tramitó la demanda, pero Mora no la impugnó. El documento tiene unas diez páginas, nada más. Solo llama la atención una cosa, pero no sé si es importante o no.

—¿Qué?

—Ella alegó motivos normales. Diferencias irreconciliables y crueldad psicológica. Pero, en los informes, también deja constancia del abandono de la relación conyugal. ¿Y sabes lo que eso significa?

—Que no había sexo.

—Eso es. ¿Y qué crees que significa eso?

Bosch se quedó pensando unos instantes y dijo:

—No lo sé. Rompieron justo antes del asunto del Fabricante de Muñecas. Puede que se hubiera metido en algún lío, y todo eso desembocó en los asesinatos. Puedo preguntarle a Locke.

–Sí, eso es lo que estaba pensando. En cualquier caso, solicité en tráfico que localizaran a su mujer y todavía está viva, aunque no creo que debamos hablar con ella. Es demasiado peligroso. Puede que le avise.

–Sí, sí, no te acerques a ella. Y los de tráfico, ¿han enviado su carné de conducir por fax?

–Sí. Es rubia. Metro sesenta, cincuenta kilos. Es solo la foto del carné de conducir, pero yo diría que encaja.

Bosch hizo un gesto con la cabeza y se levantó.

Tras coger una de las radios de la sala de reuniones, Bosch se dirigió a la división central y dejó el coche en el aparcamiento trasero. Todavía estaba en el radio de quince minutos que le había impuesto el Tribunal Federal. Dejó la radio en el coche y rodeó el aparcamiento hasta la entrada principal. Lo hizo para ver si veía a Sheehan y a Opelt. Supuso que no podían haber aparcado muy lejos de la salida del parking si querían ver salir a Mora, pero no los vio y tampoco le pareció que hubiera ningún vehículo sospechoso.

Unos faros se encendieron un instante en un aparcamiento que había tras una antigua gasolinera convertida en un puesto de tacos del que colgaba un cartel que decía: «LA CASA DEL BURRITO KOSHER: PASTRAMI». Distinguió dos figuras dentro del coche, que era un Eldorado gris, y miró para otro lado.

Mora estaba en su mesa comiendo un burrito con un aspecto que a Bosch le pareció horrible cuando se dio cuenta de que estaba relleno de pastrami. Parecía artificial.

–Harry –dijo con la boca llena.

–¿Está rico?

–No está mal. Pero creo que después de este volveré a la ternera normal. Quería probarlo porque vi a dos de los hombres de Robos y Homicidios ahí enfrente. Uno de ellos me dijo que venían desde el Parker para comprar estos burritos. Pensé que tenía que probarlo.

–Sí, creo que he oído hablar de ese sitio.

–Pues, si quieres que te diga la verdad, creo que estos burritos no se merecen el paseo desde el Parker Center.

Metió lo que le quedaba en el papel de aluminio en el que venía envuelto, se levantó y salió del despacho. Bosch oyó que el paquete daba un golpe en el fondo de una papelera del vestíbulo y Mora volvió a entrar.

–No quiero que luego mi papelera apeste.

–¿Me has llamado al busca?

–Sí, he sido yo. ¿Qué tal el juicio?

–Esperando el veredicto.

–Joder, acojona.

Bosch sabía por experiencia que si Mora quería decirle algo, lo haría cuando él quisiera. No le serviría de nada preguntarle al poli de Antivicio por qué lo había llamado al busca.

Ya en su silla, Mora se volvió hacia el archivo de expedientes que tenía detrás y empezó a abrir cajones. Luego miró atrás y dijo:

–Espera, Harry. Tengo que juntar material para ti.

Durante dos minutos Bosch lo vio abrir diferentes expedientes, sacar fotos y formar un pequeño montón. Luego se volvió de nuevo hacia la mesa.

–Cuatro –dijo–. He encontrado a cuatro actrices más que se retiraron en lo que podrían considerarse circunstancias sospechosas.

–Solo cuatro.

–Sí. Bueno, en realidad la gente ha hablado de más de cuatro chicas, pero solo cuatro encajan con el perfil del que hablamos. Rubias y con buen tipo. Por otro lado, está Gallery, de la que ya sabíamos algo, y tu rubia de hormigón. Así que todas juntas hacen un total de seis. Aquí están las nuevas.

Le entregó las fotos a Bosch por encima de la mesa. Harry las fue pasando despacio. Eran fotos de revistas publicitarias en color y llevaban el nombre de las chicas impreso en la parte inferior del marco blanco. Dos de las chicas estaban desnudas y posaban sobre una silla en un interior, con las piernas abiertas. A las otras dos las habían fotografiado en la playa y llevaban unos bikinis que probablemente fueran ilegales en la mayoría de las playas públicas. Para Bosch, las mujeres de las fotos eran casi idénticas. Sus cuerpos se parecían. Sus rostros tenían el mismo gesto fingido en los labios, con el que pretendían transmitir una imagen misteriosa y seductora al mismo tiempo. Las cuatro tenían un cabello tan rubio que casi parecía blanco.

–Todas Blancanieves –dijo Mora.

El innecesario comentario hizo que Bosch levantara la vista de las fotos para mirarlo. El poli de Antivicio le devolvió la mirada y le dijo:

–Bueno, ya sabes, el pelo. Así las llama un productor cuando las selecciona para las películas. Dice que quiere una Blancanieves para esta parte o aquella otra porque ya tiene una pelirroja o lo que sea. Blancanieves es el nombre del modelo. Estas chicas son todas iguales.

Bosch volvió la vista hacia las fotos, desconfiando de que sus ojos cedieran a sus sospechas.

Se dio cuenta, no obstante, de que buena parte de lo que Mora acababa de decir era cierto. Las principales diferencias físicas entre las mujeres de las fotos eran los tatuajes y los lugares en que estaban situados. Todas tenían un tatuaje pequeño de un corazón y una rosa o de un personaje de dibujos animados. Candi Cumings tenía un corazón justo a la izquierda del triángulo, perfectamente recortado, de su vello púbico. Mood Indigo tenía una especie de caricatura encima del tobillo izquierdo, pero el ángulo desde el que se había tomado la foto impedía a Bosch descifrar qué era. Dee Anne Dozit tenía un corazón envuelto en un alambre de espinos de unos quince centímetros sobre el pezón izquierdo, en el que tenía un *piercing* con un aro dorado. Y TeXXXas Rose tenía una rosa roja en la parte blanda de la mano derecha, entre el dedo pulgar y el índice.

Bosch pensó que tal vez en aquel momento ya estaban muertas.

—¿Nadie sabe nada de ellas?

—Nadie del negocio, al menos.

—Tienes razón. Físicamente, encajan con el perfil.

—Sí.

—¿Prostitutas?

—Supongo que sí, pero aún no lo sé seguro. La gente con la que he hablado trataba con ellas en el negocio de las películas y no tenían ni idea de lo que hacían las chicas cuando las cámaras dejaban de grabar, por decirlo así. O al menos, eso dijeron. El siguiente paso será conseguir números atrasados de revistas de sexo y buscar anuncios.

—¿Alguna fecha? ¿Sabes cuándo desaparecieron, algún dato de ese tipo?

—Solo datos generales. Los agentes y los directores de las películas no tienen cabeza para las fechas. Estamos hablando de la memoria de la gente, así que los datos son muy generales. Si descubro que se anunciaban en los contactos, podré precisar mucho más las fechas cuando sepa cuándo pusieron los últimos anuncios. De todas formas, te voy a dar la información que tengo. ¿Tienes ahí tu cuaderno?

Mora le contó lo que sabía. Sin fechas específicas, solo meses y años. Al reunir las fechas aproximadas en las que habían desaparecido Rebecca Kaminski, la Rubia de Hormigón, Constance Calvin –que era Gallery en la pantalla– y la séptima y undécima víctimas originalmente atribuidas a Church, podía deducirse un patrón inexacto que mostraba que la desaparición de las actrices noveles del porno se producía cada seis o siete meses. La última había sido la de Mood Indigo, ocho meses antes.

–¿Ves el patrón de conducta? Le toca. Debe de andar por ahí a la caza.

Bosch asintió con la cabeza y, cuando levantó la vista de su cuaderno para mirar a Mora, le pareció ver un brillo en sus ojos oscuros. Le pareció que podía ver a través de ellos la negra oquedad de su interior. En aquel escalofriante momento, a Bosch le pareció haber visto la confirmación de la maldad en el otro hombre. Era como si Mora lo estuviera retando a adentrarse con él en la oscuridad.

24

Bosch sabía que ir a la Universidad del Sur de California suponía tensar demasiado la cuerda, pero eran las dos y la disyuntiva estaba entre quedarse en la sala de reuniones con Rollenberger a esperar el veredicto o emplear el tiempo en hacer algo útil. Se decantó por la última opción y cogió la autovía del puerto en dirección al sur. Volver en quince minutos en caso de que el jurado tuviera el veredicto dependería del tráfico que hubiera en dirección norte, pero no era imposible. Encontrar un sitio para aparcar en el Parker Center y llegar al juzgado ya sería otra cuestión.

Aunque la Universidad del Sur de California estaba situada en los barrios bajos que rodean el Coliseum, cuando se traspasaba la verja y se entraba en el campus todo parecía tan bucólico como en Catalina. No obstante, Bosch sabía que aquella paz había sido quebrantada cada vez con mayor frecuencia, hasta el punto de que incluso para los Trojans podía resultar peligroso jugar al fútbol. Un par de temporadas antes, en uno de los habituales tiroteos que se producían desde un vehículo en los barrios de los alrededores, una bala perdida le había dado a un talentoso jugador principiante de la línea de fondo cuando estaba con los demás en el terreno de juego. Los incidentes de este tipo habían provocado que el personal administrativo presentara denuncias a diario ante el Departamento de Policía de Los Ángeles y que los estudiantes suspiraran por trasladarse a la Universidad de California en Los Ángeles, que era más barata y estaba situada en el entorno residencial y relativamente tranquilo de Westwood.

Bosch no tuvo dificultades para encontrar la facultad de Psicología con un plano que le entregaron en la puerta de entrada, pero una vez dentro del edificio de ladrillo de cuatro plantas no vio ningún panel de información que le ayudara a encontrar al doctor John Locke o el laboratorio de investigación psicohormonal. Atravesó un vestíbulo muy amplio y tomó las escaleras que conducían al segundo piso. La primera estudiante a la que preguntó cómo llegar al laboratorio se rio pensando que trataba de seducirla y Bosch se marchó sin obtener respuesta. Al final, le indicaron que bajara al sótano.

Iba leyendo la placa de las puertas a medida que recorría el pasillo lúgubremente iluminado y, por fin, en la penúltima puerta, encontró el laboratorio. En la entrada había una estudiante rubia sentada tras una mesa leyendo un voluminoso libro de texto. Levantó la vista, sonrió y Bosch le preguntó por Locke.

—Lo llamaré. ¿Lo está esperando?

—Con los psiquiatras nunca se sabe.

Sonrió, pero la chica no lo entendió y Bosch se preguntó si habría conseguido hacer un chiste.

—No, he venido sin avisar.

—Lo que ocurre es que el doctor Locke tiene clase práctica todo el día. No puedo molestarlo si…

Por fin la joven levantó la vista y vio la placa que sostenía Bosch.

—Ahora mismo lo llamo.

—Dígale simplemente que soy Bosch y que necesito hablar con él unos minutos, si no hay inconveniente.

Ella habló brevemente por teléfono y repitió lo que Bosch acababa de decir. Después aguardó en silencio unos instantes y dijo: «Está bien» y colgó.

–Su ayudante dice que el doctor Locke pasará por aquí a buscarlo. Serán solo unos minutos.

Bosch le dio las gracias y se sentó en una de las sillas que había junto a la puerta. Recorrió la antesala con la mirada. Había un tablón de anuncios con carteles escritos a mano. La mayoría eran el tipo de anuncios que pone la gente que busca compañeros de piso. También había un cartel en el que se anunciaba una fiesta de estudiantes de psiquiatría.

En la sala había otra mesa, además de la que ocupaba la estudiante. Pero esta otra estaba vacía en aquel momento.

–¿Es esto parte del programa de estudios? –preguntó Bosch–. ¿Tiene que pasar aquí un tiempo como recepcionista?

La joven levantó la vista del libro de texto.

–No, solo es un trabajo. Yo estudio psicología infantil, pero encontrar un trabajo en el laboratorio de allí no es fácil. En cambio, nadie quiere trabajar aquí en el sótano.

–¿Y cómo es eso?

–Aquí abajo está toda la psicología más espantosa. Esto es Psicohormonal. Al otro lado...

La puerta se abrió y apareció Locke, vestido con unos vaqueros azules y una camiseta teñida. Le tendió la mano a Bosch y Harry se fijó en la pulsera de cuero que llevaba en la muñeca.

–Harry, ¿cómo está?

–Bien. Estoy bien. ¿Y usted? Siento irrumpir aquí de esta manera, pero quería saber si dispone de unos minutos. Hay algunas novedades respecto a la cuestión con la que le molesté la otra noche.

–No fue ninguna molestia. Créame, para mí es fantástico tener un caso real entre manos. Las clases acaban por aburrirme.

Le pidió a Bosch que lo acompañara. Salieron, llegaron a un vestíbulo y entraron en un conjunto de despachos. Locke lo condujo hasta el último. Hileras de libros de consulta y lo que Bosch dedujo que debían de ser tesis que había ido guardando ocupaban los estantes de la pared que había tras la mesa. Locke se dejó caer en una silla acolchada y puso un pie encima del escritorio. El flexo verde enganchado a la mesa estaba encendido y el resto de la luz procedía de una ventanita situada en la parte superior derecha de la pared. De vez en cuando, la luz de la ventana parpadeaba unos instantes al paso de algún viandante, como un eclipse humano.

Locke levantó la mirada hacia la ventana y dijo:

–Algunas veces, aquí abajo, tengo la sensación de que trabajo en un calabozo.

–Creo que la estudiante de ahí fuera tiene esa misma sensación.

–¿Melissa? Claro, normal. Ha escogido psicología infantil y no consigo convencerla para que se pase a mi bando. Pero, bueno, dudo que haya venido al campus para oír historias de alumnas jovencitas, aunque supongo que tampoco le importaría.

–Tal vez en otro momento.

Bosch notó que alguien había fumado en aquella habitación, aunque no veía ningún cenicero. Sacó su paquete sin preguntar.

–¿Sabe, Harry? Yo podría hipnotizarlo y solucionarle el problema que tiene.

–Gracias, pero no, doctor. Ya me hipnoticé una vez y no funcionó.

–¿En serio, es usted uno de los últimos policías de Los Ángeles hipnotizadores? Son una especie en extinción. Oí hablar del experimento. Los tribunales lo desestimaron, ¿no?

–Sí, no se admiten testigos hipnotizados en los juicios. Creo que yo soy el último al que enseñaron que sigue en el departamento.

–Es curioso.

–Bueno, el caso es que ha habido novedades desde la última vez que hablé con usted y pensé que estaría bien conocer su opinión. Creo que nos orientó bien con el enfoque del porno y a lo mejor ahora se le ocurre algo.

–¿Qué novedades?

–Tenemos…

–Antes de nada, ¿quiere un café?

–¿Va a tomar usted?

–Yo no tomo.

–Entonces no se preocupe. Tenemos un sospechoso.

–Ah, ¿sí?

Bajó el pie de la mesa y se inclinó hacia delante. Parecía realmente interesado.

–Y tiene un pie en cada bando, tal y como usted dijo. Estaba en el equipo de investigación y lo suyo, eh, su campo de especialización es el negocio de la pornografía. En estos momentos no creo que deba darle su nombre porque…

–Claro que no. Lo comprendo perfectamente. Es un sospechoso, no se le ha acusado de nada. Detective, no se preocupe, esta conversación no saldrá de aquí. Puede hablar con total libertad.

Bosch utilizó una papelera que había junto a la mesa de Locke como cenicero.

–Se lo agradezco. El caso es que lo estamos vigilando, viendo qué hace. Pero aquí es donde se complica la cosa.

La cuestión es que probablemente sea el policía más experto en la industria del porno y lo más normal es que acudamos a él para que nos asesore y nos dé información.

—Por supuesto, y si no lo hicieran seguramente empezaría a sospechar que sospechan de él. Ah, hemos tejido una red fantástica, Harry.

Locke se levantó y comenzó a pasear de un lado a otro del despacho con la mirada perdida y metiendo y sacando las manos de los bolsillos constantemente.

—Continúe, esto es magnífico. ¿Qué le dije? Dos actores independientes representando el mismo papel. El corazón negro no late solo. Siga, siga.

—Bueno, como le decía, lo normal es que acudamos a él, y así lo hemos hecho. Tras el hallazgo del cadáver esta semana, y con lo que usted dijo, sospechábamos que podría haber otras. Otras mujeres que desaparecieron y que también trabajaban en ese negocio.

—¿Así que le pidieron a él que lo investigara? Extraordinario.

—Sí, se lo pedí yo ayer y hoy me ha dado otros cuatro nombres. Ya teníamos el nombre de la Rubia de Hormigón, que apareció esta semana, más otro que el sospechoso desveló el otro día. Así que, si las sumamos a las dos primeras (las víctimas siete y once del Fabricante de Muñecas), ahora tenemos un total de ocho. El sospechoso ha estado todo el día bajo vigilancia, de modo que sabemos que ha hecho todo el trabajo necesario para averiguar estos nombres. No solo me dio los nombres, sino que siguió todos los pasos.

—Era de esperar que actuara así. Él dará la imagen de que lleva una vida normal y rutinaria, independientemente de que sepa que lo están vigilando o no. Aunque ya conociera esos nombres, procedería a obtenerlos siguiendo los pasos pertinentes. Es uno de los síntomas que demuestran lo inteligente que…

Se detuvo, se metió las manos en los bolsillos y frunció el entrecejo mientras parecía mirar fijamente al suelo entre sus pies.

—¿Dijo que eran seis nombres más los dos primeros?

—Eso es.

—Ocho asesinatos en casi cinco años. ¿Puede ser que haya más?

—Es lo que iba a preguntarle. La información procede del sospechoso. ¿Podría ser que mintiera? ¿Podría decirnos menos, darnos menos nombres de los que realmente hay para jugar con nosotros y enredar la investigación?

—Ah. —El psiquiatra continuó caminando de un lado a otro, pero permaneció callado durante medio minuto—. Mi instinto me dice que no. No, yo no creo que trate de jugar con ustedes. Él se tomará su trabajo muy en serio. Creo que si lo que les ha dado son cinco nombres nuevos, es que no hay más. Debe tener presente que este hombre se siente superior a la policía en todos los sentidos. No sería extraño que fuera totalmente honesto con ustedes en algunos aspectos del caso.

—Tenemos una vaga idea del calendario de los asesinatos. Parece que bajó el ritmo tras la muerte de Church. Cuando comenzó a esconderlas y a enterrarlas porque ya no podía seguir haciéndose pasar por el Fabricante de Muñecas, los intervalos aumentaron. Al parecer, pasó de dejar menos de dos meses entre los asesinatos durante el periodo del Fabricante de Muñecas a dejar pasar siete e incluso más. La última desaparición se produjo hace ocho meses.

Locke levantó la vista del suelo para mirar a Bosch.

—Y toda su actividad reciente —dijo él—, el juicio en los periódicos, el hecho de que enviara una nota y de que esté implicado en el caso como detective. Esta intensa actividad acelerará el final del ciclo. No lo pierdan, Harry. Podría haber llegado el momento.

Se dio la vuelta y miró el calendario que había colgado junto a la puerta. Había una especie de diseño laberíntico sobre los días del mes. Locke se echó a reír. Bosch no entendía nada.

–¿Qué pasa? –preguntó.

–Pues que este fin de semana, además, hay luna llena. –Se volvió de nuevo para mirar a Bosch–. ¿Puede llevarme con usted a vigilarlo?

–¿Cómo?

–Lléveme con usted. Será una oportunidad única en el campo de los estudios psicosexuales. Observar la conducta de ataque de un sádico sexual en el mismo momento en el que está actuando. Increíble. Harry, esto podría valerme una beca para la Hopkins. Esto podría… –Los ojos se le iluminaron al mirar hacia la ventana–. Podría sacarme de esta mierda de calabozo.

Bosch se levantó. Tenía la sensación de que había cometido un error. El interés personal de Locke eclipsaba todo lo demás. Bosch había acudido allí en busca de ayuda y no para convertir a Locke en el psiquiatra del año.

–Mire, estamos hablando de un asesino. Se trata de personas de verdad. Sangre de verdad. No haré nada que pueda comprometer la investigación. La vigilancia de un sospechoso es una operación muy delicada, y si además la persona a la que vigilamos es un poli, el asunto se complica más aún. No puedo llevarle. Ni me lo pida. Puedo venir aquí a ponerle al corriente siempre que me sea posible, pero de ningún modo ni yo ni mi superior en este caso accederemos a llevar a un civil a una operación.

Locke bajó la cabeza y puso cara de cordero degollado. Volvió a mirar de reojo hacia la ventana y comenzó a caminar tras la mesa. Se sentó y se encogió de hombros con resignación.

–Sí, por supuesto –dijo con serenidad–. Lo entiendo perfectamente, Harry. Me he dejado llevar. Lo primordial aquí es detener a ese hombre. Después nos ocuparemos de estudiarlo. Veamos, el ciclo es de siete meses. ¡Es impresionante!

Bosch sacudió la ceniza del cigarrillo y volvió a apoyar la espalda en la silla.

–Bueno, pero, teniendo en cuenta de dónde procede la información, no estamos seguros. Podría haber más.

–Me extrañaría.

Locke se pellizcó el puente de la nariz y cerró los ojos. Permaneció inmóvil unos instantes.

–Harry, no estoy durmiendo. Solo me estoy concentrando. Estoy pensando.

Bosch lo observó durante unos segundos. Era un bicho raro. Advirtió que, en la estantería que había sobre la cabeza de Locke, se alineaban los libros que había escrito el psiquiatra. Había varios, todos con su nombre en el lomo y, de algunos títulos, más de un ejemplar. Bosch pensó que tal vez los tenía para regalarlos. Vio cinco ejemplares de *Corazones negros*, el libro que Locke había mencionado en su testimonio, y tres de un libro titulado *La vida sexual privada de la princesa del porno*.

–¿Ha escrito usted sobre el mundo del porno?

Locke abrió los ojos.

–Sí, ¿por qué? Ese es el libro que escribí antes de *Corazones negros*. ¿Lo ha leído?

–Eh, no.

Volvió a cerrar los ojos.

–No, claro. Aunque el título es atractivo, no deja de ser un libro de texto universitario. La última vez que se lo pregunté a mi editor, se estaba vendiendo en librerías de ciento cuarenta y seis universidades, incluida la Hopkins. Salió hace dos años, va por la cuarta edición y aún no he visto ni un cheque por los derechos. ¿Le gustaría leerlo?

–Sí, sí que me gustaría.

–Pues pase por el sindicato de estudiantes según sale de aquí, allí lo venden. No es ningún regalo, se lo advierto. Treinta dólares. Pero estoy seguro de que se lo puede permitir. Quizá también debería advertirle que es muy explícito.

A Bosch le molestó que Locke no le diera uno de los ejemplares que tenía en la estantería. Tal vez era una forma infantil de devolverle la moneda por no haber accedido a que acompañara al operativo de vigilancia. Se preguntó cómo habría interpretado esa conducta Melissa, la estudiante de psicología infantil.

–Hay algo más sobre nuestro sospechoso. No sé lo que significa.

Locke abrió los ojos, pero no se movió.

–Se divorció un año antes de que comenzaran los asesinatos del Fabricante de Muñecas. En el informe del divorcio la esposa menciona que hubo abandono de la relación conyugal. ¿Eso también encajaría?

–Dejaron de hacerlo, ¿eh?

–Supongo. Estaba en el archivo del juzgado.

–Podría encajar. Pero, para serle sincero, nosotros, los psiquiatras, podríamos conseguir que cualquier cosa encajara en cualquiera de los pronósticos que hacemos. De todos modos, el sospechoso podría haberse vuelto impotente con su mujer. Él estaba avanzando en su molde erótico y ahí no había sitio para ella. En realidad, la estaba dejando atrás.

–De modo que no lo considera motivo para replantearnos nuestras sospechas.

–Al contrario. En mi opinión, es una prueba más de que ha padecido importantes cambios psicológicos. Su personalidad sexual está evolucionando.

Bosch se detuvo a pensarlo mientras trataba de imaginarse a Mora. El poli de Antivicio pasaba sus días en el escabroso ambiente de la pornografía. Al cabo de un tiempo, no se le levantaba con su propia mujer.

–¿Hay alguna otra cosa que pueda contarme? ¿Algo sobre el sospechoso que pueda servirnos de ayuda? No tenemos nada contra él, ningún indicio razonable. No podemos arrestarlo. Lo único que podemos hacer es vigilarlo. Y esto empieza a ser peligroso. Si lo perdemos…

–Podría volver a matar.

–Exacto.

–Y volverían a quedarse sin ninguna prueba.

–¿Y qué me dice de sus trofeos? ¿Qué tengo que buscar?

–¿Dónde?

–En su casa.

–Ah, ya entiendo. Piensa continuar su relación profesional con él y hacerle una visita con alguna artimaña. Pero no podrá moverse con libertad por la casa.

–Tal vez sí, si otra persona lo entretiene. Iré acompañado.

Locke se inclinó hacia delante en la silla con los ojos muy abiertos. De nuevo se estaba entusiasmando.

–¿Y si usted lo entretuviera mientras yo busco en la casa? Yo soy experto en esto, Harry. Para usted sería más fácil entretenerlo. Podrían hablar de los temas que hablan entre detectives y mientras tanto yo le pediría que me dejara utilizar el aseo. Comprendería mejor el…

–Olvídelo, doctor Locke. Escúcheme, eso no va a ocurrir de ninguna de las maneras, ¿de acuerdo? Es demasiado peligroso. Ahora bien, ¿quiere ayudarme, sí o no?

–De acuerdo, de acuerdo. Le pido disculpas otra vez. La razón por la que me entusiasma la idea de estar dentro de la casa y de la mente de ese hombre es porque creo que él, que ha entrado en un ciclo en el que mata cada siete meses o más, debe de tener, casi con toda seguridad, trofeos que le ayuden a satisfacer sus fantasías y recrear los asesinatos; de ese modo mitiga la urgencia de materializar sus fantasías.

–Entiendo.

–Están ante un hombre con un ciclo más largo de lo común. Créame, durante estos siete meses, los impulsos de actuar, de salir a matar, no están acallados. Permanecen ahí. Siempre. ¿Recuerda lo que testifiqué sobre el molde erótico?

–Sí, lo recuerdo.

–Bien, pues él va a tener que satisfacer ese molde erótico. Va a tener que cumplir con él. ¿Cómo lo hace? ¿Cómo aguanta seis, siete u ocho meses? La respuesta es que tiene trofeos, recuerdos de conquistas pasadas. Cuando hablo de conquistas me refiero a asesinatos. Tiene objetos que le ayudan a recordar y revivir sus fantasías. No le sirven como el acto real, ni mucho menos, pero puede que los utilice para ampliar el ciclo, para aplazar el impulso de actuar. Sabe que cuanto menos mate, menos probabilidades habrá de que lo atrapen.

»Si sus sospechas son ciertas, el ciclo que ha establecido ahora es de casi ocho meses. Eso significa que está apurando al máximo, que trata de dominarse. Pero al mismo tiempo tenemos esta nota con esa extraña necesidad de llamar la atención, de decir: "Soy mejor que el

Fabricante de Muñecas. ¡Continuaré! Y si no me creen, vean lo que he dejado en el hormigón en tal y tal lugar". La nota demuestra una importante desestructuración y, al mismo tiempo, revela que está inmerso en una tremenda lucha por controlar sus impulsos. ¡Ha aguantado más de siete meses!

Bosch apagó el cigarrillo contra un lateral de la papelera y lo tiró dentro. Sacó su cuaderno. Dijo:

–Nunca se encontró la ropa, ni de las víctimas del Fabricante de Muñecas ni del Discípulo. ¿Podría ser la ropa el trofeo que utiliza?

–Podría ser, pero olvídese de eso, Harry. Es más sencillo. Recuerde que lo que tenemos aquí es un hombre que escoge a sus víctimas después de haberlas visto en vídeo. Así que ¿qué mejor forma de mantener vivas sus fantasías que con los vídeos? Si tiene ocasión, busque vídeos en la casa, Harry. Y una cámara.

–Grabó los asesinatos –dijo Bosch.

No era una pregunta. Solo repetía lo que Locke decía a modo de preparación para el encuentro con Mora.

–No podemos estar seguros, claro –dijo Locke–. ¿Quién sabe? Pero yo diría que sí. ¿Se acuerda de Westley Dodd?

Bosch negó con la cabeza.

–Fue al que ejecutaron hace un par de años en Washington. Lo colgaron. Es el ejemplo perfecto de que lo que va vuelve. Era un asesino de niños. Le gustaba colgar a los niños en su armario, en perchas. También tenía una Polaroid. Cuando lo detuvieron, la policía encontró un álbum de fotos cuidadosamente conservado y lleno de instantáneas de los niños a los que había matado, todos colgados en el armario. Incluso se había tomado la molestia de escribir pies de foto. Completamente morboso. Pero, por repugnante que fuera, le garantizo que aquel álbum salvó la vida de muchos otros niños. Sin ninguna duda. Porque lo utilizaba para satisfacer sus fantasías en lugar de actuar de nuevo.

Bosch asintió con la cabeza. En algún lugar de la casa de Mora encontraría un vídeo, o tal vez una galería fotográfica capaz de revolverle el estómago a cualquiera. Pero aquello era lo que mantenía a Mora alejado del abismo durante nada menos que ocho meses en cada ocasión.

–¿Y qué me dice de Jeffrey Dahmer? –dijo Locke–. ¿Lo recuerda? Fue en Milwaukee. Otro fotógrafo. Le gustaba hacer fotos a los cadáveres, a partes de ellos. Aquello le ayudó a despistar a la policía durante años. Después comenzó a guardar los cadáveres. Ese fue su error.

Ambos guardaron silencio durante unos segundos. El cerebro de Bosch se llenó de imágenes espeluznantes de todos los cadáveres que había visto. Se frotó los ojos como si así pudiera borrarlas.

–¿Cómo es eso que dicen de las fotos? –preguntó a continuación Locke–. En los anuncios de la tele. Algo así como «el regalo que siempre te da más». ¿No será eso entonces lo que lleva a un asesino en serie a grabar?

Antes de salir del campus, Bosch pasó por el sindicato de estudiantes y entró en la librería. Había una pila de ejemplares del libro de Locke sobre el mundo del porno en la sección de psicología y estudios sociales. El primero de ellos tenía ya los bordes sucios de haber sido hojeado. Bosch cogió el que estaba debajo.

Cuando la chica de la caja abrió el libro para ver el precio, quedó abierto por una página en la que había una foto en blanco y negro de una mujer haciéndole una felación a un hombre. La cara de la chica enrojeció, aunque el tono no llegó a ser tan intenso como el escarlata del rostro de Bosch.

—Lo siento —fue lo único que acertó a decir.

—No pasa nada, ya lo había visto. El libro, quiero decir.

—Sí, claro.

—¿Va a dar alguna clase con este libro el próximo semestre?

Bosch se dio cuenta de que, puesto que era demasiado mayor para ser estudiante, en principio, solo tenía sentido que comprara aquel ejemplar si era profesor. Le pareció que si explicaba que su interés se limitaba a su trabajo de policía, parecería mentira y llamaría la atención más de lo que quería.

—Sí —mintió.

—Ah, ¿sí? ¿Cómo se llama la asignatura? A lo mejor la elijo.

—Mm, bueno, aún no lo he decidido. Todavía estoy formulando un...

—Bueno, ¿cómo se llama usted? La buscaré en el programa.

—Eh..., Locke. Doctor John Locke, psicología.

—Ah, así que es usted el autor. Sí, he oído hablar de usted. Ya buscaré la clase. Gracias y que tenga un buen día.

Ella le dio el cambio. Él le dio las gracias y salió con el libro en una bolsa.

25

Poco antes de las cuatro, Bosch había regresado al Tribunal Federal. Mientras esperaban a que saliera el juez Keyes a darle el fin de semana libre al jurado, Belk dijo en voz baja que había ido al despacho de Chandler por la tarde y le había ofrecido a la abogada de Deborah Church cincuenta de los grandes por retirar la demanda.

—Y le dijo que se los guardara.

—A decir verdad, no fue tan educada.

Bosch sonrió y miró a Chandler. Le estaba diciendo algo al oído a la mujer de Church, pero debió de notar que Bosch la estaba observando. Dejó de hablar y se volvió hacia él. Durante casi medio minuto ambos se sostuvieron la mirada como en una competición de adolescentes y ninguno de los dos se dio por vencido hasta que se abrió la puerta de la sala y el juez Keyes entró para ocupar su lugar.

El magistrado pidió a la secretaria que llamara al jurado. Preguntó si alguien deseaba decir algo y, como no fue así, dio instrucciones a los miembros del jurado para que evitaran leer artículos de prensa sobre el caso o ver los telediarios locales. Acto seguido, convocó al jurado y a las dos partes a las nueve y media de la mañana del lunes, cuando se retomarían las deliberaciones.

Bosch accedió a la escalera mecánica justo detrás de Chandler para bajar al vestíbulo. Esta iba un par de escalones por encima de Deborah Church.

—¿Abogada? —dijo en voz baja para que la viuda no pudiera oírlo.

Chandler se volvió en el escalón, agarrándose al pasamanos para mantener el equilibrio.

—El jurado está deliberando, no hay nada que pueda cambiar el caso a estas alturas —dijo—. El mismo Norman Church podría estar esperándonos a la salida y no podríamos decírselo al jurado. ¿Por qué no me da la nota? Aunque este caso haya acabado, sigue habiendo una investigación abierta.

Chandler permaneció en silencio hasta que llegaron abajo. Ya en el vestíbulo, le dijo a Deborah Church que la esperara un momento en la calle. Luego se volvió hacia Bosch.

—Le repito que niego que haya una nota, ¿lo entiende?

Bosch sonrió.

—Eso ya lo habíamos superado, ¿lo recuerda? Ayer se fue de la lengua. Dijo que…

—No me importa lo que dije, ni tampoco lo que dijo usted. Mire, si el tipo me ha enviado una nota, no creo que sea más que una copia de la que ustedes tienen ya. No perdería el tiempo escribiendo una nueva.

—Le agradezco que al menos me diga eso, pero hasta una copia podría sernos útil. Podría contener huellas. Podría haber alguna pista en el papel de la copia.

—Detective Bosch, ¿cuántas veces ha obtenido huellas de las otras cartas que envió?

Bosch no contestó.

—Me lo imaginaba —dijo ella—. Que tenga un buen fin de semana.

Chandler se volvió y se dirigió a la puerta. Bosch esperó unos segundos, se puso un cigarrillo en la boca y salió.

Sheehan y Opelt estaban en la sala de reuniones poniendo a Rollenberger al corriente de lo sucedido durante el turno de vigilancia. Edgar también estaba presente, escuchando. Bosch vio que delante de él, en la mesa redonda, tenía una fotografía de Mora. Era una foto de carné, como las que les hacían todos los años en el departamento para renovar la tarjeta de identificación.

—En todo caso, no va a actuar durante el día —decía Sheehan—. A lo mejor esta noche tienen suerte.

—Está bien —dijo Rollenberger—. Escribid algo para el informe cronológico y podéis tomaros el día libre. Lo necesito, tengo una reunión con el inspector Irving a las cinco. Pero no olvidéis que esta noche estáis los dos de servicio. Hemos de estar todos a una. Si Mora empieza a comportarse de forma sospechosa, quiero que os reunáis con Ydc y Mayfield.

—Muy bien —dijo Opelt.

Mientras Opelt se sentaba a escribir en la única máquina que Rollenberger había requisado, Sheehan sirvió unas tazas de café de la máquina que había aparecido en algún momento de la tarde en la barra que había tras la mesa. Hans Off no era gran cosa como poli, pero sabía montar un centro de operaciones, pensó Bosch. Él también se sirvió un café y se sentó a la mesa con Sheehan y Edgar.

—Me lo he perdido casi todo —le dijo a Sheehan—. Pero parece que no ha pasado nada.

—Así es. Después de que tú te pasaras, volvió por la tarde al valle de San Fernando y paró en varias oficinas y almacenes de Canoga Park y Northridge. Tenemos las direcciones, si las quieres. Todas eran distribuidoras de cine porno. No estuvo más de media hora en ningún sitio, pero no sabemos lo que hizo. Luego regresó, trabajó otro rato en el despacho y se fue a casa.

Bosch supuso que Mora estaba consultando a otras productoras, tratando de seguirle la pista a otras víctimas o tal vez recabando más datos sobre el misterioso hombre que Gallery había descrito cuatro años atrás. Le preguntó a Sheehan dónde vivía Mora y apuntó la dirección de Sierra Bonita Avenue en su cuaderno. Quería advertirle a Sheehan de lo cerca que había estado de echar por tierra la operación en el puesto de burritos, pero no iba a hacerlo delante de Rollenberger. Se lo diría después.

–¿Alguna novedad? –le preguntó a Edgar.

–Sobre la superviviente, todavía nada –contestó Edgar–. Dentro de cinco minutos me voy a Sepulveda. Las chicas trabajan mucho en las horas punta, puede que la vea y la recoja.

Después de que todos lo hubieran puesto al día, Bosch les contó a los detectives que había en la sala los datos que Mora le había proporcionado y lo que Locke pensaba de ellos. Cuando terminó, Rollenberger silbó como si acabara de pasar una mujer de bandera.

–Vaya, el jefe tiene que saberlo cuanto antes. Tal vez quiera doblar la vigilancia.

–Mora es poli –dijo Bosch–. Cuantos más hombres dediquemos a esto, más posibilidades habrá de que nos descubra. Si se entera de que lo estamos vigilando, se irá todo al traste.

Rollenberger se quedó pensándolo y asintió con la cabeza, pero dijo:

–Bueno, aun así, tenemos que informar al jefe de las novedades. Que nadie vaya a ninguna parte de momento. Voy a ver si puedo verlo antes y entonces decidiremos qué camino seguir.

Se levantó con unos papeles en la mano y llamó a la puerta que comunicaba con el despacho de Irving. A continuación, la abrió y desapareció tras ella.

—Capullo —dijo Sheehan cuando se cerró la puerta—. Venga, entra ahí dentro a lamerle un poco el culo.

Todos se rieron.

—Escuchadme vosotros dos —dijo Bosch a Sheehan y a Opelt—. Mora mencionó vuestro encuentro en el puesto de burritos.

—¡Mierda! —exclamó Opelt.

—Creo que se tragó lo de los burritos *kosher* —dijo Bosch, y empezó a reírse— ¡hasta que probó uno! No le entraba en la cabeza por qué habíais venido desde el Parker Center a por una de esas cosas asquerosas. Acabó tirando la mitad. Si os vuelve a ver por ahí, empezará a atar cabos. Así que cuidado con lo que hacéis.

—Sí, sí —dijo Sheehan—. Fue idea de Opelt, toda esa historia del burrito *kosher*. Fue él el que…

—¿El que qué? ¿Qué querías que dijera? El tipo al que estamos vigilando se acerca de repente al coche y dice «¿Qué pasa, chicos?». Tenía que pensar en…

La puerta se abrió y Rollenberger volvió a entrar. Se dirigió a su silla, pero, en lugar de sentarse, apoyó las manos en la mesa y se inclinó hacia delante muy serio, como si acabara de recibir órdenes de Dios.

—He puesto al jefe al corriente. Está muy contento con todo lo que hemos conseguido en solo veinticuatro horas. Le preocupa que perdamos a Mora, sobre todo teniendo en cuenta que el psiquiatra ha dicho que estamos al final del ciclo, pero no quiere modificar la vigilancia. Añadir otro equipo aumentaría las posibilidades de que Mora viera algo. Creo que tiene razón. Es una buena idea dejar las cosas como están. Nosotros…

Edgar intentó contener la risa, pero no fue capaz. El ruido se pareció más al de un estornudo.

—¿Algo gracioso, detective Edgar?

—No, creo que me estoy resfriando. Continúe, por favor.

—Bueno, eso es todo. Actuad como habíamos acordado. Yo informaré a los demás equipos de vigilancia de los datos que ha recabado Bosch. Rector y Heikes van a hacer el turno de noche y después entran los Presidentes mañana a las ocho.

Los Presidentes eran dos hombres del departamento de Robos y Homicidios que se apellidaban Johnson y Nixon. No les gustaba que los llamaran «los Presidentes», en especial a Nixon.

—Sheehan, Opelt, volvéis a entrar mañana a las cuatro. Tenéis el sábado por la noche, así que al loro. Bosch, Edgar, seguís por libre. A ver qué podéis averiguar. Tened los buscas encendidos y las radios a mano. Puede que tengamos que reunir a todo el mundo con urgencia.

—¿Se autorizan las horas extras? —preguntó Edgar.

—Todo el fin de semana. Pero si trabajáis, quiero ver el resultado. Solo asuntos de este caso, sin pasarse. Ya está, eso es todo.

Rollenberger se sentó y corrió la silla hacia la mesa. Bosch se imaginó que era para disimular una erección, pues parecía excitarle mucho eso de ser jefe de operaciones. Todos menos Hans Off salieron al vestíbulo y se dirigieron al ascensor.

—¿Quién va a beber esta noche? —preguntó Sheehan.

—Mejor dicho, ¿quién no? —repuso Opelt.

Bosch llegó a su casa hacia las siete, después de haber tomado una única cerveza en el Code Seven y haber comprobado que el alcohol no le sentaba bien tras los excesos de la noche anterior. Llamó a Sylvia y le dijo que aún no había veredicto. Le contó que iba a ducharse y cambiarse de ropa y que pasaría por su casa a verla sobre las ocho.

Todavía tenía el cabello mojado cuando ella le abrió la puerta de su casa y se abalanzó sobre él. Ambos se abrazaron y se besaron en la entrada durante un buen rato. Hasta que Sylvia no se apartó, Bosch no vio que llevaba puesto un vestido negro corto con un escote que descendía por la línea que separaba sus senos.

–¿Qué tal ha ido hoy, el alegato final y todo eso?

–Bien. ¿Cómo es que te has puesto tan guapa?

–Porque te voy a llevar a cenar. He reservado una mesa.

Se agarró a él y lo besó en la boca.

–Harry, anoche fue la mejor noche que hemos pasado juntos. Fue la mejor noche que recuerdo haber pasado con alguien. Y no fue por el sexo. De hecho, otras veces se nos ha dado mejor.

–Siempre hay espacio para mejorar. ¿Qué tal si practicamos un poco antes de cenar?

Ella sonrió, pero Bosch le dijo que no tenían tiempo.

Atravesaron en coche el valle de San Fernando y llegaron a Saddle Peak Lodge por el cañón de Malibú. Era una antigua casa de cazadores y el menú era la pesadilla de un vegetariano. No había más que carne, desde venado hasta búfalo. Los dos comieron bistec y Sylvia pidió una botella de merlot. Bosch bebió vino con calma. La cena y la velada le parecieron maravillosas. Charlaron poco sobre el caso y tampoco comentaron muchas otras cosas. Buena parte del tiempo la pasaron mirándose el uno al otro.

Cuando regresaron a casa, Sylvia bajó el termostato del aire acondicionado y encendió un fuego en la chimenea del salón. Harry se limitó a mirarla porque nunca se le había dado bien encender fuegos que duraran. Incluso con el aire a quince grados hacía calor. Hicieron el amor en una manta que ella extendió delante de la chimenea.

Los dos estaban maravillosamente relajados y se movían con suavidad.

Después, Harry vio el fuego reflejado en el ligero brillo que el sudor creaba en el pecho de ella. La besó allí y apoyó la cabeza para escuchar su corazón. El latido era fuerte y palpitaba como contrapunto del suyo. Cerró los ojos y comenzó a pensar en maneras de no perder a aquella mujer.

El fuego había quedado reducido a unas pocas brasas cuando se despertó en la oscuridad. Sonaba un ruido estridente y tenía mucho frío.

—Tu busca —dijo Sylvia.

Él se arrastró hasta el montón de ropa que había junto al sofá, siguió el rastro del sonido y lo apagó.

—Uf, pero ¿qué hora es? —dijo ella.

—No lo sé.

—Qué miedo. Me acuerdo de cuando…

No quiso continuar. Bosch sabía que lo que iba a contar era una historia sobre su marido. Seguramente había decidido no permitir que su recuerdo irrumpiera en aquel momento. Pero ya era demasiado tarde. Bosch se descubrió a sí mismo preguntándose si Sylvia y su marido habrían bajado el termostato en una noche de verano y habrían hecho el amor delante de la chimenea sobre aquella misma manta.

—¿No vas a llamar?

—¿Eh? Ah, sí. Solo estoy, eh, intentando despertarme.

Se puso los pantalones y se dirigió a la cocina. Cerró la puerta para que la luz no molestara a Sylvia, le dio al interruptor y miró el reloj que había en la pared. Era un plato y en lugar de números había verduras y hortalizas. Pasaba media hora de la zanahoria, lo que significaba que era la una y media. Se dio cuenta de que Sylvia y él llevaban solo una hora dormidos, pero parecía que habían pasado días.

El número tenía el prefijo 818 y Bosch no lo reconoció. Jerry Edgar contestó después de medio tono.

–¿Harry?

–Dime.

–Siento molestarte, sobre todo porque no estás en casa.

–No te preocupes. ¿Qué pasa?

–Estoy en Sepulveda, justo al sur de Roscoe. Eh, ya la tengo.

Bosch sabía que hablaba de la superviviente.

–¿Qué ha dicho? ¿Ha visto la foto de Mora?

–No, bueno, es que en realidad no la tengo. La estoy viendo. Está aquí, en el paseo.

–Bueno, ¿y por qué no te la llevas?

–Porque estoy solo. Pensé que tal vez necesitaría apoyo. Si intento llevármela yo solo, igual me muerde o algo. Y tiene el sida, ya sabes.

Bosch se quedó en silencio. Por el teléfono podía oír los coches que pasaban junto a Edgar.

–Eh, tío, lo siento. No tendría que haberte llamado. Pensé que igual querías estar en esto. Llamaré al jefe de vigilancia de Van Nuys y sacaré a un par de hombres de allí. Buenas…

–Ni hablar, ahora mismo voy. Dame media hora. ¿Llevas fuera toda la noche?

–Sí. Fui a casa a cenar. He estado buscando por todas partes. Hasta ahora no la he visto.

Al colgar, Bosch se preguntó si sería cierto que Edgar no la había visto hasta entonces o bien estaba intentando llenar el sobre de las horas extras. Volvió a entrar en el salón. La luz estaba encendida y Sylvia ya no estaba en la manta, sino en su cama, bajo el edredón.

–Tengo que salir –dijo él.

–Me imaginaba que la cosa acabaría así, por eso me he venido a la cama. No tiene nada de romántico dormir sola delante de una chimenea apagada.

–¿Te has enfadado?

–Claro que no, Harry.

Él se inclinó sobre la cama y la besó mientras ella le sujetaba el cuello con la mano.

–Intentaré volver.

–Vale. ¿Puedes volver a subir el termostato al salir? Antes se me olvidó.

Edgar había aparcado delante de una tienda de Winchell's Donuts. Bosch aparcó detrás de él y se subió a su coche.

–¿Qué pasa, Harry?

–¿Y ella?

Edgar señaló al otro lado de la calle, una manzana y media más allá. En el cruce de Roscoe con Sepulveda había una parada de autobús con dos mujeres sentadas en el banco y otras tres de pie.

–Es la que lleva los pantalones rojos.

–¿Seguro?

–Sí, me acerqué con el coche hasta la farola y la miré. Es ella. El problema es que puede que se defienda como un gato si voy para allá e intento llevármela. Están todas trabajando. La línea del autobús deja de funcionar a la una.

Bosch vio que la chica con los pantalones cortos rojos y la camiseta ajustada sin mangas se levantaba la parte de arriba al pasar un coche por Sepulveda. El coche frenó, pero después, tras un momento de indecisión, el conductor continuó.

–¿Ha tenido trabajo?

–Hace unas horas tuvo a un tipo. Se lo llevó a la calle-juela esa que hay detrás del bulevar y se lo hizo allí.

Aparte de eso, nada. Demasiado hecha polvo para un putero con criterio.

Edgar se rio. Bosch pensó que Edgar acababa de meter la pata al decir que llevaba horas vigilándola. «Bueno, al menos no me interrumpió mientras ardía el fuego», pensó.

–Y si no quieres que te arañe, entonces, ¿cuál es el plan?

–Había pensado que tú podías subir con el coche hasta Roscoe y girar a la derecha. Después entras en la callejuela por detrás. Esperas allí y vas bajando poco a poco. Yo voy caminando y le digo que quiero que me haga una mamada y ella me llevará allí atrás. Entonces la cogemos. Pero cuidado con la boca. Puede que también escupa.

–Vale, vamos a ello.

Diez minutos después, Bosch estaba ya con gesto aburrido tras el volante y con el coche aparcado en la callejuela cuando Edgar llegó caminando desde la otra calle. Solo.

–¿Qué?

–Me ha descubierto.

–Oh, mierda, ¿y por qué no la has cogido? Si te ha descubierto, ya no podemos hacer nada, sabrá que soy un poli si le entro yo dentro de cinco minutos.

–Vale, está bien, no me ha descubierto.

–¿En qué quedamos?

–No quería venirse conmigo. Me preguntó que si tenía caballo para venderle y, cuando le dije que no, que no tenía drogas, dijo que pasaba de negros. ¿Te lo puedes creer? Nadie me había llamado así desde que era pequeño, en Chicago.

–No le des importancia. Espera aquí, que voy yo.

–Maldita zorra.

Bosch salió del coche y por encima del techo le dijo:

–Edgar, no te pongas así. Es puta y drogadicta, por el amor de Dios. ¿Qué coño te importa?

–Harry, no tienes ni idea de lo que es. ¿Has visto cómo me mira Rollenberger? Apuesto algo a que cuenta las radios cada vez que salgo de allí. Puto alemán.

–Vale, tienes razón. Yo no sé lo que es.

Se quitó la chaqueta y la tiró dentro del coche. Luego se desabrochó los tres primeros botones de la camisa y se dirigió hacia la calle.

–Vuelvo enseguida. Será mejor que te escondas. Si ve a un negro, igual no quiere entrar conmigo en el callejón.

Pidieron una sala de interrogatorios en el despacho de detectives de Van Nuys. Bosch conocía el lugar porque había trabajado allí en robos justo después de conseguir su placa de detective.

Lo que estaba claro desde el primer momento es que el hombre al que Edgar había visto entrar en el callejón con Georgia Stern no era un fulano cualquiera. Era un camello y probablemente ella había entrado en el callejón a pincharse. Tal vez había pagado el pico con sexo, pero eso no convertía al camello en un putero.

Independientemente de quién fuera él y de qué hiciera ella, iba hasta arriba cuando Bosch y Edgar la llevaron allí y, por lo tanto, fue prácticamente inútil. Tenía los ojos pequeños y las pupilas dilatadas y se quedaba absorta mirando objetos distantes. Incluso dentro de la sala de interrogatorios, de tres por tres, parecía estar mirando algo a un kilómetro de distancia.

Estaba despeinada y las raíces oscuras eran más largas que en la foto que tenía Edgar. Tenía una pústula en la piel, bajo la oreja izquierda, el tipo de heridas que les salen a los drogadictos de rascarse en el mismo sitio una y otra vez. Tenía los brazos tan delgados como las patas de la silla en la que estaba sentada. El deterioro físico se veía empeorado por la camiseta, que era varias tallas más grande que ella. Llevaba el escote tan caído que le asomaba la parte superior del pecho y Bosch vio que se pinchaba en las venas del cuello para inyectarse heroína. Bosch observó también que, a pesar de estar escuálida, conservaba unos pechos grandes y protuberantes. Silicona, suponía, y por un momento se le vino a la cabeza la imagen del cuerpo disecado de la Rubia de Hormigón.

¿Señorita Stern? —comenzó Bosch—. ¿Georgia? ¿Sabe por qué está usted aquí? ¿Se acuerda de lo que le dije en el coche?

—Sí, sí, me acuerdo.

—Vale. ¿Y recuerda la noche que aquel hombre intentó matarla? Hace más de cuatro años. Una noche como esta. Un diecisiete de junio, ¿lo recuerda?

Asintió con gesto somnoliento y Bosch se preguntó si sabría de qué le estaba hablando.

—El Fabricante de Muñecas, ¿se acuerda?

—Está muerto.

—Eso es, pero aun así necesitamos hacerle algunas preguntas sobre él. Usted nos ayudó a dibujarlo, ¿se acuerda?

Bosch desdobló el retrato robot que había sacado del expediente del Fabricante de Muñecas. El dibujo no se parecía ni a Church ni a Mora, pero se sabía que el Fabricante de Muñecas se disfrazaba, de modo que resultaba lógico pensar que el Discípulo hacía lo mismo. A pesar de todo, siempre existía la opción de que un rasgo físico, como podía ser la mirada penetrante de Mora, le refrescara la memoria.

Miró el retrato robot durante un buen rato.

—Lo mataron los polis —dijo—. Se lo merecía.

Aunque viniera de ella, a Bosch le resultó reconfortante oír a alguien decir que el Fabricante de Muñecas había recibido lo que se merecía. Pero él sabía algo que ella no sabía: que no estaban hablando del Fabricante de Muñecas.

—Vamos a enseñarle algunas fotos. ¿Tienes el pack de seis, Jerry?

La prostituta levantó la mirada de repente y Bosch cayó en la cuenta del error. Ella había creído que hablaban de cerveza, pero un pack de seis en la jerga policial era un conjunto de seis caras fotografiadas que se les mostraba a las víctimas y a los testigos. Normalmente, se componían con las fotos de cinco policías y un sospechoso con la esperanza de que el testigo señalara al sospechoso y confirmara que se trataba de la persona que buscaban. En esta ocasión, el paquete contenía la foto de seis policías. La de Mora era la segunda.

Bosch las colocó en fila sobre la mesa, delante de ella, y ella las observó durante un buen rato. Se empezó a reír.

—¿Qué? —preguntó Bosch.

Señaló la cuarta foto.

—Creo que follé con él una vez. Pero creía que era un poli.

Bosch vio que Edgar negaba con la cabeza. La foto que había señalado era la de un agente secreto de narcóticos de la división de Hollywood que se llamaba Arb Danforth. Si a Georgia no le fallaba la memoria, seguramente Danforth salía por su zona del valle de San Fernando a obtener sexo de las prostitutas. Bosch supuso que les pagaría con heroína que robaba de los sobres de pruebas o a sospechosos. Lo que ella acababa de afirmar debía remitirse a un informe a Asuntos Internos, pero tanto Bosch como Edgar sabían, sin necesidad de decirlo, que ninguno de los dos lo haría. Sería como un suicidio dentro del departamento. Si lo hicieran, ningún poli de calle volvería a confiar en ellos. Sin embargo, Bosch sabía que Danforth estaba casado y que la prostituta tenía el sida. Decidió que le enviaría un anónimo diciéndole que se hiciera unos análisis de sangre.

–¿Y qué me dice de los demás, Georgia? –dijo Bosch–. Mírelos a los ojos. Los ojos no cambian cuando uno se disfraza. Mírelos a los ojos.

Cuando se inclinó para mirar de cerca las fotografías, Bosch observó a Edgar, que negó con la cabeza. De ahí no iba a salir nada en claro, le estaba diciendo. Bosch asintió. Después de más o menos un minuto, sacudió la cabeza como para detener el balanceo.

–Está bien, Georgia, no ve nada, ¿verdad?

–No.

–¿No lo ve?

–No, está muerto.

–Está bien, está muerto. Quédese aquí. Vamos a salir al vestíbulo a hablar un momento. Volvemos enseguida.

Fuera de la sala de interrogatorios decidieron que tal vez merecía la pena acusarla de consumo de sustancias ilegales, ingresarla en Sybil Brand y volverlo a intentar cuando se le pasara el colocón. Bosch se percató de que a Edgar le parecía buena idea e incluso se ofreció a llevarla a Sybil. Bosch tenía muy claro que Edgar no hacía aquello porque quisiera que a aquella mujer la atendieran en la unidad de estupefacientes de Sybil y pudiera recobrar la conciencia al menos un tiempo. La compasión no tenía nada que ver con ello.

26

Sylvia había cerrado las gruesas cortinas del dormitorio y la habitación permaneció a oscuras hasta mucho después de que saliera el sol aquel sábado por la mañana. Cuando Bosch se despertó solo en la cama de ella, cogió su reloj de la mesita de noche y vio que ya eran las once. Había soñado, pero cuando despertó, el sueño se sumergió de nuevo en la oscuridad y fue incapaz de rescatarlo. Bosch se quedó tumbado casi un cuarto de hora, tratando de recordarlo, pero se había esfumado por completo.

De cuando en cuando oía a Sylvia hacer los ruidos típicos de las tareas domésticas. Fregar el suelo de la cocina, vaciar el lavavajillas. Se notaba que intentaba no hacer ruido, pero, aun así, él la oía. La puerta de atrás se abrió y Bosch oyó el agua que regaba las macetas que se alineaban en el porche. No había llovido al menos durante las últimas siete semanas.

A las once y veinte sonó el teléfono y Sylvia contestó enseguida. Pero Bosch sabía que era para él. Se le tensaron los músculos mientras esperaba a que se abriera la puerta del dormitorio y lo avisara de la llamada. Le había dado el número de Sylvia a Edgar la noche anterior, cuando se marcharon de la comisaría de Van Nuys, siete horas antes.

Sin embargo, Sylvia no llegó a aparecer y cuando él se relajó de nuevo, empezó a oír fragmentos de la conversación que ella mantenía por teléfono. Daba la sensación de que estaba asesorando a un alumno. Después de un rato, a Bosch le pareció que estaba llorando.

Bosch se levantó, se vistió y salió del dormitorio tratando de alisarse el pelo. Sylvia estaba sentada en la cocina, sujetando el teléfono inalámbrico contra la oreja. Dibujaba círculos con el dedo en el mantel y, efectivamente, estaba llorando.

—¿Qué pasa? —preguntó él en voz baja.

Ella alzó la mano para pedirle que no la interrumpiera y Bosch se limitó a observarla mientras hablaba.

—Allí estaré, señora Fontenot, llámeme para decirme la hora y la dirección..., sí..., sí, no se preocupe. Y vuelvo a decirle, no sabe cuánto lo siento. Beatrice era una alumna y una joven estupenda. Yo estaba muy orgullosa de ella. Ay, Dios mío...

En cuanto colgó, Sylvia no pudo contener el torrente de lágrimas. Bosch se acercó a ella y le puso la mano en el cuello.

—¿Una alumna?

—Beatrice Fontenot.

—¿Qué ha pasado?

—Está muerta.

Bosch se inclinó y la abrazó. Ella lloraba.

—Esta ciudad... —dijo sin acabar la frase—. Es la que escribió lo que te leí la otra noche sobre *El día de la langosta*.

Bosch se acordó. Sylvia había dicho que aquella chica le preocupaba. Él quiso decir algo, pero sabía que no había nada que pudiera decir. «Esta ciudad.» Eso lo decía todo.

Pasaron todo el día en casa haciendo un poco de todo, limpiando. Bosch sacó los troncos quemados de la chimenea y luego salió al patio de atrás, donde Sylvia estaba arrancando malas hierbas y cortando flores para hacer un ramo para la señora Fontenot.

Trabajaron juntos, pero Sylvia apenas habló. De cuando en cuando, dejaba escapar una frase. Explicó que había sido un tiroteo desde un coche en Normandie. Dijo que había sucedido la noche anterior y que la habían llevado al hospital Martin Luther King Jr., donde ingresó clínicamente muerta. Al día siguiente, desconectaron la máquina y se procedió a la donación de los órganos para trasplantes.

—Es curioso, ¿verdad? Eso de que los órganos se trasplanten como las plantas y los árboles —dijo ella.

A media tarde, Sylvia entró en la cocina y preparó un sándwich de ensalada de huevo y otro de atún. Los partió por la mitad y se comieron dos mitades cada uno. Bosch hizo té frío y puso rodajas de naranja en los vasos. Sylvia dijo que, después de los bistecs tan inmensos que se habían comido la noche anterior, no quería volver a comer carne nunca más. Fue el único intento del día de hacer una broma, pero ninguno de los dos sonrió. A continuación, puso los platos en el fregadero, pero no se molestó en lavarlos. Se dio la vuelta, se apoyó en la encimera y se quedó mirando fijamente al suelo.

—La señora Fontenot dijo que el funeral será la semana que viene, seguramente el miércoles. Creo que voy a llevar a toda la clase. En un autobús.

—Eso estaría muy bien. La familia te lo agradecerá.

—Sus dos hermanos mayores son camellos. Ella me dijo que venden cocaína.

Bosch no dijo nada. Sabía que probablemente ese era el motivo por el que la chica estaba muerta. Desde la tregua entre las bandas de los Blood y los Crips, el tráfico de drogas en la calle había perdido la estructura de mando en South Central. Se invadían permanentemente el terreno unos a otros. Muchos tiroteos desde coches, muchos muertos inocentes.

–Creo que voy a preguntarle a su madre si puedo leer el comentario que hizo del libro. En el oficio, o después. A lo mejor así se enteran de la pérdida que supone.

–Posiblemente ya lo saben.

–Ya.

–¿Quieres echarte la siesta, intentar dormir un rato?

–Sí, creo que sí. ¿Y tú qué vas a hacer?

–Tengo cosas que hacer, algunas llamadas. Sylvia, esta noche voy a tener que estar fuera. Espero que no sea mucho tiempo. Volveré en cuanto pueda.

–No te preocupes, Harry.

–Está bien.

Bosch entró a verla a eso de las cuatro y dormía profundamente. Aún se veían en la almohada las manchas húmedas de las lágrimas.

Bajó al vestíbulo y entró en una habitación que se usaba como estudio en la que había una mesa con un teléfono. Cerró la puerta para no molestarla.

La primera llamada que hizo fue a los detectives de la comisaría de la calle Setenta y Siete. Preguntó por la sección de Homicidios y le pusieron con un detective llamado Hanks. No le dijo el nombre de pila y Bosch no lo conocía. Bosch se identificó y le preguntó por el caso Fontenot.

–¿Desde qué ángulo me llama, Bosch? ¿Hollywood, me ha dicho?

–Sí, Hollywood, pero no hay ningún ángulo. Es un asunto personal. La señora Fontenot llamó esta mañana a la profesora de la chica. La profesora es amiga mía. Está destrozada y, bueno, yo estoy intentando saber qué ocurrió.

–Mire, no tengo tiempo de atender peticiones de la gente. Estoy trabajando en un caso.

–En otras palabras, que no tiene nada.

–Usted nunca ha trabajo en la Siete, ¿verdad?

–No. ¿Ahora es cuando viene la parte en la que me cuenta lo duro que es?

–Oiga, Bosch, váyase a la mierda. Lo que sí le digo es que al sur de Pico los testigos no existen. La única forma de aclarar un caso es tener suerte y conseguir huellas o tener más suerte aún y que el tipo entre por la puerta y diga: «Yo lo hice. Lo siento». ¿Y a que no adivina cuántas veces pasa eso?

Bosch no dijo nada.

–Mire, la profesora no es la única que está destrozada, ¿entiende? Este caso es uno de los malos. Todos son malos, pero hay malos dentro de los malos y este es uno de ellos. Chica de dieciséis años en casa leyendo un libro mientras cuidaba a su hermano pequeño.

–¿Desde un coche?

–Exacto. Doce agujeros en la pared. Era una AK. Doce agujeros en la pared y una bala en la nuca de la chica.

–No llegó a enterarse, ¿verdad?

–No, no lo vio venir. Le debieron de dar a la primera. No llegó a agacharse.

–Y la bala iba dirigida a uno de los hermanos mayores, ¿no?

Hanks se quedó en silencio unos instantes. Bosch oía el murmullo de una radio al fondo de la central de patrullas.

–¿Cómo lo sabe? ¿La profesora?

–La chica le dijo que sus hermanos vendían cocaína.

–¿Sí? Pues esta mañana vagaban lloriqueando por la Martin Luther King como dos angelitos. Lo investigaré, Bosch. ¿Algo más en lo que pueda ayudarle?

—Sí, el libro. ¿Qué estaba leyendo?

—¿El libro?

—Sí.

—Se titulaba *El sueño eterno*. Y eso es lo que le dieron. Uf...

—¿Puede hacerme un favor, Hanks?

—Dígame.

—Si habla con algún periodista de esto, no le diga lo del libro.

—¿A qué se refiere?

—No se lo diga y punto.

Bosch colgó. Se sentó en la mesa y se sintió avergonzado de que la primera vez que Sylvia le hablara de la chica él hubiera desconfiado del buen trabajo que había hecho en la escuela.

Después de unos minutos pensando en ello, cogió el teléfono de nuevo y llamó al despacho de Irving. Le contestaron de inmediato.

—Buenas tardes. Le habla el ayudante del inspector Irving, del Departamento de Policía de Los Ángeles. Soy el teniente Hans Rollenberger. ¿En qué puedo ayudarle?

Bosch se imaginó que Hans Off aguardaba la llamada del propio Irving y que por eso había soltado toda la retahíla oficial al coger el teléfono a pesar de que, en el departamento, la mayoría no cumplía jamás con esa formalidad.

Bosch colgó sin responder y volvió a marcar para que el teniente tuviera que repetir toda la cantinela.

—Soy Bosch. Solo llamaba para ver qué tal.

—Bosch, ¿acabas de llamar tú hace un momento?

—No, ¿por qué?

—Por nada. Estoy aquí con Nixon y Johnson. Acaban de llegar, y Sheehan y Opelt están ahora con Mora.

Bosch se percató de que Rollenberger no se atrevía a llamarlos «los Presidentes» cuando estaban delante.

–¿Alguna novedad hoy?

–No, el sujeto ha pasado la mañana en casa y hace un rato se ha ido al valle de San Fernando y visitado algunos almacenes más. Nada sospechoso.

–¿Dónde está ahora?

–En casa.

–¿Y Edgar?

–Edgar ha estado aquí. Después se fue a Sybil a interrogar a la superviviente. La encontró ayer, pero al parecer estaba demasiado colocada para hablar. Ahora ha ido a hacer otro intento. –Luego, en un tono más bajo, añadió–: Si ella confirma la identidad de Mora, ¿actuamos?

–No creo que sea buena idea. No es suficiente. Nos pillaríamos los dedos.

–Eso es exactamente lo que yo creo –dijo ya en voz más alta para que los Presidentes supieran que allí era él quien daba las órdenes–. Nos pegamos a él como lapas y, cuando él actúe, estaremos para verlo.

–A ver si es verdad. ¿Cómo van los equipos de vigilancia? ¿Le informan de todos los pasos?

–Absolutamente de todos. Se comunican con las radios y yo los escucho desde aquí. Estoy al corriente de todos los movimientos del sujeto. Esta noche me quedo hasta tarde. Tengo un presentimiento.

–¿Cuál?

–Creo que esta va a ser la noche, Bosch.

Bosch despertó a Sylvia a las cinco, pero luego se sentó en la cama y estuvo media hora acariciándole el cuello y la espalda. Después, ella se levantó y se metió en la ducha. Todavía tenía cara de dormida cuando entró en el salón. Llevaba puesto su vestido de algodón gris de manga corta y se había recogido la melena rubia en una coleta.

–¿Cuándo tienes que irte?

–Dentro de un rato.

Ella no le preguntó adónde iba ni por qué. Él tampoco le dio ninguna explicación.

–¿Quieres que te prepare un poco de sopa o alguna otra cosa? –preguntó él.

–No, gracias. No creo que tenga hambre esta noche.

Sonó el teléfono y Harry lo cogió desde la cocina. Era una periodista del *Times* a la que le había dado el número la señora Fontenot. La periodista quería hablar con Sylvia sobre Beatrice.

–¿Sobre qué? –preguntó Bosch.

–Bueno, la señora Fontenot me contó que la señora Moore había dicho cosas muy bonitas de su hija. Estamos haciendo un reportaje amplio sobre este tema porque Beatrice era una chica estupenda. Pensé que a la señora Moore le gustaría decir algo.

Bosch le pidió que esperara y fue a buscar a Sylvia. Le habló de la periodista y Sylvia dijo enseguida que sí quería hablar de la chica.

Estuvo un cuarto de hora al teléfono. Mientras ella hablaba, Bosch salió al coche, encendió la radio y la sintonizó en *simplex* cinco, la frecuencia del Departamento de Aguas y Suministro Eléctrico. No oyó nada.

Apretó el botón de transmisión y dijo:

–¿Equipo uno?

Pasaron unos segundos y, cuando iba a intentarlo de nuevo, apareció la voz de Sheehan en la radio.

–¿Quién es?

–Bosch.

–¿Qué hay?

–¿Cómo está nuestro hombre?

La siguiente voz que apareció fue la de Rollenberger, que solapó la de Sheehan.

—Aquí jefe de equipos, por favor, usad vuestros códigos cuando entréis en antena.

Bosch sonrió. Aquel tipo era un plasta.

—Jefe de equipos, ¿cuál es mi código?

—Eres equipo seis, aquí jefe de equipos. Corto.

—Recibiiidooo, mequetrefe de equipos.

—¿Cómo?

—¿Cómo?

—Tu última transmisión, equipo cinco, ¿qué has dicho?

La voz de Rollenberger sonaba un tanto frustrada. Bosch sonreía. Al otro lado de la radio se oía un chasquido y sabía que Sheehan estaba dando golpes en el botón de transmisión para dar su aprobación.

—Preguntaba quién está en mi equipo.

—Equipo seis, en este momento estás solo.

—Entonces, ¿no debería tener otro código, jefe de equipos? Solo seis, por ejemplo.

—Bo…, eh, equipo seis, por favor, mantente fuera de antena a menos que necesites información o estés proporcionándola.

—¡Recibiiidooo!

Bosch soltó la radio un momento y comenzó a reírse. Tenía lágrimas en los ojos y se dio cuenta de que se estaba riendo a mandíbula batiente de algo que, a lo sumo, tenía cierta gracia. Supuso entonces que era una forma de liberar parte de la tensión acumulada a lo largo de aquel día. Cogió de nuevo la radio y conectó con Sheehan.

—Equipo uno, ¿se mueve el sujeto?

—Afirmativo, solo…, digo, equipo seis.

—¿Dónde está?

—Está en código siete en el Ling's Wings de Hollywood y Cherokee.

Mora estaba comiendo en un restaurante de comida rápida. Bosch sabía que no le daría tiempo de hacer lo que había planeado, sobre todo porque estaba a media hora en coche de Hollywood.

—Equipo uno, ¿qué aspecto tiene? ¿Va a salir esta noche?

—Tiene buen aspecto. Parece que va a ir a dar una vuelta.

—Luego hablamos.

—¡Recibiiidooo!

Al entrar, notó que Sylvia había estado llorando otra vez, pero se la veía más animada. A lo mejor ya había superado el primer golpe del dolor y la rabia. Estaba sentada a la mesa de la cocina, tomando un té caliente.

—¿Te apetece un té, Harry?

—No, gracias. Voy a tener que irme.

—Vale.

—¿Qué le contaste a la periodista?

—Le conté todo lo que se me pasó por la cabeza. Espero que haga un buen artículo.

—Suelen hacerlo bien.

Parecía que Hanks no le había hablado a la periodista del libro que la chica estaba leyendo. Si lo hubiera hecho, con toda seguridad la periodista le habría pedido a Sylvia que le diera su opinión al respecto. Él se dio cuenta de que Sylvia había recuperado fuerzas gracias a que había hablado de la chica. Siempre le había maravillado lo mucho que las mujeres deseaban hablar para, tal vez, dejar constancia expresa de lo que sentían hacia alguien a quien conocían o amaban y había muerto. A él le había ocurrido en innumerables ocasiones al proceder a la notificación de una muerte al pariente más cercano. Las mujeres se derrumbaban, sí, pero querían hablar. En la cocina de Sylvia recordó que a ella la había conocido en esas mismas circunstancias. Fue él quien le comunicó que su marido había muerto. Fue en la misma habitación en la que estaban en ese momento, y ella habló. Bosch se había sentido cautivado por ella prácticamente desde el primer momento.

–¿Estarás bien cuando me vaya?

–Sí, no te preocupes, Harry. Ya me encuentro mejor.

–Intentaré volver lo antes posible, pero no sé cuándo será. Tienes que comer algo.

–Vale.

En el umbral, se abrazaron y besaron y Bosch sintió un deseo irresistible de no marcharse, de quedarse allí con ella y abrazarla. Al final, él se apartó.

–Eres una mujer fantástica, Sylvia. Más de lo que me merezco.

Ella levantó el brazo y le tapó la boca con la mano.

–No digas eso, Harry.

27

La casa de Mora estaba en Sierra Linda, cerca de Sunset. Bosch aparcó en la calle a media manzana de distancia y vigiló la casa mientras iba cayendo la noche. La calle estaba ocupada casi por completo por pequeñas casas típicas de la zona con grandes porches y buhardillas que sobresalían de los tejados en pendiente. Bosch supuso que habían pasado, como mínimo, diez años desde que la calle había dejado de ser tan bonita como sugería su nombre. Muchas de las casas estaban derruidas. La que lindaba con la de Mora estaba abandonada y tapiada. En otras viviendas estaba claro que los propietarios, la última vez que tuvieron dinero para poder elegir, se decantaron por poner una verja cerrada con cadenas en lugar de volver a pintar. Casi todas tenían rejas en las ventanas, incluso en las buhardillas. En la entrada de una de las casas se veía un coche que había quedaba reducido a cenizas. Era el tipo de barrio en el que podía verse al menos un anuncio de venta todos los fines de semana.

Bosch tenía el radiotransmisor al mínimo en el asiento de al lado. La última noticia que había oído era que Mora estaba en el Bullet, un bar situado cerca del bulevar. Bosch había estado allí alguna vez y se imaginó el lugar con Mora sentado en la barra. Era un local oscuro con un par de carteles de neón de cerveza, dos mesas de billar y una televisión en el techo, encima de la barra. No era lugar para entrar y salir. No había posibilidad de tomarse una sola copa en el Bullet. Bosch supuso que Mora iba a atrincherarse allí toda la noche.

Cuando el cielo se tornó añil, observó las ventanas de la casa de Mora, pero no se encendió luz alguna. Bosch sabía que Mora estaba divorciado, pero desconocía si compartía su casa. Al contemplar la oscuridad que llenaba la casa desde el Caprice, dudó de que fuera así.

—¿Equipo uno? —dijo Bosch por la radio.

—Equipo uno.

—Aquí seis, ¿qué tal nuestro hombre?

—Sigue empinando el codo. ¿Qué haces esta noche, seis?

—Por aquí, por la casa. Avisadme si necesitáis algo o si se mueve de allí.

—De acuerdo.

Se preguntó si Sheehan y Opelt habían entendido lo que había dicho. Esperaba que Rollenberger no. Se inclinó hacia la guantera del coche y sacó la bolsa de las ganzúas. Luego giró la ruedecilla del volumen del radiotransmisor hasta ponerlo al mínimo y lo metió en el otro bolsillo.

Salió, cerró el coche y, cuando estaba a punto de cruzar la calle, oyó un mensaje en la radio. Volvió a sacar las llaves, abrió el coche y se sentó otra vez dentro. Subió el volumen.

—¿Qué has dicho, uno? No lo he oído.

—El sujeto se ha movido. Dirección oeste.

—¿A pie?

—Negativo.

«Mierda», pensó Bosch. Estuvo otros tres cuartos de hora sentado en el coche mientras Sheehan le iba transmitiendo el ajetreo de Mora, que aparentemente recorría el bulevar de Hollywood. Se preguntaba qué estaría haciendo. Recorrer el bulevar en busca de una víctima no formaba parte del perfil del segundo asesino. El Discípulo, por lo que él sabía, trabajaba única y exclusivamente en hoteles. Allí llevaba engañadas a sus víctimas. Aquel ajetreo de idas y venidas no encajaba.

La radio quedó en silencio durante diez minutos y luego Sheehan entró de nuevo en antena.

—Se dirige hacia el Strip.

Sunset Strip suponía un problema añadido. Pertenecía a Los Ángeles, pero justo al sur estaba West Hollywood, que era jurisdicción del departamento del sheriff. Si Mora continuaba hacia el sur y hacía algún tipo de movimiento, podía traerles problemas jurisdiccionales, y a un tipo como Hans Off le aterraban esos conflictos.

—Ahora va a Santa Monica Boulevard.

Eso era ya West Hollywood. Bosch esperaba que Rollenberger entrara en antena en cualquier momento. No se equivocaba.

—Equipo uno, aquí jefe de equipos. ¿Qué hace el sujeto?

—Si no supiera a qué se dedica, diría que está buscando rollo en Boystown.

—Está bien, equipo uno, no lo perdáis de vista, pero sin contacto. Estamos fuera de nuestra demarcación. Hablaré con la oficina de vigilancia del sheriff e informaré.

—No hay contacto previsto.

Pasaron cinco minutos. Bosch vio a un hombre que paseaba a su perro guardián por Sierra Linda. El hombre se detuvo para que el animal hiciera sus necesidades en el terreno quemado que había delante de la casa abandonada.

—Salvados —dijo la voz de Sheehan—. Otra vez en casa.

Se refería a que volvía a estar dentro de la demarcación de Los Ángeles.

–Uno, ¿cuál es tu veinte? –preguntó Bosch.

–Todavía en Santa Mónica, dirección este. Pasa La Brea, no, va dirección norte por La Brea. Puede que se dirija a su casa.

Bosch se recostó en el asiento por si acaso Mora aparecía por la calle. Oyó que Sheehan informaba de que el poli de Antivicio iba ahora por Sunset dirección este.

–Acaba de pasar Sierra Linda.

Mora no iba a casa. Bosch se incorporó. Oyó el silencio durante cinco minutos.

–Se dirige al Dome –dijo Sheehan al fin.

–¿Al Dome? –preguntó Bosch.

–Al cine de Sunset, pasando Wilcox. Acaba de aparcar. Ha comprado una entrada y se ha metido dentro. Debía de estar haciendo tiempo en el coche hasta que empezara la película.

Bosch intentaba imaginarse la zona. La gigantesca cúpula geodésica era uno de los cines más conocidos de Hollywood.

–Equipo uno, aquí jefe de equipos. Quiero que os dividáis. Que uno entre con el sujeto y el otro espere fuera en el coche.

–Recibido. Equipo uno, corto.

El Dome estaba a diez minutos de Sierra Linda. Bosch calculó que, como máximo, dispondría de una hora y media en la casa, a menos que Mora saliera del cine antes de que terminara la película.

Salió de nuevo del coche con rapidez, cruzó la calle y recorrió la manzana hasta la casa de Mora. El amplio porche ensombrecía por completo la puerta de entrada. Bosch llamó y, mientras esperaba, se dio la vuelta para mirar la casa de enfrente. Había luces encendidas y se veía el reflejo azulado de una televisión en las cortinas de una de las habitaciones del piso de arriba.

Nadie abrió la puerta. Retrocedió y echó un vistazo a las ventanas de la parte delantera. Vio que no había advertencias de sistemas de seguridad ni cinta de alarma en el cristal. Se asomó entre los barrotes y vio por el cristal lo que parecía el salón. Levantó la vista hacia los rincones del techo, buscando el piloto de un detector de movimiento. Tal y como esperaba, no había nada. Cualquier poli sabía que la mejor defensa era una buena cerradura o un perro de defensa. O ambas cosas.

Volvió a la puerta, abrió el bolsillo y sacó la linterna. Había tapado el extremo con cinta aislante negra para que, al encenderla, iluminara formando un haz estrecho. Se puso de rodillas y observó las cerraduras de la puerta. Mora tenía un cerrojo de pestillo fijo y un pomo con cerradura de los más comunes. Bosch sujetó la linterna con la boca y alumbró al cerrojo. Con dos ganzúas, un tensor y un gancho, se puso manos a la obra. Era un buen cerrojo, de doce dientes. No era un Medeco, sino uno de serie más barato. Bosch tardó diez minutos en vencerlo. Para entonces, el sudor había descendido desde el pelo y le producía escozor en los ojos.

Se sacó la camisa por fuera de los pantalones y se secó la cara. También secó las ganzúas, que estaban resbaladizas por el sudor, y echó un vistazo a la casa de enfrente. Aparentemente no había cambiado nada, no había ocurrido nada. La televisión del piso de arriba seguía encendida. Se dio la vuelta y apuntó con la linterna al pomo de la puerta. Luego oyó un coche. Apagó la luz y se arrastró por detrás de las escaleras del porche hasta que pasó.

De nuevo ante la puerta, cogió el tirador y, cuando había introducido el gancho, se dio cuenta de que la cerradura no oponía resistencia. Lo giró y la puerta se abrió. No estaba cerrada con llave. Era lógico, Bosch lo sabía. El cerrojo era la medida de seguridad. Si un ladrón conseguía abrirlo, la otra cerradura era coser y cantar. ¿Por qué molestarse entonces en cerrarla?

Se quedó de pie en la oscuridad de la entrada sin moverse, esperando a que su vista se adaptara. Cuando estuvo en Vietnam era capaz de adentrarse en los túneles de Charlie y ver en cuestión de quince segundos. Ahora tardaba más. Falta de práctica, suponía. O tal vez se estaba haciendo viejo. Permaneció en la entrada casi un minuto. Cuando se completaron las formas y las sombras, gritó:

–Eh, ¿Ray? ¿Estás ahí? Te has dejado la puerta abierta. ¿Hola?

No hubo respuesta. Sabía que Mora no tendría perro viviendo solo y con el horario de un poli.

Bosch avanzó unos cuantos pasos hacia el interior de la casa y miró las formas oscuras de los muebles del salón. No era la primera vez que se colaba en un domicilio ni en la casa de un poli, pero la sensación siempre parecía nueva, una sensación de euforia, miedo intenso y pánico, todo a la vez. Parecía como si el centro de gravedad se le hubiera bajado a la entrepierna. Sentía una energía extraña que sabía que nunca podría describirle a nadie.

Por un instante, el pánico aumentó y amenazó con romper el delicado equilibrio entre sus pensamientos y sus sensaciones. El titular apareció en su cabeza: Policía en juicio sorprendido asaltando una casa. Pero lo descartó enseguida. Pensar en el fracaso era una invitación a que sucediera. Vio las escaleras y se dirigió rápidamente a ellas. Suponía que Mora guardaría los trofeos en su dormitorio, o junto a la tele, o tal vez en ambos sitios. En lugar de recorrer el camino hasta el dormitorio, comenzaría por allí.

El segundo piso lo ocupaban dos habitaciones con un cuarto de baño en medio. El dormitorio de la derecha había sido convertido en un gimnasio enmoquetado. Había una gran variedad de equipamiento cromado, una máquina de remo, una bicicleta estática y un artilugio cuya utilidad Bosch no supo discernir. Había también un estante con pesas sueltas y un banco con una haltera. En una de las paredes había un espejo de suelo a techo. Un golpe a la altura de la cara había hecho que se resquebrajara en forma de araña. Durante un instante, Bosch se miró y estudió su reflejo fragmentado. Pensó en Mora estudiando su propio rostro en aquel mismo lugar.

Bosch miró el reloj. Ya había transcurrido media hora desde que Mora entrara en el cine. Sacó la radio.

–Uno, ¿qué hay del sujeto?

–Sigue dentro. ¿Qué tal tú?

–Sigo por aquí. Llamad si me necesitáis.

–¿Dan algo interesante por la tele?

–Aún no.

En ese momento apareció la voz de Rollenberger.

–Equipos uno y seis, vamos a dejarnos de cháchara y a usar la radio solo para comunicaciones que vengan al caso. Jefe de equipos, corto.

Ni Bosch ni Sheehan respondieron.

Bosch cruzó el vestíbulo para entrar en la otra habitación. Allí era donde dormía Mora. La cama estaba deshecha y la ropa amontonada en una silla junto a la ventana. Bosch despegó parte de la cinta aislante de la linterna para tener un campo de visión más amplio.

En la pared que había sobre la cama vio una imagen de Jesucristo con la mirada baja y el sagrado corazón visible en el pecho. Bosch se desplazó hasta la mesilla de noche y alumbró brevemente con la linterna una foto enmarcada que había junto al despertador. Eran una joven rubia y Mora. Su exmujer, suponía. Tenía el pelo teñido y Bosch comprobó que encajaba perfectamente en el arquetipo físico de las víctimas. ¿Estaría Mora matando a su exmujer una y otra vez?, se preguntó de nuevo. Eso era algo que tendrían que decidir Locke y los demás psiquiatras. En la mesa que había tras la foto encontró una estampa religiosa. Bosch la cogió y la enfocó con la linterna. Era una imagen del Niño de Praga.

El cajón de la mesilla de noche contenía principalmente trastos sin relevancia alguna: una baraja de cartas, tubos de aspirinas, gafas de lectura, condones –que no eran de la marca preferida por el Fabricante de Muñecas– y una pequeña agenda de teléfonos. Bosch se sentó en la cama y hojeó la agenda. Había varios nombres de mujeres ordenados por los apellidos, pero no le sorprendió que no figurara ninguno de los nombres de las mujeres relacionadas con los casos del Discípulo o el Fabricante de Muñecas.

Cerró el cajón y dejó la linterna en la balda que había debajo. Allí encontró un taco de un palmo y medio de alto de revistas pornográficas muy explícitas. Bosch calculó que habría más de cincuenta, con portadas que mostraban fotos satinadas con todas las combinaciones posibles: hombre-mujer, hombre-hombre, mujer-mujer, hombre-mujer-hombre y demás. Echó un vistazo a algunas de ellas y vio una señal hecha con un rotulador fosforescente en la esquina superior derecha de todas las portadas, tal y como había visto que hacía Mora con las revistas en el despacho. Mora se estaba llevando el trabajo a casa. ¿O se había llevado las revistas por alguna otra razón?

Al mirar las revistas, Bosch sintió un apretón en la entrepierna y se apoderó de él un extraño sentimiento de culpa. «¿Y yo qué? –se preguntó–. ¿Estoy haciendo algo más que mi trabajo? ¿Soy yo el *voyeur*?» Volvió a colocar el montón de revistas en su sitio. Era consciente de que eran demasiadas revistas para revisarlas todas y buscar en ellas a las víctimas del Discípulo. Y si encontrara alguna, ¿qué demostraría eso?

Pegado a la pared opuesta a la cama había un armario alto de roble. Bosch abrió las puertas y encontró una televisión y un vídeo. Encima de la televisión había tres cintas apiladas. Eran de ciento veinte minutos. Abrió los dos cajones del armario y encontró otra cinta en el de arriba. El de abajo contenía una colección de cintas porno originales. Sacó un par de ellas, pero de nuevo eran demasiadas y no había tiempo. Su atención se centró en las cuatro cintas destinadas a grabaciones caseras.

Encendió la televisión y el vídeo para ver si había otra cinta dentro. No había nada. Metió una de las cintas que había encontrado apiladas sobre la tele. Solo se veía nieve. Presionó el botón de avance rápido y observó la nieve hasta el final de la cinta. Tardó un cuarto de hora en pasar las tres cintas que había encontrado sobre la tele. Todas estaban en blanco.

Era curioso, pensó. Lo único que cabía deducir era que las cintas habían sido usadas alguna vez, porque ya no estaban en la caja de cartón ni tenían el envoltorio de plástico con el que las vendían. Aunque él no tenía vídeo, sabía perfectamente cómo funcionaban y creía que normalmente la gente no borraba las cintas grabadas, sino que se limitaba a grabar los programas nuevos encima de los viejos. ¿Por qué se habría tomado Mora la molestia de borrar lo que había en aquellas cintas? Tuvo la tentación de coger una de las cintas en blanco para llevarla a analizar, pero consideró que era demasiado arriesgado. Seguramente Mora se percataría de que faltaba una.

La última cinta con grabaciones caseras, la que había sacado del cajón de arriba, no estaba en blanco. Contenía escenas del interior de una casa. Una niña estaba jugando en el suelo con un animal de peluche. A través de la ventana que había detrás de la niña, Bosch distinguió un jardín cubierto de nieve. Luego un hombre entró en pantalla y abrazó a la niña. Al principio, Bosch pensó que era Mora. Luego el hombre dijo: «Gabrielle, dile al tío Ray cuánto te ha gustado el caballito».

La niña abrazó el caballo de peluche y gritó: «Asias, tío Way».

Bosch sacó la cinta, la volvió a meter en el cajón de arriba del armario y a continuación sacó los dos cajones y miró detrás. Nada. Se subió a la cama para poder mirar encima del armario y allí tampoco había nada. Apagó los aparatos y dejó el armario tal y como lo había encontrado cuando lo abrió. Miró el reloj. Ya había pasado casi una hora.

El vestidor estaba cuidadosamente ordenado en ambos lados, con toda la ropa colgada en perchas. En el suelo había ocho pares de zapatos alineados con su pareja correspondiente contra la pared del fondo. No halló nada más de interés y retrocedió de nuevo al dormitorio. Echó un vistazo rápido debajo de la cama y por los cajones de la cómoda, pero no encontró nada interesante. Bajó las escaleras y se asomó un momento al salón, pero no había televisión. Tampoco había en la cocina ni en el comedor.

Bosch recorrió el pasillo que llevaba de la cocina a la parte trasera de la casa. En el pasillo había tres puertas y la zona parecía un garaje reconvertido o una ampliación construida recientemente. Había rejillas de aire acondicionado en el techo del pasillo y el suelo de pino blanco era mucho más nuevo que los suelos de roble ya resquebrajados y oscurecidos del resto de la planta baja.

La primera puerta conducía a un lavadero. Bosch abrió deprisa los armarios que había sobre la lavadora y la secadora y no encontró nada de interés. Tras la siguiente puerta había un cuarto de baño más nuevo que el de arriba.

La última puerta conducía a un dormitorio cuyo elemento central era una cama con dosel. La colcha era rosa y daba la impresión de ser la habitación de una mujer. Bosch se dio cuenta de que olía a perfume. Sin embargo, no daba la sensación de que estuviera habitada. Parecía más bien un dormitorio a la espera de que su ocupante regresara. Bosch se preguntó si Mora tendría una hija estudiando fuera en la universidad, ¿o era la habitación que usaba su exmujer antes de que rompiera definitivamente su matrimonio y se marchara?

En un rincón había una televisión y un vídeo en un mueble con ruedas. Se acercó y abrió el cajón de las cintas que había debajo del vídeo, pero, aparte de un objeto metálico y redondo del tamaño de un disco de *hockey*, no había nada. Bosch lo cogió y lo miró, pero no tenía ni idea de lo que era. Pensó que tal vez formaba parte del equipo de pesas que había arriba. Volvió a meterlo en el cajón y cerró.

Abrió después los cajones de la cómoda blanca, pero, a excepción de la ropa interior de mujer, no encontró nada en el cajón de arriba. El segundo cajón contenía una caja con una paleta de varios colores de maquillaje de ojos y varios pinceles. También había un estuche redondo de plástico con polvos faciales. Los estuches de maquillaje eran para utilizarlos en casa, demasiado grandes para llevarlos en el bolso y, por tanto, no podían pertenecer a ninguna de las víctimas del Discípulo. Pertenecían a la persona que utilizaba aquella habitación.

Los tres cajones inferiores estaban completamente vacíos. Se miró en el espejo que había encima del escritorio y vio que estaba sudando otra vez. Sabía que estaba consumiendo demasiado tiempo. Miró el reloj. Ya habían pasado sesenta minutos.

Bosch abrió la puerta del vestidor y retrocedió de un salto cuando una sacudida de miedo lo golpeó en el pecho. Se resguardó junto a la puerta mientras sacaba la pistola.

–¡Ray! ¿Eres tú?

Nadie contestó. Se dio cuenta de que se estaba apoyando en el interruptor de la luz de aquel profundo vestidor. Lo encendió y fue en cuclillas tambaleándose hacia la puerta del armario, apuntando con la pistola al hombre que había visto al abrirla.

Alargó el brazo a toda prisa hacia fuera del armario y apagó la luz. En la balda, sobre la barra de colgar, había una bola redonda de gomaespuma sobre la que descansaba una peluca de cabello largo y negro. Bosch contuvo la respiración y entró hasta el fondo del vestidor. Observó detenidamente la peluca sin tocarla. Se preguntó cómo encajaba aquella peluca. Se volvió a su derecha y encontró más piezas de lencería transparente y unos cuantos vestidos de seda fina colgados en perchas. Debajo de ellos, en el suelo, bien alineados contra la pared, había un par de zapatos rojos con tacones de aguja.

Al otro lado del vestidor, detrás de algunas prendas cubiertas con bolsas de tintorería, había un trípode de cámara. A Bosch comenzó a fluirle de nuevo la adrenalina a un ritmo más rápido. Levantó la vista con rapidez y comenzó a buscar entre las cajas de los estantes que había encima de la barra. Bajó con mucho cuidado una de las cajas, que tenía escritos caracteres japoneses. Le sorprendió lo mucho que pesaba. Al abrirla, halló una cámara de vídeo y una grabadora.

La cámara era grande y comprobó que no se trataba de un aparato comprado en unos grandes almacenes. Más bien era el tipo de cámara que Bosch había visto utilizar a los equipos de los telediarios. Tenía una batería industrial extraíble y una luz estroboscópica. Estaba conectada a la grabadora mediante un cable coaxial de dos metros y medio. La grabadora tenía un monitor de reproducción y mandos de edición.

Le resultó curioso que Mora tuviera un equipo tan caro, pero no sabía qué se desprendía de aquello. Se preguntó si el poli de Antivicio se la habría incautado a un productor de porno y no la había llevado jamás al almacén de pruebas. Apretó un botón y abrió el portacintas de la grabadora, pero estaba vacío. Colocó de nuevo el equipo en la caja y volvió a poner esta en el estante sin dejar de preguntarse por qué un hombre con ese equipo solo tenía cintas en blanco. Se percató, al echar otro vistazo en el vestidor, de que las cintas que había encontrado podían haber sido borradas recientemente. Sabía que si ese era el caso, Mora podría haberse dado cuenta de que lo vigilaban.

Miró el reloj. Setenta minutos. Estaba apurando demasiado.

Al cerrar el vestidor y darse la vuelta, se encontró con su propia imagen en el espejo que había encima del escritorio. Se volvió enseguida hacia la puerta para irse. Fue entonces cuando vio el soporte de las luces que recorrían la pared por encima de la puerta del dormitorio. Había cinco luces y no le hacía falta encenderlas para saber que todas apuntaban hacia la cama.

Él miró la cama un instante y empezó a entenderlo todo. Miró de reojo el reloj, aunque sabía que ya era el momento de irse, y se dirigió a la puerta.

Al atravesar la habitación se fijó de nuevo en la tele y el vídeo y se dio cuenta de que había olvidado algo. Se arrodilló a toda prisa delante de los aparatos y encendió el vídeo. Presionó el botón de expulsión y salió una cinta de vídeo. La empujó otra vez hacia dentro y pulsó el botón de rebobinar. Encendió la tele y sacó la radio.

—Uno, ¿cómo vamos?

—La película ya ha acabado. Lo estamos buscando.

Algo pasaba y Bosch lo sabía. Normalmente, las películas de estreno no eran tan cortas. Él sabía que en el Dome había una sola sala. Solo una película cada sesión. Por tanto, Mora había entrado al cine cuando la película ya había comenzado. Si es que había llegado a entrar. Un temor cargado de adrenalina le recorrió todo el cuerpo.

—¿Estás seguro de que ha acabado, uno? No lleva dentro ni una hora.

—¡Vamos a entrar!

La voz de Sheehan traslucía angustia. Entonces Bosch lo entendió. «Vamos a entrar.» Opelt no había entrado al cine detrás de Mora. Habían recibido la orden de dividirse, pero no la habían cumplido. No podían. El día anterior Mora había visto a Sheehan y a Opelt en el puesto de burritos, cerca de la división central. De ninguna de las maneras podía entrar uno de ellos en un cine oscuro a buscar a Mora y arriesgarse a que el policía de Antivicio los viera primero. Si eso sucedía, Mora se daría cuenta al instante de que lo estaban vigilando. Sheehan le había dicho a Rollenberger que había recibido la orden porque la alternativa era contarle al teniente que habían metido la pata hasta el fondo el día anterior.

La cinta llegó al principio. Bosch se sentó, con el dedo preparado en el vídeo. Sabía que Mora se la había jugado a todos. Mora era un poli. Se la había jugado con la vigilancia. Lo de parar en el cine había sido una trampa.

Pulsó el botón de reproducción.

Aquella cinta no estaba borrada. La calidad de la imagen era superior a la que Bosch había visto en la cabina del X Marks the Spot cuatro noches antes. La cinta cumplía todos los requisitos técnicos de una cinta porno producida para cine. Encuadrada en la imagen de la televisión estaba la cama con dosel sobre la que dos hombres mantenían relaciones sexuales con una mujer. Bosch miró unos instantes y después adelantó la cinta mientras la imagen seguía en la pantalla. Los actores del vídeo comenzaron a moverse compulsivamente a tal velocidad que casi resultaba cómico. Bosch miró cómo cambiaban de postura una y otra vez. Todas las posturas imaginables a velocidad rápida. Finalmente, lo puso de nuevo a velocidad normal y observó a los tres actores.

La mujer no encajaba con el arquetipo del Discípulo. Llevaba puesta la peluca negra. Estaba escuálida y era joven. De hecho, no era una mujer, al menos desde el punto de vista legal. Bosch dudó de que tuviera más dieciséis años. Uno de sus acompañantes también era joven, quizá tuviera su edad o incluso menos. Bosch no podía saberlo con certeza. De lo que sí estaba seguro, sin embargo, era de que el tercer participante era Ray Mora. Su cara no miraba a la cámara, pero Bosch lo sabía. Además, vio la medalla de oro, el Espíritu Santo, que se balanceaba en su pecho. Paró la cinta y la quitó.

—Me olvidé de esa cinta, ¿verdad?

Todavía de rodillas, delante de la televisión, Bosch se volvió. Ray Mora estaba allí, de pie, apuntándole a la cara con una pistola.

—Eh, Ray.

—Gracias por recordármelo.

—De nada. Mira, Ray, ¿por qué no dejas…?

—No me mires.

—¿Qué?

—¡Que no quiero que me mires! Date la vuelta, mira a la pantalla.

Bosch obedeció la orden y miró a la pantalla negra.

—Eres zurdo, ¿verdad? Pues, con la mano derecha, saca tu pistola y lánzala por el suelo en esta dirección.

Bosch siguió cuidadosamente las órdenes. Le pareció oír que Mora recogía la pistola del suelo.

—Creéis que soy el Discípulo. Sois una panda de gilipollas.

—Mira, Ray, no te voy a mentir, te estamos investigando, nada más... Ahora ya lo sé, ahora sé que nos hemos equivocado. Tú...

—Los chicos del burrito *kosher*. Hay que joderse, alguien debería enseñarles a seguir a un sospechoso. No tienen ni puta idea. Tardé un rato en entenderlo, pero me imaginé que algo pasaba cuando los vi.

—Así que nos hemos equivocado contigo, ¿verdad, Ray?

—¿Todavía tienes que preguntarlo, Bosch? ¿Después de lo que has visto? La respuesta es: sí, tenéis la cabeza en el culo. ¿De quién fue la idea de investigarme? ¿De Eyman? ¿De Leiby?

Eyman y Leiby eran los dos comandantes de Vicio Administrativo.

—No. Fui yo. Yo hice la petición.

Se hizo un silencio prolongado tras aquella confesión.

—Entonces, a lo mejor debería volarte la cabeza aquí mismo. Estaría en mi derecho, ¿no crees?

—Mira, Ray...

—¡No!

Bosch detuvo el giro de la cabeza y volvió la vista otra vez hacia la televisión.

—Si lo haces, Ray, tu vida cambiará para siempre. Ya lo sabes.

–Cambió en el momento en que tú entraste en esta casa, Bosch. ¿Por qué no llegar a la conclusión más lógica? Matarte y desaparecer.

–Porque eres un poli, Ray.

–Ah, ¿sí? ¿Y seguiré siendo un poli si te dejo marchar? ¿Vas a arrodillarte aquí y decirme que harás lo mejor para mí?

–Ray, no sé qué decirte. Esos chicos del vídeo son menores. Pero yo solo lo sé por un registro ilegal. Acaba con esto ahora y deja la pistola, podemos encontrar una solución.

–¿De verdad, Harry? ¿Puede volver a ser todo como antes? La placa es lo único que tengo. No puedo dejar...

–Ray. Yo...

–¡Cállate! ¡Cállate ya! Estoy intentando pensar.

Bosch sintió que la ira le golpeaba la espalda como si fuera lluvia.

–Tú conoces mi secreto, Bosch. ¿Cómo coño te hace sentir eso?

Bosch no tenía respuesta. Tenía la mente bloqueada, intentaba pensar en el siguiente movimiento, en la siguiente frase, cuando se sobrecogió al oír la voz de Sheehan desde la radio que tenía en el bolsillo.

–Lo hemos perdido. No está en el cine.

La voz de Sheehan revelaba un alto grado de ansiedad.

Bosch y Mora permanecieron en silencio, escuchando.

–¿Qué quieres decir, equipo uno? –dijo la voz de Rollenberger.

–¿Quién es ese? –preguntó Mora.

–Rollenberger, de Robos y Homicidios –respondió Bosch.

La voz de Sheehan dijo:

–La película acabó hace diez minutos. La gente ya ha salido, pero él no. He entrado, pero no está. Su coche sigue aquí, pero él no está.

–Creía que uno de vosotros había entrado con él –gruñó Rollenberger, con la voz quebrada por el pánico.

–Sí, entramos, pero lo hemos perdido –dijo Sheehan.

–Mentira –dijo Mora.

Se hizo un extenso silencio antes de que añadiera:

–Seguro que ahora empiezan a registrar los hoteles, buscándome. Porque para ellos, yo soy el Discípulo.

–Sí –dijo Bosch–. Pero saben que estoy aquí, Ray. Debería contestar.

Como si supiera que aquel era el momento, de la radio salió la voz de Sheehan.

–¿Equipo seis?

–Es Sheehan, Ray. Yo soy seis.

–Responde. Ten cuidado, Harry.

Bosch sacó lentamente la radio del bolsillo con la mano derecha y se la llevó a la boca. Pulsó el botón de transmisión.

–Uno, ¿lo habéis encontrado?

–Negativo. Se está cociendo algo. ¿Y en la tele?

–Nada. Esta noche no hay nada.

–Entonces deberías salir y venir a ayudarnos.

–Ya estoy de camino –dijo Bosch enseguida–. ¿Dónde estáis?

–Bo…, eh, equipo seis, aquí jefe de equipos, necesitamos que vengas. Vamos a reunir al operativo para ayudar a localizar al sospechoso. Todas las unidades acudirán al aparcamiento del Dome.

–Dentro de diez minutos estoy allí. Corto.

Bajó el brazo otra vez pegado al cuerpo.

–Con que todo un operativo, ¿eh? –comentó Mora.

Bosch bajó la mirada y asintió con la cabeza.

–Escucha, Ray, todo eso era un código. Saben que he venido a tu casa. Si no estoy en el Dome dentro de diez minutos, vendrán a buscarme aquí. ¿Qué quieres hacer?

–No lo sé..., pero supongo que eso me da por lo menos quince minutos para decidirlo, ¿no?

–Claro, Ray. Tómate tu tiempo. No cometas un error.

–Para eso ya es demasiado tarde –dijo con un tono casi melancólico. Luego añadió–: Saca la cinta.

Bosch expulsó la cinta y la levantó por encima de su hombro izquierdo para que Mora la recogiera.

–No, no. Quiero que hagas esto tú por mí, Harry. Abre el último cajón y saca el imán.

Eso era el disco de *hockey*. Bosch dejó la cinta sobre el estante que había al lado de la televisión y alargó la mano para coger el imán. Sintió el peso al levantarlo, se preguntó si tendría oportunidad de volverse y arrojarlo contra Mora antes de que el poli de Antivicio le disparara.

–Estarías muerto antes de intentarlo –dijo Mora, adivinando sus pensamientos–. Ya sabes lo que tienes que hacer.

Bosch frotó el imán sobre la parte superior de la cinta.

–Pongámosla, a ver cómo nos ha quedado –le ordenó Mora.

–Está bien, Ray. Lo que tú digas.

Bosch introdujo la cinta en el vídeo y pulsó el botón de reproducir. La pantalla estaba cubierta con la nieve que aparece en los canales sin señal y proyectó una mortecina luz grisácea sobre Bosch. Este pulsó el botón para pasar la cinta hacia delante y continuó la nieve. La cinta había quedado totalmente borrada.

–Bien –dijo Mora–. Eso es lo que había que hacer. Era la última.

–No hay pruebas, Ray. Estás limpio.

–Pero tú siempre lo sabrás. Y se lo dirás a ellos, ¿a que sí, Harry? Se lo contarás a Asuntos Internos. Jamás estaré limpio, así que no me vengas con la gilipollez de que estoy limpio. Todo el mundo lo sabrá.

Bosch no respondió. Tras unos instantes, le pareció oír el crujido del suelo de madera. Cuando Mora habló, estaba detrás de él, muy cerca.

–Déjame que te dé un consejo, Harry… Nadie en este mundo es quien dice ser. Nadie. Ni siquiera cuando están en su propia habitación con la puerta cerrada con llave. Y nadie conoce a nadie, por mucho que crean que sí… Lo máximo a lo que uno puede aspirar es a conocerse a sí mismo. Y a veces, cuando lo consigues, cuando descubres quién eres realmente, te ves obligado a mirar hacia otro lado.

Bosch no oyó nada durante unos segundos. Mantuvo la vista fija en la nieve de la pantalla de la televisión donde le parecía ver fantasmas que adquirían formas y se desintegraban. Sintió el brillo azul grisáceo quemándole tras los ojos y la sensación de que comenzaba a tener dolor de cabeza. Esperaba vivir lo suficiente para lograrlo.

–Siempre fuiste un tipo agradable conmigo, Harry. Yo…

Se oyó un ruido que procedía del vestíbulo. Luego un grito.

–¡Mora!

Era la voz de Sheehan. Inmediatamente después, una luz inundó la habitación. Bosch oyó el resonar de los pasos en el suelo de madera, luego el grito de Mora y el ruido del impacto cuando lo derribaron. Bosch quitó el dedo del botón de transmisión de la radio y comenzó a retirarse hacia su derecha, lejos del peligro. Justo en aquel momento, la detonación de un disparo atravesó la habitación y resonó más alto, o eso le pareció, que ninguna otra cosa que hubiera oído jamás.

28

Cuando Bosh dejó libre el canal de la radio, Rollenberger entró en antena casi inmediatamente.

–¡Bosch! ¡Sheehan, equipo uno! ¿Qué está pasando ahí? ¿Qué pasa? Informad inmediatamente.

Al cabo de un momento, Bosch respondió con tranquilidad.

–Aquí seis. Jefe de equipos, sería conveniente que se dirigiera al veinte del sujeto.

–¿A su casa? ¿Cómo? ¿Ha habido tiros?

–Jefe de equipos, sería aconsejable que dejara libre el canal. A todas las unidades del operativo, no hagáis caso al llamamiento. Todas las unidades están diez-siete hasta nuevo aviso. Unidad cinco, ¿me escuchas?

–Cinco –contestó Edgar.

–Cinco, ¿puedes reunirte conmigo en el veinte del sujeto?

–Voy para allá.

–Seis, corto.

Bosch apagó la radio antes de que Rollenberger pudiera volver a entrar en antena.

El teniente tardó una media hora en ir desde el centro de operaciones del Parker Center a la casa de Sierra Linda. Cuando llegó, Edgar ya estaba allí y había un plan en marcha. Bosch abrió la puerta principal justo cuando Rollenberger se encontraba frente a ella. El teniente se abrió paso a grandes zancadas con la cara enrojecida de rabia y aturdimiento.

–Ya está bien, Bosch. ¿Qué coño está pasando aquí? Tú no tienes autoridad para cancelar mi llamamiento, para contradecir mis órdenes.

–Pensé que cuanta menos gente lo supiera, mejor, teniente. Llamé a Edgar. Me pareció que con él bastaría para controlar la situación y así no habría demasiados...

–¿Saber qué, Bosch? ¿Controlar qué? ¿Qué está pasando?

Bosch lo miró un instante antes de contestar. Luego, en un tono sereno, dijo:

–Uno de los hombres que estaban a su mando llevó a cabo un registro ilegal de la residencia del sospechoso. Fue sorprendido en ese acto cuando el sospechoso eludió la vigilancia que usted supervisaba. Eso es lo que ha ocurrido.

Rollenberger reaccionó como si le hubieran dado una bofetada.

–Bosch, ¿has perdido la cabeza? ¿Dónde está el teléfono? Voy a...

–Si llama al inspector Irving puede olvidarse para siempre de volver a dirigir un operativo. Puede olvidarse de muchas cosas.

–¡Joder! Yo no tengo nada que ver con todo esto. Tú estabas trabajando por tu cuenta y te pillaste los dedos. ¿Dónde está Mora?

–Está arriba, en la habitación de la derecha, esposado a la máquina de pesas.

Rollenberger miró a su alrededor a todos los que estaban en el salón. Sheehan, Opelt, Edgar. Todos lo miraron con indiferencia. Bosch dijo:

–Si no sabía nada de esto, teniente, tendrá que demostrarlo. Todo lo que se ha dicho en la *simplex* cinco esta noche está en las cintas del centro de comunicaciones. Yo dije que estaba en la casa y usted estaba escuchando. Incluso habló conmigo varias veces.

–Bosch, estabais hablando en clave, yo no…, no sabía na…

De pronto Rollenberger se abalanzó salvajemente sobre Bosch, con las manos en alto y dispuesto a agarrarlo por el cuello. Bosch estaba preparado y reaccionó con agresividad. Golpeó con las palmas de las manos en el pecho del otro hombre y lo empujó contra la pared del pasillo. Un cuadro que había a más de medio metro de la pared se deslizó y cayó estrepitosamente al suelo.

–Bosch, eres un estúpido, has echado a perder la detención –dijo mientras se desplomaba contra la pared–. Todo esto es ile…

–No hay detención. No es él. Pero tenemos que estar seguros. ¿Quiere ayudarnos a registrar el lugar y pensar cómo atajar este asunto o quiere llamar al jefe y explicarle lo mal que ha organizado su operativo?

Bosch retrocedió, pero añadió:

–El teléfono está en la cocina.

Tardaron más de cuatro horas en registrar la casa. Los cinco, metódicamente y en silencio, registraron todas las habitaciones, los cajones y los armarios. Las escasas pruebas que iban recopilando de la vida secreta del detective Ray Mora las ponían en la mesa del comedor. Durante todo ese tiempo, su anfitrión permaneció en el gimnasio del piso de arriba, esposado a una de las barras cromadas de la máquina de pesas. Se le concedieron menos privilegios que a un asesino al que hubieran arrestado en su propia casa. Ni llamada de teléfono ni abogado ni derechos. Lo mismo ocurría siempre que los polis investigaban a otros polis. Cualquier poli sabía que los abusos de poder más flagrantes se producían cuando el afectado era uno de los suyos.

De vez en cuando, al comenzar su trabajo, oían a Mora gritar. La mayoría de las veces llamaba a Bosch, algunas a Rollenberger, pero nadie acudió hasta que, finalmente, Sheehan y Opelt –preocupados por que los vecinos pudieran oírlo y llamar a la policía– entraron en la habitación y lo amordazaron con una toalla de baño y cinta aislante negra.

El silencio de los que registraban, sin embargo, no estaba motivado por el respeto hacia los vecinos. Los detectives trabajaban en silencio por la tensión que se respiraba en el ambiente. Aunque Rollenberger estaba manifiestamente enfadado con Bosch, la mayor parte de la tensión derivaba del hecho de que Sheehan y Opelt hubieran fracasado en la vigilancia, lo cual había desembocado directamente en que Bosch fuera descubierto por Mora en su domicilio. Nadie, a excepción de Rollenberger, estaba molesto por el asalto ilegal de Bosch. En la casa del propio Bosch habían irrumpido al menos en dos ocasiones, que él supiera, cuando por alguna razón había sido el centro de alguna investigación interna. Era exactamente igual que la placa: formaba parte del trabajo.

Cuando acabaron el registro, la mesa del comedor estaba repleta de revistas porno y cintas originales, el equipo de grabación, la peluca, la ropa de mujer y la agenda de teléfonos personal de Mora. La televisión a la que había ido a parar el disparo fallido de Mora también estaba allí. Para entonces, Rollenberger ya se había tranquilizado tras haber analizado la situación durante aquellas horas mientras efectuaba el registro.

–Muy bien –dijo cuando los otros cuatro se reunieron alrededor de la mesa para evaluar los resultados–. ¿Qué es lo que tenemos? Número uno: ¿estamos seguros de que Mora no es nuestro hombre?

Rollenberger miró a su alrededor y se detuvo al llegar a Bosch.

—¿Qué te parece, Bosch?

—Ya ha oído lo que creo. Él lo niega y lo que había en la última cinta, antes de que me hiciera borrarla, no coincide con el Discípulo. Parecía tener su consentimiento, aunque estaba claro que los chicos que estaban con él eran menores. Él no es el Discípulo.

—¿Entonces qué es?

—Alguien con problemas. Yo creo que lleva demasiado tiempo en Antivicio, eso pudo con él y empezó a montarse sus propias películas.

—¿Las vendía?

—No lo sé. Me extrañaría. Aquí no hay pruebas de eso. No se esmeró mucho por ocultarse en la cinta que yo vi. Yo diría que era más bien material para su consumo. No se metió en eso por dinero. Va más allá.

Nadie dijo nada, de forma que Bosch continuó.

—Yo lo que creo es que empezó a olerse que lo seguíamos un tiempo después de que fijáramos en él nuestro objetivo y comenzó a deshacerse de las pruebas. Esta noche, seguramente, ha estado intentando despistarnos para averiguar por qué lo seguíamos. Ha destruido la mayoría de las pruebas, pero si alguien se pone manos a la obra con la agenda de teléfonos, apuesto a que acabaríamos encajando las piezas. Si seguimos el rastro de las listas que tiene solo con los apellidos, probablemente llegaremos hasta algunos de los chicos que utilizaba para los vídeos.

Sheehan hizo ademán de coger la agenda de teléfonos.

—Déjala —dijo Rollenberger—. Si alguien continúa con esto, será Asuntos Internos.

—¿Cómo van a hacerlo? —preguntó Bosch.

–¿A qué te refieres?

–Todo es fruto del árbol envenenado. El registro, todo. Todo es ilegal. No podemos ir contra Mora.

–Pero tampoco podemos dejar que siga llevando una placa –dijo Rollenberger irritado–. Ese hombre debería estar en la cárcel.

El silencio que se hizo a continuación quedó quebrantado por un ruido que procedía de arriba, de la voz ronca pero elevada de Mora. De alguna forma, había logrado deshacerse de la mordaza.

–¡Bosch! ¡Bosch! Quiero un trato, te daré… –Empezó a toser–. Te lo daré, Bosch. ¿Me oyes? ¿Me oyes?

Sheehan se dirigió a las escaleras, que partían del armario que había fuera del salón. Dijo:

–Esta vez lo ataré tan fuerte que voy a estrangular a ese cabrón.

–Espera un momento –dijo Rollenberger.

Sheehan se detuvo en el umbral que separaba el salón del armario.

–¿Qué dice? –dijo Rollenberger–. ¿A quién va a dar?

Miró a Bosch, que se encogió de hombros. Esperaron. Rollenberger tenía la vista puesta en el techo, pero Mora permaneció callado.

Bosch se inclinó sobre la mesa y cogió la agenda.

–Creo que tengo una idea –dijo.

El olor del sudor de Mora se había extendido por la habitación. Estaba sentado en el suelo, con las manos atrás, esposadas a la máquina de pesas. La toalla que le habían colocado en la boca con cinta aislante se le había deslizado hasta el cuello y parecía un collarín. La parte de delante estaba empapada de saliva y Bosch concluyó que Mora había conseguido liberarse a base a mover la mandíbula arriba y abajo.

—Bosch, desátame.

—Aún no.

Rollenberger avanzó.

—Detective Mora, tienes problemas. Tienes…

—Tú tienes problemas. Tú eres el que realmente tiene problemas. Todo esto es ilegal. ¿Cómo vas a explicarlo? ¿Sabes lo que voy a hacer? Voy a contratar a esa puta de Money Chandler y a demandar al departamento por un millón de dólares. Sí, voy a…

—No te los podrás gastar si estás en la cárcel, Ray —dijo Bosch.

Levantó la agenda de teléfonos de Mora para que el poli de Antivicio la viera.

—Si esto llega a manos de Asuntos Internos, te demandarán. Entre todos estos nombres y números tiene que haber alguien que hable de ti. Algún menor, seguramente. ¿Crees que te lo estamos haciendo pasar mal? Pues espera a que intervenga Asuntos Internos. Te llevarán a juicio, Ray. Y lo harán sin el registro de esta noche. Esto será tu palabra contra la nuestra.

Bosch apreció un rápido movimiento en los ojos de Mora y se dio cuenta de que había dado en el clavo. Mora tenía miedo de los nombres que había en la agenda.

—Así que —dijo Bosch—, dinos, ¿qué es lo que tenías en mente, Ray?

Mora apartó la vista de la agenda y miró primero a Rollenberger, luego a Bosch y después de nuevo a Rollenberger.

—¿Estás dispuesto a hacer un trato?

—Tengo que saber primero cuál es el trato —dijo Rollenberger.

—De acuerdo, este es el trato. Yo quedo libre y a cambio os doy el nombre del Discípulo. Sé quién es.

415

Bosch reaccionó en un primer momento con escepticismo, pero no dijo nada. Rollenberger lo miró y Bosch negó con la cabeza una vez.

—Lo sé —dijo Mora—. Es el mirón del que te hablé. No era ninguna tontería. Hoy he recibido sus datos. Encaja. Sé quién es.

Bosch se lo tomó entonces más en serio. Cruzó los brazos y le lanzó una mirada rápida a Rollenberger.

—¿Quién es? —dijo Rollenberger.

—Pero antes, ¿cuál es el trato?

Rollenberger se dirigió a la ventana y abrió las cortinas. Estaba dejando el asunto en manos de Bosch, que avanzó y se acuclilló frente a Mora como si fuera un *catcher*.

—Este es el trato. Te lo voy a decir una sola vez. Lo tomas o lo dejas. Me das el nombre a mí y la placa al teniente Rollenberger. Dimites inmediatamente de tu cargo en el departamento. Accedes a no denunciar al departamento ni a ninguno de nosotros individualmente. A cambio, te largas.

—¿Y cómo sé que no...?

—No lo sabes. ¿Y cómo sé yo que cumplirás tu parte? Me quedo con la agenda, Ray. Intenta jodernos y llegará a manos de Asuntos Internos. ¿Trato hecho?

Mora se quedó mirándolo unos segundos sin decir nada. Finalmente, Bosch se incorporó y se volvió hacia la puerta. Rollenberger fue tras él y dijo:

—Desátalo, Bosch. Llévalo al Parker Center y fíchalo por asalto a un oficial de policía, sexo ilegal con un menor y añade lo que te plazca de...

—Trato hecho —dijo de pronto Mora—. Pero no tengo ninguna garantía.

Bosch se dio la vuelta para mirarlo.

—Así es, ninguna. ¿Quién es?

Mora apartó la vista de Bosch y miró a Rollenberger.

–Desatadme primero.

–Que quién es, Mora –dijo Rollenberger–. Ya está bien.

–Es Locke. El puto loquero. Sois una panda de gilipollas, vosotros creyendo que era yo mientras él manejaba los hilos todo este tiempo.

Bosch se quedó un tanto aturdido, pero en aquel mismo momento empezó a ver clara la posibilidad de que fuera cierto. Locke conocía el método del Fabricante de Muñecas y encajaba con el perfil del Discípulo.

–¿Él era el mirón?

–Sí, era él. Hoy lo ha identificado un productor. Se acercó por ahí diciendo que estaba escribiendo un libro para poder estar más cerca de las chicas. Luego las mataba, Bosch. Todo este tiempo que ha estado jugando a los médicos contigo, Bosch, ha estado ahí fuera... asesinando.

Rollenberger se volvió hacia Bosch y preguntó:

–¿Tú qué crees?

Bosch salió de la habitación sin responder. Bajó las escaleras y salió a toda prisa por la puerta en dirección al coche.

El libro de Locke estaba en el asiento trasero de su coche, donde Bosch lo había dejado el día que lo compró. Al dirigirse de nuevo hacia la casa con él se percató de que ya se dibujaban en el cielo los primeros paisajes del amanecer.

Bosch abrió el libro de Locke sobre la mesa del comedor de Mora y comenzó a hojearlo hasta que llegó a la nota del autor. En el segundo párrafo, Locke escribía: «El material para este libro ha sido recopilado durante tres años de entrevistas con innumerables intérpretes de películas para adultos, muchos de los cuales expresaron su voluntad de permanecer en el anonimato o bien de ser identificados únicamente con su nombre artístico. El autor quiere expresar su agradecimiento a los productores que le facilitaron el acceso a los platós y despachos de producción en los que se llevaron a cabo las entrevistas».

El hombre misterioso. Bosch cayó en la cuenta de que Mora podía tener razón y que Locke podía ser el hombre al que la actriz de vídeo, Gallery, había identificado como sospechoso cuando llamó, cuatro años atrás, al teléfono de afectados del equipo de investigación del Fabricante de Muñecas. Bosch buscó a continuación el índice del libro y recorrió los nombres con el dedo. En la lista figuraba Velvet Box. También Holly Lere y Magna Cum Loudly.

Bosch repasó mentalmente a toda velocidad la implicación de Locke en el caso. Definitivamente encajaba como sospechoso por las mismas razones que Mora. Tenía un pie en cada lado, tal y como él mismo había descrito. Disponía de acceso a toda la información sobre las muertes del Fabricante de Muñecas y, al mismo tiempo, dirigía una investigación para un libro sobre la psicología de las actrices de la industria de la pornografía.

Bosch se entusiasmó, pero ante todo estaba indignado. Mora tenía razón. Locke había manejado los hilos, lo había manejado a él hasta el punto de que había puesto a los polis tras la pista del hombre equivocado. Locke era el Discípulo y se la había jugado por completo.

Rollenberger envió a Sheehan y a Opelt a casa de Locke para someterlo inmediatamente a vigilancia.

—Y esta vez no la caguéis —dijo tras restablecer parte de su papel de mando.

A continuación, anunció que se celebraría una reunión del equipo de investigación el domingo a mediodía, al cabo de poco más de seis horas. Dijo que entonces discutirían si solicitaban una orden para registrar la casa y el despacho de Locke y decidirían cómo actuar. Cuando se dirigía hacia la puerta, Rollenberger miró a Bosch y le dijo:

—Ve a soltarlo. Luego, lo mejor será que te vayas a dormir un rato, Bosch. Lo vas a necesitar.

—¿Y qué va a pasar con usted? ¿Cómo va a abordar este asunto con Irving?

Rollenberger miraba hacia abajo a la placa dorada de detective que tenía en la mano. Era de Mora. Cerró la mano y se la metió en el bolsillo de la cazadora. Luego miró a Bosch.

—Eso es problema mío, ¿no te parece, Bosch? No te preocupes por eso.

Cuando los demás se fueron, Bosch y Edgar subieron al gimnasio. Mora estaba en silencio y evitó mirarlos cuando le quitaron las esposas. No dijeron nada, lo dejaron allí con la toalla todavía alrededor del cuello, como una soga, contemplando su imagen fragmentada en el espejo de la pared.

Bosch encendió un cigarrillo y miró el reloj al llegar al coche. Eran las seis y veinte y estaba demasiado alterado para irse a casa a dormir. Entró en el coche y sacó la radio del bolsillo.

—Frankie, ¿estás ahí?

—Sí —respondió Sheehan.

—¿Alguna novedad?

—Acabamos de llegar. No hay movimiento. No sé si está dentro o no. La puerta del garaje está cerrada.

—Vale.

A Bosch se le ocurrió una idea. Cogió el libro de Locke y le quitó la cubierta. La dobló, se la metió en el bolsillo y arrancó el coche.

Después de parar a tomarse un café en un Winchell's, llegó sobre las siete al Sybil Brand Institute. Dada la hora que era, tuvo que pedir autorización al jefe de vigilancia para interrogar a Georgia Stern.

Se percató de que estaba con el mono en cuanto entró en la sala de interrogatorios. Se sentó encorvada y con los brazos cruzados por delante, como si se le hubiera roto una bolsa de la compra y tratara de impedir que se cayera algo.

—¿Se acuerda de mí? —preguntó él.

—Eh, tiene que sacarme de aquí.

—No puedo. Pero puedo pedirles que la trasladen a la clínica. Allí le darán metadona en el zumo de naranja.

—Quiero salir de aquí.

—Pediré que la lleven a la clínica.

Ella dejó caer la cabeza en señal de derrota. Comenzó a acunarse ligeramente, hacia atrás y hacia delante. A Bosch le inspiró compasión, pero sabía que no podía dejarse llevar. Había cosas más importantes y ella ya no tenía salvación.

—¿Se acuerda de mí? —volvió a preguntar—. ¿De la otra noche?

Ella asintió con la cabeza.

—¿Recuerda que le enseñamos unas fotos? Pues tengo otra.

Puso la sobrecubierta del libro encima de la mesa. Ella contempló la foto de Locke bastante tiempo.

—¿Y bien?

—¿Qué? Lo he visto. Habló conmigo una vez.

—¿Sobre qué?

–Sobre las películas. Era, eh, creo que es un entrevistador.

–¿Un entrevistador?

–O sea, como un escritor. Dijo que era para un libro. Le pedí que no usara ninguno de mis nombres, pero no llegué a comprobarlo nunca.

–Georgia, trate de recordar. Concéntrese. Es muy importante. ¿Podría ser también el hombre que la atacó?

–¿Se refiere al Fabricante de Muñecas? El Fabricante de Muñecas está muerto.

–Sí, eso ya lo sé. Pero creo que fue otra persona la que la atacó. Mire la foto. ¿Fue él?

Miró la foto y dijo que no con la cabeza.

–No lo sé. A mí me dijeron que había sido el Fabricante de Muñecas, así que me olvidé de su cara cuando lo mataron.

Bosch se recostó sobre el asiento. Era inútil.

–¿Sigue pensando en pedirles que me lleven a la clínica? –preguntó tímidamente al percatarse de que el humor de Bosch había cambiado.

–Sí, ¿quiere que les diga que tiene el virus?

–¿Qué virus?

–El sida.

–¿Para qué?

–Para que le den las medicinas que necesite.

–Pero si yo no tengo el sida.

–Mire, sé que la última vez que la detuvieron los de Antivicio de Van Nuys llevaba AZT en el bolso.

–Es por protección. Lo pillé de un amigo que está enfermo. Me dio el bote y yo lo llené de maicena.

–¿Protección?

–No quiero trabajar para ningún chulo. Si te viene algún capullo y te dice que él es tu hombre, le enseño la mierda esta, le digo que tengo el virus y se larga.

No quieren chicas con sida. No es bueno para el negocio.

Esbozó una sonrisa pícara y Bosch cambió su opinión acerca de ella. Al fin y al cabo, tal vez podría salvarse. Tenía el instinto de una superviviente.

La oficina de detectives de la comisaría de Hollywood estaba completamente desierta, algo habitual en un domingo por la mañana. Después de robar una taza de café de la oficina de guardia mientras el sargento estaba ocupado con el mapa de la pared, Bosch fue a la mesa de Homicidios y llamó a Sylvia, pero no la encontró. Se preguntó si estaría otra vez trabajando en el jardín o habría salido, tal vez a comprar el periódico del domingo para leer el artículo sobre Beatrice Fontenot.

Bosch se recostó en la silla. No sabía cuál debía ser el siguiente paso. Utilizó la radio para consultar con Sheehan, que volvió a decirle que no se había producido movimiento alguno en la casa de Locke.

—¿Crees que deberíamos subir y llamar? —preguntó Sheehan.

No esperaba respuesta y Bosch no se la dio. Sin embargo, se puso a pensar en ello. Aquello le dio otra idea. Decidió que iría a casa de Locke para ponerlo a prueba con la máxima discreción, para ponerlo al corriente de la historia de Mora, ver cómo reaccionaba y comprobar si seguía afirmando que el poli de Antivicio era el Discípulo.

Tiró la taza de café vacía a la papelera y se asomó por la ranura del buzón de notas y correo que había en la pared. Vio que allí había algo. Se levantó y llevó a su mesa tres notas rosas de recados recibidos por teléfono y un sobre blanco. Leyó los mensajes y uno a uno los descartó al considerar que no eran importantes y los metió en el pincho de los mensajes para más tarde. Dos eran de periodistas de televisión y el tercero de un fiscal que solicitaba pruebas de uno de sus otros casos. Todas las llamadas se habían producido el viernes.

Luego miró el sobre y sintió un escalofrío, como si una fría bola de acero descendiera por detrás de su cuello. En el exterior solo estaba escrito su nombre, pero la característica letra significaba que no podía ser de otra persona. Dejó el sobre en la mesa, abrió el cajón y rebuscó entre libretas, bolígrafos y pinzas de papel hasta que encontró un par de guantes de goma. Luego abrió cuidadosamente el mensaje del Discípulo.

> Cuando el cadáver deje de apestar,
> yo seguiré presente en tu pesar
> por haberte arrancado a tu querida rubia
> de esas manos vulgares.
>
> Ella será entonces mi muñequita
> tras una dulce y deliciosa cita.
> Después emprenderé viaje
> rumbo a nuevos lugares.
>
> No le llegará el aire, no podrá resistir.
> Pero a por mí no te atrevas a ir.
> Su última palabra, será, oh, Dios,
> Una que sonará igual que Boschhh.

Al salir de la comisaría, atravesó la oficina del jefe de vigilancia, le faltó poco para llevarse por delante al sobresaltado teniente que estaba de servicio y gritó:

–¡Póngase en contacto con el detective Jerry Edgar! Dígale que conecte la radio. Él sabrá lo que quiero decir.

29

Entrar en la autovía fue tan desesperante que Bosch tuvo la sensación de que notaba literalmente cómo le subía la tensión. Sentía la piel de alrededor de los ojos tirante y tenía la cara cada vez más caliente. Había algún tipo de actuación matutina de domingo en el Hollywood Bowl y la caravana de Highland llegaba hasta Fountain. Bosch trató de meterse por calles secundarias, pero también había mucha gente que se dirigía al Bowl. Sentía que se hundía en aquel apuro hasta que comenzó a tirarse de los pelos por no haberse acordado de que tenía las luces y la sirena. Al trabajar en Homicidios, había pasado tanto tiempo desde la última vez que tuvo que salir corriendo que ya ni lo recordaba.

Tras poner las luces sobre el techo y encender la sirena, los coches comenzaron a hacerse a un lado y recordó lo fácil que podía llegar a ser. Acababa de coger la autovía de Hollywood y conducía a gran velocidad hacia el norte por el paso de Cahuenga cuando la voz de Jerry Edgar emergió de la radio que tenía en el asiento de al lado.

–¿Harry Bosch?

–Sí, Edgar, escucha. Quiero que llames al departamento del sheriff de la comisaría de Valencia y les digas que cojan un coche y vayan a casa de Sylvia, código tres. Diles que se aseguren de que está bien.

Código tres quería decir «luces y sirena», una emergencia. Le dio a Edgar la dirección de Sylvia.

–Haz la llamada ahora mismo y luego entra otra vez en antena.

–Vale, Harry. Pero ¿qué está pasando?

–¡Llama ahora mismo!

Tres minutos después, Edgar entró en antena de nuevo.

–Van de camino. ¿Qué te pasa?

–Yo también voy para allá. Lo que quiero es que tú vayas a la comisaría. He dejado una nota en mi mesa. Es del Discípulo. Guárdala y luego llama a Rollenberger y a Irving y cuéntales lo que está pasando.

–¿Qué está pasando?

Bosch tuvo que salirse a la mediana de un volantazo para no chocar contra un coche que se había metido en el carril delante de él. El conductor no había visto venir a Bosch, quien sabía que iba demasiado rápido –clavado a ciento cincuenta– para que los coches que iban delante pudieran reaccionar a la sirena.

–La nota es otro poema. Dice que va a quitarme a la rubia de las manos. Sylvia. En su casa no contesta nadie, pero puede que estemos a tiempo. Creo que no había previsto que encontrara la nota hasta el lunes, cuando entrara a trabajar.

–Voy para allá. Ten cuidado, amigo. Mantén la calma.

«Mantén la calma», pensó Bosch. Bien. Pensó en lo que Locke le había dicho, que el Discípulo estaba enfadado, que quería vengarse de él por haber humillado al Fabricante de Muñecas. Sylvia no, no podía ser. No lo superaría.

Volvió a entrar en antena.

–¿Equipo uno?

–Sí –contestó Sheehan.

–A por él. Entrad y detenedlo.

–¿Estás seguro?

–Detenedlo.

Había un solo coche del sheriff delante de la casa de Sylvia. Cuando Bosch se detuvo, vio a un ayudante del sheriff apostado en el escalón de la entrada, de espaldas a la puerta. Parecía que estuviera custodiando el lugar. Como si protegiera el escenario del crimen.

Cuando empezó a salir del coche, Bosch sintió un dolor punzante en el lado izquierdo del pecho. Se quedó quieto un instante hasta que se le pasó. Rodeó el coche corriendo y cruzó el jardín, sacando la placa del bolsillo mientras avanzaba.

–Departamento de Policía de Los Ángeles, ¿qué ocurre?

–Está cerrado. He dado una vuelta a la casa, todas las ventanas y las puertas están bien cerradas. No contesta nadie. Parece que no hay nadie...

Bosch lo apartó para abrirse paso y usó su llave para abrir la puerta. Corrió de habitación en habitación haciendo un registro rápido en busca de indicios de algo. No había nada. El ayudante del sheriff tenía razón. No había nadie en casa. Bosch miró en el garaje y el Cherokee de Sylvia no estaba.

A pesar de todo, Bosch hizo un segundo rastreo por toda la casa, en los armarios, debajo de las camas, buscando alguna señal de que hubiera ocurrido algo. El agente del sheriff estaba de pie en el salón cuando por fin Bosch salió del ala de los dormitorios.

–¿Puedo irme ya? He dejado una misión que parece un poco más importante que esta.

Bosch percibió la irritación que se adivinaba en la voz del agente y lo dejó marchar. Lo acompañó hasta la calle y sacó la radio del Caprice.

—Edgar, ¿estás ahí?

—¿Qué ha pasado, Harry? —Su voz traslucía auténtico terror.

—Nada por aquí. No hay señales de ella ni de nada.

—Estoy en comisaría, ¿quieres que envíe un mensaje de búsqueda?

Bosch le describió a Sylvia y el Cherokee para el mensaje de búsqueda que se difundiría por todos los coches patrulla.

—Lo enviaré. El operativo viene para acá. Irving también. Nos vamos a reunir aquí. Ahora lo único que podemos hacer es esperar.

Yo me voy a quedar otro rato. Tenme al tanto... Equipo uno, ¿estás ahí?

—Equipo uno —dijo Shechan—. Nos hemos acercado a la puerta. No hay nadie dentro. Estamos aquí esperando. Si aparece, lo detenemos.

Bosch se quedó sentado en el salón con los brazos cruzados durante más de una hora. Ya sabía por qué Georgia Stern se había contenido de aquella manera en Sybil Brand. La postura lo tranquilizaba. Aun así, el silencio de la casa lo desquiciaba. No apartaba la vista del teléfono inalámbrico que había sobre la mesa de café. Estaba esperando a que sonara cuando oyó una llave chocar contra la cerradura de la puerta principal. Se levantó de un salto y estaba avanzando hacia la entrada cuando entró un hombre. No era Locke. No era nadie que Bosch conociera, pero tenía llave.

Bosch entró en el vestíbulo sin pensarlo y empujó al hombre contra la puerta cuando este se volvió para cerrarla.

—¿Dónde está? —gritó.

—¿Qué pasa? ¿Qué pasa? —gritó el hombre.

—¿Dónde está ella?

—Ella no podía venir. Yo he venido para hacerme cargo de las personas que quisieran ver la casa. Ella tenía otra visita en Newhall. ¡Por favor!

Bosch se dio cuenta de lo que estaba ocurriendo en el momento en que sonó el estridente pitido del busca que llevaba en el cinturón. Se apartó del hombre.

—¿Es usted el agente inmobiliario?

—Trabajo para ella. ¿Qué está usted haciendo? Se suponía que aquí no había nadie.

Bosch sacó el busca del cinturón y vio que la llamada se había realizado desde el número de teléfono de su casa.

—Tengo que hacer una llamada.

Volvió al salón. Por detrás oyó que el agente inmobiliario decía:

—Sí, eso, ¡váyase a llamar! ¿Qué demonios está pasando aquí?

Bosch marcó el número y después de un timbrazo contestó Sylvia.

—¿Estás bien?

—Sí, Harry, ¿dónde estás?

—En tu casa. ¿Dónde has estado?

—Compré una tarta en Marie Callendar's y se la llevé con las flores a los Fontenot. Sentía la necesidad de…

—Sylvia, escúchame. ¿Has cerrado la puerta con llave?

—¿Qué? No lo sé.

—Deja el teléfono y ve a comprobarlo. Asegúrate de que la puerta corredera del porche también esté cerrada con llave. Y la puerta de la cochera. Yo espero.

—Harry, ¿qué está…?

—¡Hazlo ahora mismo!

En un minuto estaba de vuelta. Su voz sonaba muy tímida.

–Ya está, está todo cerrado.

–Vale, muy bien. Ahora escucha, voy a ir para allá ahora mismo y no tardaré más de media hora. Mientras tanto, llame quien llame a la puerta, no abras ni hagas ningún ruido. ¿Entendido?

–Harry, me estás asustando.

–Ya lo sé. ¿Has entendido lo que te he dicho?

–Sí.

–Bien.

Bosch se quedó pensando un momento. ¿Qué más podía decirle?

–Sylvia, cuando colguemos quiero que vayas al armario que hay junto a la puerta de la entrada. En un estante hay una caja blanca. Bájala y saca la pistola. Las balas están en la caja roja del armario que hay encima del fregadero. En la caja roja, no en la azul. Carga la pistola.

–Eso sí que no, no puedo. ¿Qué estás diciendo?

–Sí, claro que puedes, Sylvia. Carga la pistola. Luego espera a que llegue yo. Si alguien que no sea yo entra por la puerta, defiéndete.

Ella no dijo nada.

–Ahora mismo salgo. Te quiero.

Mientras Bosch conducía por la autovía en dirección sur, Edgar entró en antena y le comunicó que Sheehan y Opelt todavía no habían visto a Locke. Habían enviado a los Presidentes a la Universidad del Sur de California, pero Locke tampoco estaba en su despacho.

–Van a quedarse en los dos sitios. Ahora estoy tratando de conseguir una orden de registro. Pero no creo que tengamos indicios razonables.

Bosch sabía que seguramente tenía razón. El hecho de que Mora lo hubiera identificado como el hombre que se había introducido en el círculo de la pornografía y de que los nombres de tres de las víctimas aparecieran en su libro no constituía una causa razonable para registrar su casa.

Le dijo a Edgar que había localizado a Sylvia y que se iba a reunir con ella. Al despedirse, se dio cuenta de que la visita a casa de los Fontenot podía haberle salvado la vida. Lo concibió como un favor simbiótico. Una vida arrebatada por una vida salvada.

Antes de abrir la puerta de su casa anunció en voz alta que había llegado, luego giró la llave y se dejó caer en los brazos temblorosos de Sylvia. La apretó contra su pecho y dijo por radio: «Aquí estamos todos bien». Luego la apagó.

Se sentaron en el sofá y Bosch le contó todo lo que había sucedido desde la última vez que se habían visto. Observó en los ojos de ella que le aterrorizaba más saber lo que estaba ocurriendo que no saberlo.

Cuando él acabó, ella le contó que había tenido que salir de la casa porque el agente inmobiliario iba a enseñársela a posibles compradores. Por eso había ido directamente a casa de Bosch al salir de casa de los Fontenot. Él le explicó que no se acordaba de que iban a enseñar la casa.

–Puede que después de lo de hoy tengas que contratar a otro agente inmobiliario –dijo Bosch.

Los dos se rieron para liberar parte de la tensión.

–Lo siento –dijo Bosch–. Esto no debería haber llegado a afectarte.

Se sentaron en silencio un rato. Ella se apoyó en él como si todo aquello la hubiera dejado exhausta.

–¿Por qué haces esto, Harry? Tienes que hacer frente a tantas cosas, tratar con las personas más horribles del mundo y con las cosas que hacen. ¿Por qué sigues en esto?

Él se quedó pensando, pero sabía que en realidad no tenía una respuesta y que ella no esperaba que se la diera.

—No quiero quedarme aquí —dijo Harry después de un rato.

—A las cuatro podemos volver a mi casa.

—No, vámonos de aquí y ya está.

Desde la suite de dos ambientes del hotel Loews, en Santa Mónica, tenían una panorámica del océano más allá de una playa inmensa. Era el tipo de habitación que incluía albornoces largos de rizo y bombones envueltos en papel dorado encima de las almohadas. La puerta delantera de la suite estaba situada en el cuarto piso de un edificio de cinco plantas con una fachada de cristal que daba al Pacífico desde la que se alcanzaba a ver todo el arco de la puesta de sol.

Había un porche con dos sofás y una mesa en la que el servicio de habitaciones les servía la comida. Bosch se había llevado consigo la radio, pero estaba apagada. Se mantendría en contacto para saber cómo avanzaba la búsqueda de Locke, pero se retiraba hasta el día siguiente.

Había llamado y había hablado con Edgar y con Irving. Les había dicho que él se quedaría con Sylvia, aunque parecía poco probable que el Discípulo fuera a actuar. En cualquier caso, no lo necesitaban, porque el operativo tenía que permanecer a la espera, aguardar hasta que Locke apareciera o sucediera alguna otra cosa.

Irving explicó que los Presidentes se habían puesto en contacto con el decano de la Facultad de Psicología de la Universidad del Sur de California, quien, a su vez, había contactado con una de las becarias de Locke. Ella dijo que Locke había comentado el viernes que pasaría el fin de semana en Las Vegas y que se alojaría en el Stardust.

Los lunes no tenía clase, de modo que no volvería a la universidad hasta el martes.

–Pero hemos preguntado en el Stardust –dijo Irving–. Locke tenía una reserva, pero no ha aparecido por allí.

–¿Y la orden de registro?

–Nos la han negado ya tres jueces. Cuando un juez no te concede una orden de registro, sabes que no tienes nada. Tendremos que dejarlo estar un tiempo. Mientras tanto, continuaremos vigilando su casa y su despacho. Prefiero hacerlo así hasta que aparezca y podamos hablar con él.

Bosch detectó el tono de duda que había en la voz de Irving. Se preguntaba cómo le habría explicado Rollenberger el giro que había dado la investigación para que Mora hubiera dejado de ser el sospechoso y hubiera pasado a serlo Locke.

–¿Cree que nos estamos equivocando? –Bosch se dio cuenta de que había un atisbo de duda en su propia voz.

–No lo sé. Hemos seguido el rastro de la nota. La dejaron en el mostrador de información en algún momento del sábado por la noche. El recepcionista fue a tomar café sobre las nueve, el vigilante lo entretuvo y cuando salió la encontró sobre el mostrador. Le pidió a un agente que la pusiera en su buzón. Lo único que está claro es que nos equivocamos con Mora. De todas formas, podríamos equivocarnos otra vez. Hasta ahora no tenemos más que presentimientos. Buenos presentimientos, entiéndame, pero nada más. Esta vez me gustaría actuar con un poco más de cautela.

La traducción era: lo has echado todo a perder con tu corazonada de que era Mora, esta vez iremos con más calma. Bosch lo entendió así.

–¿Y si el viaje a Las Vegas fuera una tapadera? La nota dice algo de que se va a marchar. Tal vez Locke esté huyendo.

–Tal vez.

–¿Deberíamos poner una orden de búsqueda y captura o conseguir una orden de arresto?

–Creo que vamos a esperar al menos hasta el martes, detective. Bríndele la oportunidad de regresar. Son solo dos días más.

No cabía duda de que Irving no quería actuar. Iba a esperar a ver cómo se desarrollaban los acontecimientos para decidir cuál sería el siguiente paso.

–Está bien, volveré a llamar más tarde.

Durmieron la siesta en la enorme cama de matrimonio hasta que oscureció y entonces Bosch puso las noticias para ver si se había filtrado algo de lo ocurrido en las últimas veinticuatro horas.

No había sido así, pero a la mitad del telediario del Canal 2, Bosch dejó de hacer zapeo. La historia que lo detuvo fue una noticia actualizada sobre el asesinato de Beatrice Fontenot. Una foto de la chica con un peinado de trenzas aparecía a la derecha de la pantalla.

La presentadora rubia dijo: «La policía ha anunciado hoy que han identificado a un hombre armado como sospechoso de la muerte de la joven de dieciséis años Beatrice Fontenot. El hombre al que están buscando es un presunto traficante de drogas enemistado con los hermanos mayores de Beatrice, según ha afirmado el detective Stanley Hanks. Este mismo agente ha declarado que los disparos realizados contra la residencia de los Fontenot iban, con toda probabilidad, dirigidos a los hermanos. Sin embargo, una de las balas alcanzó en la cabeza a Beatrice, una aplicada estudiante de Grant High, en el valle de San Fernando. El funeral se celebrará esta misma semana, dentro de unos días».

Bosch apagó la televisión y volvió la mirada hacia Sylvia, que estaba apoyada sobre dos almohadas contra la pared. No dijeron nada.

Después de que les sirvieran la cena en la habitación y de haber comido en la zona que daba a la fachada prácticamente sin cruzar palabra, se ducharon de uno en uno. Bosch fue el segundo y, mientras el agua dulce se le clavaba como agujas en el cuero cabelludo, decidió que había llegado el momento de quitarse la máscara, de destaparse. Confiaba en la fe que tenía en ella, en el deseo de ella de saberlo todo sobre él. Y sabía que si no hacía algo, cada día que se guardara para sí los secretos de su vida estaría arriesgando lo que tenían. Sabía que, de alguna forma, enfrentarse a ella era enfrentarse a sí mismo. Tenía que aceptar quién era, de dónde venía y en qué se había convertido si quería que ella lo aceptara también.

Llevaban puestos los albornoces de aquel blanco inmaculado; ella estaba sentada junto a la puerta corredera, él de pie junto a la cama. A través de la puerta, por detrás de Sylvia, veía el reflejo cambiante que la luna llena proyectaba en el Pacífico. No sabía cómo empezar.

Ella había estado hojeando una revista del hotel llena de sugerencias para turistas sobre qué hacer en la ciudad. Ninguna de ellas era el tipo de cosas que hacía la gente que vivía allí. La cerró y la dejó encima de la mesa. Lo miró a él y luego apartó la vista. Empezó ella antes de que él pudiera pronunciar una sola palabra.

–Harry, quiero que te vayas a casa.

Él se sentó en el borde de la cama, apoyó los codos sobre las rodillas y recorrió su cabello con las manos. No tenía ni la menor idea de qué estaba pasando.

–¿Qué quieres decir?

–Demasiadas muertes.

–Pero Sylvia...

–Harry, le he dado tantas vueltas este fin de semana que ya soy incapaz de pensar. Pero eso sí lo tengo claro, tenemos que separarnos una temporada. Necesito aclararme con algunas cosas. Tu vida es...

–Hace dos días decías que el problema era que yo te ocultaba cosas. Y ahora dices que no quieres saber nada más de mí. Tú...

–No estoy hablando de ti. Estoy hablando de lo que haces.

Él sacudió la cabeza.

–Es lo mismo, Sylvia. Deberías saberlo.

–Mira, han sido dos días muy duros. Lo único que necesito es un poco de tiempo para decidir si esto es lo mejor para mí. Para los dos. Créeme, lo hago también pensando en ti. No estoy segura de que sea la persona adecuada para ti.

–Yo sí, Sylvia.

–No digas eso, por favor. No lo compliques más. Yo...

–No quiero volver a estar sin ti, Sylvia. Eso es lo único que tengo claro ahora mismo. No quiero estar solo.

–Harry, no quiero hacerte daño ni quiero volver a pedirte nunca más que cambies por mí. Te conozco y no creo que pudieras cambiar, aunque quisieras hacerlo. Por eso, ahora, lo que tengo que decidir es si yo puedo vivir con eso y vivir contigo... Yo te quiero, Harry, pero necesito un tiempo...

En aquel momento, Sylvia estaba llorando. Bosch lo veía en el espejo. Quería levantarse y abrazarla, pero sabía que sería un error. Él era el motivo de sus lágrimas. Se produjo un largo silencio, los dos sentados en la intimidad de su propio sufrimiento. Ella miraba hacia abajo, hacia su regazo, donde sus manos se entrelazaban. Él miraba hacia el océano y vio un pesquero que surcaba la trayectoria que reflejaba la luna, camino de las islas del Canal.

—Dime algo –dijo Sylvia al fin.

—Haré lo que tú quieras –dijo Harry–. Ya lo sabes.

—Yo iré al cuarto de baño y esperaré allí a que te vistas y te vayas.

—Sylvia, pero yo quiero saber que estás a salvo. Me gustaría pedirte que me dejaras dormir en la otra parte de la habitación. Por la mañana pensaremos en algo. Y entonces me iré.

—No. Los dos sabemos que no va a pasar nada. Ese hombre, Locke, seguramente estará ya muy lejos, huyendo de ti, Harry. No me ocurrirá nada. Mañana cogeré un taxi para ir a clase y estaré a salvo. Pero dame un tiempo.

—Un tiempo para decidir.

—Sí, para decidir.

Ella se levantó y pasó deprisa junto a él para entrar en el baño. Él extendió el brazo, pero ella lo rozó y pasó de largo. Cuando cerró la puerta, él oyó desde fuera que sacaba un pañuelo de papel de la caja. Oyó que lloraba.

—Vete, Harry, por favor –dijo después de un rato–. Por favor.

Oyó que Sylvia encendió el grifo para no oírlo, por si decía algo. Bosch se sintió ridículo al verse allí, vestido con aquel lujoso albornoz. Al quitárselo, se rasgó.

Aquella noche sacó una manta del maletero del Caprice y se hizo una cama en la arena a unos cien metros del hotel, pero no durmió. Se sentó de espaldas al océano, con la vista puesta en la puerta corredera con cortinas del cuarto balcón, junto al mirador. A través de la fachada de cristal del mirador veía también la puerta de delante, así sabría si alguien se acercaba. Hacía frío en la playa, aunque para mantenerse despierto no le hacía falta el fresco de la brisa marina.

30

El lunes por la mañana, Bosch llegó diez minutos tarde al juzgado. Antes de pasar por su casa y ponerse el mismo traje que había usado el viernes, quiso comprobar que Sylvia cogía un taxi y se iba a clase sin problemas. Sin embargo, cuando entró precipitadamente vio que el juez Keyes no ocupaba su lugar en la sala del tribunal y que Chandler no estaba en la mesa de la demandante. La viuda de Church estaba sola, mirando al frente y en posición de rezar.

Harry se sentó junto a Belk y dijo:

–¿Qué ocurre?

–Estábamos esperando a que llegaran Chandler y usted. Ahora la estamos esperando solo a ella. Al juez no le ha hecho ninguna gracia.

Bosch vio que la secretaria se levantaba y llamaba a la puerta del despacho del juez. Luego asomó la cabeza y él la oyó decir: «El detective Bosch ya está aquí. La secretaria de Chandler no ha conseguido localizarla todavía».

Entonces empezó a notar una sensación de opresión en el pecho. Bosch sintió inmediatamente que había comenzado a sudar. ¿Cómo no había caído en la cuenta? Se inclinó hacia delante y apoyó el rostro sobre las manos.

–Tengo que hacer una llamada –dijo y se levantó.

Belk se volvió, probablemente para decirle que no fuera a ninguna parte, pero se quedó callado cuando se abrió la puerta del despacho del juez. El juez Keyes salió caminando precipitadamente y dijo:

—Permanezcan sentados.

Tomó su asiento en la tribuna y le dijo a la secretaria que hiciera pasar al jurado. Bosch se sentó.

—Vamos a continuar y a pedirles que comiencen sin la presencia de la señora Chandler. Más tarde arreglaremos el asunto de su retraso.

Los miembros del jurado entraron en fila y el juez les preguntó si había algo que quisieran decir, alguna incompatibilidad de horarios o alguna otra cosa. Nadie dijo nada.

Está bien. En ese caso, les vamos a pedir que continúen las deliberaciones. El alguacil irá después a hablarles de la comida. Por cierto, a la señora Chandler le ha surgido un problema esta mañana y esa es la razón de que ustedes no la vean sentada en la mesa del demandante. Es un dato que no deben tener en cuenta. Muchas gracias.

Volvieron a desfilar para salir. El juez ordenó de nuevo a las partes presentes que no se alejaran a un radio de más de quince minutos del juzgado; luego le dijo a la secretaria que continuara intentando localizar a Chandler. Dicho aquello, se puso en pie y regresó a su despacho.

Bosch se levantó a toda prisa y abandonó la sala. Se dirigió a la cabina de teléfono y marcó el número del centro de comunicaciones. Después de dar su nombre y su número de placa, le pidió a la telefonista que ordenara una búsqueda de código tres en tráfico con el nombre de Honey Chandler. Dijo que necesitaba la dirección y que esperaría.

La radio no funcionó hasta que Bosch salió del garaje subterráneo del juzgado. Una vez en Los Angeles Street, lo intentó de nuevo y conectó con Edgar, que tenía la radio encendida. Le pidió que anotara la dirección de Chandler que le habían dado, Carmelina Street, en Brentwood.

—Nos vemos allí.

—Voy para allá.

Condujo hasta la Tercera y tomó esa calle hasta pasar el túnel y salir a la autovía del puerto. Estaba a punto de llegar a la autovía de Santa Mónica cuando sonó el busca. Miró el número mientras conducía, pero no lo reconoció. Salió de la autovía y se detuvo en una tienda de alimentación de Korea Town que tenía un teléfono público en la pared de la fachada.

—Juzgado número cuatro —dijo la mujer que contestó a su llamada.

—Soy el detective Bosch, ¿me ha llamado alguien al busca?

—Sí, hemos sido nosotros. Tenemos el veredicto. Tiene que venir inmediatamente.

—¿Cómo es posible? Acabo de estar allí. ¿Cómo van a...?

—Ocurre con frecuencia, detective Bosch. Seguramente llegaron a un acuerdo el viernes y decidieron tomarse el fin de semana para ver si alguien cambiaba de opinión. Además, mire, un día menos que tienen que ir a trabajar.

Ya otra vez en el coche, cogió la radio de nuevo.

—Edgar, ¿estás ahí?

—Aún no. ¿Y tú?

—Tengo que dar la vuelta. Ya hay veredicto. ¿Puedes encargarte tú de esto?

—Claro. ¿De qué me tengo que encargar?

—De la casa de Chandler. Es rubia. No se ha presentado hoy en el juzgado.

—Vale, ya entiendo.

Bosch no se habría imaginado jamás que algún día desearía ver a Honey Chandler en el juzgado, en la mesa de la parte contraria a la suya, pero así era, lo deseaba. Sin embargo, no estaba allí. Un hombre al que Harry no reconoció estaba sentado con la demandante.

Cuando se dirigió a la mesa de la defensa, Bosch vio que unos cuantos periodistas, incluido Bremmer, estaban ya en la sala del tribunal.

—¿Quién es ese? —le preguntó a Belk, refiriéndose al hombre que estaba sentado junto a la viuda.

—Dan Daly. Keyes ha echado mano de él en el pasillo para que se sentara con la mujer durante la lectura del veredicto. Parece ser que Chandler ha desaparecido. No la encuentran.

—¿Ha ido alguien a su casa?

—No lo sé. Supongo que han llamado. ¿Qué más le da? Debería estar preocupado por el veredicto.

El juez Keyes salió y ocupó su puesto. Asintió con la cabeza a la secretaria, que hizo entrar al jurado. Según desfilaban los doce, ninguno miró a Bosch, sino que prácticamente todos dirigieron la vista hacia el hombre que estaba sentado junto a Deborah Church.

—Nuevamente —comenzó el juez—, una incompatibilidad de horarios ha impedido a la señora Chandler estar presente aquí. El señor Daly, un excelente abogado, ha accedido a ocupar su puesto. Entiendo que, según me ha informado el alguacil, han emitido su veredicto.

Varias cabezas de entre las doce asintieron. Bosch al fin vio que un hombre lo miraba. Pero luego apartó la vista. Sentía latir su corazón con fuerza, pero dudaba de si la razón era el inminente veredicto o la desaparición de Honey Chandler. O ambas cosas.

—¿Puedo ver el veredicto, por favor?

El presidente del jurado le entregó un taco de papeles al alguacil, que se los pasó a la secretaria, quien a su vez se los entregó al juez. Era insoportable verlo. El juez tuvo que ponerse unas gafas para leer y, a continuación, se tomó su tiempo para estudiar los documentos. Finalmente, le devolvió los documentos a la secretaria y le dijo:

–Haga público el veredicto.

La secretaria realizó mentalmente una primera lectura de prueba y luego comenzó.

–En relación con el asunto arriba descrito sobre la pregunta de si el acusado Hieronymus Bosch privó a Norman Church de sus derechos civiles a la protección contra el registro y la detención ilegal, fallamos a favor de la demandante.

Bosch no se movió. Miró a su alrededor y vio que en aquel momento todos los miembros del jurado tenían la vista puesta en él. Él se volvió para mirar a Deborah Church y vio cómo cogía del brazo al hombre que tenía sentado a su lado, a pesar de que no sabía quién era, y sonreía. Ella estaba volviendo aquella sonrisa victoriosa hacia Bosch cuando Belk lo agarró del brazo.

–No se preocupe –susurró–. Lo que cuenta son los daños y perjuicios.

La secretaria continuó.

–Por la presente, el jurado concede a la demandante en concepto de daños y perjuicios la cantidad de un dólar.

Bosch oyó que Belk dijo en voz baja un eufórico «¡Sí!».

–En la cuestión de daños punitivos, el jurado concede a la demandante la cantidad de un dólar.

Belk volvió a decirlo, con la diferencia de que en aquella ocasión lo hizo lo suficientemente alto como para que lo oyeran en el pasillo. Bosch miró a Deborah Church en el preciso instante en que la victoria se desvaneció de su sonrisa y se quedó con la mirada perdida. A Bosch todo aquello le parecía surrealista, como si estuviera viendo una obra de teatro, pero subido al escenario con los actores. El veredicto no significaba nada para él. Simplemente observaba a todo el mundo.

El juez Keyes comenzó su discurso de agradecimiento a los miembros del jurado diciéndoles que habían cumplido sus obligaciones constitucionales y que debían sentirse orgullosos de haber servido y de ser ciudadanos estadounidenses. Bosch dejó de escuchar y permaneció sentado sin más. Pensó en Sylvia y deseó poder hablar con ella.

El juez levantó la scsión y cl jurado salió por última vez. Luego el magistrado abandonó su lugar en la tribuna y Bosch pensó que tal vez se apreciaba un gesto de enfado en su rostro.

—Harry —dijo Belk—, es un veredicto magnífico.

—¿En serio? No lo sé.

—Bueno, es un veredicto mixto. Básicamente lo que ha pasado es que el jurado ha fallado lo que nosotros ya habíamos admitido. Dijimos que usted había cometido errores entrando allí de esa manera, pero que su departamento ya le había sancionado por ello. El jurado ha fallado que, según la ley, no debería haber derribado la puerta de esa forma. Sin embargo, al conceder solo dos dólares están diciendo que le creen a usted. Church realizó el movimiento sospechoso. Y Church era el Fabricante de Muñecas.

Le dio unas palmadas a Bosch en la espalda. Posiblemente esperaba que Harry le diera las gracias, pero no fue así.

—¿Y Chandler?

–Ahí está el problema, digamos. El jurado ha fallado a favor de la demandante, así que nosotros pagamos la cuenta. Supongo que pedirá entre unos ciento ochenta y doscientos. Probablemente lo arreglaremos con noventa. No está mal, Harry. Nada mal.

–Tengo que irme.

Bosch se levantó y se abrió paso entre la marabunta de gente y periodistas para salir de la sala. Se dirigió a toda prisa a las escaleras mecánicas y, una vez en ellas, comenzó a buscar a tientas para sacar el último cigarrillo del paquete. Bremmer se subió de un salto al escalón de detrás, libreta en mano, preparado para tomar notas.

–Enhorabuena, Harry –le dijo.

Bosch lo miró. El periodista parecía decirlo con sinceridad.

–¿Por qué? Dicen que soy algo así como un matón constitucional.

–Sí, pero le ha salido por un par de dólares. No está mal.

–Sí, bueno…

–Bueno, ¿algún comentario oficial? Deduzco que lo de «matón constitucional» no cuenta.

–Sí, te lo agradezco. Mmm, ¿sabes qué?, déjame pensarlo un rato. Ahora tengo que irme, pero te llamaré más tarde. ¿Por qué no vuelves a subir y hablas con Belk? Necesita ver su nombre en el periódico.

Fuera, encendió el cigarrillo y sacó la radio del bolsillo.

–Edgar, ¿estás ahí?

–Sí.

–¿Qué tal?

–Mejor te cuento fuera de antena. Se nos está echando encima todo el mundo.

Bosch tiró la colilla al cubo de la basura.

No habían tenido éxito en el intento de que no saltara la noticia. Cuando Bosch llegó a la casa de Carmelina, ya había un helicóptero de una cadena circulando en lo alto y otros dos canales en tierra. El lugar no tardaría en convertirse en un circo. El caso tendría dos grandes atracciones: el Discípulo y Honey Chandler.

Bosch tuvo que aparcar dos casas más allá debido a la aglomeración de coches y furgonetas oficiales a ambos lados de la calle. Los agentes encargados de controlar el tráfico comenzaban en aquel momento a colocar balizas y cerrar la calle.

La propiedad había quedado acordonada por cintas de plástico amarillas de la policía. Bosch firmó en el registro de asistencia que llevaba un policía uniformado y se coló por debajo de la cinta. Era una casa de dos pisos estilo Bauhaus ubicada en una ladera. Desde fuera, Bosch vio que las ventanas que abarcaban desde el suelo hasta el techo debían de ofrecer una vista excelente. Contó dos chimeneas. Era una casa agradable en un agradable vecindario habitado por agradables abogados y catedráticos de la Universidad de California en Los Ángeles. Ya no lo sería más. Al entrar, lamentó no tener un cigarrillo.

Edgar estaba de pie tras la puerta, en un recibidor de baldosas. Estaba hablando por un teléfono móvil y parecía que le estaba pidiendo a la unidad de relaciones con los medios que enviara a gente para controlar aquello. Al ver a Bosch, señaló el piso de arriba.

Las escaleras partían justo de la entrada y Bosch subió. Había un amplio pasillo al que se abrían cuatro puertas. Un grupo de detectives se arremolinaba ante la puerta del fondo y, de vez en cuando, miraban al interior. Bosch se dirigió hacia allá.

Por una parte, Bosch sabía que había formado su mente para que funcionara casi como la de un psicópata.

Aplicaba la psicología de la cosificación cuando acudía al escenario de un crimen. Las personas muertas no eran personas, eran cosas. Tenía que concebir los cuerpos como cadáveres, como pruebas. Era la única forma de superarlo y cumplir con su labor, la única forma de sobrevivir. Pero, por supuesto, resultaba más sencillo decirlo o pensarlo que hacerlo. Bosch no siempre se sentía capaz.

Como miembro del equipo de investigación inicial del Fabricante de Muñecas, había visto las seis últimas víctimas atribuidas al asesino en serie. Las había visto *in situ*, es decir, en la situación en la que fueron halladas. En ninguna ocasión había sido fácil. La sensación de desamparo de las víctimas era más fuerte que todos sus esfuerzos por verlas como objetos. Además, saber que procedían del mundo de la calle lo agravaba más aún. Era como si la tortura a la que el asesino sometió a cada una de ellas hubiera sido solo la última en una vida llena de humillaciones.

Miró entonces al cuerpo desnudo y torturado de Honey Chandler y no hubo truco ni estrategia mental alguna capaz de impedir que el horror que estaba presenciando le sobrecogiera el alma. Por primera vez en todos los años que había trabajado como investigador de homicidios, solo quería cerrar los ojos y salir de allí.

Pero no lo hizo. En lugar de marcharse, permaneció junto a los demás hombres, que miraban con la mirada vacía y una actitud indiferente. Era como una reunión de asesinos en serie. Algo le hizo pensar en el juego de bridge en San Quintín que Locke había mencionado. Cuatro psicópatas alrededor de la mesa con más asesinatos a sus espaldas que cartas en el juego.

Chandler estaba bocarriba con los brazos extendidos a los lados. Tenía el rostro pintado con maquillaje muy estridente, de modo que buena parte de la decoloración violácea que ascendía desde el cuello quedaba tapada. Una tira de cuero, cortada de un bolso cuyo contenido estaba esparcido por el suelo, le apretaba con fuerza el cuello, con un nudo en la parte derecha que parecía atado con una mano izquierda. Al igual que en los casos anteriores, si el asesino había usado instrumentos de control o una mordaza, se los había llevado consigo.

Sin embargo, había algo que no encajaba con el patrón. Bosch vio que el Discípulo estaba improvisando, ahora que ya no actuaba con el camuflaje del Fabricante de Muñecas. El cuerpo de Chandler estaba lleno de quemaduras de cigarrillos y marcas de mordiscos. Algunas habían sangrado y en otras tenían moratones hinchados, lo que significaba que la tortura se había producido cuando ella todavía estaba viva.

Rollenberger estaba en la habitación y daba órdenes e incluso le indicaba al fotógrafo los ángulos que quería. Nixon y Johnson también se encontraban en la habitación. Bosch se dio cuenta, como probablemente habría hecho Chandler, de que la última humillación era que su cuerpo quedaba exhibido durante horas ante unos hombres a los que había despreciado en vida. Nixon levantó la mirada, vio a Bosch en el vestíbulo y salió de la habitación.

–Harry, ¿qué fue lo que te llevó hasta ella?

–No se presentó en el juzgado esta mañana. Pensé que valdría la pena acercarse a comprobar. Supongo que ella era la rubia. Lástima no haberme dado cuenta en un primer momento.

–Ya.

–¿Tenemos ya la hora del fallecimiento?

–Sí, un cálculo aproximado. El técnico del forense dice que la muerte se produjo hace al menos cuarenta y ocho horas.

Bosch asintió. Eso quería decir que ya estaba muerta cuando él encontró la nota y lo hacía un poco más fácil.

—¿Se sabe algo de Locke?

—Cero.

—¿Os han asignado a Johnson y a ti este caso?

—Sí, Hans Off nos lo dio. Lo encontró Edgar, pero antes tiene que atender el caso de la semana pasada. Sé que la intuición fue tuya, pero supongo que Hans Off pensó que con lo del juzgado y...

—No te preocupes. ¿Qué queréis que haga?

—Dime tú. ¿Qué quieres hacer?

—No quiero entrar ahí. No me caía bien, pero me caía bien, ya me entiendes.

—Sí, claro. Este es de los feos. ¿Has notado que está cambiando? Ahora muerde. Quema.

—Sí, ya lo he visto. ¿Alguna otra novedad?

—Que sepamos, no.

—Voy a echar un vistazo al resto de la casa. ¿Está limpia?

—No hemos tenido tiempo de buscar huellas. Solo hemos dado una pasada rápida. Ponte guantes e infórmame de lo que encuentres.

Bosch se dirigió a una de las cajas de material que estaban alineadas contra la pared del vestíbulo y sacó un par de guantes de plástico de un expendedor que parecía una caja de pañuelos de papel.

Irving pasó a su lado por las escaleras sin decir palabra, sus miradas se cruzaron durante apenas un segundo. Cuando llegó a la entrada, vio a dos subdirectores apostados en las escaleras de la calle. No estaban haciendo nada, salvo asegurarse de salir en la secuencia de televisión con pose seria y preocupada. Bosch advirtió que un creciente número de periodistas y cámaras se agolpaban tras la cinta de plástico.

Miró a su alrededor y encontró el despacho de Chandler en una pequeña habitación que daba al salón. Dos de las paredes tenían estanterías de obra repletas de libros. La habitación tenía una ventana al tumulto que se había formado justo detrás del jardín de la entrada. Se puso los guantes y empezó a buscar en los cajones del escritorio. No encontró lo que buscaba, pero había signos de que alguien había registrado el escritorio. Las cosas estaban desparramadas en los cajones, los documentos de los expedientes estaban fuera de las carpetas. No estaba tan ordenado como la mesa de Chandler en el tribunal.

Echó un vistazo debajo de la agenda. La nota del Discípulo no estaba allí. Sobre el escritorio había dos libros, un diccionario jurídico y el código penal de California. Recorrió las páginas de ambos, pero no encontró la nota. Se recostó en la silla de despacho de cuero y levantó la vista hacia las dos paredes de libros.

Calculó que tardaría dos horas en revisar todos los libros y aun así probablemente no daría con la nota. Fue entonces cuando reparó en el lomo verde y torcido de un libro en el segundo estante empezando por arriba, junto a la ventana. Lo reconoció. Era el libro del que Chandler había leído un fragmento en su alegato final, *El fauno de mármol*. Se levantó y sacó el libro de su sitio.

Allí estaba la nota, doblada en la mitad del libro. También estaba el sobre en el que llegó. Y Bosch supo inmediatamente que sus sospechas habían sido acertadas. La nota era una fotocopia de la página que dejaron en la comisaría de policía el lunes anterior, el día de las exposiciones iniciales. La única diferencia residía en el sobre. No lo habían llevado allí. Lo habían enviado por correo. El sobre tenía un sello y había sido matasellado en Van Nuys el sábado anterior a las exposiciones iniciales.

Bosch miró el matasellos y supo que resultaría imposible intentar seguir cualquiera de las pistas. Habría innumerables huellas de todos los empleados de correos que lo habían tenido en sus manos. Llegó a la conclusión de que la nota tendría un escaso valor probatorio.

Salió del despacho con la nota y el sobre cogidos por una esquina y con los guantes puestos. Tenía que subir las escaleras para buscar a un técnico con bolsas de pruebas. Se asomó a la puerta del dormitorio y vio al técnico del juzgado de instrucción y a dos encargados del traslado de cuerpos extendiendo una bolsa de plástico sobre una camilla. La exhibición pública de Honey Chandler estaba a punto de llegar a su fin. Bosch se retiró para evitar presenciarlo. Edgar lo siguió tras leer la nota, a la que el técnico estaba poniendo una etiqueta.

—¿Le envió la misma nota a ella? ¿Para qué?

—Supongo que quería asegurarse de que nosotros no ocultáramos la nuestra. Si lo hubiéramos hecho, él contaba con que Chandler sacaría la suya.

—Pero si ella ha tenido la nota todo el tiempo, ¿por qué quería que presentáramos la nuestra como prueba? Le habría bastado con presentar la suya ante el tribunal.

—Supongo que pensó que sacaría más provecho de la nuestra. Si lograba que la policía entregara la suya, eso le daría mayor legitimidad a ojos del jurado. Si simplemente hubiera presentado la suya, mi abogado podría haberlo tirado por tierra. No lo sé. Solo son suposiciones.

Edgar asintió.

—Por cierto —dijo Bosch—, ¿cómo entraste al llegar?

—La puerta principal no estaba cerrada con llave. No hay arañazos en la cerradura ni indicios de que haya sido forzada.

—El Discípulo llegó y ella lo dejó pasar... No la atrajo adonde estaba él. Algo está pasando. Está cambiando. Muerde y quema. Comete errores. Le está afectando algo. ¿Por qué ha ido a por ella en lugar de ceñirse al esquema de escoger a sus víctimas de la sección contactos de sexo?

—Lo peor es que Locke es el puto sospechoso. Estaría bien preguntarle qué significa todo esto.

—¡Detective Harry Bosch! —gritó una voz desde el piso de abajo—. ¡Harry Bosch!

Bosch se dirigió a las escaleras y miró hacia abajo. Un joven policía, el mismo que tomaba nota junto a la cinta de los nombres de los presentes en el lugar, miraba hacia arriba desde el recibidor.

—Hay un tipo en el cordón que quiere entrar. Dice que es un psiquiatra que ha estado colaborando con usted.

Bosch se volvió hacia Edgar. Sus miradas se encontraron.

—¿Cómo se llama? —preguntó Bosch al policía.

El policía consultó su carpeta y leyó:

—John Locke, de la Universidad del Sur de California.

—Que pase.

Bosch comenzó a bajar las escaleras y le hizo una señal a Edgar con la mano. Le dijo:

—Lo voy a llevar al despacho de Chandler. Díselo a Hans Off y baja.

Bosch le dijo a Locke que se sentara en la silla del escritorio, él prefirió permanecer de pie. A través de la ventana que había tras el psicólogo, Bosch veía a los periodistas agrupándose para la rueda de prensa que iba a ofrecer algún miembro de la unidad de relaciones con los medios.

—No toque nada —dijo Bosch—. ¿Qué está haciendo aquí?

–He venido en cuanto me he enterado –dijo Locke–. Pero creí que usted había dicho que tenían al sospechoso bajo vigilancia.

–Lo teníamos, pero no era él. ¿Cómo se ha enterado?

–Están informando en todas las emisoras de radio. Lo oí cuando regresaba en coche y vine directamente para acá. No dijeron la dirección exacta, pero, una vez en Carmelina, no fue difícil encontrarlo. solo había que seguir a los helicópteros.

Edgar entró sigilosamente en la habitación y cerró la puerta.

–Detective Jerry Edgar, el doctor John Locke.

Edgar hizo un movimiento con la cabeza, pero no le tendió la mano. Permaneció alejado, apoyado contra la puerta.

–¿Dónde ha estado? Llevamos intentando localizarlo desde ayer.

–En Las Vegas.

–¿En Las Vegas? ¿A qué ha ido a Las Vegas?

–A qué iba a ser, a jugar. También estoy pensando en un proyecto de un libro sobre las prostitutas legales que trabajan al norte de… Miren, no hay tiempo que perder. Quisiera ver el cuerpo *in situ*. Así podría hacerles una lectura.

–El cuerpo ya ha sido trasladado, doctor –dijo Edgar.

–Ah, ¿sí? Vaya. Tal vez pueda inspeccionar el lugar de los hechos y…

–Ahora mismo hay ya demasiada gente ahí arriba –dijo Bosch–. Tal vez más tarde. ¿Cómo interpretaría unas marcas de mordiscos? ¿Y quemaduras de cigarrillo?

–¿Quieren decir que eso es lo que se han encontrado esta vez?

–Y que no era una chica de compañía –dijo Edgar–. Él vino aquí, ella no fue a buscarlo.

–Cambia muy rápido. Todo parece bastante arbitrario. Alguna fuerza o razón desconocida le está forzando a hacerlo.

–¿Como qué? –preguntó Bosch.

–No lo sé.

–Intentamos llamarlo a Las Vegas. No llegó a presentarse en el hotel.

–Ah, ¿en el Stardust? Ya, es que al llegar vi el MGM nuevo que acababan de abrir y pregunté si tenían habitación. Les quedaba sitio y me alojé allí.

–¿Había alguien con usted? –preguntó Bosch.

–¿Todo el tiempo? –añadió Edgar.

Un gesto de desconcierto se apoderó del semblante de Locke.

–¿Qué pasa…?

Entonces lo entendió. Movió la cabeza con incredulidad.

–Harry, ¿me está tomando el pelo?

–Yo no. ¿Y usted a mí, apareciendo aquí de esta manera?

–Creo que…

–No, no conteste a eso. Le diré lo que vamos a hacer. Seguramente lo mejor para todos será que conozca cuáles son sus derechos antes de continuar. Jerry, ¿tienes una tarjeta?

Edgar sacó su cartera y extrajo una tarjeta blanca plastificada con los derechos constitucionales del detenido. Comenzó a leérselos a Locke. Tanto Edgar como Bosch se sabían el texto de memoria, pero en una circular del departamento que se había difundido junto con la tarjeta plastificada se recomendaba que las leyeran. Así resultaba más difícil que el abogado defensor pudiera censurar ante el tribunal el modo en que la policía había dado a conocer sus derechos a su cliente.

Mientras Edgar leía la tarjeta, Bosch contemplaba por la ventana la muchedumbre de periodistas que rodeaba a uno de los subdirectores. Vio que Bremmer estaba en el grupo. Las palabras del subdirector no debían de tener mucho interés, porque el periodista del *Times* no estaba tomando nota de nada. Solo estaba junto a la aglomeración y fumaba. Seguramente seguía a la espera de la verdadera información, la que darían los auténticos jefes, Irving y Rollenberger.

—¿Estoy detenido? —preguntó Locke cuando Edgar acabó.

—Aún no —dijo Edgar.

—De momento necesitamos aclarar algunas cosas —dijo Bosch.

—Esto es humillante.

—Lo comprendo. Ahora bien, ¿quiere aclararnos lo del viaje a Las Vegas? ¿Había alguien con usted?

—Desde las seis de la mañana del viernes hasta que salí del coche hace diez minutos una manzana más allá ha habido una persona conmigo todas las horas del día excepto cuando he ido al cuarto de baño. Esto es ridí...

—¿Y quién es esa persona?

—Una amiga mía. Se llama Melissa Mencken.

Bosch se acordó de la joven llamada Melissa que trabajaba en el despacho de Locke.

—¿La especialista en psicología infantil? ¿La de su despacho? ¿La rubia?

—Eso es —contestó Locke de mala gana.

—¿Y ella nos confirmará que han estado juntos todo el tiempo? La misma habitación, el mismo hotel, el mismo todo, ¿verdad?

—Sí. Ella les confirmará todo. Estábamos llegando cuando oímos esto en la radio. En la KFWB. Está ahí fuera, esperándome en el coche. Vayan a hablar con ella.

–¿Qué coche es?

–Un Jaguar azul. Mire, Harry, vaya a hablar con ella y aclárelo todo. Si ustedes no sacan a relucir que estoy con una alumna, yo no mencionaré este... este interrogatorio.

–Esto no es un interrogatorio, doctor. Créame, si le interrogáramos, se daría cuenta.

Le hizo una señal con la cabeza a Edgar, que salió en silencio de la habitación en busca del Jaguar. Cuando se quedaron solos, Bosch apartó una silla alta de la pared y se sentó delante del escritorio a esperar.

–¿Qué ha sido del sospechoso al que estaban siguiendo, Harry?

–Lo seguimos.

–¿Qué se supone que...?

–Qué más da.

Se sentaron en silencio durante casi cinco minutos hasta que Edgar asomó la cabeza por la puerta y le hizo una señal a Bosch para que saliera.

–Todo cuadra, Harry. He hablado con la chica y su historia es idéntica. Además, hay recibos de la tarjeta de crédito en el coche. Llegaron al MGM el sábado a las tres. También hay un recibo de gasolina de Victorville en el que figura la hora. Las nueve de la mañana del sábado. Y Victorville, ¿a cuánto puede estar, a una hora? Parece que estaban en la carretera cuando mataron a Chandler. Aparte de eso, la chica dice que también pasaron la noche del viernes juntos en la casa que él tiene en la montaña. Podemos hacer más comprobaciones, pero creo que está siendo sincero con nosotros.

–Bueno... –dijo Bosch, sin acabar la frase–. ¿Por qué no subes y corres la voz de que en principio está limpio? Quiero que me acompañe arriba a echar un vistazo, si todavía está dispuesto.

–Voy.

Bosch entró de nuevo en el estudio. Se sentó en la silla que había delante del escritorio. Locke lo examinó con la mirada.

–¿Y bien?

–Está demasiado asustada, Locke. Ya no está con usted en esto. Nos ha dicho la verdad.

–¿Pero qué coño está diciendo? –gritó Locke.

Entonces fue Bosch quien lo examinó a él. La sorpresa en su rostro, el pánico absoluto, eran demasiado sinceros. En aquel momento, Bosch lo supo con seguridad. Aunque disfrutaba de una perversa sensación de poder, lamentaba haberle tendido a Locke aquella trampa.

–Está usted limpio, doctor Locke. Solo quería cerciorarme. Supongo que el asesino solo vuelve al lugar de los hechos en las películas.

Locke respiró hondo y bajó la mirada hacia sus piernas. A Bosch le dio la impresión de que parecía un conductor que acababa de detenerse en el arcén para serenarse después de haber evitado por los pelos una colisión frontal con un camión.

–Maldita sea, Bosch, por unos instantes he sentido que estaba viviendo una pesadilla.

Bosch asintió. Él sabía mucho de pesadillas.

–Edgar ha subido a abrirnos camino. Va a preguntarle al teniente si es posible que usted suba y nos haga una lectura del lugar de los hechos. Si todavía está dispuesto.

–Excelente –dijo, aunque su entusiasmo ya era escaso.

Después de aquello, se sentaron en silencio. Bosch sacó el tabaco y se encontró el paquete vacío. Volvió a meterse el paquete en el bolsillo para no dejar pruebas falsas en la papelera.

No le apetecía seguir hablando con Locke. En lugar de hacerlo, se dedicó a mirar a otro lado y a observar por la ventana la actividad que había en la calle. La aglomeración de medios se había dispersado después de la rueda de prensa. En aquel momento, algunos de los periodistas de televisión estaban grabando la información con la «casa del crimen» al fondo. Bosch veía desde allí que Bremmer entrevistaba a los vecinos de enfrente y tomaba notas de manera atropellada en su libreta.

Edgar entró y dijo:

—Arriba está todo listo para que suba.

—Jerry —dijo Bosch con la mirada fija en la ventana—, ¿puedes acompañarlo arriba? Acabo de darme cuenta de que tengo algo que hacer.

Locke se puso de pie y miró a los dos detectives.

—Que les jodan —dijo—. A los dos, sí, que les jodan... Bueno, ya está, necesitaba decirlo. Ahora ya podemos olvidarnos de todo y ponernos a trabajar.

Atravesó la habitación en dirección a Edgar. Bosch lo detuvo en la puerta.

—¿Doctor Locke?

El psiquiatra se volvió hacia Bosch.

—Cuando atrapemos a ese tipo, él querrá recrearse, ¿verdad?

Locke se quedó pensando un instante y dijo:

—Sí, se sentirá muy bien consigo mismo, con sus logros. Puede que esa sea la parte más dura para él, mantenerse callado cuando le convenga. Querrá presumir.

Luego salieron y Bosch se quedó mirando por la ventana unos cuantos minutos más antes de levantarse.

Algunos de los periodistas que conocían a Bosch se abalanzaron sobre la cinta amarilla y comenzaron a formularle preguntas a voces cuando salió. Él se agachó para pasar por debajo de la cinta y dijo que no podía hacer declaraciones y que el subdirector Irving no tardaría en salir. Eso pareció apaciguarlos temporalmente y le permitió encaminarse por la calle hacia su coche.

Sabía que Bremmer era todo un maestro en el arte de separarse del grupo. Dejaba que los demás fueran en manada e hicieran lo que tuvieran que hacer y luego él iba después, solo, a conseguir lo que quería. Bosch no se equivocaba. Bremmer apareció junto al coche.

—¿Ya te vas, Harry?

—No, solo he venido a buscar una cosa.

—¿Está feo el asunto ahí dentro?

—¿Es oficial o extraoficial?

—Como prefieras.

Bosch abrió la puerta del coche.

—Extraoficialmente, sí, el asunto ahí dentro es bastante feo. Oficialmente, sin comentarios.

Se inclinó dentro del coche e hizo alarde de buscar algo en la guantera y no encontrar lo que quería.

—¿Cómo llamáis ahora a este tipo? Bueno, ya sabes, quiero decir, desde que atraparon al Fabricante de Muñecas.

Bosch salió del coche.

—El Discípulo. Pero eso también es extraoficial. Pregúntale a Irving.

—Ah, tiene gancho.

—Sí, me imaginé que a los periodistas os gustaría.

Bosch sacó el paquete de tabaco vacío del bolsillo, lo arrugó, lo tiró dentro del coche y cerró la puerta.

—¿Me invitas a un cigarrillo?

—Claro.

Bremmer sacó de su cazadora un paquete blando de Marlboro y le dio unos golpecitos para ofrecerle uno a Bosch. Luego le dio fuego con un Zippo. Con la mano izquierda.

—Vaya asco de ciudad esta, ¿eh, Harry?

—Sí, esta ciudad…

31

A las siete y media de aquella tarde, Bosch estaba sentado en el Caprice en el aparcamiento trasero de St. Vibiana, en el centro de Los Ángeles. Desde donde estaba podía ver media manzana de la Segunda, hasta la esquina con Spring. Sin embargo, no alcanzaba a ver el edificio del *Times*. Claro que tampoco importaba. Sabía que todos los empleados del periódico que no tenían el privilegio de aparcar en el garaje de los directivos tenían que atravesar la esquina de Spring con la Segunda para llegar a uno de los aparcamientos de empleados que estaban a media manzana. Esperaba a Bremmer.

Después de abandonar el lugar de los hechos, Bosch se había ido a casa y había dormido un par de horas. Luego había estado dando vueltas por su casa de la montaña, pensando en Bremmer y verificando la perfección con que encajaba en el perfil. Llamó a Locke y le hizo unas cuantas preguntas generales más sobre la psicología del Discípulo. Pero a Locke no le habló de Bremmer. No se lo dijo a nadie, ya se habían equivocado dos veces y no podía cometer más errores. Se le ocurrió un plan; después pasó por la comisaría de Hollywood para echar gasolina al Caprice y coger el material que iba a necesitar.

Y en ese momento estaba esperando, observando el goteo constante de vagabundos que caminaban por la Segunda. Se dirigían, como siguiendo la llamada de una sirena, hacia la misión de Los Ángeles, a unas cuantas travesías de allí, en busca de cena y una cama para dormir. Muchos empujaban un carrito de la compra con sus pertenencias.

Bosch no apartó la vista de la esquina en ningún momento, pero su mente estaba lejos. Pensaba en Sylvia y se preguntaba qué estaría haciendo en aquel momento y en qué estaría pensando ella. Confiaba en que no tardara mucho en decidirse, porque sabía que las reacciones y los mecanismos de defensa instintivos de su propia mente se habían puesto en marcha. Ya había comenzado a verle la parte positiva a que ella no volviera. Se decía a sí mismo que Sylvia lo convertía en una persona débil. ¿O acaso no había pensado inmediatamente en ella cuando encontró la nota del Discípulo? Sí, ella lo había hecho vulnerable. Se decía a sí mismo que tal vez no le convenía para la misión que él tenía en la vida, que tal vez debería dejarla marchar.

El corazón le dio un vuelco cuando vio a Bremmer doblando la esquina y caminando en dirección a los aparcamientos. Un bloque de edificios impedía a Bosch ver más allá. Enseguida puso el coche en marcha, se metió por la Segunda y tomó Spring.

Una manzana más abajo, Bremmer entró en el garaje más nuevo con una tarjeta. Bosch se quedó vigilando la puerta de salida. Al cabo de cinco minutos, un Toyota Celica salió del garaje, aminoró la marcha y el conductor comprobó que no vinieran coches por Spring. Bosch vio entonces con toda claridad que era Bremmer. El Toyota se incorporó a Spring Street y Bosch lo siguió.

Bremmer se dirigió hacia el oeste por Beverly y entró en Hollywood. Se detuvo en un Vons y salió un cuarto de hora más tarde con una sola bolsa de comida. Luego se adentró en una zona de casas unifamiliares que lindaba con la parte norte del estudio de la Paramount. Entró por el lateral de una casa de estuco y aparcó en el garaje de atrás. Bosch se detuvo en la acera, una casa más allá, y esperó.

Todas las casas de la zona tenían uno de los tres diseños básicos. Era uno de aquellos barrios de la victoria, todos cortados por el mismo patrón, que habían surgido en la ciudad tras la Segunda Guerra Mundial con viviendas asequibles para los militares que regresaban del conflicto. Ahora probablemente haría falta el sueldo de un general para comprarse una casa allí. Es lo que hicieron los ochenta. El ejército de ocupación de *yuppies* había tomado el barrio.

Todos los jardines tenían un pequeño cartel de hojalata clavado en la tierra. Eran de tres o cuatro empresas de seguridad diferentes, pero en todos ponía lo mismo: «Respuesta armada». Era el epitafio de la ciudad. A veces Bosch pensaba que debían quitar el famoso cartel de Hollywood de la colina y sustituirlo por esas dos palabras.

Bosch esperó a que Bremmer diera la vuelta y fuera a la parte delantera a recoger el correo o bien encendiera las luces del interior de la casa. Cuando, tras cinco minutos, no había ocurrido nada, salió del coche y tomó el camino de entrada a la casa, palpando inconscientemente el lateral de su cazadora para asegurarse de que llevaba su Smith & Wesson. Allí estaba, pero la dejó en la funda.

El camino no estaba iluminado y en los oscuros recovecos del garaje abierto Bosch solo alcanzaba a distinguir el tenue reflejo de los cristales rojos de las luces de freno del Toyota. Pero de Bremmer no había ni rastro.

Una valla hecha con tablas de madera recorría el lateral derecho del camino, separando el terreno de Bremmer del de su vecino. Unas ramas de buganvilla en flor caían desde el otro lado y Bosch podía oír el débil sonido de la televisión de la casa de al lado.

Mientras caminaba entre la valla y la casa de Bremmer hacia el garaje, Bosch era consciente de su absoluta vulnerabilidad. Pero también sabía que, en esta ocasión, sacar el arma no le serviría de nada. Del lado más próximo a la casa caminó hasta el garaje y se detuvo en la oscuridad. De pie, bajo una canasta de baloncesto con el aro doblado, dijo:

—¿Bremmer?

No se oía nada, a excepción del ruido del motor del coche que se enfriaba en el garaje. Luego, detrás, Bosch oyó el ligero roce de un zapato contra el hormigón. Se volvió. Bremmer estaba allí, con la bolsa de la compra en la mano.

—¿Qué estás haciendo? —preguntó Bosch.

—Eso debería preguntar yo.

Bosch le miraba las manos al hablar.

—Como no me llamaste, decidí pasar por aquí.

—Llamarte, ¿para qué?

—Querías un comentario del veredicto.

—Eras tú el que se suponía que me tenía que llamar, ¿te acuerdas? En todo caso, ahora ya da igual, la historia ya está vista para sentencia. Además, el veredicto quedó en un segundo plano con los otros sucesos del día. La historia del Discípulo (fue Irving el que utilizó ese nombre en su declaración oficial) aparecerá en portada.

Bosch avanzó unos pasos hacia él.

—Entonces, ¿cómo es que no estás en el Red Wind? Creía que habías dicho que siempre pasabas a tomar una copa cuando publicabas en portada.

Con la bolsa en la mano derecha, Bremmer se metió la mano en el bolsillo de la cazadora, pero Bosch oyó el ruido de unas llaves.

–Esta noche no tenía ganas. Honey Chandler me caía bien, ¿sabes? ¿Qué estás haciendo aquí, Harry? He visto cómo me seguías.

–¿No vas a invitarme a pasar? Podríamos tomarnos esa cerveza y brindar por tu historia en portada. Primera plana, ¿no?

–Sí. Este saldrá en la mitad de arriba.

–La mitad de arriba, me gusta.

Se miraron fijamente en la oscuridad.

–¿Qué me dices de la cerveza?

–Claro –dijo Bremmer.

Se volvió, fue hacia la puerta trasera de la casa y la abrió. Introdujo el brazo y pulsó los interruptores que encendieron las luces de la puerta y de la cocina que había a continuación. Luego retrocedió y extendió el brazo para cederle el paso a Bosch.

–Detrás de ti. Pasa al salón y toma asiento. Voy a por un par de botellas y enseguida estoy contigo.

Bosch cruzó la cocina y llegó a un pequeño vestíbulo del que partían el salón y el comedor. No se sentó, sino que permaneció de pie junto a las cortinas cerradas de una de las ventanas de la fachada. La apartó y miró hacia la calle y las casas de enfrente. No había nadie. Nadie lo había visto entrar allí. Se preguntó si habría cometido un error.

Bajó la vista hasta el radiador antiguo que había bajo la ventana y lo tocó con la mano. Estaba frío. Los tubos de hierro estaban pintados de negro.

Permaneció allí unos instantes más y luego se volvió y echó un vistazo a su alrededor, al resto de la estancia. Estaba amueblada con buen gusto, en tonos grises y negros. Bosch se sentó en un sofá negro de piel. Sabía que, si detenía a Bremmer en la casa, tendría la posibilidad de realizar un registro rápido del lugar. Si hallaba algo incriminatorio, lo único que tendría que hacer sería volver con una orden. Bremmer, que era un periodista especializado en los campos policial y judicial, también lo sabía. Bosch se preguntó por qué lo había dejado entrar. ¿Había cometido un error? Comenzó a perder confianza en su plan.

Bremmer sacó dos botellas, sin vasos, y se sentó en una silla a juego con el sofá situada a la derecha de Bosch. Bosch observó su botella durante largo rato. Se formó una burbuja que surgió por el cuello de la botella y explotó. Cogió la botella y dijo:

—Por la primera plana.

—Por la primera plana —brindó Bremmer con él.

No sonrió. Dio un trago y volvió a dejar la cerveza sobre la mesa.

Bosch bebió un largo trago de la suya y la mantuvo en la boca. Estaba helada y le hacía daño en los dientes. En el historial del Fabricante de Muñecas y del Discípulo no había antecedentes de que drogaran a sus víctimas. Miró a Bremmer, sus miradas se cruzaron un instante, luego él tragó.

Inclinado hacia delante, con los codos en las rodillas, cogió la botella con la mano derecha y observó cómo Bremmer lo observaba. Sabía, porque lo había hablado con Locke, que no podía inducir al Discípulo a admitir nada mediante la conciencia. No tenía conciencia. La única forma era el engaño, jugar con el orgullo del asesino. Sintió que recuperaba la confianza. Clavó los ojos en Bremmer con una mirada que lo atravesó.

—¿Qué pasa? —dijo el periodista muy tranquilo.

—Dime que lo hiciste por los artículos, o por el libro. Para salir en primera plana, para convertirte en un autor de éxito, lo que sea. Pero no me digas que eres el canalla enfermo que dicen los psiquiatras.

–¿De qué estás hablando?

–Déjate de tonterías, Bremmer. Eres tú y sabes que lo sé. ¿Por qué otro motivo iba yo a perder el tiempo viniendo aquí?

–¿El Fabri..., el Discípulo? ¿Estás diciendo que yo soy el Discípulo? ¿Te has vuelto loco?

–¿Y tú? Eso es lo que quiero saber.

Bremmer se quedó callado durante mucho tiempo. Parecía refugiarse en sí mismo, como un ordenador realizando una ecuación complicada y mostrando en la pantalla un cartel de «Por favor, espere». Finalmente, procesó la respuesta y dirigió la mirada de nuevo a Bosch.

–Creo que deberías irte, Harry. –Se levantó–. Está claro que has estado sometido a mucha presión en este caso y creo que...

–El que ya no puedes más eres tú, Bremmer. Has cometido errores. Muchos.

Bremmer se abalanzó de repente sobre Bosch, dándose la vuelta de tal forma que golpeó con su hombro izquierdo el pecho del detective y lo inmovilizó contra el sillón. Bosch sintió que los pulmones se le vaciaban de golpe y se quedó sentado indefenso mientras Bremmer metía las manos debajo de la cazadora de Harry y cogía la pistola. Luego Bremmer se retiró, quitó el seguro y le apuntó con el arma a la cara.

Tras casi un minuto de silencio en el que los dos hombres tenían la mirada clavada el uno en el otro, Bremmer dijo:

–Solo admito una cosa: me tienes intrigado, Harry. Pero, antes de continuar con esta conversación, tengo que hacer una cosa.

Una sensación de alivio y expectación invadió el cuerpo de Bosch. Intentó que no se le notara. Trató de poner una expresión de terror mientras miraba fijamente la pistola, con los ojos muy abiertos. Bremmer se inclinó sobre él y recorrió con su pesada mano el pecho de Bosch, descendió hasta la entrepierna y luego a los lados. No encontró ningún cable.

–Siento entrar en un terreno tan personal –dijo–. Pero tú no confías en mí y yo no confío en ti, ¿no es así?

Bremmer se incorporó, retrocedió y se sentó.

–Bueno, no hace falta que te lo recuerde, pero lo voy a hacer. Aquí soy yo el que juega con ventaja. Así que contesta a mis preguntas. ¿Qué errores? ¿Cuáles son los errores que he cometido? Dime lo que he hecho mal, Harry, o te disparo en la rodilla.

Bosch lo atormentó con su silencio durante unos instantes mientras pensaba cómo debía actuar.

–Bueno –empezó a decir al fin–, en primer lugar, remontémonos a los comienzos. Hace cuatro años estabas en todo lo relacionado con el caso del Fabricante de Muñecas. Como periodista. Desde el principio. Fueron tus artículos sobre los primeros casos los que llevaron al departamento a formar el equipo de investigación. Como periodista, tenías acceso a la información del sospechoso, seguramente tenías los informes de las autopsias. Contabas también con fuentes como yo y posiblemente la mitad de los hombres del equipo de investigación y del despacho del juez de instrucción. Lo que quiero decir es que sabías lo que hacía el Fabricante de Muñecas. Sabías hasta lo de la cruz en la uña del dedo. Más tarde, cuando el Fabricante de Muñecas estaba muerto, lo usaste en tu libro.

–Sí, lo sabía. Pero eso no significa nada, Bosch. Mucha gente lo sabía.

–Ah, ahora soy Bosch. Ya no soy Harry, ¿eh? ¿Ahora de repente me desprecias? ¿O es que la pistola te da la sensación de que ya no somos iguales?

–Jódete, Bosch. Eres un imbécil. No tienes ni idea. ¿Qué más tienes? Esto es magnífico, ¿sabes? Valdrá la pena dedicarle un capítulo de mi libro sobre el Discípulo.

–¿Qué más tengo? Tengo a la Rubia de Hormigón. Y tengo el hormigón. ¿Recuerdas que se te cayó el tabaco cuando vertías el hormigón? ¿Te acuerdas? Volvías a casa en el coche, querías fumarte un cigarrillo, te llevaste la mano al bolsillo y el paquete no estaba allí.

»Estaba allí con Becky Kaminsky, esperándonos. Un paquete blando de Marlboro. Esa es tu marca, Bremmer. Ese es el error número uno.

–Mucha gente fuma lo mismo. Si eso es lo que piensas presentar ante el fiscal del distrito, te deseo buena suerte.

–También mucha gente es zurda, como tú y como el Discípulo. Como yo. Pero hay más. ¿Quieres oírlo?

Bremmer apartó la vista de él, miró hacia la ventana y no dijo nada. Tal vez era un truco, pensó Bosch, quizá quería que Bosch fuera a por la pistola.

–¡Eh, Bremmer! –dijo casi gritando–. Hay más.

Bremmer se volvió de golpe y clavó su mirada de nuevo en Bosch.

–Hoy, después del veredicto, me has dicho que debería estar contento de que el veredicto solo fuera a costarle a la ciudad un par de dólares. Pero recuerda que cuando tomábamos algo la otra noche me pusiste al tanto de que Chandler podría cobrarle a la ciudad unos cien de los grandes aunque obtuviera un fallo de un dólar del jurado. ¿Te acuerdas? Eso me lleva a pensar que, cuando esta mañana me dijiste que el veredicto iba a costar un par de dólares, sabías que iba a ser así porque sabías que Chandler estaba muerta y no iba a cobrar. Lo sabías porque tú la mataste. Error número dos.

Bremmer sacudió la cabeza como si estuviera hablando con un niño. El punto de mira de la pistola se centró en el tronco de Bosch.

—Mira, tío, lo único que intentaba era hacerte sentir mejor cuando te he dicho eso hoy. No sabía si estaba viva o muerta. Eso no convencería a ningún jurado.

Bosch sonrió abiertamente.

—Bueno, al menos ya hemos pasado del fiscal del distrito al jurado. Supongo que mi historia está mejorando, ¿no?

Bremmer le devolvió una sonrisa fría, elevó la pistola.

—¿Ya está, Bosch? ¿Eso es todo lo que tienes?

—He dejado lo mejor para el final.

Encendió un cigarrillo, sin apartar la vista de Bremmer en ningún momento.

—¿Recuerdas que antes de matar a Chandler la torturaste? Seguro que te acuerdas. La mordiste. Y la quemaste. Pues bien, todo el mundo que ha entrado hoy a echar un vistazo en la casa se preguntaba por qué el Discípulo estaba cambiando, haciendo cosas nuevas que no respondían al perfil. Locke, el psiquiatra, era el más desconcertado de todos. Has conseguido volver loco al loquero, de verdad, Bremmer. Eso es algo de ti que hasta me gusta. Pero, mira por dónde, él no sabía lo que sabía yo.

Lo dejó flotar unos instantes. Sabía que Bremmer picaría.

—¿Y qué era lo que sabías, Sherlock?

Bosch sonrió. En aquel momento sentía que controlaba la situación.

—Sabía por qué le habías hecho eso a Chandler. Era muy sencillo. Querías recuperar la nota, ¿verdad? Pero ella no te dijo dónde estaba. Claro, ella sabía que iba a morir de todos modos, te la diera o no, así que aguantó, a pesar de todo lo que le hiciste, resistió y no te lo dijo. Esa mujer tenía coraje y al final pudo contigo, Bremmer. Ella es la que te descubrió. No yo.

—¿Qué nota? —dijo Bremmer con desgana después de una larga pausa.

—Con la que la cagaste. No la encontraste. Es una casa grande para registrarlo todo, sobre todo cuando uno tiene a una mujer muerta tendida en la cama. No sería fácil dar una explicación si por casualidad apareciera alguien. Pero no te preocupes, yo la encontré. La tengo. Es una pena que no leas a Hawthorne. Estaba dentro de su libro. Una pena, de verdad. Pero, como te he dicho antes, ella pudo contigo. Tal vez en ocasiones exista la justicia.

Bremmer no reaccionó con rapidez. Bosch lo miró y pensó que lo estaba haciendo bien. Casi lo tenía.

—Ella guardó el sobre, también, por si acaso te lo estás preguntando. Yo lo encontré, el sobre también. Así que comencé a preguntarme, ¿por qué iba él a torturarla por la nota, si era la misma que había dejado para mí? Luego lo entendí. No querías la nota. Querías el sobre.

Bremmer bajó la mirada hacia sus manos.

—¿Qué tal lo estoy haciendo? ¿Me sigues?

—No tengo ni idea —dijo Bremmer, levantando de nuevo la vista—. Lo único que sé es que todo esto que dices es un puto delirio.

—Bueno, solo tengo que preocuparme de que al fiscal del distrito le encaje todo, ¿no te parece? Y lo que voy a explicarle a él es que el poema de la nota era en respuesta al artículo que escribiste y que apareció en el periódico el lunes, el día que empezó el juicio. Sin embargo, el matasellos del sobre era del sábado anterior. ¿Lo ves? Ahí está el enigma. ¿Cómo iba a escribir el Discípulo un poema haciendo referencia al artículo del periódico dos días antes de que saliera publicado? La respuesta, por supuesto, es que él, el Discípulo, conocía ya el artículo. Él escribió el artículo. Eso explica también que conocieras la existencia de la nota en tu artículo del día siguiente. Eras tu propia fuente, Bremmer. Y ese es el error número tres. Tres fallos, Bremmer, eliminado.

A continuación, se produjo un silencio tan sepulcral que Bosch oía el suave siseo que procedía de la botella de cerveza de Bremmer.

—Te olvidas de algo, Bosch —dijo Bremmer al fin—. Soy yo el que tiene la pistola. Ahora, ¿a quién más le has contado esta ridícula historia?

—Solo para acabar de ordenarlo todo —dijo Bosch—. El último poema que dejaste para mí el pasado fin de semana fue solo para despistar. Querías que el psiquiatra y todos los demás pensaran que mataste a Chandler para hacerme un favor a mí o algún disparate psicológico por el estilo, ¿verdad?

Bremmer no dijo nada.

—De ese modo, nadie se daría cuenta de la auténtica razón por la que fuiste a por ella. Para recuperar la nota y el sobre. Joder, Bremmer. Siendo un periodista al que ella conocía, probablemente te invitó a pasar cuando llamaste a la puerta. Igual que ahora tú me has invitado a entrar a mí. La familiaridad entraña peligro, Bremmer.

Bremmer no dijo nada.

—Respóndeme a una pregunta, Bremmer. Tengo curiosidad por saber por qué llevaste en mano una de las notas y enviaste la otra. Ya sé que, siendo periodista, te resultaría fácil pasarte por la comisaría y dejarla en la mesa y nadie lo recordaría. Pero ¿por qué enviársela a ella por correo? Obviamente, fue un error, por eso volviste para matarla. Pero ¿por qué lo hiciste?

El periodista se quedó mirando a Bosch un buen rato. Luego desvió la mirada hacia la pistola, como para confirmar que tenía el control y que podría salir de aquello. La pistola era un cebo irresistible. Bosch sabía que ya era suyo.

—El artículo iba a publicarse el sábado, estaba programado para ese día. Lo que pasa es que algún editor capullo lo retrasó y salió el lunes. Yo envié la carta antes de ver el periódico de aquel sábado. Aquel fue mi error. Pero tú eres el que ha cometido un grave error.

—Ah, ¿sí? Dime, ¿cuál es?

—Haber venido solo…

Entonces fue Bosch quien se quedó en silencio.

—¿Por qué has venido solo, Bosch? ¿Es eso lo que hiciste con el Fabricante de Muñecas? ¿Fuiste allí solo para poder matarlo a sangre fría?

Bosch se quedó pensativo un instante.

—Es una buena pregunta.

—Bien, ese es tu segundo error. Pensar que yo era tan miserable como él. Él no era nadie. Tú lo mataste y, por lo tanto, él merecía morir. Pero ahora eres tú quien merece morir.

—Dame la pistola, Bremmer.

El periodista se rio como si Bosch le estuviera pidiendo un disparate.

—Tú crees que…

—¿Cuántas han sido? ¿Cuántas hay enterradas ahí fuera?

Los ojos de Bremmer se iluminaron de orgullo.

—Suficientes. Suficientes para satisfacer mis necesidades especiales.

—¿Cuántas? ¿Dónde están?

—Nunca lo sabrás, Bosch. Ese será tu sufrimiento, tu último sufrimiento. No llegar a saberlo jamás. Y perder.

Bremmer levantó la pistola hasta apuntar con el cañón al corazón de Bosch. Apretó el gatillo.

Bosch lo miró a los ojos cuando sonó el chasquido metálico. Bremmer apretó el gatillo una y otra vez. El resultado no varió y su mirada se fue inundando de terror.

Bosch se llevó la mano al calcetín y sacó el cargador de repuesto, cargado con quince balas XTP. Cerró el puño en torno al cargador y con un movimiento rápido se levantó del sillón y asestó un puñetazo a Bremmer en la mandíbula. El impacto del golpe impulsó al periodista contra el respaldo de la silla. Su peso provocó la caída de la silla hacia atrás y Bremmer quedó tendido en el suelo. Se le cayó la Smith & Wesson e inmediatamente Bosch la cogió, abrió la recámara e introdujo la munición.

—¡Venga, levanta! ¡Levántate de una puta vez!

Bremmer obedeció.

—¿Vas a matarme ahora? ¿Es eso, otra muerte para el pistolero?

—Eso depende de ti, Bremmer.

—¿De qué estás hablando?

—Estoy hablando de las ganas que tengo de volarte la cabeza, pero, para que yo pueda hacerlo, tienes que moverte primero, Bremmer. Exactamente igual que con el Fabricante de Muñecas. La pelota estaba en su tejado. Ahora te toca a ti.

—Mira, Bosch, yo no quiero morir. Todo lo que he dicho… ha sido solo un juego. Estás cometiendo un error. Solo quiero aclararlo todo. Por favor, llévame a comisaría y lo aclararemos todo allí. Por favor.

—¿Ellas también suplicaban así cuando les atabas la tira alrededor del cuello? ¿Eh? ¿Suplicaban así? ¿Les hacías suplicar por su vida o por su muerte? ¿Y Chandler? ¿Acabó rogándote que la mataras?

–Llévame a comisaría. Detenme y llévame a comisaría.

–Entonces, en pie contra la pared, cabrón, y las manos detrás de la espalda.

Bremmer obedeció. Bosch tiró el cigarrillo en un cenicero que había sobre la mesa y siguió a Bremmer hacia la pared. Cuando cerró las esposas en las muñecas del periodista, Bremmer dejó descansar sus hombros como si se sintiera seguro. Comenzó a retorcer los brazos, a rozar las muñecas contra las esposas.

–¿Lo ves? –dijo–. ¿Ves lo que estoy haciendo, Bosch? Me estoy haciendo señales en las muñecas. Si ahora me matas, verán las marcas y sabrán que ha sido una ejecución. Yo no soy un idiota, como Church, al que puedas sacrificar como a un animal.

–Sí, eso es cierto, conoces todos los puntos de vista, ¿no es así?

–Todos, así es. Ahora, llévame a comisaría. Me dejarán salir antes de que te despiertes mañana. ¿Sabes qué es lo único que tienes? Pura especulación de un poli corrupto. Hasta un jurado federal ha fallado que has ido demasiado lejos, Bosch. Esto no te saldrá bien. No tienes pruebas.

Bosch le dio la vuelta para que sus rostros no estuvieran a más de dos palmos de distancia. Los alientos a cerveza de los dos hombres se mezclaron.

–Lo hiciste, ¿verdad? Y crees que vas a quedar libre, ¿no?

Bremmer lo miró fijamente y Bosch vio de nuevo el brillo de orgullo en sus ojos. Locke había acertado. Se estaba recreando. Y era incapaz de callarse a pesar de que sabía que su vida podía depender de ello.

–Sí –dijo en un tono bajo y extraño–. Yo lo hice. Fui yo. Y sí, quedaré libre. Espera y verás. Y cuando esté en la calle, pensarás en mí todas las noches durante el resto de tu vida.

Bosch asintió con la cabeza.

–Pero yo jamás he dicho esto, Bosch. Será tu palabra contra la mía. La palabra de un poli al que le gusta hacerse el héroe. No podrían llevarlo a juicio. No podrían permitirse que te enfrentaras conmigo en los tribunales.

Bosch se acercó más a él y sonrió.

–Por eso supongo que ha sido una buena idea grabarlo.

Bosch se dirigió al radiador y sacó la micrograbadora de entre dos de los tubos de hierro. La sujetó con la mano para que Bremmer pudiera verla. Los ojos de Bremmer brillaron de furia al descubrir que Bosch le había tendido una trampa.

–Bosch, esa cinta es inadmisible. Es una encerrona. ¡No me has leído mis derechos!

–Ahora te los voy a leer. Hasta ahora no estabas detenido. No iba a leerte tus derechos hasta que no te detuviera. Ya conoces el procedimiento policial.

Bosch le sonreía, regodeándose.

–Vamos, Bremmer –dijo cuando se cansó del gusto de la victoria.

32

Resultaba irónico que el martes por la mañana Bosch disfrutara leyendo la media primera plana de Bremmer sobre la muerte de Honey Chandler. El periodista había ingresado en la prisión del condado sin posibilidad de fianza poco antes de medianoche y no se había avisado a la unidad de relaciones con los medios. Cuando se cerró la edición, no se había corrido la voz aún, de modo que el periódico sacaba en portada un artículo sobre un asesinato escrito por el propio asesino. A Bosch le gustó. Sonreía mientras lo leía.

La única persona a la que Bosch había informado era Irving. Pidió en el centro de comunicaciones que lo pasaran a una línea de teléfono y en una conversación de media hora le contó al subdirector jefe todos los pasos que había dado y le describió una por una las pruebas que justificaban la detención. Irving no lo felicitó en ningún momento, pero tampoco censuró que realizara solo la detención. Una cosa u otra llegaría más adelante, cuando se viera si la detención daba sus frutos. Los dos lo sabían.

A las nueve de la mañana, Bosch estaba sentado en la fiscalía del distrito del edificio de los juzgados de lo penal de la ciudad. Por segunda vez en ocho horas, explicó los detalles de lo ocurrido y luego puso la cinta de su conversación con Bremmer. El ayudante del fiscal del distrito, cuyo nombre era Chap Newell, tomó nota en una libreta amarilla mientras escuchaba la cinta. En diversas ocasiones frunció el entrecejo o sacudió la cabeza porque el sonido no era bueno. En el salón de Bremmer, las voces habían rebotado contra el radiador de hierro y tenían un ligero eco en la grabación. No obstante, las palabras que revestían mayor importancia eran audibles.

Bosch se limitó a observar sin decir una sola palabra. Newell tenía pinta de que no hacía más de tres años que había acabado la carrera de Derecho. Como la detención no había trascendido a la prensa ni a la televisión, el caso todavía no había captado la atención de ninguno de los fiscales veteranos. Había llegado a manos de Newell según la rotación de rutina.

Cuando terminó la grabación, Newell tomó unas cuantas notas para dar la impresión de que sabía lo que se hacía y luego levantó la vista hacia Bosch.

—No ha mencionado nada sobre lo que había en la casa.

—No encontré nada en el registro rápido que llevé a cabo anoche. Ahora hay otros allí, con una orden, realizando una labor más minuciosa.

—Bueno, espero que encuentren algo.

—¿Por qué? ¿No tiene suficiente?

—Sí, el material es muy bueno, Bosch. Buen trabajo.

—Viniendo de usted, eso significa mucho.

Newell lo miró y entrecerró los ojos. No estaba seguro de cómo debía tomarse el comentario.

—Pero, eh...

—¿Pero qué?

—Bueno, no hay duda de que con esto podemos presentar cargos. Son muchas cosas.

—¿Pero qué?

—Estoy tratando de verlo desde el punto de vista del abogado defensor. En realidad, ¿qué es lo que tenemos? Muchas coincidencias. Es zurdo, fuma, disponía de información detallada del Fabricante de Muñecas. Pero todas esas cosas no son pruebas irrefutables. Pueden darse en muchas personas.

Bosch empezó a encender un cigarrillo.

—Por favor, no...

Espiró y echó el humo hacia el otro lado de la mesa.

—No importa.

—¿Y qué me dice de la nota y el matasellos?

—Eso está bien, pero es complicado y resulta difícil de entender. Un buen abogado podría lograr que un jurado lo viera simplemente como una coincidencia más. Podría complicar el asunto, eso es lo que quiero decir.

—¿Y la cinta, Newell? En la cinta él confiesa. ¿Qué más...?

—Pero durante la confesión desmiente la confesión.

—Al final no.

—Mire, no entra en mis planes utilizar la cinta.

—¿Pero de qué está hablando?

—Sabe de lo que estoy hablando. Él confesó antes de que usted le leyera sus derechos. Eso hará que aparezca el fantasma de la encerrona.

—No fue una encerrona. Él sabía que yo era policía y conocía sus derechos, tanto si se los leía como si no. Joder, me estaba apuntando con una pistola. Realizó esas declaraciones libremente. Cuando lo detuve oficialmente, le leí sus derechos.

—Pero él lo registró para ver si llevaba una grabadora. Esa es una señal clara de su deseo de que no lo grabara. Además, la declaración más perjudicial la soltó después de que usted lo esposara y antes de que le leyera sus derechos. Eso podría ser dudoso.

—Va a utilizar esa cinta.

Newell se quedó mirándolo un buen rato. Una mancha roja se extendió por sus jóvenes mejillas.

—No está en posición de decirme lo que tengo que utilizar, Bosch. Además, si esto es lo único que llevamos, probablemente será competencia del juzgado de apelaciones estatal decidir si es válido o no, porque, por mal abogado que tenga Bremmer, allí es donde lo llevará. Lo ganaremos aquí en el Superior porque la mitad de los jueces de esos tribunales han trabajado alguna que otra vez en la oficina del fiscal del distrito. Pero una vez en el juzgado de apelaciones o en el Supremo del Estado, en San Francisco, nunca se sabe. ¿Es eso lo que quiere? ¿Esperar un par de años y que se lo echen por tierra después? ¿O quiere hacerlo bien desde el principio?

Bosch se inclinó hacia delante y miró con rabia al joven abogado.

—Mire, todavía siguen abiertas otras vías. Aún no hemos acabado. Reuniremos más pruebas. Pero tenemos que acusar a ese tipo o dejarlo marchar. Tenemos cuarenta y ocho horas que empezaron a contar anoche para presentar cargos. Pero si no presentamos cargos ya, contratará a un abogado y obtendrá una vista para salir bajo fianza. El juez no aceptará la detención sin fianza si usted no le ha imputado ni un solo cargo. Así que presente cargos ahora mismo. Conseguiremos las pruebas que necesita para respaldarle.

Newell asintió como si estuviera conforme, pero dijo:

—Lo que sucede es que prefiero tener el conjunto de las pruebas, todo lo que podamos conseguir, antes de presentar cargos. De esta manera, sabemos cómo vamos a estructurar la acusación desde el primer momento. Sabemos si vamos a intentar llegar a un acuerdo o si vamos a por todas.

Bosch se levantó y se dirigió hacia la puerta del despacho, que estaba abierta. Salió al vestíbulo y miró el nombre de la placa de plástico que había clavada en la pared de fuera. Luego entró de nuevo.

—Bosch, ¿qué está haciendo?

—Tiene gracia, pensé que se encargaba de presentar cargos, no sabía que actuara también ante los tribunales.

—Mire, yo presento los cargos, pero parte de mi responsabilidad consiste en cerciorarme de que tenemos el mejor material posible desde el primer momento. Podría presentar cargos por todos los casos que pasan por esa puerta, pero no se trata de eso. La cuestión es tener pruebas convincentes y verosímiles y tener muchas. Casos que no se vengan abajo a la primera de cambio. Por eso presiono, Bosch. Yo...

—¿Cuántos años tiene?

—¿Cómo?

—¿Cuántos?

—Veintiséis. Pero ¿y eso qué tiene que...?

—Escúchame, soplapollas. No vuelvas a llamarme por mi apellido. He trabajado en casos como este antes de que tú tocaras tu primer libro de leyes y seguiré trabajando mucho después de que tú hayas cogido tu Saab descapotable y te hayas largado a Century City con este montaje egocéntrico de niño bien. Puedes llamarme detective o detective Bosch, o hasta puedes llamarme Harry. Pero no se te ocurra volver a llamarme Bosch nunca más, ¿entendido?

Newell se había quedado boquiabierto.

—¿Lo has entendido?

—Sí.

—Una cosa más. Vamos a recopilar más pruebas y lo vamos a hacer lo antes posible. Pero, mientras tanto, vas a presentar cargos contra Bremmer por asesinato en primer grado con prisión sin fianza porque nos vamos a asegurar (desde el principio, señor Newell) de que este hijo de puta no vuelva a ver la luz del día.

»Luego, cuando tengamos más pruebas, si todavía estás en el caso, le imputarás los múltiples cargos que se desprenderán de las teorías que relacionan unas muertes con otras. Olvídate de eso que llamas "el conjunto de las pruebas" que tienes que entregarle al fiscal del juicio. Él se encargará de tomar esas decisiones. Porque los dos sabemos que no eres más que un secretario, un secretario que presenta lo que le traen. Si supieras lo bastante para estar sentado junto al fiscal en la sala del tribunal, solo para estar sentado, no estarías aquí. ¿Alguna pregunta?

—No —dijo enseguida.

—¿No qué?

—No tengo… No, detective Bosch.

Bosch regresó a la sala de reuniones de Irving y empleó el resto de la mañana en elaborar la solicitud de una orden de registro para recoger muestras de pelo, sangre y saliva, además de un molde con la dentadura de Bremmer.

Antes de llevarla al juzgado, asistió a una breve reunión del equipo de investigación en la que todos informaron de sus respectivas misiones.

Edgar explicó que había acudido a Sybil Brand y le había mostrado a Georgia Stern, que continuaba retenida allí, una foto de Bremmer, pero ella no lo identificó como su agresor, aunque tampoco pudo descartarlo.

Sheehan dijo que él y Opelt le habían enseñado la foto del rostro de Bremmer al encargado de los almacenes de Bing's y que el hombre había dicho que Bremmer podía ser uno de los alquilaron los almacenes dos años antes, pero no podía asegurarlo. Alegó que había pasado demasiado tiempo para acordarse con la nitidez suficiente como para enviar a un hombre a la cámara de gas.

–El tipo es un rajado –dijo Sheehan–. Tuve la impresión de que lo reconoció, pero no se atrevió a mojarse. Vamos a volver a insistirle mañana.

Rollenberger contactó por radio con los Presidentes y ellos informaron desde la casa de Bremmer de que aún no habían encontrado nada. Ni cintas ni cuerpos. Nada.

–Yo creo que tendremos que ir a por una autorización para excavar en el jardín, bajo los cimientos –dijo Nixon.

–Tal vez tengamos que hacerlo –contestó Rollenberger por radio–. Mientras tanto, seguid con eso.

Por último, Yde comunicó por radio que los abogados del *Times* no hacían más que darles evasivas a Mayfield y a él y que ni siquiera habían podido acercarse a la mesa de Bremmer en la sala de redacción.

Rollenberger dijo que Heikes y Rector estaban repasando todo el historial de Bremmer. A continuación, explicó que Irving había convocado una rueda de prensa a las cinco para hablar del tema con los medios. Si había alguna novedad, debía comunicarse a Rollenberger antes de esa hora.

–Eso es todo –dijo Rollenberger.

Bosch se levantó y se fue.

La clínica del piso de alta seguridad de la prisión del condado le recordaba a Bosch el laboratorio de Frankenstein. Había cadenas en todas las camas y anillas atornilladas a los azulejos de la pared para atar a los pacientes. Las lámparas extensibles que había sobre las camas estaban protegidas con rejas de acero para que los pacientes no pudieran acceder a las bombillas y usarlas como armas. Los azulejos eran probablemente blancos, pero los años los habían vuelto de un deprimente color amarillento.

Bosch y Edgar se quedaron en la entrada de uno de los compartimentos, en el que había seis camas, y observaron a Bremmer, que estaba tumbado en la sexta, mientras le inyectaban pentotal sódico para que se mostrara más cooperante. Se había negado a que le realizaran el molde dental y a que le extrajeran las muestras de sangre, saliva y pelo autorizadas por el juzgado.

Cuando el fármaco empezó a hacer efecto, el médico abrió la boca del periodista, le puso dos sujeciones para mantenerla abierta y apretó un pequeño bloque de arcilla contra la dentadura superior. Luego siguió el mismo procedimiento con la inferior. Cuando acabó, aflojó las sujeciones. Bremmer parecía estar completamente dormido.

–Si ahora le preguntáramos algo, nos diría la verdad, ¿no? –preguntó Edgar–. Lo que le han dado es el suero de la verdad, ¿no?

–Se supone que sí –dijo Bosch–. Pero probablemente eso haría que el juzgado desestimara el caso.

Los pequeños bloques de arcilla con las muescas de la dentadura fueron guardados en cajas de plástico. El médico las cerró y se las entregó a Edgar. Luego extrajo sangre al detenido, le introdujo un algodón en la boca y cortó pequeñas extensiones de pelo de la cabeza, el pecho y la zona púbica. Metió todo en sobres que a su vez guardó en una cajita de cartón, como esas en las que vienen las hamburguesas de los restaurantes de comida rápida.

Bosch cogió la caja y los dos detectives se marcharon: Bosch, al despacho del juez de instrucción a ver a Amado, el analista, y Edgar, a la Universidad de Northridge a ver al arqueólogo forense que había participado en la reconstrucción de la Rubia de Hormigón.

Hacia las cinco menos cuarto, todos estaban de nuevo en la sala de reuniones, excepto Edgar. Los detectives se paseaban mientras esperaban para ver la rueda de prensa de Irving. No había habido ningún avance desde el mediodía.

–¿Dónde crees que lo escondió todo, Harry? –preguntó Nixon mientras servía el café.

–No lo sé. Es probable que tenga una taquilla en algún sitio. Si tiene cintas, no creo que tenga ninguna con él. Seguramente tiene un lugar donde guardarlas. Las encontraremos.

–¿Y las otras mujeres?

–Estarán en alguna parte, debajo de la ciudad. Solo saldrán a la luz si hay suerte.

–O si Bremmer habla –dijo Irving, que acababa de entrar en aquel momento.

Había buen ambiente en la sala. A pesar de la lentitud de los avances, cada uno de aquellos hombres tenía claro que por fin habían dado con el hombre que buscaban. Y esa certeza daba sentido a su trabajo. A todos les apetecía tomarse un café y conversar. Incluso a Irving.

Cinco minutos antes de las cinco, cuando Irving estaba repasando por última vez los informes redactados durante el día antes de hablar ante los medios, Edgar contactó con ellos por radio. Rollenberger cogió la radio enseguida y contestó.

–¿Qué tienes, equipo cinco?

–¿Está ahí Harry?

–Sí, equipo cinco, equipo seis, presente. ¿Qué tienes?

–Lo tengo todo. Coincidencia absoluta entre la dentadura del sospechoso y las marcas en la víctima.

–Recibido, equipo cinco.

Hubo gritos de júbilo en la sala de reuniones y multitud de palmadas en la espalda y choques de manos.

–Se acabó –exclamó Nixon.

Irving recogió sus papeles y se dirigió a la puerta del vestíbulo. Quería ser puntual. Ya en el umbral, pasó junto a Bosch.

–Nos llevamos el oro, Bosch. Gracias.

Bosch se limitó a asentir con la cabeza.

Unas horas más tarde, Bosch estaba de nuevo en la prisión del condado. Ya habían cerrado, de manera que los funcionarios no podían sacar a Bremmer para que lo viera y tuvo que entrar él en el módulo de alta seguridad bajo la vigilancia de los funcionarios a través de cámaras remotas. Recorrió toda la hilera de celdas, de la seis a la treinta y seis, y miró a través de la ventana blindada de treinta por treinta que había en la puerta de acero de una sola pieza.

Bremmer estaba incomunicado. No se percató de que Bosch estaba mirando. Estaba tumbado bocarriba en la litera de abajo, con las manos cruzadas debajo de la cabeza. Tenía los ojos abiertos y miraba fijamente hacia arriba. Bosch reconoció el estado de ausencia que había presenciado por un momento la noche anterior. Era como si no estuviera allí. Bosch acercó la boca al hueco.

–Bremmer, ¿juegas al bridge?

Bremmer miró hacia él moviendo únicamente los ojos.

–¿Qué?

–Que si juegas al bridge. El juego de cartas.

–Eh, Bosch, ¿qué coño quieres?

–Solo he pasado a decirte que hace un rato han añadido tres cargos de asesinato al de esta mañana. Van atando cabos. Ya tienes la Rubia de Hormigón y las dos anteriores, las que le atribuimos al principio al Fabricante de Muñecas. También tienes un cargo de intento de asesinato por la superviviente.

–Bah, ¿qué más da? Si tengo una, las tengo todas. Lo único que necesito es ganar el caso de Chandler y los demás caerán como piezas de dominó.

–Lo que pasa es que eso no va a ocurrir. Tenemos tus dientes, Bremmer, tan efectivos como las huellas. Y tenemos lo demás. Acabo de llegar del despacho del juez de instrucción. Tu vello púbico coincide con las muestras encontradas en las víctimas siete y once, las que creíamos que eran obra del Fabricante de Muñecas. Deberías pensar en pactar, Bremmer. Di dónde están las demás y seguramente te dejarán seguir viviendo. Por eso te preguntaba lo del bridge.

–¿Qué tiene que ver?

–Bueno, he oído que algunos de los que están en San Quintín se echan unas buenas partidas de bridge. Siempre buscan aire nuevo. Te caerán bien, ya verás, tienes muchas cosas en común con ellos.

–Eh, Bosch, ¿por qué no me dejas en paz?

–Claro, claro que sí. Era solo para que lo supieras, están en el corredor de la muerte. Pero por eso no te preocupes, cuando te lleven allí podrás jugar a las cartas todo lo que quieras. ¿Cuál es el tiempo de espera? ¿Ocho, diez años antes de la cámara de gas? No está mal. A menos, claro, que hagas un trato.

–No hay trato, Bosch. Largo de aquí.

–Ya me voy. Créeme, es una suerte poder salir de este lugar. Te veré entonces, ¿de acuerdo? Dentro de ocho o diez años. Estaré allí, Bremmer. Cuando te aten. Estaré contemplando a través del cristal cómo sale el gas. Luego saldré y le contaré a los periodistas cómo moriste. Les diré que te pusiste a gritar, que no supiste comportarte como un hombre.

–Vete a tomar por culo, Bosch.

–Sí, eso. Hasta entonces, Bremmer.

33

Después de la comparecencia de Bremmer ante el juez el martes por la mañana, Bosch obtuvo permiso para tomarse el resto de la semana libre en compensación por todas las horas extras que había dedicado al caso.

Pasó el tiempo pululando por la casa, haciendo algunos arreglos y descansando. Cambió la verja del porche de atrás por otra de madera de roble tratado. Y en el Home Depot, donde escogió la madera, compro tambien cojines nuevos para las sillas y el diván del porche.

Comenzó a leer de nuevo las páginas de deportes del *Times* y se fijó en los cambios estadísticos de la clasificación de equipos y la actuación de los jugadores.

Y, de vez en cuando, leía uno de los muchos artículos que el *Times* publicaba en la sección local sobre lo que comenzaba a conocerse en todo el país como «el caso del Discípulo». Sin embargo, ninguno de ellos acabó de atraer su interés. Sabía demasiado del caso. El único interés que tenía por los artículos se centraba en los datos de Bremmer que estaban saliendo a la luz. El *Times* había enviado a un redactor a Texas −Bremmer había crecido en un barrio de las afueras de Austin− y el periodista había vuelto con una historia entresacada de expedientes del juzgado de menores y cotilleos de los vecinos. Se había criado junto a su madre, su única familia; a su padre, un músico de *blues* itinerante, lo veía como mucho una o dos veces al año. Los antiguos vecinos describían a la madre como una mujer que imponía mucha disciplina y trataba con crueldad a su hijo.

Lo peor que el periodista contaba de Bremmer es que a los trece años fue sospechoso, aunque no llegaron a acusarlo, de haber incendiado la caseta de las herramientas de un vecino. Entre los vecinos se decía que de todas formas su madre lo castigó como si hubiera cometido el delito y no lo dejó salir de su minúscula casa durante el resto del verano. Los vecinos contaron que por esa misma época comenzaron a tener el problema de que les desaparecían los animales, pero que nunca se creyó que aquello fuera cosa del joven Bremmer. Al menos hasta este momento. Una vez conocida la noticia de Los Ángeles, los vecinos parecían dedicarse a culpar a Bremmer de todos los males que padeció la calle aquel año.

Un año después del incendio, la madre de Bremmer murió como consecuencia de su alcoholismo y, tras aquello, el chico creció en una granja infantil estatal, donde los jóvenes acogidos vestían camisa blanca, corbata azul y americana, también cuando el termómetro se disparaba. El artículo decía que trabajó en uno de los periódicos de la granja, inaugurando así la carrera que un tiempo después lo llevó a Los Ángeles.

Gente como Locke podría sacar provecho del artículo para alimentar las especulaciones de cómo el Bremmer niño había impulsado al Bremmer adulto a hacer las cosas que había hecho. A Bosch solo le produjo tristeza. Sin embargo, durante un buen rato no pudo apartar la mirada de la foto de la madre que el *Times* había rescatado de no se sabía dónde. En la imagen, la mujer estaba delante de la puerta de una casa de estilo ranchero, quemada por el sol, con la mano sobre el hombro de un Bremmer muy joven. La madre tenía el cabello rubio decolorado, una figura provocadora y mucho pecho. «Llevaba demasiado maquillaje», pensó Bosch mientras contemplaba con detenimiento la fotografía.

Aparte de los artículos de Bremmer, la historia que leyó y releyó varias veces apareció en la sección local del periódico del jueves. Era sobre el entierro de Beatrice Fontenot. El artículo citaba a Sylvia y relataba que la profesora del Grant High había leído algunos de los trabajos de clase durante la misa. Había una foto del funeral, pero Sylvia no aparecía. Era una imagen del rostro estoico y bañado en lágrimas de la madre de Beatrice. Bosch apartó la página de la sección local y la puso en la mesa, junto al sofá. Leía la historia cada vez que se sentaba allí.

Cuando se cansaba de estar en casa, conducía. Bajaba la colina y atravesaba el valle de San Fernando sin tener adonde ir. Conducía unos cuarenta minutos para comprar una hamburguesa en un puesto de In 'N' Out. Como había crecido en la ciudad, le gustaba conducir por ella, conocer todas sus calles y rincones. Un jueves y un viernes su trayecto lo llevó a pasar por delante de Grant High, pero nunca vio a Sylvia por las ventanas de las aulas. Le dolía el alma cada vez que pensaba en ella, pero sabía que lo más cerca que podía estar de ella era en el coche, cuando pasaba por la escuela. Era su turno y él tenía que esperar a que ella moviera ficha.

El viernes por la tarde, cuando volvió de su escapada, vio el piloto de los mensajes del contestador encendido y se le hizo un nudo en la garganta. Pensó que tal vez Sylvia había visto su coche y llamaba porque sabía que él tenía el corazón destrozado. Pero cuando puso el mensaje, solo oyó la voz de Edgar pidiéndole que lo llamara.

Al cabo de un rato, lo llamó.

–Harry, ¿no te has enterado de nada?

–No, ¿qué pasa?

–Ayer vinieron los de la revista *People*.

–Te buscaré en la portada.

–No, era broma. En serio, ha habido grandes avances.

–Sí, ¿cuáles?

–Toda esta publicidad nos ha hecho mucho bien. Una señora de Culver City llamó y dijo que había reconocido a Bremmer, que le había alquilado una taquilla, pero con el nombre de Woodward. Conseguimos una orden de registro y nos presentamos allí esta mañana a primera hora.

–Sí.

–Locke tenía razón. Lo grababa todo. Hemos encontrado las cintas. Sus trofeos.

–Dios.

–Sí. Si quedaba alguna duda, ahora ha quedado disipada por completo. Tenemos siete cintas y la cámara. No debió de grabar a las dos primeras, las que pensamos que eran del Fabricante de Muñecas. Pero tenemos otras siete cintas, incluida la de Chandler y la de Magna Cum Loudly. El cabrón lo grabó todo. Es repugnante. Se está trabajando en la identificación formal de las otras cinco víctimas de las cintas, pero parece que serán las de la lista que elaboró Mora. Gallery y las otras cuatro chicas del porno.

–¿Qué más había en la taquilla?

–Todo. Lo tenemos todo. Tenemos esposas, cinturones, mordazas, un cuchillo y una Glock de nueve milímetros. Todo el equipo que usaba para asesinar. Debía de utilizar la pistola para controlarlas. Por eso no había indicios de pelea en casa de Chandler. Usó la pistola. Suponemos que les apuntaba con el arma hasta que las esposaba y las amordazaba. Por lo que aparece en las cintas, da la impresión de que los asesinatos se ejecutaron en la casa de Bremmer, en el dormitorio de atrás. Salvo el de Chandler, claro. A ella la atrapó en su casa... Joder, Harry, he sido incapaz de ver las cintas.

Bosch podía imaginárselo. Imaginó las escenas y sintió una inesperada palpitación en el corazón, como si se le hubiera desprendido por dentro y golpeara contra sus costillas, como un pájaro intentando escapar de la jaula.

–De todas formas, ya está todo en la fiscalía del distrito y el gran avance es que Bremmer va a hablar.

–Ah, ¿sí?

–Sí, supo que teníamos las cintas y todo lo demás. Supongo que le dijo a su abogado que quería negociar. Le van a dar cadena perpetua sin posibilidad de libertad condicional a cambio de que nos lleve hasta los cadáveres y permita que lo traten los psiquiatras para que estudien lo que le pasa. Yo preferiría que lo aplastaran como a una mosca, pero supongo que lo hacen por las familias y por la ciencia.

Bosch permaneció en silencio. Bremmer viviría. Al principio no supo qué pensar. Luego se dio cuenta de que el trato no estaba mal. A él le angustiaba pensar que los cuerpos de aquellas mujeres no iban a encontrarse nunca. Esa había sido la razón por la que había ido a verlo a la cárcel el día que se le imputaron los cargos. Tuvieran o no las víctimas una familia a la que le importara, él no quería dejarlas en el oscuro abismo de lo desconocido.

No era un mal trato, concluyó Bosch. Bremmer sobreviviría, pero no viviría. Para él podría ser incluso peor que la cámara de gas. Y así se haría justicia, pensó.

—Pues eso —dijo Edgar—, pensé que te gustaría saberlo.

—Sí.

—Joder, es muy raro, ¿sabes? Que sea Bremmer. Es más extraño que si fuera Mora. ¡Un periodista! Y, además, no sé, yo también lo conocía.

—Sí, bueno, muchos lo conocíamos. Supongo que nadie conoce a nadie como cree.

—Ya. Nos vemos, Harry.

Aquella misma tarde salió al porche de atrás, se apoyó sobre su verja nueva de roble, miró hacia el puerto y reflexionó sobre el corazón negro. Su ritmo era tan fuerte que podía marcar el pulso de toda una ciudad. Sabía que ese sería siempre el latido de fondo, la cadencia de su propia vida. Bremmer desaparecería, quedaría oculto para siempre, pero sabía que después de él habría otro. Y después de ese, otro. El corazón negro no late solo.

Encendió un cigarrillo y pensó en Honey Chandler. Sustituyó la última imagen que tenía de ella en la mente por la de la abogada pronunciando un discurso en los tribunales. Aquel sería siempre el lugar que tendría en su cabeza. Había algo puro y elegante en la furia de aquella mujer, como la llama azul de una cerilla antes de consumirse a sí misma. Reconocía el valor de aquella furia incluso cuando se dirigía contra él.

Su mente deambuló hasta llegar a la estatua de las escaleras del juzgado. Seguía sin recordar su nombre. «Una rubia de hormigón», la había llamado Chandler. Bosch se preguntó qué habría pensado Chandler de la justicia al final. En su final. Él sabía que sin esperanza no había justicia. ¿Habría tenido Chandler esperanza al final? Él creía que sí. Como la llama azul y pura que se consume hasta apagarse por completo, estaba aún allí.

Todavía caliente. Aquello le había permitido vencer a Bremmer.

No oyó a Sylvia hasta que ella salió al porche. Levantó la vista, la vio y quiso salir corriendo hacia ella, pero se contuvo. Llevaba tejanos azules y una camisa vaquera azul oscura. La camisa se la había regalado él por su cumpleaños y eso le pareció una buena señal. Supuso que llegaba directamente del instituto, donde, solo una hora antes, se habían acabado las clases hasta la semana siguiente.

–He llamado a tu despacho y me han dicho que estabas de permiso. Pensé que podía pasar por aquí para ver qué tal estabas. He ido leyendo todo sobre el caso.

–Estoy bien, Sylvia. ¿Y tú?

–También.

–¿Qué tal nosotros?

Eso le arrancó una leve sonrisa a Sylvia.

–Suena como esas pegatinas que pone la gente en los parachoques: «¿Qué tal conduzco?». Harry, no sé cómo estamos. Supongo que por eso estoy aquí.

Se produjo un silencio incómodo y ella paseó su mirada alrededor del porche y luego hacia el puerto. Bosch apagó el cigarrillo y lo tiró en una vieja lata de café que tenía junto a la puerta.

–Eh, tienes cojines nuevos.

–Sí.

–Harry, tienes que entender que necesitaba un tiempo. Es…

–Lo entiendo.

–Déjame acabar. Lo he ensayado muchas veces, así que dame la oportunidad de decirlo delante de ti. Solo quería decir que va a ser muy duro para mí, para nosotros, seguir juntos. Va a ser duro vivir con nuestro pasado, nuestros secretos, y sobre todo con lo que haces, con lo que traes a casa contigo...

Bosch esperó a que continuara. Sabía que no había acabado.

—Sé que no hace falta que te lo recuerde, pero ya pasé por esto una vez con un hombre al que amaba. Y vi cómo todo se venía abajo y, bueno, ya sabes cómo acabó. Los dos lo estábamos pasando muy mal. Así que tienes que comprender que yo necesitara alejarme y mirarlo con distancia. Mirarnos.

Él asintió, pero ella no lo estaba mirando. El hecho de que no lo mirara le preocupaba más que sus palabras. Harry, sin embargo, se sentía incapaz de hablar. No sabía qué decir.

—Tú vives una lucha muy dura, Harry. Tu vida, quiero decir. Un policía. A pesar de todo lo que conlleva eso, veo que tienes cosas maravillosas. —Lo miró—. Te quiero, Harry. Y quiero intentar mantener eso vivo porque es una de las mejores cosas de mi vida. Una de las mejores cosas que conozco. Y sé que será duro. Pero tal vez eso lo haga mejor todavía. ¿Quién sabe?

Harry se acercó a ella.

—¿Quién sabe? —dijo él.

Se abrazaron durante mucho tiempo. Con el rostro arrimado al de ella, Harry olía su cabello, su piel. Le sostuvo la nuca como si fuera tan frágil como una pieza de porcelana.

Después de un rato se separaron, aunque solo el tiempo que tardaron en desplazarse juntos hasta el sofá. Se sentaron en silencio, abrazados el uno al otro, una eternidad, hasta que el cielo comenzó a oscurecerse y se tornó rojo y púrpura sobre San Gabriel. Bosch sabía que todavía tenía secretos, pero de momento se los guardaría. Y él huiría de aquel oscuro lugar de soledad durante un poco más de tiempo.

–¿Quieres que salgamos este fin de semana? –preguntó él–. ¿Que nos vayamos de la ciudad? Podríamos ir a Lone Pine y quedarnos en una cabaña mañana por la noche.

–Sería fantástico. Yo podría... Podríamos hacerlo.

Unos minutos después, ella dijo:

–Harry, puede que no podamos quedarnos en una cabaña. Hay muy pocas y normalmente los viernes están todas ocupadas.

–Ya he reservado una.

Ella se dio la vuelta para mirarlo de frente y, con una sonrisa pícara, dijo:

–Ah, así que lo has sabido todo este tiempo. Te has limitado a quedarte por aquí, esperando a que volviera. Nada de noches sin dormir, ninguna sorpresa.

Él no sonrió. Dijo que no con un movimiento de cabeza y durante unos instantes miró la luz agonizante que se reflejaba en la ladera oeste de San Gabriel.

–No, Sylvia, no lo sabía –dijo–. Solo mantenía la esperanza.